W0000597

MIRA®

Der Preis dieses Bandes versteht sich einschließlich
der gesetzlichen Mehrwertsteuer.

Umwelthinweis:
Dieses Buch wurde auf chlor- und säurefreiem Papier gedruckt.

Elizabeth Hoyt

Mein sündiger Engel

Roman

Aus dem Amerikanischen von
Alexandra Kranefeld

MIRA® TASCHENBUCH
Band 25519
1. Auflage: April 2011

MIRA® TASCHENBÜCHER
erscheinen in der Cora Verlag GmbH & Co. KG,
Valentinskamp 24, 20350 Hamburg
Geschäftsführer: Thomas Beckmann

Deutsche Taschenbucherstausgabe

Titel der nordamerikanischen Originalausgabe:
The Serpent Prince

erschienen bei: Forever, New York

This edition is published by arrangement with
Grand Central Publishing, New York, NY, USA.

Dieses Werk wurde vermittelt durch die
Literarische Agentur Schlück GmbH, 30827 Garbsen.

Konzeption/Reihengestaltung: fredebold&partner gmbh, Köln
Umschlaggestaltung: pecher und soiron, Köln
Redaktion: Bettina Steinhage
Titelabbildung: Harlequin Enterprises S.A., Schweiz
Autorenfoto: © by Elizabeth Hoyt
Satz: Buch-Werkstatt GmbH, Bad Aibling
Druck und Bindearbeiten: CPI – Ebner & Spiegel, Ulm
Printed in Germany
Dieses Buch wurde auf FSC®-zertifiziertem Papier gedruckt.
ISBN 978-3-89941-842-2

www.mira-taschenbuch.de

1. KAPITEL

Maiden Hill, England
November 1760

Der Tote zu Lucinda Craddock-Hayes' Füßen sah aus wie ein gefallener Gott. Apollo oder eher noch der kriegerische Mars, wie er menschliche Gestalt angenommen hatte und vom Himmel gestürzt war, um von einer arglosen Maid auf dem Heimweg gefunden zu werden. Nur dass Götter höchst selten bluteten.

Oder starben.

„Mr. Hedge", rief Lucy über ihre Schulter.

Sie schaute sich auf dem einsamen Fuhrweg um, der von dem Städtchen Maiden Hill zum Haus der Craddock-Hayes' führte. Alles sah noch genauso aus wie zuvor, ehe sie ihren Fund gemacht hatte: keine Menschenseele weit und breit – außer ihr, ihrem Diener, der ihr schnaufend folgte, und dem Leichnam, der vor ihr im Graben lag. Der Himmel war von tiefen Wolken verhangen und wintrig grau. Obwohl es noch nicht einmal fünf Uhr war, begann der Tag schon zu schwinden. Kahle Bäume säumten den Weg, es war kalt und still.

Lucy fröstelte und zog sich ihren Umhang fester um die Schultern. Der Tote lag auf dem Bauch, alle viere von sich gestreckt, nackt und geschunden. Sein langer Rücken war besudelt vom Blut aus einer Wunde an der rechten Schulter. Weiter unten folgten schmale Hüften, muskulöse, behaarte Beine und auffallend elegante, schmale Füße. Lucy blinzelte und richtete ihren Blick wieder auf sein Gesicht. Sein Kopf war zur Seite gewandt und zeigte ein nobles Profil: eine lange Nase, hohe Wangenknochen und ein weit geschwungener Mund. Eine Narbe teilte eine der sich hoch über den geschlossenen Augen wölbenden Brauen entzwei. Das kurz geschnittene helle Haar lag dicht am Schädel an und war teils von Blut verklebt. Sein linker Arm lag über den Kopf zurückgeworfen, am Zeigefinger war noch der Abdruck eines Rings zu erkennen. Seine Mörder mussten ihm den Ring ebenso wie alles andere abgenommen haben. Um den Leichnam herum war die Erde zertreten, der Abdruck eines Stiefelabsatzes hatte sich neben der Hüfte des Toten in den Boden gebohrt. Sonst gab es keine Hinweise darauf, wer ihn hier draußen wie eine Wagenladung ausgeweidetes Gedärm in den Graben geworfen hatte.

Lucy brannten Tränen in den Augen. Wie er hier zurückgelassen worden war, nackt und von seinen Mördern noch im Tode erniedrigt, schien ihr geradezu eine Entwürdigung dieses armen Mannes. Es stimmte sie furchtbar traurig. Du dummes Ding, schalt sie sich. Als sie hinter sich missmutiges Gebrummel vernahm, das stetig näher kam, wischte sie sich hastig die Tränen von den Wangen.

„Erst besucht sie die Joneses mit all den kleinen Joneses, diese rotznasigen Blagen. Dann marschieren wir den Berg hinauf zur alten Hardy – grässliche Person, keine Ahnung, warum man die noch nicht zur letzten Ruhe gebettet hat. Und ist es damit gut? Nein, noch lange nicht. Dann muss sie unbedingt noch im Pfarrhaus vorbeischauen. Und ich darf derweil riesige Gläser mit Eingemachtem schleppen."

Lucy widerstand der Versuchung, die Augen zu verdrehen. Hedge, ihr Diener, hatte sich einen abgewetzten, speckigen Dreispitz auf den grauen Haarschopf gedrückt. Auch sein staubiger Rock und seine Weste sahen etwas fragwürdig aus, und seine dürren O-Beine betonte er wenig vorteilhaft mit scharlachroten Strümpfen, die zweifelsohne von Papa abgelegt worden waren.

Neben ihr blieb er stehen. „Ach herrje, da hat einer ins Gras gebissen!"

So überrascht war er, dass er ganz vergaß, gebeugt zu gehen, doch kaum, dass sie sich nach ihm umdrehte, zerfiel sein zäher Körper vor ihren Augen. Sein Rücken krümmte sich, die hageren Schultern, auf denen das Gewicht ihres nun leeren Korbes lastete, sackten nach unten, den Kopf ließ er schlaff zur Seite hängen. Mit meisterlicher Geste zückte Hedge ein kariertes Taschentuch und wischte sich ausgiebig die Stirn.

Lucy schenkte all dem wenig Beachtung. Sie hatte diese Vorstellung schon ungezählte Male mit angesehen. „Ich weiß nicht genau ob ich es so ausdrücken würde, aber tot scheint er tatsächlich zu sein."

„Na, dann wollen wir mal hier nicht länger rumstehen und ihn anstarren. Lasset die Toten in Frieden ruhen, sage ich immer." Damit wollte sich Hedge an ihr vorbeistehlen.

Sie stellte sich ihm in den Weg. „Wir können ihn nicht einfach hier liegen lassen."

„Warum nicht? Der lag schon da, bevor Sie vorbeigekommen sind. Und wenn wir die Abkürzung über die Allmende genommen hätten, wie ich vorgeschlagen hatte, hätten wir den erst gar nicht gesehen."

„Nun haben wir ihn aber gefunden. Könnten Sie mir helfen, ihn zu tragen?"

Sichtlich fassungslos stolperte Hedge zurück. „Ihn tragen? So einen stattlichen Burschen? Ja, wenn Sie mich vollends zum Krüppel machen wollen ... Mein Rücken ist auch so schon schlimm genug, seit zwanzig Jahren geht das schon so. Ich beschwer mich ja nicht, aber trotzdem."

„Na schön", meinte Lucy. „Dann müssen wir eben einen Wagen besorgen."

„Warum lassen wir ihn nicht einfach liegen?", klagte ihr Diener. „Jemand wird ihn schon finden."

„Mr. Hedge ..."

„Er hat eine Stichwunde an der Schulter und ist voller Blut. Nicht schön, so was." Hedge rümpfte die Nase, bis sein Gesicht wie ein verschrumpelter Kürbis aussah.

„Ich bin mir sicher, dass er sich nicht absichtlich hat erstechen lassen, weswegen Sie ihm seinen Zustand kaum zum Vorwurf machen können", rügte ihn Lucy.

„Riecht auch nicht mehr ganz frisch.“ Hedge wedelte mit dem Taschentuch vor seiner Nase herum.

Lucy verkniff sich die Bemerkung, dass es erst dank Hedges Anwesenheit etwas unfrisch zu riechen begonnen hatte. „Ich warte hier, während Sie Bob Smith und seinen Lastkarren holen.“

Die buschigen grauen Augenbrauen zogen sich in unmittelbar drohendem Widerspruch zusammen.

„Es sei denn, Sie möchten hier mit dem Leichnam warten, während ich Bob Smith hole.“

Sogleich glättete sich Hedges Stirn. „Nein, Ma'am. Sie wissen schon, was zu tun ist. Ich werde dann mal kurz zur Schmiede ...“

Der Leichnam stöhnte.

Überrascht sah Lucy zu ihm hinab.

Neben ihr sprang Hedge zurück und sagte das für sie beide Offensichtliche: „Allmächtiger! Der ist ja gar nicht tot!“

Herrje. Und sie hatte die ganze Zeit untätig dagestanden und sich mit Hedge gezankt. Lucy zog sich ihren Umhang von den Schultern und warf ihn dem Mann über den Rücken. „Geben Sie mir Ihren Rock“, forderte sie Hedge auf.

„Aber ...“

„Sofort!“ Lucy verzichtete darauf, Hedge mit einem strengen Blick zu bedenken. Da sie nur selten einen so scharfen Ton anschlug, erwies er sich nun als umso wirkungsvoller.

„Puh“, stöhnte der Diener, warf ihr seinen Rock jedoch anstandslos zu.

„Holen Sie Dr. Fremont. Sagen Sie ihm, dass es eilt und er sofort kommen soll.“ Nun schaute Lucy ihm doch recht streng in die dunklen Augen. „Und noch etwas, Hedge.“

„Ja, Ma'am?“

„Ein bisschen schnell, wenn ich bitten darf.“

Hedge ließ seinen Korb fallen und eilte überraschend hurtig davon. Sein schlimmer Rücken schien vergessen.

Lucy bückte sich und steckte Hedges Rock um Beine und

Gesäß des Mannes fest. Dann hielt sie die Hand unter seine Nase und wartete mit angehaltenem Atem, bis sie einen kaum merklichen Luftzug spürte. Er lebte tatsächlich noch. Sie hockte sich auf die Fersen zurück und überlegte, was am besten zu tun wäre. Der Mann lag auf halbgefrorenem Matsch und Gras im Graben – beides war kalt und hart. Das dürfte ihm nicht gerade zuträglich sein, besonders in Anbetracht seines geschwächten Zustands. Doch wie Hedge ganz recht bemerkt hatte, war er ein stattlicher Bursche, und sie war sich nicht sicher, ob sie ihn allein aus dem Graben würde ziehen können. Sie schob den Umhang ein wenig beiseite, mit dem sie seinen bloßen Rücken bedeckt hatte. Die Stichwunde an der Schulter war von feinem Schorf überzogen. Zumindest für ihre ungeübten Augen sah es so aus, als sei die Blutung gestoppt: gewiss ein gutes Zeichen. An Rücken und Rippen blühten Blutergüsse auf. Und nur der Herr mochte wissen, wie er erst vorne zugerichtet war.

Die Kopfverletzung nicht zu vergessen.

Lucy schauderte es. So bleich und reglos lag er da. Kein Wunder, dass sie ihn für tot gehalten hatte. Aber dennoch – in der Zeit, die sie in Gegenwart des armen Mannes gezankt hatten, hätte Hedge längst schon bei Dr. Fremont sein können.

Wieder vergewisserte sie sich, dass er atmete, und ließ ihre Hand über seinen Lippen schweben. Sein Atem kam schwach, doch regelmäßig. Mit dem Handrücken strich sie ihm über die kalte, bleiche Wange. Kaum zu sehen waren die hellen Bartstoppeln, die rau ihre Finger streiften. Wer war er? Maiden Hill war zu klein, als dass ein Fremder den Ort unbemerkt passieren könnte. Doch hatte sie auf ihrer nachmittäglichen Runde von keinen fremden Besuchern reden gehört. Irgendwie musste er von allen unbemerkt hierher gelangt sein. Zudem war er ganz offensichtlich zusammengeschlagen und ausgeraubt worden. Bloß warum? War er arglos Räubern zum Opfer gefallen, oder hatte er sein Schicksal herausgefordert?

Letzterer Gedanke ließ Lucy frösteln. Sie schlang die Arme

um sich und hoffte, dass Hedge sich beeilen möge. Das Licht des Tages schwand rasch, und es wurde empfindlich kalt. Ein verwundeter Mann lag den Elementen preisgegeben, und das schon Gott weiß wie lange ... Wieder spürte sie Tränen aufsteigen und biss sich auf die Lippe, um nicht zu weinen.

Wenn Hedge nicht bald zurückkäme, würde es keinen Arzt mehr brauchen.

„Er ist tot."

Die harschen Worte ertönten neben Sir Rupert Fletcher, klangen in dem überfüllten Ballsaal jedoch eindeutig zu laut und vernehmlich. Diskret schaute Sir Rupert sich um, wer etwas gehört haben könnte, dann trat er näher an den jungen Quincy James heran, der besagte Worte gesprochen hatte.

Sir Rupert stützte sich schwer auf seinen Gehstock aus dunklem Ebenholz und versuchte, sich seinen Verdruss nicht anmerken zu lassen. Oder seine Überraschung. „Was soll das heißen?"

„Genau das, was ich gesagt habe", feixte James. „Er ist tot."

„Sie haben ihn umgebracht?"

„Natürlich nicht. Ich habe meine Leute losgeschickt."

Sir Rupert runzelte die Stirn und konnte kaum glauben, was er da hörte. James hatte eigenmächtig gehandelt und sollte damit Erfolg gehabt haben? „Wie viele?", fragte er brüsk. „Ihre Leute."

„Drei", meinte der junge Mann achselzuckend. „Mehr als genug."

„Wann?"

„Heute am frühen Morgen. Als ich eben aufbrach, kam die Nachricht." James grinste frech, die beiden Grübchen ließen ihn sehr jungenhaft wirken. Wenn man ihn so sah, mit seinen hellen blauen Augen, den ebenmäßigen Gesichtszügen, der schlanken, athletischen Gestalt, würde man ihn für einen wohlgeratenen, gar attraktiven jungen Mann gehalten haben.

Wie sehr man sich doch täuschen konnte.

„Ich gehe davon aus, dass man Sie nicht mit der Angelegenheit in Verbindung wird bringen können?" Trotz aller Mühe, sich zu beherrschen, schien Sir Ruperts Anspannung aus seinen Worten herauszuhören zu sein.

James wurde ganz ernst. „Tote können nichts mehr sagen."

Sir Rupert schnaubte. *So ein Idiot.* „Wo haben Ihre Leute zugeschlagen?"

„Vor seinem Stadthaus."

Sir Rupert fluchte leise. Wie blöde musste man sein, um einem Adeligen am helllichten Tag vor seinem Haus aufzulauern? Sein schlimmes Bein bereitete ihm heute Abend ohnehin Höllenqualen – und nun noch dieser Irrwitz von James. Sir Rupert stützte sich schwerer auf seinen Stock und versuchte ruhig nachzudenken.

„Kein Grund sich aufzuregen." James lächelte nervös. „K…k…keiner hat was gesehen."

Schweigend hob der ältere Mann eine Braue. Man möge ihn mit Adeligen verschonen, die aus einer Laune heraus beschlossen, selbstständig zu denken – oder gar zu handeln. Der gemeine Adelsspross entsprang zu vielen Generationen des Müßiggangs, als dass er noch selbst seinen eigenen Schwanz zum Pissen fände, geschweige denn etwas so Diffiziles hinbekäme, wie einen Mord zu planen.

In seinem arglosen Glück ahnte James nichts von Sir Ruperts Gedanken. „Außerdem haben sie ihm alles abgenommen und ihn einen halben Tagesritt von London entfernt in einen Graben geworfen. Da draußen wird ihn niemand kennen. Und bis man ihn findet, wird auch nicht mehr viel zu erkennen sein, nicht wahr? Absolut s…s…sicher." Der junge Mann hob die Hand und fuhr mit dem Finger in sein goldblondes Haar. Er trug es ungepudert, wahrscheinlich aus Eitelkeit.

Sir Rupert nahm einen Schluck Madeira und sann über diese unerwartete Wendung der Ereignisse nach. Im Ballsaal war es eng und stickig, die Luft erfüllt vom Geruch brennenden Kerzenwachses, schweren Parfüms und erhitzten Körpern. Die Fenstertüren zum Garten standen weit offen, um die kalte Nachtluft hereinzulassen, was indes wenig brachte. Der Punsch war vor einer halben Stunde ausgegangen, und bis zum mitternächtlichen Buffet war es noch ein Weilchen hin. Sir Rupert verzog das Gesicht. Es bestand wenig Hoffnung auf Erfrischungen. Lord Harrington, der Gastgeber, war für seinen Geiz berüchtigt und knauserte selbst dann, wenn er die Crème der Gesellschaft geladen hatte – und ein paar ausgesuchte Emporkömmlinge, wie Sir Rupert einer war.

In der Mitte des Saals war eine schmale Fläche für die Tanzenden freigeräumt. In allen Farben des Regenbogens wirbelten sie umher. Mädchen in bestickten Kleidern und mit gepudertem Haar. Gentlemen angetan mit Perücke und ihrem besten, unbequemsten Staat. Er neidete den jungen Leuten ihre anmutigen Bewegungen nicht. Der Schweiß musste ihnen unter all der Seide und Spitze herunterlaufen. Lord Harrington würde zufrieden sein, dass die Gäste so früh in der Saison so zahlreich erschienen waren – oder vielmehr Lady Harrington wäre zufrieden. Die Gute hatte fünf unverheiratete Töchter an den Mann zu bringen und ging dabei so planvoll zu Werke wie ein erfahrener Feldherr, der in die Schlacht zieht. Vier ihrer Töchter befanden sich derzeit auf der Tanzfläche, eine jede am Arm eines vielversprechenden Gentlemans.

Nicht, dass er Lady Harrington dies zum Vorwurf machte, hatte er doch selbst drei Töchter im heiratsfähigen Alter und kannte das Problem. Alle dem Schulzimmer seit einer Weile entwachsen, alle auf der Suche nach einem geeigneten Gatten. Und als könne sie seine Gedanken lesen, fing seine Gattin Matilda seinen schweifenden Blick auf. Sie stand ein paar Schritte entfernt mit Sarah, ihrer Jüngsten, und schaute mit fragend gehobener Braue auf den jungen Quincy James, der noch an seiner Seite ausharrte.

Kaum merklich schüttelte Sir Rupert den Kopf. Eher würde er seine Tochter mit einem räudigen Hund vermählen. Nach fast drei Jahrzehnten Ehe war ihre Verständigung bestens eingespielt. Seine werte Gemahlin wandte sich beiläufig ab und plauderte angeregt mit einer anderen Matrone, ohne sich auch nur im Leisesten anmerken zu lassen, dass sie soeben mit ihrem Gatten eine konspirative Konversation gehabt hatte. Etwas später am Abend mochte sie ihn fragen, warum der junge James nicht in Betracht käme, doch nicht im Traum fiele es ihr ein, sich ihm jetzt aufzudrängen.

Wenn nur alle seine Partner so umsichtig wären.

„Ich weiß gar nicht, weshalb Sie sich Sorgen machen", kam es von James, der das Schweigen nicht länger zu ertragen schien. „Er wusste doch nie von Ihnen. Niemand weiß von Ihnen."

„Und so soll es auch bleiben", sagte Sir Rupert milde. „In unser aller Interesse."

„Das will ich meinen. Sie haben sich ja sowieso fein rausgehalten und es m...m...mir und Walker und den andern beiden überlassen, Jagd auf ihn zu machen."

„Er würde Ihnen und den anderen ohnehin auf die Spur gekommen sein."

„Es g...g...gibt jemanden, der dennoch gern von Ihnen wüsste." James kratzte sich so heftig den Schädel, dass sein Zopf sich fast löste.

„Aber es wäre nicht in Ihrem Interesse, mich zu verraten", erwiderte Sir Rupert tonlos und neigte den Kopf vor einem Bekannten, der an ihm vorüberging.

„Ich wollte damit auch nicht sagen, dass ich Sie verraten würde."

„Dann ist ja gut. Sie haben von dem Geschäft ebenso profitiert wie ich."

„Schon, aber ..."

„Ende gut, alles gut."

„Sie h...h...haben g...g...gut reden." James' Stottern nahm zu, was stets ein untrügliches Indiz für eine aufgewühlte Verfasstheit und somit kein gutes Zeichen war. „Wenn Sie Hartwells Leichnam gesehen hätten ... In den Hals hat er ihn gestochen. In den Hals! Elendig verblutet ist er. Die Sekundanten meinten, das D...d...duell hätte keine zwei Minuten gedauert – keine zwei Minuten, stellen Sie sich das mal vor! G...g...grausam. G...g...ganz grausam."

„Sie verstehen den Degen besser zu führen als Hartwell", beschwichtigte ihn Sir Rupert.

Er lächelte versonnen, als Julia, seine älteste Tochter, ein Menuett begann. Sie trug ein Kleid in schmeichelhaftem Blau. Hatte er das Kleid schon mal gesehen? Nicht dass er wüsste. Es musste neu sein. Hoffentlich würde es ihn nicht in den Ruin stürzen. Ihr Tanzpartner war ein Earl weit jenseits der vierzig. Ein bisschen alt, aber ein Earl war nicht zu verachten.

„P...p...peller wusste auch mit dem Degen umzugehen, und d...d...den hat er g...g...gleich zuerst umg...g...gebracht!" James' sich überschlagende Stimme riss Sir Rupert aus seinen Betrachtungen.

Der Junge war zu laut. Sir Rupert versuchte, ihn zu beruhigen. „James ..."

„Am Abend herausgefordert und am nächsten M...m...morgen schon t...t...tot!"

„Ich glaube ..."

„Drei F...f...finger hat er verloren, als er sich v...v...verteidigen wollte, nachdem ihm der Degen aus der Hand geschlagen w...w...worden war. Ich h...h...habe sie danach im Gras s...s...suchen müssen. Oh G...g...gott!"

Hier und da drehte man sich schon nach ihnen um. Und der junge Mann echauffierte sich immer mehr.

Zeit zu gehen.

„Nun ist es vorbei." Mit eindringlichem, unerbittlichem Blick versuchte Sir Rupert ihn zur Räson zu bringen.

Unter dem rechten Augenlid des jungen Mannes zuckte es. Er holte tief Luft, als wolle er widersprechen.

Sir Rupert war schneller, sein Ton milde. „Er ist tot. Sie haben es selbst gesagt."

„Aber ...", sagte James.

„Weshalb wir nichts mehr zu befürchten haben.“ Sir Rupert verneigte sich knapp und humpelte davon. Jetzt brauchte er dringend noch einen Madeira.

„Der kommt mir nicht ins Haus“, verkündete Captain Craddock-Hayes, die kräftigen Arme vor der breiten Brust verschränkt, die Beine so fest auf den Boden gestemmt, als stehe er auf hoher See an Deck. Das mit Perücke angetane Haupt hielt er hoch erhoben, den meerblauen Blick auf einen fernen Horizont gerichtet.

Er stand in der Eingangshalle des Craddock-Hayes'schen Hauses, die für die üblichen Bedürfnisse gemeinhin völlig ausreichend bemessen war. Nun jedoch schien es Lucy, als wäre der Raum angesichts der Vielzahl dort versammelter Personen geschrumpft – und mittendrin stand unverrückbar der Captain.

„Gewiss, Papa.“ Sie drängte sich an ihm vorbei und bedeutete den Männern, die den Fremden trugen, ihr zu folgen. „Wir bringen ihn am besten nach oben ins Zimmer meines Bruders. Meinen Sie nicht auch, Mrs. Brodie?“

„Natürlich, Miss.“ Die Haushälterin der Craddock-Hayes' nickte so eifrig, dass die Rüschen ihrer Haube ihr um das rotwangige Gesicht wippten. „Das Bett ist bereits gemacht, und das Feuer wird im Nu geschürt sein.“

„Sehr gut“, meinte Lucy lächelnd. „Danke, Mrs. Brodie.“

Als die Haushälterin die Treppe hinaufeilte, wogte ihr üppiges Hinterteil bei jedem Schritt.

„Ich weiß ja nicht mal, wer der Halunke ist“, wetterte ihr Vater weiter. „Könnte irgendein Herumtreiber sein – oder ein Mörder! Hedge hat gesagt, man wollte ihn hinterrücks erstechen. Ich meine, welche Sorte Mann lässt sich schon erstechen? Na? Na?“

„Das weiß ich leider auch nicht, Papa“, antwortete Lucy aus alter Gewohnheit. „Würde es dir etwas ausmachen, beiseitezutreten, damit die Männer vorbeikönnen?“

Gehorsam trat Papa beiseite.

Die Arbeiter keuchten vernehmlich, als sie den verletzten Fremden hereintrugen. So furchtbar still und reglos lag er da, das Gesicht totenbleich. Lucy biss sich auf die Lippe und versuchte, sich ihre Angst nicht anmerken zu lassen. Sie kannte ihn nicht, wusste nicht einmal, welche Farbe seine Augen hatten, und doch schien es ihr geradezu lebenswichtig, dass er nicht starb. Die Männer hatten ihn auf eine ausgehängte Tür gelegt, damit sie ihn besser tragen konnten, aber seine stattliche Statur gestaltete das Manöver offensichtlich recht schwierig. Einer der Männer fluchte.

„So was will ich unter meinem Dach nicht hören." Der Captain funkelte den Missetäter wütend an.

Der arme Mann wurde rot und murmelte eine Entschuldigung.

Papa nickte wohlwollend, ehe er fortfuhr: „Was müsste das für ein Vater sein, der jeden dahergelaufenen Wegelagerer einfach in sein Haus lässt? Noch dazu mit einer unverheirateten Tochter im Haus! Na? Ein verdammt schlechter Vater wäre das, das sage ich dir."

„Gewiss, Papa." Lucy hielt den Atem an, als die Männer sich die Treppe hinaufmühten.

„Deshalb muss der Halunke woanders hingebracht werden – am besten zu Fremont. Er ist Arzt. Oder gleich ins Armenhaus. Vielleicht auch ins Pfarrhaus – dann kann Penweeble mal seine christliche Nächstenliebe unter Beweis stellen. Ha!"

„Da hast du gewiss recht, aber nun ist er schon mal hier", beschwichtigte Lucy. „Es wäre wirklich ärgerlich, ihn noch einmal transportieren zu müssen."

Einer der Männer auf der Treppe schaute sie voller Entsetzen an.

Lucy lächelte ihm aufmunternd zu.

„Der macht es sowieso nicht mehr lange." Papa legte die Stirn in tiefe Falten. „Wozu unsere guten Laken ruinieren?"

„Ich werde aufpassen, dass sie keinen Schaden nehmen",

versicherte ihm Lucy und ging die Treppe hinauf.

„Und was wird aus meinem Abendessen?“, murrte ihr Vater hinter ihr. „Na? Kümmert sich da noch jemand drum, oder kümmern sich jetzt alle um den Halunken?“

Lucy beugte sich über das Geländer. „Sowie er versorgt ist, wird das Essen auf dem Tisch stehen.“

Papa schnaubte. „Schlimme Zeiten, wenn der Herr des Hauses auf sein Essen warten muss, weil erst noch ein elender Herumtreiber bequem gebettet werden muss.“

„Wie schön, dass du so verständnisvoll bist.“ Lucy strahlte ihren Vater an.

„Pfff“, schnaubte der.

Sie drehte sich um und lief weiter die Treppe hinauf.

„Kleines?“

Wieder sah Lucy über das Geländer nach unten.

Mit gerunzelter Stirn schaute ihr Vater zu ihr auf, die buschigen weißen Brauen über der roten Knollennase zusammengezogen. „Pass bloß auf mit diesem Burschen.“

„Gewiss, Papa.“

„Pfff“, kam es abermals von ihrem Vater.

Rasch eilte Lucy die Treppe hinauf ins blaue Schlafzimmer. Die Männer hatten den Fremden bereits erfolgreich auf das Bett befördert. Gerade als Lucy hereinkam, traten sie den Rückzug an und hinterließen eine schlammige Fußspur auf den Dielen.

„Sie sollten nicht hier hereinkommen, Miss Lucy!“, rief Mrs. Brodie entsetzt und zog hastig die Laken über die nackte Brust des Mannes. „Nicht solange er so daliegt.“

„Vor einer Stunde habe ich ihn noch weitaus unbekleideter gesehen, Mrs. Brodie“, versicherte ihr Lucy. „Mittlerweile trägt er zumindest ein paar Verbände.“

Mrs. Brodie schnaubte. „Aber nicht an den entscheidenden Stellen.“

„Nun, das wohl nicht gerade“, gab Lucy zu. „Aber ich glaube kaum, dass er in seinem derzeitigen Zustand eine Gefahr für uns darstellt.“

„Ach ja, der arme Mann." Mrs. Brodie tätschelte das Laken, das seine Brust bedeckte. „Kann sich glücklich schätzen, dass Sie ihn noch rechtzeitig gefunden haben. Morgen wäre der mit Sicherheit erfroren gewesen, wenn er da draußen liegen geblieben wäre. Wer kann ihm nur etwas so Schreckliches angetan haben?"

„Das weiß ich nicht."

„Niemand aus Maiden Hill – nein, ganz gewiss nicht." Entschieden schüttelte die Haushälterin den Kopf. „Gesindel aus London wird's gewesen sein."

Lucy verkniff sich die Bemerkung, dass es auch in Maiden Hill Gesindel gäbe. „Dr. Fremont meinte, er wolle morgen früh noch mal vorbeikommen, um seine Verbände zu wechseln."

„Gut." Mrs. Brodie betrachtete den Patienten so prüfend, als versuche sie einzuschätzen, wie wahrscheinlich es wäre, dass er morgen früh noch am Leben war.

Lucy holte tief Luft. „Bis dahin können wir wohl wenig mehr tun, als es ihm so bequem wie möglich zu machen. Am besten lassen wir die Tür etwas offen, damit wir merken, wenn er zu sich kommt."

„Dann will ich mich mal jetzt um das Abendessen des Captains kümmern. Sie wissen ja, wie er ist, wenn es nicht pünktlich auf dem Tisch steht. Ich schicke Betsy hoch, damit sie hier aufpasst."

Lucy nickte. Betsy war ihr einziges Mädchen, aber wenn sie sich zu dritt abwechselten, sollte es kein Problem sein, den Fremden zu pflegen. „Gehen Sie nur. Ich komme gleich nach."

„Wie Sie meinen, Miss." Vielsagend schaute Mrs. Brodie sie an. „Aber bleiben Sie nicht zu lange. Ihr Vater wird mit Ihnen reden wollen."

Lucy krauste die Nase und nickte. Mit einem mitfühlenden Lächeln ging Mrs. Brodie davon.

Kaum dass sie mit ihm allein war, betrachtete Lucy den Fremden, der im Bett ihres Bruders David lag, und fragte sich abermals, wer er wohl sein mochte. So reglos lag er da, dass sie sich schon sehr anstrengen musste, um zu erkennen, wie seine Brust sich kaum merklich hob und senkte. Der Kopfverband ließ ihn noch hinfälliger erscheinen und lenkte den Blick auf den dunklen Bluterguss an seiner Stirn. Er wirkte furchtbar einsam und verloren. Ob jemand sich seinetwegen Sorgen machte und bang auf seine Heimkehr wartete?

Einen Arm hatte er auf dem Laken liegen. Vorsichtig streckte sie die Hand aus und berührte ihn.

Blitzschnell schoss seine Hand nach oben, packte sie beim Handgelenk und hielt es fest. Lucy erschrak so sehr, dass sie kurz aufschrie. Und dann blickte sie in die hellsten Augen, die sie je gesehen hatte. Sie hatten die Farbe von Eis.

„Ich werde dich umbringen", sagte der Fremde klar und deutlich.

Einen Moment lang dachte sie, die grausigen Worte gälten ihr, und das Herz blieb ihr schier in der Brust stehen.

Dann schweifte sein Blick an ihr vorbei. „Ethan?" Verwundert runzelte er die Stirn, ehe seine seltsam blassen Augen sich wieder schlossen. Es dauerte nicht lange, bis sein Griff um ihr Handgelenk erschlaffte und sein Arm zurück aufs Bett fiel.

Lucy holte tief Luft. Dem Schmerz in ihrer Brust nach zu urteilen, hatte sie nicht mehr zu atmen gewagt, seit der Fremde sie gepackt hatte. Vorsichtig wich sie vom Bett zurück und rieb sich das schmerzende Handgelenk. Geradezu brutal hatte er zugepackt – das würde blaue Flecken geben.

Aber mit wem hatte er zu sprechen geglaubt?

Lucy fröstelte. Wer immer es sein mochte, zu beneiden war er nicht. Die Stimme des Mannes hatte zum Letzten entschlossen geklungen. In ihm schien kein Zweifel darüber zu sein, dass er seinen Feind töten würde. Nachdenklich blickte sie auf das Bett. Der Fremde atmete nun tief und gleichmäßig. Er sah aus, als schlafe er friedlich. Würde ihr Handgelenk nicht so schrecklich schmerzen, könnte sie fast meinen, den Zwischenfall eben nur geträumt zu haben.

„Lucy!", brüllte es von unten. Das konnte nur ihr Vater sein.

Eilig raffte sie ihre Röcke zusammen, lief aus dem Zimmer und die Treppe hinab.

Papa saß bereits am Kopf des Esstischs, eine große Serviette in den Kragen gesteckt. „Ich mag es nicht, spät zu Abend zu essen – bringt meine Verdauung durcheinander. Kann ich die halbe Nacht nicht schlafen, weil das Gedärm grummelt. Ist es vielleicht zu viel verlangt, in meinem eigenen Haus das Essen pünktlich auf den Tisch zu bekommen? Na? Na?"

„Nein, natürlich nicht." Lucy nahm rechts von ihrem Vater Platz. „Es tut mir leid."

Mrs. Brodie brachte einen dampfenden Braten herein, um den sich Kartoffeln, Lauch und Rüben häuften.

„Ha! So was sieht man gern auf seinem Tisch." Als Papa nach Messer und Gabel griff, um den Braten anzuschneiden, strahlte er über das ganze Gesicht. „Ein guter englischer Rostbraten. Riecht köstlich."

„Danke, Sir." Die Haushälterin zwinkerte Lucy zu, ehe sie in die Küche zurückkehrte.

Lucy lächelte. Ein Glück, dass sie Mrs. Brodie hatten.

„So, dann nimm mal ein bisschen von allem." Papa reichte ihr einen gut gefüllten Teller. „Mrs. Brodie weiß wirklich, wie man einen guten Braten macht."

„Danke."

„Der beste in der ganzen Grafschaft. Kannst bestimmt eine kleine Stärkung vertragen, nachdem du dich den ganzen Nachmittag draußen herumgetrieben hast, was?"

„Wie bist du denn heute mit deinen Memoiren vorangekommen?" Lucy nippte an ihrem Wein und versuchte, nicht an den Mann zu denken, der oben lag.

„Hervorragend. Ganz hervorragend." Sichtlich begeistert säbelte Papa an dem köstlichen Braten herum. „Eine herrliche Skandalgeschichte, die sich vor dreißig Jahren zugetragen hat, habe ich zu Papier gebracht. Ging um Captain Feather – jetzt ist er Admiral, der alte Hund – und drei Eingeborenenfrauen. Wusstest du, dass diese Inselmädchen überhaupt keine … *Ähemmm*!“ Plötzlich hustete er vernehmlich und schaute sie offenbar recht verlegen an.

„Keine was?“, fragte Lucy unschuldig und schob sich ein Stück Kartoffel in den Mund.

„Egal. Ganz egal.“ Papa lud sich seinen Teller voll und zog ihn zu sich heran, bis der Rand an seinen fülligen Bauch stieß, der wiederum an die Tischkante drückte. „Sagen wir einfach, dass diese Geschichte dem alten Jungen noch mal ganz schön einheizen wird. Ha!“

„Wie erfreulich.“ Lucy lächelte. Sollte Papa seine Memoiren jemals abschließen und veröffentlichen, würde gewiss die halbe Königliche Marine der Schlag treffen.

„So ist es, so ist es.“ Papa schluckte und spülte mit Wein nach. „So. Und jetzt will ich, dass du aufhörst, dich um diesen Halunken zu sorgen, den du uns hier angeschleppt hast.“

Lucy senkte ihren Blick. Die Gabel zitterte ihr in der Hand, und sie wollte hoffen, dass ihr Vater es nicht bemerkte. „Gewiss, Papa.“

„Du hast eine gute Tat vollbracht, guter Samariter und so, du weißt schon. Genau so, wie deine Mutter es dich aus der Bibel gelehrt hat. Aber vergiss nie …“, er spießte ein Rübchen auf, „… dass ich schon so einige Kopfverletzungen zu sehen bekommen habe. Manch einer überlebt es. Manch einer nicht. Da kannst du gar nichts machen.“

Das Herz wurde ihr schwer. „Du meinst, er überlebt es nicht?“

„Woher soll ich das wissen?“, dröhnte Papa ungehalten. „Genau das habe ich doch eben gesagt: Kann sein, dass er überlebt. Kann aber auch nicht sein.“

„Verstehe.“ Lucy stocherte an einem Rübchen herum und versuchte, die Tränen zurückzuhalten.

Ihr Vater schlug mit der flachen Hand auf den Tisch. „Ha! Das war es, wovor ich dich gewarnt habe. Häng bloß nicht dein Herz an diesen Halunken!“

Ein leichtes Lächeln huschte um Lucys Lippen. „Wie willst du mir meine Gefühle verbieten?“, fragte sie sanft. „Wenn nicht einmal ich selbst dagegen ankomme.“

Papa runzelte finster die Stirn. „Sei bloß nicht traurig, wenn er heute Nacht abdankt.“

„Ich werde mein Bestes geben, nicht traurig zu sein, Papa“, versprach Lucy. Aber sie wusste, dass es dazu bereits zu spät war. Sollte der Mann in der Nacht sterben, würde sie am Morgen um ihn weinen – ganz gleich, was sie eben versprochen hatte.

Brummelnd widmete ihr Vater sich wieder seinem Essen. „Genug davon. Aber wenn er überlebt, dann lass dir eins gesagt sein.“ Er schaute von seinem Teller auf und richtete seinen meerblauen Blick auf sie. „Wenn er dir auch nur ein Haar krümmt, fliegt er in so hohem Bogen raus, dass er achtkant auf seinem Allerwertesten landet.“

2. *KAPITEL*

Als Simon Iddesleigh, sechster Viscount Iddesleigh, die Augen aufschlug, wachte ein Engel an seinem Bett.

Er würde es für einen schrecklichen Traum gehalten haben – einen der vielen, die ihn jede Nacht heimsuchten – oder, schlimmer noch, dass er den Überfall nicht überlebt hatte und aus dieser Welt geradewegs in die flammenden Freuden der nächsten gestürzt war. Nur war er sich ziemlich sicher, dass es in der Hölle nicht nach Lavendel und frisch gestärktem Linnen roch, dass es dort überhaupt kein Linnen gab – auch keines, welches schon leicht verschlissen war – und auch keine weichen Daunenkissen und dass man dort weder Spatzen zwitschern noch luftige Vorhänge flattern hörte.

Und natürlich gab es in der Hölle auch keine Engel.

Simon betrachtete sie. Sein Engel war in schmuckloses Grau gekleidet, wie es sich für eine fromme Frau gehörte. Sie schrieb in ein großes Buch, den Blick konzentriert auf die Seite gerichtet, die geraden schwarzen Brauen leicht zusammengezogen. Ihr dunkles Haar war aus der hohen, blassen Stirn gekämmt und im Nacken zu einem schlichten Knoten gebunden. Während sie mit der Hand über die Seite fuhr, spitzte sie leicht die Lippen. Wahrscheinlich führte sie Buch über seine Sünden. Das Kratzen der Feder auf dem Papier hatte ihn geweckt.

Wenn Männer von Engeln sprachen – insbesondere wenn sie damit eigentlich Frauen meinten –, handelte es sich meist um eine sehr blumige Wendung. Sie dachten an blonde Wesen mit rosigen Wangen und roten, feucht schimmernden Lippen. Auch die törichten Putti italienischer Meister mit ihren leeren blauen Augen und pummeligen rosigen Leibern mochten einem einfallen. Doch beides war nicht die Art von Engel, die Simon vor sich sah. Nein, sein Engel war biblischer Natur – alttestamentarisch, um genau zu sein. Ein gestrenger und urteilender Engel, nicht ganz von dieser Welt. Ein Engel, der einen mit einem mitleidslosen Schnippen der Finger in ewige Verdammnis stürzte, statt mit gefiederten Schwingen durch die Lüfte zu schweben. Seinem Engel würde kein Makel seines Charakters entgehen. Simon seufzte.

Makel hatte er mehr als genug.

Der Engel musste sein Seufzen gehört haben. Sie sah auf und schaute ihn aus unergründlichen bernsteinbraunen Augen an. „Sind Sie wach?"

Er spürte ihren Blick auf sich, als hätte sie ihm die Hand auf die Schulter gelegt. Und das beunruhigte ihn sehr.

Nicht, dass er sich davon etwas anmerken ließ. „Das kommt ganz darauf an, was man unter wach versteht", erwiderte er krächzend. Allein die Bewegung seiner Lippen beim Sprechen ließ seinen Kopf fürchterlich schmerzen. Tatsächlich fühlte es sich an, als stünde sein ganzer Körper in Flammen. Er räusperte sich. „Ich schlafe nicht, doch war ich schon wacher. Sie haben nicht zufällig einen Kaffee, um den Prozess des Erwachens voranzutreiben?" Er versuchte sich aufzusetzen und fand es weitaus anstrengender, als es sein sollte. Die Bettdecke rutschte ihm bis zum Bauch hinab.

Des Engels Blick folgte der Decke abwärts. Stirnrunzelnd betrachtete sie seinen entblößten Oberkörper. Und schon hatte er es sich bei ihr verscherzt.

„Kaffee haben wir leider nicht", murmelte sie an seinen Bauchnabel gewandt. „Aber Tee."

„Natürlich. Tee gibt es immer", sagte Simon. „Dürfte ich Sie bitten, mir zu helfen, mich aufzusetzen? Flach auf dem Rücken liegend, fühlt man sich doch recht unterlegen, ganz zu schweigen davon, dass es keine gute Ausgangslage zum Teetrinken ist, es sei denn, man will ihn sich in die Ohren gießen."

Zweifelnd sah sie ihn an. „Vielleicht sollte ich Hedge oder meinen Vater holen."

„Ich verspreche Ihnen aufrichtig, nicht zu beißen." Simon

legte sich die Hand aufs Herz. „Und spucken tue ich auch nur selten."

Um ihre Lippen zuckte es.

Simon verharrte reglos. „Sie sind überhaupt kein Engel, oder?"

Eine dunkle Braue hob sich kaum merklich. Solch ein missbilligender Blick bei einer Unschuld vom Lande – wer hätte das gedacht? Ihre Miene würde jeder Duchess Ehre gemacht haben. „Ich bin Lucinda Craddock-Hayes. Und wer sind Sie?"

„Simon Matthew Raphael Iddesleigh – Viscount of Iddesleigh. Leider." Er deutete eine Verbeugung an, die ihm seiner Ansicht nach ziemlich gut glückte, wenn man bedachte, dass er noch immer rücklings hingestreckt lag.

Die Dame hingegen zeigte sich unbeeindruckt. „Sie sind Viscount Iddesleigh?"

„Betrüblicherweise."

„Dann sind Sie also nicht von hier."

„Hier meint ...?"

„Maiden Hill in Kent."

„Ah." Kent? Warum war er in Kent? Simon verrenkte sich den Hals bei dem Versuch, einen Blick aus dem Fenster zu werfen, aber die luftigen weißen Vorhänge versperrten ihm die Sicht.

Sie folgte seinem Blick. „Sie sind im Zimmer meines Bruders."

„Wie nett von ihm", murmelte Simon. Als er eben den Kopf gen Fenster gedreht hatte, hatte er gemerkt, dass damit etwas nicht stimmte. Vorsichtig tastete er nach seinem Kopf. Ah, ein Verband. Wahrscheinlich sah er damit wie ein Trottel aus. „Nun, ich muss gestehen, noch nie im bezaubernden Maiden Hill gewesen zu sein, wenngleich ich gewiss zu Recht annehme, dass die Landschaft ausgenommen lieblich und die Kirche ein architektonisches Kleinod ist."

Wieder zuckte es ganz berückend um ihre vollen roten Lippen. „Wie konnten Sie das nur ahnen?"

„Die kleinen Städte auf dem Lande bergen stets ungeahnte Schätze.“ Er senkte den Blick – vorgeblich, um die Bettdecke etwas zurechtzurücken, tatsächlich, um der Versuchung dieser Lippen zu entkommen. *Feigling.* „Den Großteil meiner unnütz vertanen Zeit verbringe ich in London. Mein sträflich vernachlässigter Familiensitz liegt hoch oben im Norden, in Northumberland. Waren Sie schon mal in Northumberland?“

Sie schüttelte den Kopf. Ihre schönen bernsteinbraunen Augen waren mit irritierend festem Blick auf ihn gerichtet – fast wie ein Mann schaute sie einen an. Nur dass Simon sich noch nie vom Blick eines Mannes erregt gefühlt hatte.

Tadelnd schnalzte er mit der Zunge. „Sehr ländlich da oben. Deshalb dürfte das Anwesen wohl auch vernachlässigt sein. Man fragt sich wirklich, was genau seine Vorfahren sich dabei gedacht haben, sich so jenseits von Gut und Böse anzusiedeln. Nichts als Schafe und Nebel. Aber weil die Bruchbude schon seit Generationen in der Familie ist, dachte ich mir, kann ich sie auch behalten.“

„Wie gütig von Ihnen“, murmelte Miss Craddock-Hayes. „Nun frage ich mich allerdings, warum wir Sie ausgerechnet hier gefunden haben, wenn Sie noch nie in der Gegend waren?“

Ganz schön aufgeweckt, die Gute. Ließ sich von seinem Gerede nicht ablenken. Kluge Frauen machten einem nichts als Ärger. Weswegen er von ihr nicht so fasziniert sein sollte.

„Ich habe nicht den blassesten Schimmer.“ Simon sah sie mit großen Augen an. „Vielleicht hatte ich das Glück, von außergewöhnlich unternehmungslustigen Dieben überfallen worden zu sein, denen es nicht genügte, mich am Ort des Verbrechens meinem Schicksal zu überlassen, sondern die mich hierhergezaubert haben, damit ich auch mal ein bisschen von der Welt sehe.“

Sie schnaubte leise. „Mir kam es eher so vor, als hätten sie dafür sorgen wollen, dass Sie nie wieder etwas von der Welt sehen.“

„Mmmh. Das wäre wirklich sehr schade gewesen“, meinte

er mit gespielter Unschuld. „Dann hätte ich Sie ja nicht mehr kennengelernt." Woraufhin Miss Craddock-Hayes eine gestrenge Braue hob und ansetzte, etwas zu erwidern – wahrscheinlich wollte sie erneut ihr inquisitorisches Talent an ihm erproben –, aber Simon kam ihr zuvor. „Sagten Sie nicht, es gäbe Tee? Vorhin äußerte ich mich abfällig darüber, aber gegen ein paar köstliche Tropfen Tee hätte ich wirklich nichts einzuwenden."

Nun errötete sie. Ein rosiger Schimmer huschte über ihre weißen Wangen. Ah, eine überaus menschliche Schwäche. „Entschuldigen Sie, das hatte ich ganz vergessen. Warten Sie, ich helfe Ihnen, sich aufzusetzen."

Sie legte ihre kleinen kühlen Hände auf seine Arme – eine beunruhigend sinnliche Berührung, wie er fand –, und mit vereinter Anstrengung schafften sie es, ihn aufzurichten. Bis es so weit war, rang Simon keuchend nach Atem, und das keineswegs nur ihretwegen. Kleine Teufelchen – oder in seinem Fall wohl eher erzürnte Heilige – malträtierten seine Schulter, bohrten ihm rotglühende Pfeile ins Fleisch. Kurz musste er die Augen schließen und öffnete sie erst wieder, als ihm eine dampfende Tasse Tee unter die Nase gehalten wurde. Als er die Hand danach ausstreckte, hielt er jäh inne und starrte auf seine rechte Hand. Sein Siegelring war verschwunden. Sie hatten seinen Ring gestohlen!

Miss Craddock-Hayes musste den Grund seines Zögerns missverstanden haben. „Der Tee ist soeben frisch aufgebrüht worden."

„Das ist sehr freundlich von Ihnen." Seine Stimme klang erschreckend schwach. Seine Hand zitterte, während er die Tasse entgegennahm, der vertraute Klang des Rings fehlte, als er die Finger darum schloss. Seit Ethans Tod hatte er ihn keinen Augenblick abgenommen. „*Verdammt.*"

„Lassen Sie nur. Ich halte sie Ihnen." Sie sprach sanft und leise, ihr Ton war vertraulich, wenngleich sie sich dessen bestimmt nicht bewusst war. Auf dieser Stimme wollte er sich zur

Ruhe betten, sich tragen lassen, davonschweben und all seine Sorgen vergessen.

Eine gefährliche Frau.

Simon trank den lauwarmen Tee. „Würde es Ihnen etwas ausmachen, einen Brief für mich zu schreiben?"

„Natürlich nicht." Sie stellte die Tasse ab und zog sich in die sichere Entfernung ihres Stuhles zurück. „Wem soll ich denn schreiben?"

Er überlegte kurz. „Am besten meinem Kammerdiener. Wenn ich meinen Bekannten von diesem Vorfall berichtete, würde ich mich zum Gespött machen."

„Gewiss. Und das wollen wir natürlich nicht." Leises Lachen schwang in ihrer Stimme mit.

Scharf sah er sie an, doch sie erwiderte seinen Blick arglos aus großen Augen. „Freut mich, dass Sie meine prekäre Lage so gut verstehen", sagte er trocken. Tatsächlich machte er sich eher Sorgen, dass seine Feinde erfahren könnten, dass er noch lebte. „Mein Kammerdiener soll mir ein paar frische Kleider, ein Pferd und Geld bringen."

Sie legte ihr aufgeschlagenes Buch beiseite. „Und sein Name?"

Simon legte den Kopf schräg, doch von hier aus konnte er nicht sehen, was in dem Buch stand. „Henry. Cross Road Nummer 207, London. Was haben Sie da vorhin geschrieben?"

„Wie bitte?", fragte sie, ohne aufzusehen.

Sehr irritierend. „In Ihrem Buch. Was haben Sie da vorhin geschrieben?"

Sie ließ den Stift reglos über dem angefangenen Brief verharren, den Kopf noch immer gesenkt.

Simon versuchte, sich nichts anmerken zu lassen, obschon seine Neugier beständig zunahm.

Schweigend schrieb sie die Adresse fertig, der Bleistift kratzte leise über das Papier. Dann legte sie beides beiseite und schaute ihn an. „Ich habe nicht geschrieben, ich habe gezeichnet." Sie griff nach ihrem Buch und legte es ihm dann aufgeschlagen in den Schoß.

Die linke Seite war übersät mit kleineren und größeren Skizzen: ein kleines, gebeugtes Männchen, das einen Korb trug, ein Baum mit kahlen Ästen, ein morsches Holztor, das schief in den Angeln hing. Die rechte Seite wurde von einer einzigen Zeichnung eingenommen und zeigte einen schlafenden Mann – ihn. Und keineswegs in seiner vorteilhaftesten Verfassung, mit diesem albernen Kopfverband und rücklings schlummernd hingestreckt. Zu wissen, dass sie ihn beim Schlafen beobachtet hatte, bereitete ihm ein komisches Gefühl.

„Ich hoffe, Sie haben nichts dagegen", sagte sie.

„Keineswegs. Immer schön, wenn man sich nützlich machen kann." Simon blätterte eine Seite zurück. Einige der Skizzen waren leicht aquarelliert worden. „Die sind gut", stellte er fest.

„Danke."

Simon musste über ihre Erwiderung schmunzeln. Die meisten Damen wehrten bescheiden ab, wenn man ihnen ein Kompliment hinsichtlich ihrer Fähigkeiten machte. Miss Craddock-Hayes war sich ihres Talents bewusst. Sehr interessant. Er blätterte weiter.

„Was ist das?" Er zeigte auf ein paar Skizzen eines Baumes im Laufe der Jahreszeiten.

Wieder huschte ein rosiger Schimmer über ihre Wangen. „Entwürfe für ein kleines Gebetbuch, dass ich Mrs. Hardy aus dem Dorf zu ihrem Geburtstag schenken will."

„Machen Sie so was öfter?" Fasziniert blätterte er weiter. Das waren nicht die blassen, blutleeren Zeichnungen einer gelangweilten Dame, die nicht wusste, was sie mit ihrer Zeit anfangen sollte. Ihre Skizzen wirkten handfest und lebendig. „Bücher illustrieren, meine ich." Fieberhaft dachte er nach.

„Gelegentlich", meinte sie achselzuckend. „Aber nur für Freunde und dergleichen."

„Dann könnte ich vielleicht ein Werk in Auftrag geben?" Als er aufsah, wollte sie gerade etwas erwidern, doch er fuhr rasch fort, ehe sie ihn darauf hinweisen konnte, dass er nicht unbedingt in die Kategorie *Freunde* fiele. „Ein Buch für meine Nichte."

Sie schloss ihren Mund wieder und hob stattdessen die Brauen. Schweigend wartete sie, dass er weitersprach.

„Natürlich nur, wenn es Ihnen nichts ausmacht, einem verwundeten Mann einen Gefallen zu tun." Schamlos, absolut schamlos. Aber aus irgendeinem Grund konnte er der Versuchung nicht widerstehen.

„Was für ein Buch?"

„Oh, vielleicht ein Märchenbuch. Was meinen Sie?"

Schweigend nahm sie ihm ihr Buch ab, legte es sich auf den Schoß, schlug bedächtig eine neue Seite auf. Dann schaute sie ihn an. „Ich höre."

Herrje, jetzt steckte er aber in der Klemme. Zugleich hätte er am liebsten lauthals gelacht, denn so leicht war ihm seit Jahren nicht mehr ums Herz gewesen. Simon schaute sich rasch im Zimmer um. Sein Blick fiel auf eine kleine gerahmte Seekarte an der gegenüberliegenden Wand. Seeschlangen rankten sich um den Rand des Drucks. Lächelnd schaute er Miss Craddock-Hayes an. „Das Märchen vom Schlangenprinz."

Ihr Blick senkte sich auf seine Lippen, hob sich dann hastig wieder zu seinen Augen. Sein Lächeln wurde zu einem Strahlen. Ah, frohlockte er, selbst ein Engel konnte in Versuchung geraten!

Doch sie schaute ihn nur mit fragend gehobener Braue an. „Das kenne ich nicht."

„Das überrascht mich aber", log er frohgemut. „Als Kind war es eines meiner Lieblingsmärchen. Weckt noch immer schöne Erinnerungen daran, wie meine Amme mich vor dem Feuer auf den Knien schaukelte, während sie uns Geschichten erzählte." Er setzte eine sinnige Miene auf. Das ließ sich doch ganz gut an.

Sie betrachtete ihn zweifelnd.

„Lassen Sie mich überlegen." Simon unterdrückte ein Gähnen. Der Schmerz in seiner Schulter war zu einem dumpfen

Pochen verebbt, aber als gälte es, das wettzumachen, tat ihm sein Kopf umso mehr weh. „Es war einmal ... So fängt es ja immer an, oder?“

Von der Dame war offensichtlich keine Hilfe zu erwarten. Sie lehnte sich zurück und wartete seelenruhig ab, wie er sich zum Narren machte.

„Es war einmal ein junges Mädchen, das des Königs Ziegen hütete und kaum genug zum Leben hatte. Sie war eine Waise und hatte niemanden auf dieser Welt – außer natürlich den Ziegen, die jedoch recht streng rochen.“

„Ziegen?“

„Ziegen. Der König hatte eine Schwäche für Ziegenkäse. Doch nun schweig still, mein Kind, wenn ich weiter erzählen soll.“ Simon legte den Kopf zurück, er schmerzte höllisch. „Ich glaube, sie hieß Angelica, wenn Sie es ganz genau wissen möchten – die arme Ziegenmagd, meine ich.“

Diesmal nickte sie nur. Mittlerweile hatte sie nach einem Bleistift gegriffen und angefangen, in ihr Buch zu zeichnen. Allerdings konnte er nicht sehen, was sie da zeichnete, weshalb er nicht wusste, ob sie tatsächlich seine Geschichte illustrierte oder sich nur die Langeweile vertrieb.

„Tagein, tagaus, vom ersten Morgengrauen bis nach Sonnenuntergang, ging Angelica ihrem mühseligen Tagwerk nach, und niemand außer den Ziegen war da, ihr Gesellschaft zu leisten. Das Schloss des Königs stand hoch oben auf einer Klippe, und die arme Ziegenmagd lebte am Fuße der Klippen in einer kleinen Holzhütte. Wenn sie den Kopf ganz weit zurücklegte und an den steilen, steilen Klippen hinaufsah, konnte sie die schimmernden weißen Mauern des Schlosses sehen, seine spitzen Türmchen und die Hofgesellschaft in ihren feinen, funkelnden Gewändern. Ab und an erhaschte sie auch einen Blick auf den Prinz.“

„Den Schlangenprinz?“

„Nein.“

Sie neigte den Kopf leicht zur Seite, nahm den Blick aber

nicht von ihrer Zeichnung. „Warum heißt das Märchen dann *Der Schlangenprinz*, wenn er gar nicht der Schlangenprinz ist?"

„Der Schlangenprinz kommt später. Sind Sie immer so ungeduldig?", fragte er streng.

Nun schaute sie doch auf, ein feines Lächeln spielte um ihre Lippen. Simon war wie vom Blitz gerührt, alle Gedanken waren vergessen. Um ihre wunderbaren bernsteinbraunen Augen kräuselten sich kleine Fältchen, ein winziges Grübchen erschien in ihrer linken Wange. Sie schien von innen zu leuchten. Miss Craddock-Hayes war wirklich ein Engel. Simon verspürte den drängenden, fast schon überwältigenden Wunsch, ihr das Grübchen mit dem Daumen von der Wange zu streifen, ihr Gesicht mit beiden Händen zu umfassen und ihr Lächeln zu kosten.

Er schloss die Augen. *Nein.* Nein, das wollte er nicht.

„Entschuldigen Sie", hörte er sie sagen. „Ich werde Sie nicht mehr unterbrechen."

„Schon gut. Ich fürchte nur, dass mein Kopf ein wenig schmerzt. Könnte daran liegen, dass ich mir kürzlich den Schädel habe einschlagen lassen." Simon verstummte jäh, als ihm ein Gedanke kam. „Wann genau wurde ich gefunden?"

„Vor zwei Tagen." Sie klappte ihr Buch zusammen, stand auf und sammelte ihre Stifte ein. „Dann lasse ich Sie lieber allein, damit Sie sich ein wenig ausruhen können. In der Zwischenzeit werde ich den Brief an Ihren Kammerdiener schreiben und losschicken. Es sei denn, Sie möchten ihn vorher lesen?"

„Nein, nein, ich bin mir sicher, dass Sie das ganz hervorragend machen." Simon ließ sich in die Kissen sinken, die unberingte Hand auf der Bettdecke. Betont beiläufig fragte er: „Wo sind eigentlich meine Kleider?"

Schon auf halbem Wege aus dem Zimmer blieb sie stehen und warf ihm über die Schulter einen unergründlichen Blick zu. „Sie hatten keine an, als ich Sie fand." Leise schloss sie die Tür hinter sich.

Simon blinzelte. Meist bedurfte es mindestens zweier Begegnungen mit einer Dame, ehe er seiner Kleider verlustig ging.

„Der Vikar ist hier, um Sie abzuholen, Miss“, sagte Miss Brodie, als sie am nächsten Morgen ihren Kopf zur Wohnstube hereinsteckte.

Lucy saß auf einem mit blauem Damast bezogenen Sofa und stopfte eine von Papas Socken. Seufzend sah sie zur Decke auf und überlegte, ob der Viscount ihren Besucher wohl hatte kommen hören. Allerdings wusste sie nicht einmal, ob er bereits wach war, denn sie hatte ihn heute noch nicht gesehen. Seine grauen Augen, die so wach und lebendig waren und stets ein wenig belustigt schauten, hatten sie gestern ziemlich aufgewühlt. Sie war es nicht gewohnt, aufgewühlt zu sein, und es war keine erfreuliche Erfahrung. Daher hatte sie ihn auch ganz feige gemieden, seit sie das Zimmer verlassen hatte, um den Brief an seinen Kammerdiener zu schreiben.

Bedächtig legte sie ihr Stopfzeug beiseite. „Danke, Mrs. Brodie.“

Die Haushälterin zwinkerte ihr kurz zu, ehe sie in die Küche zurückeilte, und Lucy stand auf, um ihren Besucher zu begrüßen. „Guten Morgen, Eustace.“

Eustace Penweeble, Pfarrer der kleinen Kirche von Maiden Hill, neigte höflich den Kopf, wie er es seit drei Jahren jeden Dienstag tat – sofern nicht ein Feiertag oder schlechtes Wetter ihn von seinen Fahrten abhielten. Er lächelte schüchtern und drehte seinen Dreispitz in den großen, geschickten Händen. „Es ist herrliches Wetter. Würdest du mich begleiten wollen, während ich meine Runde mache?“

„Eine wunderbare Idee.“

„Gut, sehr gut“, erwiderte er.

Eine braune Haarlocke, die sich aus seinem Zopf gelöst hatte, fiel ihm in die Stirn und ließ ihn wie einen groß geratenen kleinen Jungen wirken. Er musste die kurze, gepuderte Perücke, die seinem Stand angemessen wäre, wieder mal vergessen haben. Auch gut, dachte Lucy, fand sie doch, dass er ohne sie sowieso besser aussah. Sie schenkte ihm ein strahlendes Lächeln, nahm ihren Umhang und ging Eustace voran aus dem Haus.

Es war tatsächlich ein herrlicher Tag. Die Sonne schien so hell, dass Lucy schier geblendet war, als sie auf den ausgetretenen Granitstufen vor dem Haus stand. Die alten orangeroten Backsteine von Craddock-Hayes-House glühten warm, in den Fenstern spiegelte sich das Licht und ließ das Haus geradezu leuchten. Alte Eichen säumten die kiesbestreute Auffahrt. Sie waren nur noch spärlich belaubt, und die kahlen Äste und Zweige ragten pittoresk in den klaren blauen Himmel. Eustaces Gespann stand bei der Tür bereit, Hedge hielt das Pferd am Zügel.

„Dürfte ich dir behilflich sein?“, fragte Eustace so höflich, als fürchte er, sie könne sein Angebot ausschlagen.

Lucy legte ihre Hand in seine.

Hedge verdrehte die Augen und brummelte leise vor sich hin. „Immer dasselbe – jeden verdammten Dienstag. Warum nicht Donnerstag oder Freitag, Herrgott noch mal?“

Eustace runzelte pikiert die Stirn.

„Danke.“ Lucy versuchte, den grantigen Diener zu übertönen und Eustaces Aufmerksamkeit wieder auf sich zu lenken, indem sie sich umständlich zurechtsetzte.

Der Pfarrer nahm neben ihr Platz und griff nach den Zügeln. Kopfschüttelnd verzog Hedge sich ins Haus.

„Ich dachte mir, wir könnten kurz bei der Kirche vorbeifahren – natürlich nur, wenn du nichts dagegen hast.“ Eustace schnalzte mit der Zunge, und das Pferd setzte sich in Bewegung. „Der Küster wies mich darauf hin, dass im Dach über der Sakristrei ein Leck sein könne. Ich wüsste gern, was du dazu sagst.“

Lucy verkniff sich gerade noch ihr übliches *Das wäre wunderbar* und lächelte stattdessen. Sie fuhren die Auffahrt hinab und auf den Fuhrweg, auf dem sie vor drei Tagen den Viscount gefunden hatte. Heute Morgen sah hier alles ganz harmlos und fast idyllisch aus. Auch die kahlen Bäume wirkten nicht mehr unheimlich oder bedrohlich. Sie erklommen eine kleine Anhöhe. In der Ferne schlängelten sich Bruchsteinmauern über die grasbewachsenen Kalksteinhügel.

Eustace räusperte sich. „Wie ich hörte, hast du kürzlich Mistress Hardy besucht?"

„Ja", erwiderte Lucy und wandte sich ihm höflich zu. „Ich habe ihr etwas Kalbsfußsülze gebracht."

„Und wie ging es ihr? Ist ihr Knöchel nach dem Sturz wieder gut verheilt?"

„Sie hatte den Fuß noch hochgelegt, aber es ging ihr immerhin so gut, dass sie an der Sülze herumschimpfen konnte und meinte, ihre würde immer viel besser schmecken."

„Ah ja, das ist gut. Wenn sie schon wieder am Schimpfen ist, befindet sie sich auf dem Weg der Besserung."

„Genau das dachte ich mir auch."

Als Eustace sie anlächelte, sah sie feine Lachfältchen um seine warmen kaffeebraunen Augen. „Du bist mir eine große Hilfe, weil du bei den Dorfbewohnern ein bisschen nach dem Rechten schaust."

Lucy nickte und hielt ihr Gesicht in den Wind. Eustace machte häufig derlei Bemerkungen. In der Vergangenheit waren sie ihr tröstlich und ermutigend erschienen, wenngleich etwas langweilig. Heute jedoch ließen seine Worte sie leicht gereizt werden, und sie wünschte, er rede nicht immer dasselbe daher.

Aber Eustace fuhr unverdrossen fort: „Es wäre schön, wenn auch andere Damen unseres Dorfes so wohltätig wären."

„Was meinst du damit?"

Das Blut schoss ihm heiß in die Wangen. „Nun, deine Freundin Miss McCullough beispielsweise. Mir scheint, sie bringt ihre ganze Zeit mit Klatsch und Tratsch zu."

Lucy runzelte irritiert die Stirn. „Patricia plaudert in der Tat recht gern, aber im Grunde ist sie herzensgut."

„Nun, wenn du das sagst, will ich es mal glauben", sagte er wenig überzeugt.

Eine Kuhherde versperrte den Weg und muhte das nahende Gespann empört an. Eustace fuhr langsamer und wartete, bis der Kuhhirte seine Herde von der Straße auf die angrenzende Weide getrieben hatte.

Als er sein Pferd wieder antraben ließ, winkte er dem Mann im Vorbeifahren zu. „Wie ich hörte, hast du kürzlich ein kleines Abenteuer erlebt."

Das überraschte Lucy wenig. Wahrscheinlich hatte ganz Maiden Hill noch am selben Abend davon erfahren, als Hedge Dr. Fremont zu Hilfe geholt hatte. „Allerdings. Dort drüben war es, wo wir den Mann gefunden haben." Sie zeigte ein kleines Stück voraus an den Wegesrand. Es lief ihr eiskalt den Rücken hinab, als sie die Stelle passierten, wo sie den Viscount so nahe dem Tode gefunden hatte.

Pflichtschuldigst schaute Eustace in den Graben. „In Zukunft solltest du vorsichtiger sein. Wer weiß, wer der Bursche ist. Er hätte dir etwas antun können."

„Er war bewusstlos", stellte Lucy geduldig klar.

„Trotzdem. Du solltest nicht ganz allein hier draußen herumspazieren." Lächelnd sah er sie an und fügte hinzu: „Was sollte ich ohne dich tun?"

Für wie töricht hielt Eustace sie eigentlich? Sie versuchte, sich ihren Verdruss nicht anmerken zu lassen. „Mr. Hedge hat mich begleitet."

„Gewiss, gewiss. Aber Hedge ist weder der Größte noch der Jüngste."

Schweigend sah Lucy ihn an.

„Ja, ähm ... denk in Zukunft einfach nur daran." Wieder räusperte er sich. „Weißt du mittlerweile schon, wen du da gefunden hast?"

„Er ist gestern zu sich gekommen", sagte Lucy vorsichtig. „Sein Name sei Simon Iddesleigh, sagt er. Er ist ein Viscount."

Eustace zog an den Zügeln. Das Pferd, eine schon etwas

in die Jahre gekommene Grauschimmelstute, schnaubte und schüttelte den Kopf. „Ein Viscount? Was du nicht sagst. Wahrscheinlich ein von Gicht geplagter alter Herr."

Sie musste an seine wachen, flinken Augen und seine noch flinkere Zunge denken. Und an seinen nackten Oberkörper, als die Bettdecke herabgerutscht war. Die Haut des Viscounts war makellos glatt, spannte sich über straffen Muskeln. Seine Brustwarzen waren von einem dunkleren Braun und hatten sich deutlich von seiner blassen Haut abgehoben. Nein, was dachte sie da nur! Derlei hätte sie überhaupt nicht bemerken dürfen.

Nun war es Lucy, die sich räusperte und ihren Blick starr nach vorn richtete. „Ich denke nicht, dass er wesentlich älter als dreißig ist."

Sie spürte Eustaces prüfenden Blick auf sich. „Dreißig. Soso. Aber ein Viscount, immerhin. Ganz schön fehl am Platze hier in Maiden Hill, meinst du nicht auch?"

Was sollte das denn heißen? „Gewiss", erwiderte sie unverbindlich.

„Ich wüsste gern, was er überhaupt hier wollte."

Mittlerweile hatten sie die Hauptstraße von Maiden Hill erreicht, und Lucy nickte zwei alten Damen zu, die mit dem Bäcker feilschten. „Das weiß ich auch nicht."

Die beiden Damen lächelten und winkten ihnen zu. Kaum waren sie vorbeigefahren, steckten sie die grauen Köpfe zusammen und tuschelten.

„Hmmm. Gut, hier wären wir." Eustace hielt den Wagen neben der kleinen normannischen Kirche an und sprang hinab. Rasch lief er um das Gespann herum und war ihr beim Aussteigen behilflich. „So. Der Küster meinte, das Leck wäre im Längsschiff, nahe der Sakristei …" Mit langen Schritten steuerte er die rückwärtige Seite der Kirche an, erörterte ihren Grundriss und überlegte laut, welcher Reparaturen es demnächst bedurfte.

All das hörte Lucy nicht zum ersten Mal. In den drei Jahren, da er ihr schon den Hof machte, hatte Eustace sie häufig hierhergebracht – vielleicht weil er sich hier auf sicherem Boden fühlte. Sie schlenderte hinter ihm her und hörte mit halbem Ohr zu. Dabei versuchte sie sich vorzustellen, wie der süffisante Viscount stundenlang über ein Dach schwadronierte, noch dazu ein Kirchendach. Sie verzog peinlich berührt das Gesicht, wenn sie sich vorstellte, was er dazu zu sagen hätte – gewiss wäre es spöttischer Natur. Was nicht heißen sollte, dass die wahrscheinliche Reaktion des Viscounts auf Eustaces Ausführungen die Reparatur des Kirchendachs weniger wichtig machte. Jemand musste sich ja schließlich darum kümmern. Und in einem kleinen Städtchen wie Maiden Hill war ein reparaturbedürftiges Kirchendach eine Angelegenheit von großer Bedeutung.

Vermutlich verbrachte der Viscount seine Tage – und seine Nächte – in Gesellschaft von Damen, die waren wie er. Geistreich und ein bisschen frivol. Damen, deren einzige Sorge es war, wie sie ihre Kleider aufputzen und ihr Haar frisieren lassen sollten. Für solche Menschen gab es in ihrer Welt herzlich wenig Verwendung. Und doch … Das Geplauder des Viscounts war sehr unterhaltsam gewesen. Seine kleinen, gewitzten Sticheleien hatten sie sich auf einmal viel wacher und lebendiger fühlen lassen, als ob ihr Verstand Funken gefangen hätte und nun hell strahlte.

„Lass uns mal schauen, wie es drinnen aussieht. Nicht, dass durch das Leck der Schimmel an den Wänden noch schlimmer geworden ist.“ Eustace wandte sich um und trat in die Kirche. Als sie ihm nicht sogleich folgte, streckte er den Kopf wieder hinaus. „Natürlich nur, wenn du nichts dagegen hast.“

„Nein, natürlich nicht“, sagte Lucy. „Ich komme gleich.“

Eustace schmunzelte. „So ist's recht.“ Damit verschwand er wieder nach drinnen.

Langsam folgte Lucy ihm und fuhr mit den Händen über die verwitterten Grabsteine im Kirchhof. Die Kirche von Maiden Hill war bald nach der normannischen Eroberung erbaut worden. Ihre eigenen Vorfahren waren noch nicht ganz so lange hier, aber die Gebeine zahlreicher Craddock-Hayes' hatten in dem kleinen Mausoleum in der Ecke des Friedhofs ihre letzte Ruhe gefunden. Als kleines Mädchen hatte sie nach dem sonntäglichen Kirchgang gerne auf dem Friedhof gespielt. Ihre Eltern hatten sich in Maiden Hill kennengelernt und ihr ganzes Leben hier verbracht – zumindest Mama. Papa war als Kapitän zur See gefahren und hatte viel von der Welt gesehen, wie er jeden gerne wissen ließ, der von seinen Abenteuern hören wollte. Auch ihr Bruder David war Seemann. Jetzt gerade war er wieder auf hoher See, fuhr vielleicht bald in einen fernen Hafen ein. Einen Augenblick lang verspürte Lucy einen Anflug von Neid. Wie herrlich musste es sein, selbst über sein Leben zu bestimmen, frei darüber entscheiden zu können, ob man lieber Arzt oder Künstler werden oder aber zur See fahren wollte. Sie könnte sich vorstellen, dass sie einen ganz passablen Seemann abgeben würde. Wenn sie an Deck stünde, der Wind ihr das Haar zauste, wenn über ihr die Segel sich blähten, die Schiffsbohlen unter ihr knarrten …

Eustace schaute wieder hinter der Kirchentür hervor. „Kommst du?“

Lucy blinzelte und rang sich ein Lächeln ab. „Ja, natürlich.“

Simon streckte seinen rechten Arm auf Schulterhöhe aus und hob ihn sehr vorsichtig an. Flammender Schmerz schoss ihm in die Schulter und hinab in den Arm. Verdammt. Es war einen Tag her, da er beim Aufwachen Miss Craddock-Hayes an seinem Bett vorgefunden hatte – und seitdem hatte er sie nicht mehr gesehen. Ein Umstand, der ihn zutiefst beunruhigte. Ging sie ihm etwa aus dem Weg? Oder schlimmer noch – verspürte sie schlicht keine Lust, ihn wieder zu besuchen? Vielleicht hatte er sie ja gelangweilt.

Ein beschämender Gedanke, der ihn recht verdrießlich stimmte. Seinem Kopf ging es heute besser, auch den albernen Verband hatte man ihm abgenommen, aber sein Rücken fühlte sich noch immer an, als stünde er in Flammen. Langsam ließ Simon seinen Arm wieder sinken und atmete tief durch, bis der Schmerz nur noch als dumpfes Pochen zu spüren war. Wenig erfreut betrachtete er seinen Arm. Der Hemdsärmel war auch zu kurz. Zwischen Manschette und Handgelenk ragte mehr als eine Handbreit Arm heraus. Das rührte daher, dass er ein Hemd von David trug, dem derzeit abwesenden Bruder des Engels. Der Länge des Kleidungsstücks nach zu urteilen, die es höchst peinlich machte aufzustehen, war der Bruder ein Zwerg.

Seufzend schaute Simon sich im Zimmer um. Vor dem einzigen Fenster war bereits die Nacht hereingebrochen. Der Raum war gerade groß genug für das Bett – welches für seinen Geschmack viel zu schmal war –, einen Schrank, eine Kommode, einen Tisch und zwei Stühle. Das war alles. Nach seinen Maßstäben spartanisch eingerichtet, aber kein schlechter Ort, um zu genesen – zumal wenn einem keine andere Wahl blieb. Das Feuer erstarb gerade, was den Raum empfindlich kühl machte. Doch die Kälte war seine geringste Sorge. Er brauchte seinen rechten Arm, um den Degen zu halten. Ihn nicht nur zu halten, sondern ihn zu führen, zu parieren, zu ripostieren. Und zu töten.

Das vor allem.

Seinen Feinden mochte es nicht gelungen sein, ihn umzubringen, aber seinen rechten Arm hatten sie erfolgreich aus dem Verkehr gezogen, zumindest für eine Weile – vielleicht für immer. Nicht, dass ihn das von seiner Mission abhalten würde. Schließlich hatten sie seinen Bruder umgebracht. Nur der Tod könnte seinem Rachefeldzug ein Ende setzen. Aber beim nächsten Angriff müsste er sich wieder verteidigen können. Simon biss die Zähne zusammen und hob den Arm erneut an. Es schmerzte höllisch. Und letzte Nacht hatte er wieder von den Fingern geträumt. Finger, die wie blutige Butterblümchen zu Pellers Füßen im Gras erblühten. Im Traum hatte Peller versucht, seine Finger aufzusammeln, war mit seinen verstümmelten Händen tastend durch das Gras gekrochen …

Die Tür ging auf, und herein kam sein Engel, ein Tablett in den Händen. Dankbar drehte Simon sich nach ihr um, froh, dass er den Bildern in seinem Kopf entfliehen konnte. Wie schon am Tag zuvor war sie in das schlichte Grau einer Nonne gekleidet, das dunkle Haar zu einem einfachen Knoten im Nacken zusammengefasst. Wahrscheinlich ahnte sie nicht einmal, wie verführerisch der entblößte Nacken einer Frau war. Er sah feinste Haarsträhnen, die sich in ihrem Nacken lockten, und den sanft geschwungenen Ansatz ihrer weißen Schultern. Ihre Haut wäre weich und verletzlich, und wenn er sie mit seinen Lippen berührte – dort, wo Hals und Schultern sich trafen –, würde sie erschaudern. Bei dem Gedanken konnte er nicht anders, als entrückt zu lächeln.

Streng schaute sie ihn an und runzelte die Stirn. „Muss das sein?“

Vermutlich meinte sie seine sportiven Übungen. „Wahrscheinlich nicht.“ Er ließ seinen Arm sinken. Diesmal fühlte es sich an, als würden tausend Wespen zustechen.

„Dann sollten Sie lieber damit aufhören und etwas essen.“ Sie stellte das Tablett auf dem Tisch neben dem Bett ab, ging zum Kamin und schürte das Feuer, kam mit einem glimmenden Span zurück und zündete die Kerzen an.

Er streckte seine Hand nach dem Tablett aus. „Ah. Was für Köstlichkeiten haben wir denn da? Ein Schälchen Milchbrei? Eine Tasse Rinderbrühe?“ Damit war er zumindest die letzten beiden Tage verköstigt worden. Sogar trocken Brot schien ihm mittlerweile eine verlockende Delikatesse.

„Nein, ein Stück von Mrs. Brodies Rindfleischpastete mit Nierchen.“

Vor Überraschung ließ er den Arm so rasch sinken, dass er sich ein gequältes Stöhnen verkneifen musste. „Wirklich?“

„Ja, und jetzt hören Sie endlich auf, mit Ihrem Arm herumzufuchteln.“

Mit spöttischer Miene neigte er das Haupt. „Ganz wie die Dame wünschen.“

Mit gehobener Braue sah sie ihn an und enthielt sich jeden Kommentars. Simon schaute ihr dabei zu, wie sie den Teller aufdeckte. Gelobt seien alle Heiligen! Die Dame hatte tatsächlich nicht zu viel versprochen. Auf dem Teller lag eine ansehnliche Scheibe Fleischpastete.

„Gesegnet sollen Sie sein." Er brach ein knuspriges Stückchen vom Rand ab und wäre fast in Tränen ausgebrochen, als es seine Zunge berührte. „Göttlich, absolut göttlich. Bitte richten Sie der Köchin aus, dass ich sie anbete und vor Kummer sterben werde, wenn sie nicht auf der Stelle mit mir durchbrennt."

„Ich werde ihr sagen, dass die Pastete Ihnen sehr gut geschmeckt hat." Sie reichte ihm den Teller.

Er stellte ihn sich auf den Schoß. „Sie weigern sich, meinen Heiratsantrag zu überbringen?"

„Von Heirat war nicht die Rede. Es klang eher so, als wollten Sie der armen Mrs. Brodie Schande bereiten."

„Die Liebe meines Lebens heißt Mrs. Brodie?"

„Ja, weil sie nämlich mit *Mr.* Brodie verheiratet ist, der sich derzeit auf See befindet." Sie setzte sich auf den Stuhl neben dem Bett und schaute ihn an. „Vielleicht interessiert es Sie ja zu erfahren, dass er als stärkster Mann von ganz Maiden Hill gilt."

„Was Sie nicht sagen. Und gehe ich recht in der Annahme, dass Sie mit dieser Bemerkung meine Manneskraft in Zweifel ziehen wollen?"

Kurz ließ sie ihren Blick über ihn schweifen. Sogleich ging sein Atem rascher als zuvor.

„Nun, derzeit liegen Sie zumindest mit beinah tödlichen Verletzungen danieder", murmelte sie.

„Ein zu vernachlässigendes Detail", meinte er leichthin.

„Keineswegs."

„Hmmm." Er nahm ein Stück Pastete auf die Gabel. „Sollte es dazu nicht Wein geben?"

Sie bedachte ihn mit tadelndem Blick. „Vorerst Wasser."

„Natürlich. Meine Hoffnung war vermessen." Er schluckte

den ersten köstlichen Bissen herunter. „Lautet ein weiser Rat nicht, sich mit dem zu bescheiden, was man hat? So will ich es versuchen."

„Daran tun Sie gewiss gut", erwiderte sie trocken. „Gibt es einen bestimmten Grund, weswegen Sie Ihren Arm so quälen?"

Er wich ihren bernsteinbraunen Augen aus. „Langeweile, fürchte ich. Nichts als Langeweile."

„Wirklich?"

Ihr konnte man nicht so leicht etwas vormachen, das hätte er sich denken können. Zeit für ein kleines Ablenkungsmanöver. „Besonders weit bin ich mit meinem Märchen gestern Abend ja nicht gekommen", meinte er und lächelte charmant.

„Haben Sie wirklich eine Nichte?"

„Natürlich. Halten Sie es etwa für möglich, dass ich Sie anlüge?"

„Ehrlich gesagt, ja. Und Sie machen auf mich auch nicht gerade den Eindruck eines Mannes, der sich rührend um seine Nichten und Neffen kümmert."

„Ah ja. Und welchen Eindruck mache ich auf Sie?", fragte er, ohne nachzudenken.

Sie legte den Kopf schräg. „Den Eindruck eines Mannes, der sich sehr anstrengt, seine Seele zu verbergen."

Du liebe Güte. Was sollte er denn darauf erwidern?

Ihre Mundwinkel zuckten in jener berückenden Manier, die ihm bereits gestern aufgefallen war. „Mylord?"

Er räusperte sich. „Ja, wo war ich denn gestern stehen geblieben mit meinem kleinen Märchen?" Was für ein Feigling er war! Wo war er nur hin, sein Mut? „Die arme Ziegenmagd Angelica, das weiße Schloss und …"

„Der Prinz, der nicht der Schlangenprinz war." Sie gab sich geschlagen und griff nach einem Kohlestift. Diesmal hatte sie ein anderes Buch mitgebracht. Es war saphirblau gebunden. Sie schlug es auf und sah ihn gespannt an.

Erleichterung überkam ihn, weil sie es dabei belassen und

nicht beharrlich nachgefragt hatte, weil sie nicht herausfinden würde, was ihn umtrieb – zumindest nicht so bald. Wenn er Glück hatte, würde sie es nie herausfinden.

Zwischen zwei Bissen Pastete begann er zu erzählen. „Gut. Der Prinz, der nicht der Schlangenprinz war. Ich muss wohl kaum erwähnen, dass dieser Prinz ausgesprochen nobel und gut aussehend war, mit goldenen Locken und himmelblauen Augen. Er war fast ebenso schön wie Angelica, deren nachtschwarzes Haar ebenso dunkel schimmerte wie der Sternenhimmel und deren Augen so golden wie Sirup waren."

„Wie Sirup?", fragte sie ungläubig und mit tonloser Stimme, doch um ihre Lippen huschte ein Lächeln.

Oh, wie sehr er sich wünschte, sie zum Lächeln zu bringen! „Mmmh, ja. Sirup", sagte er versonnen. „Ist Ihnen noch nie aufgefallen, wie golden Sirup schimmert, wenn das Licht hindurchscheint?"

„Mir ist nur aufgefallen, wie sehr er klebt."

Diese Bemerkung überhörte er geflissentlich. „Obwohl die arme Angelica so schön wie ein Stern am Firmament war, gab es niemanden, der ihre Schönheit bemerkt hätte, denn sie hatte niemanden auf der Welt als die Ziegen. Weshalb Sie sich gewiss ihr Entzücken vorstellen können, als sie einmal einen Blick auf den schönen Prinzen erhaschte. Er stand weit, weit über ihr – sowohl im wörtlichen als auch im übertragenen Sinne –, doch sie wünschte sich nichts sehnlicher, als ihm einmal zu begegnen, in seine himmelblauen Augen zu schauen und ihm jeden Gedanken vom Gesicht abzulesen. Mehr nicht, denn sie wagte nicht zu hoffen, jemals mit ihm zu sprechen."

„Warum nicht?", fragte Miss Craddock-Hayes irritiert.

„Wegen der Ziegen, um ganz ehrlich zu sein", antwortete er ernst. „Angelica schämte sich für den strengen Geruch, den sie von den Ziegen angenommen hatte."

„Natürlich." Ihre Mundwinkel zuckten, schließlich lächelte sie.

Und dann geschah etwas sehr Seltsames. Auch bei ihm

zuckte es, wenngleich weiter unten – und zum Lächeln fand er das keineswegs. Herrje, wie verworfen, sich wegen des Lächelns einer jungen Dame derart zu erregen! Simon hustete.

„Haben Sie sich verschluckt?“ Das Lächeln war verschwunden – Gott sei Dank –, aber nun sah sie ihn mit aufrichtiger Besorgnis an. Bislang war das keineswegs eine Gefühlsregung, die zu wecken er beim schönen Geschlecht gewohnt war.

Besorgnis! Von diesem neuerlichen Tiefschlag würde sein Stolz sich nicht so bald erholen. „Nein, alles bestens.“ Er trank einen Schluck Wasser. „Wo war ich stehen geblieben? Ach ja, es sah also so aus, als würde Angelica bis ans Ende ihrer Tage dem goldgelockten Prinzen hinterherschmachten und wäre doch auf immer dazu verdammt, ihm fernzubleiben. Eines Tages allerdings geschah etwas.“

„Das will ich wohl hoffen, sonst wäre es ein ziemlich kurzes Märchen“, bemerkte Miss Craddock-Hayes, die sich wieder ihrem Skizzenbuch zugewandt hatte.

Er beschloss, nicht weiter auf diese abermalige Unterbrechung einzugehen. „Eines Tages, es war schon spät, machte Angelica sich auf, um ihre Ziegen heimwärts zu treiben, und wie an jedem Abend zählte sie ihre kleine Herde. An diesem Abend aber fehlte eine Ziege. Die kleinste, eine schwarze Geiß mit einem weißen Fuß, war verschwunden. Just in diesem Moment hörte sie leises Meckern, das von der Klippe zu kommen schien, auf der das Schloss stand. Sie sah sich um, konnte indes nichts entdecken. Wieder das leise Meckern. Und so folgte Angelica dem Meckern der schwarzen Geiß und kletterte so nah an die Klippen heran wie möglich, und siehe da – auf einmal stand sie vor einem schmalen Felsspalt.“

Er hielt inne und nahm einen Schluck Wasser. Sie sah nicht von ihrem Buch auf. Im warmen Schein des Kaminfeuers wirkte ihr Gesicht ruhig und friedlich, und obwohl sie ihre Hand rasch über die Seite bewegte, strahlte sie tiefe Ruhe aus. Erschrocken wurde Simon gewahr, wie wohl er sich mit dieser Frau fühlte, die er doch kaum kannte.

Er blinzelte verwundert, ehe er mit seiner Geschichte fortfuhr. „Ein flackerndes Licht schien aus dem Spalt zu kommen. Die Öffnung war schmal, doch Angelica gelang es, sich seitwärts hindurchzuzwängen, und als sie endlich hineingelangt war, sah sie Erstaunliches: einen sehr seltsam anmutenden Mann – denn ein Mann schien er schon zu sein. Er war groß und schlank und hatte langes silbernes Haar. Und er war nackt – splitterfasernackt. Das Licht eines blau züngelnden Feuers, das in einem Kessel brannte, schien auf seine schimmernde Haut."

Ihre dunklen Brauen hoben sich kaum merklich.

„Viel seltsamer war indes, dass seine Gestalt, noch während Angelica ihn so anschaute, zu verschwinden begann. Als sie sich an die Stelle wagte, wo er gestanden hatte, sah sie eine riesige silberne Schlange, die sich um den Feuerkessel wand." Gedankenverloren rieb er seinen Zeigefinger, fuhr mit dem Daumen über die Stelle, wo der Ring hätte sein sollen. Auf einmal war er entsetzlich müde.

„Ah, der berüchtigte Schlangenprinz!" Als sie aufschaute, musste sie den Ausdruck der Erschöpfung in seinem Gesicht bemerkt haben. Sogleich wurde sie ganz ernst. „Wie geht es Ihrem Rücken?"

Entsetzlich. „Famos, ganz famos. Kann sein, dass der kleine Messerstich ihm ganz gutgetan hat."

Einen Moment betrachtete sie ihn nachdenklich. Und da sollte ihn doch der Teufel holen – jahrelang hatte er sich dem Studium der Frauen gewidmet, aber er hatte nicht die geringste Ahnung, was gerade in ihrem Kopf vor sich gehen mochte.

„Können Sie eigentlich niemals ernst sein?", fragte sie.

„Nein", erwiderte er. „Niemals."

„Das dachte ich mir." Ihre unergründlichen Augen waren noch immer auf ihn gerichtet. „Und warum nicht?"

Er sah beiseite, da er ihren eindringlichen, viel zu aufmerksamen Blick nicht ertragen konnte. „Ich weiß es nicht. Ist das denn wichtig?"

„Ich glaube, Sie wissen es sehr wohl", sagte sie leise. „Und ob es wichtig ist ... Das zu beurteilen steht mir nicht zu."

„Nein?" Jetzt war es an ihm, sie anzuschauen, sie zu drängen zuzugeben ... ja, was? Er war sich nicht sicher.

„Nein", flüsterte sie.

Schon wollte er etwas erwidern, aber eine verspätete Regung seines Selbsterhaltungstriebes hielt ihn davon ab.

Sie holte tief Luft. „Sie sollten jetzt schlafen. Ich möchte Sie nicht länger aufhalten." Sein Engel klappte das Buch zu und stand auf. „Gestern habe ich den Brief an Ihren Kammerdiener abgeschickt. Er sollte bald eintreffen."

Er ließ den Kopf zurück in die Kissen sinken und schaute zu, wie sie das leere Geschirr aufs Tablett stellte. „Besten Dank, schöne Dame."

An der Tür blieb sie stehen und drehte sich noch einmal nach ihm um. Im Kerzenschein sah ihr Gesicht aus wie ein Renaissance-Gemälde – ganz so, wie es sich für einen Engel gehörte. „Sind Sie denn hier in Sicherheit?"

Weil sie so leise gesprochen hatte und er schon dabei war einzuschlafen, war er sich nicht sicher, ob er sich ihre Worte nicht nur eingebildet hatte.

„Ich weiß es nicht", murmelte er.

3. KAPITEL

Iddesleigh, Iddesleigh." Papa runzelte nachdenklich die Stirn und kaute seinen Schinkenbraten. Sein Kinn sprang munter auf und ab. „Kannte mal einen Iddesleigh bei der Marine, als ich vor fünfundzwanzig Jahren auf der *Islander* gefahren bin. Leutnant. Kaum war man aus dem Hafen raus, ist er seekrank geworden. Hing immer über der Reling, ganz grün im Gesicht, und hat sich die Seele aus dem Leib gekotzt. Zufällig ein Verwandter von Ihnen?"

Lucy seufzte leise. Während des ganzen Abendessens schon hatte Papa kleine Sticheleien gegen den Viscount abgeschossen. Für gewöhnlich machte es ihrem Vater Freude, neue Gäste an seinem Tisch zu begrüßen, waren sie doch frisches Publikum für seine maritimen Abenteuergeschichten, die er vor seinen Kindern, Nachbarn, Dienstboten und jedem, der sich nicht rasch genug in Sicherheit brachte, schon unzählige Male zum Besten gegeben hatte. Aber irgendetwas an Lord Iddesleigh schien ihn in Rage zu versetzen. Dies war die erste Mahlzeit, für die der arme Mann nach unten hatte kommen können, nachdem er die letzten vier Tage im Bett zugebracht hatte. Scheinbar gelassen und mit besten Manieren saß der Viscount bei Tisch. Man musste schon sehr genau hinsehen, um zu merken, wie er seinen rechten Arm schonte.

Sie könnte es ihm wahrlich nicht verübeln, wenn er es nach dem heutigen Abend vorzöge, wieder auf seinem Zimmer zu bleiben. Und das fände sie sehr schade. Obwohl sie im Grunde ihres Herzens wusste, dass sie besser daran täte, sich von ihm fernzuhalten, war sie in Gedanken doch bei ihm. Immerzu. Geradezu beunruhigend war das. Vielleicht lag es ja nur daran, dass er ein neues Gesicht in ihrem recht übersichtlichen Bekanntenkreis war. Immerhin kannte sie die Leute, die sie jeden Tag sah, seit ihrer Kindheit. Aber vielleicht lag es auch an ihm selbst – und wäre das nicht ein noch viel beunruhigenderer Gedanke?

„Nein, das halte ich für höchst unwahrscheinlich", erwiderte Lord Iddesleigh auf die Frage ihres Vaters und bediente sich noch einmal bei den Kartoffeln. „In meiner Familie gibt es ein ungeschriebenes Gesetz, dass alles, was nur im Entferntesten an Arbeit erinnert, zu vermeiden sei. Viel zu anstrengend und aufreibend und zumeist mit dem Makel behaftet, recht schweißtreibend zu sein. Wir ziehen es vor, unsere Tage in Müßiggang zu verbringen, Cremetörtchen zu essen und uns über die neuesten Skandalgeschichten auszutauschen."

Andererseits, dachte Lucy, schien ihr Gast es mühelos mit ihrem Vater aufzunehmen. Papas Augen verengten sich zu grimmigen Schlitzen.

Rasch griff sie nach dem Brotkorb und hielt ihn ihrem Vater unter die Nase. „Noch ein bisschen Brot, Papa? Mrs. Brodie hat es heute Morgen frisch gebacken."

Er übersah ihr kleines Manöver geflissentlich. „Alter Landadel, was?" Während er sprach, säbelte Papa erbost an seinem Bratenstück herum. „Lassen andere auf ihrem Land ackern, was? Während sie die ganze Zeit auf der faulen Haut liegen. Oder sich in den Sündenpfuhlen von London suhlen!"

Herrgott noch mal! Lucy gab es auf und stellte den Brotkorb wieder ab. Sie würde sich das Essen nicht verderben lassen. Sollten sie doch streiten, sie würde den Abend genießen. Das kleine Speisezimmer war hoffnungslos altmodisch, aber sehr gemütlich. Statt auf das enervierende Tischgespräch versuchte Lucy ihre Aufmerksamkeit auf ihre behagliche Umgebung zu richten. Mit anerkennendem Blick wandte sie sich nach links, wo ein munteres Feuer im Kamin brannte.

„Wohl wahr, hin und wieder vermag ein Sündenpfuhl ein wenig Abwechslung in mein müßiges Leben zu bringen", sagte Lord Iddesleigh und lächelte milde. „Vorausgesetzt, ich kann mich überhaupt aufraffen, das Bett zu verlassen, in welchem ich mich mit Vorliebe suhle. Das tat ich schon immer gern, schon als ich ein kleiner Junge in den Armen meiner Kinderfrau war."

„Also ...", setzte sie an, doch Papa fiel ihr mit missbilligendem Schnauben ins Wort. Seufzend wandte sie ihren Blick in Richtung der schmalen Tür, durch die man in den Flur und in die Küche gelangte. Es war wirklich eine feine Sache, dass das Zimmer nicht von einem unangenehmen Luftzug heimgesucht wurde, welcher in vielen Häusern, zumal im Winter, eine wahre Plage war.

„Wenngleich", fuhr der Viscount fort, „ich mich doch manchmal frage, was genau wir uns unter einem Sündenpfuhl eigentlich vorzustellen haben."

Lucy senkte ihren Blick auf den Tisch – der einzigen Richtung, in die sie noch zu blicken wagte. Er war aus Walnussholz und schon recht alt, auch eher kurz, doch das machte die Mahlzeiten umso gemütlicher, da man näher beieinandersaß. Die weinrot und creme gestreiften und schon etwas verblichenen Tapeten hatte Mama ausgesucht, noch ehe Lucy auf der Welt war, und Papas Sammlung von Kupferstichen mit Schiffsmotiven schmückte die Wände.

„Ich meine, wenn man bedenkt, wie Sünde und Pfuhl überhaupt zusammenkamen", sinnierte Lord Iddesleigh. „Auffallend ist ja eine gewisse Ähnlichkeit zum weitaus gebräuchlicheren Schweinepfuhl ..."

Entschlossen schaute Lucy auf, lächelte unverzagt und unterbrach des Viscounts Geschwätz. „Wobei mir einfällt, dass Mrs. Hardy mir kürzlich erzählt hat, jemand hätte Bauer Hopes Schweine aus dem Pferch gelassen. Eine halbe Meile weit sind sie gekommen, und Bauer Hope und seine Jungen haben einen ganzen Tag gebraucht, um sie wieder einzutreiben."

Niemand schenkte ihr Beachtung.

„Ha! Aus der Bibel kommt es." Triumphierend lehnte Papa sich vor. „Wohl nie die Bibel gelesen, was?"

Oje. „Jeder dachte natürlich sofort, dass es bestimmt die Jones-Jungs waren, die sie herausgelassen haben", sagte Lucy mit Nachdruck. „Die Schweine, meine ich. Die Bengel haben ja nichts als Unsinn im Kopf. Aber als Bauer Hope bei den Joneses vorbeischaute – ja, was musste er da sehen? Beide Jungen lagen mit Fieber im Bett!“

Keiner der beiden Männer ließ sein Gegenüber aus den Augen.

„Ich muss bekennen: nicht in letzter Zeit, nein.“ Die silbergrauen Augen des Viscounts schimmerten arglos. „Sie müssen wissen, dass ich viel zu sehr damit beschäftig bin, mein Leben in Müßiggang zu vertun, als dass mir Zeit bliebe, die Bibel zu lesen. Und Sündenpfuhl meint nun was genau?“

„Pffff. Na, Sündenpfuhl eben.“ Papa fuchtelte mit seiner Gabel in der Luft herum und hätte fast Mrs. Brodie aufgepikst, die eine weitere Schüssel Kartoffeln brachte. „Weiß doch jeder, was Sündenpfuhl bedeutet. Sündenpfuhl eben. Ha!“

Mrs. Brodie verdrehte die Augen und stellte die Schüssel haarscharf neben Papas Arm auf den Tisch. Lord Iddesleighs Mundwinkel zuckten. Er hob sein Glas an die Lippen und beobachtete Lucy über den Rand hinweg, während er trank.

Sie spürte, wie ihr das Blut warm in die Wangen stieg. Musste er sie so anschauen? Sein Blick ließ sie sich unbehaglich fühlen, und höflich war das gewiss nicht. Noch wärmer wurde ihr, als er sein Glas absetzte und sich kurz mit der Zunge über die Lippen fuhr, ohne sie aus den Augen zu lassen. Dieser Schuft!

Betont schaute Lucy beiseite. „Papa, hattest du uns nicht mal diese lustige Geschichte von dem Schwein erzählt, das sich auf dem Schiff verirrt hatte? Wie es an Deck gelangt war und so wild herumsprang, dass keiner der Matrosen es fangen konnte?“

Düster starrte ihr Vater den Viscount an. „Oh ja, mir fällt gerade eine schöne Geschichte ein. Könnte manch einem eine Lehre sein. Es geht um eine Schlange und einen Frosch.“

„Aber …“

„Wie interessant“, meinte Lord Iddesleigh. „Bitte erzählen Sie." Er lehnte sich zurück und spielte mit dem Stiel seines Glases.

Auch heute trug er wieder Davids Kleider, die ihm allesamt nicht passten, da ihr Bruder ein gutes Stück kleiner war als der Viscount, dafür aber breiter an Brust und Schultern. Aus den Ärmeln des roten Rocks ragten seine schlanken Handgelenke, der Kragen hing ihm schlaff um den Hals, die Schultern beulten sich. In den letzten Tagen hatte sein Gesicht wieder ein wenig Farbe bekommen, sodass er nicht mehr so totenbleich war wie an jenem Tag, da sie ihn gefunden hatte, obgleich er von Natur aus eher blass zu sein schien. Man sollte meinen, dass er eine lächerliche Figur abgab, wie er so dasaß. Dem war indes nicht so.

„Es waren einmal ein kleiner Frosch und eine große, starke Schlange", fing Papa an. „Die Schlange wollte den Fluss überqueren. Aber Schlangen können nicht schwimmen."

„Wirklich nicht?", murmelte der Viscount. „Gibt es nicht auch Schlangen, die ihre Beute im Wasser fangen?"

„*Diese* Schlange konnte nicht schwimmen", stellte Papa gereizt klar. „Weshalb sie den Frosch fragte: ‚Könntest du mich nicht hinüberbringen?'"

Lucy gab es auf, noch länger so zu tun, als äße sie. Ihr Blick ging rasch zwischen den beiden Männern hin und her. Sie trugen einen Konflikt aus, der sich auf mehreren Ebenen abspielte und auf den sie wenig Einfluss nehmen konnte. Ihr Vater beugte sich vor, das runde Gesicht unter der weißen Perücke erhitzt. Seine ganze Aufmerksamkeit war auf den Viscount gerichtet, dessen helles Haar unbedeckt im Kerzenschein schimmerte. Auf den ersten Blick wirkte er gelassen und entspannt, doch bei näherer Betrachtung meinte sie dieselbe Anspannung wahrzunehmen wie bei ihrem Vater.

„Und der Frosch sagte: ‚Ich bin doch nicht dumm. Schlangen fressen Frösche. Verschlingen wirst du mich, so wahr ich hier sitze.'" Bedeutungsvoll hielt er inne, um einen Schluck zu trinken.

Kein Laut war zu hören außer dem stetigen Prasseln des Kaminfeuers.

Langsam setzte er sein Glas ab. „Aber die Schlange war eine von der ganz verschlagenen Sorte. Sie sagte zu dem kleinen Frosch: ‚Sei unbesorgt, denn wenn ich dich fräße, würde ich doch im Fluss ertrinken.‘ Und so kommt der Frosch zu dem Schluss, dass die Schlange recht hat – solange sie im Wasser sind, ist er sicher.“

Lord Iddesleigh nippte an seinem Wein, sein Blick wachsam und belustigt. Betsy kam herein, um mit flinken Händen den Tisch abzuräumen.

„Die Schlange kriecht dem kleinen Frosch auf den Rücken, und zusammen überqueren sie den Fluss. Und was, glauben Sie wohl, ist auf halbem Wege passiert?“ Zornig funkelte Papa seinen Gast an.

Der Viscount schüttelte bedächtig den Kopf.

„Dieses arglistige Biest von Schlange schlägt seine Giftzähne in den Frosch!“ Um die Pointe zu unterstreichen, hieb Papa mit der flachen Hand auf den Tisch. „Und mit seinem letzten Atemzug fragt der Frosch: ‚Warum hast du das getan? Nun werden wir beide sterben.‘ Und da sagt die Schlange ...“

„‚Weil es in der Natur der Schlange liegt, Frösche zu fressen.‘“ Lord Iddesleigh sprach die Worte gleichzeitig mit Papa.

Dann starrten beide Männer sich einen Augenblick schweigend an. Jeder Muskel in Lucys Körper spannte sich.

Schließlich brach der Viscount das unheilvolle Schweigen. „Entschuldigen Sie. Aber die Geschichte hat vor ein paar Jahren schon die Runde gemacht. Ich konnte der Versuchung einfach nicht widerstehen.“ Er leerte sein Glas und stellte es sorgsam neben seinem Teller ab. „Wahrscheinlich liegt es in meiner Natur, anderen die Pointe zu verderben.“

Erst als Lucy tief aufatmete, merkte sie, dass sie vor lauter Anspannung die Luft angehalten hatte. „Mrs. Brodie hat noch einen Apfelkuchen zum Dessert gebacken, und einen delikaten Cheddar dürfte es auch noch geben. Wie wäre es damit, Lord Iddesleigh?“

Lächelnd sah er sie an, den breiten Mund zu einem sinnlichen Lächeln geschwungen. „Sie führen mich wirklich in Versuchung, Miss Craddock-Hayes."

Diesmal hieb Papa mit der Faust auf den Tisch, dass es nur so krachte.

Lucy zuckte vor Schreck zusammen.

„Aber schon als kleiner Junge wurde ich davor gewarnt, der Versuchung nachzugeben", fuhr der Viscount fort. „Und obwohl ich bedauerlicherweise mein Leben lang diese Warnung in den Wind geschlagen habe, will ich ihr heute Abend Folge leisten. Wenn Sie mich bitte entschuldigen würden, Miss Craddock-Hayes. Captain Craddock-Hayes." Noch ehe Lucy etwas erwidern konnte, hatte er sich verbeugt und das Zimmer verlassen.

„Unverschämter Bursche", brummelte Papa und stieß seinen Stuhl jäh zurück. „Hast du gesehen, wie frech er mich angeschaut hat, als er gegangen ist? Zum Teufel mit ihm. Sündenpfuhl, ha! Ich mag den Mann nicht, Kleines. Viscount hin, Viscount her."

„Das weiß ich, Papa." Lucy schloss die Augen und ließ den Kopf in die Hände sinken. Sie spürte eine Migräne nahen.

„Das *ganze Haus* weiß es", murmelte Mrs. Brodie, als sie den Nachtisch brachte.

Captain Craddock-Hayes, dieser alte, sich aufplusternde Langweiler, hatte natürlich völlig recht, dachte Simon zu etwas späterer Stunde. Jeder Mann – zumal ein misstrauischer Vater mit argwöhnendem Blick – tat gut daran, so ein engelsgleiches Geschöpf wie Miss Lucinda vor den Teufeln dieser Welt zu bewahren.

Vor jemandem wie ihm beispielsweise.

Simon lehnte sich an den Fensterrahmen und schaute in die Nacht hinaus. Sie ging unten im stockfinsteren Garten umher, um sich nach dem köstlichen, aber gesellig verheerenden Abendessen die Beine zu vertreten. Nur das blasse Oval ihres Gesichts konnte er ausmachen, der Rest verlor sich im Dunkel. Schwer zu sagen, warum sie ihn so sehr faszinierte, diese Unschuld vom Lande. Vielleicht lag es nur daran, dass das Dunkle stets vom Licht angezogen wurde, der Teufel den Engel korrumpieren wollte. Aber er glaubte nicht, dass es so einfach war. Sie hatte etwas an sich, etwas Ernstes und Kluges, das ihn tief in der Seele berührte. Sie brachte ihm eine Ahnung des Himmels, Hoffnung auf Erlösung – so vermessen diese Hoffnung auch war. Er sollte sie in Ruhe lassen, seinen guten Engel, der hier in aller Abgeschiedenheit in Frieden lebte. In unschuldigem Schlummer lebte sie dahin, tat Gutes und führte ihrem Vater mit fester Hand den Haushalt. Gewiss gab es auch einen ehrbaren jungen Mann, der ihr den Hof machte. Vor ein paar Tagen hatte er sie mit jemandem ausfahren sehen. Jemand, der ihre Stellung gewiss achtete und nicht an das rührte, was Simon unter ihrer Fassade zu spüren meinte. Jemand, der so ganz anders wäre als er.

Seufzend stieß Simon sich vom Fensterrahmen ab. Mit dem, was man im Leben tun und lassen sollte, hatte er sich immer schwergetan. Auf leisen Sohlen verließ er sein Zimmer – oder vielmehr das ihres Bruders – und schlich sich mit geradezu lächerlicher Umsicht die Treppe hinunter. Lieber nicht den wachsamen Papa aufschrecken. Als er sich in einer dunklen Nische die Schulter stieß, fluchte er leise. Er versuchte, seinen rechten Arm so oft wie möglich zu benutzen, ihn wieder zu üben, aber das verdammte Ding tat noch immer höllisch weh. In der Küche waren die Haushälterin und das Mädchen fleißig bei der Arbeit. Mit einem charmanten Lächeln schlenderte er an ihnen vorbei.

Fast war er schon zur Hintertür hinaus, als er Mrs. Brodies Stimme vernahm: „Sir …“

Leise schloss er die Tür hinter sich.

Miss Craddock-Hayes musste ihn gehört haben. Feiner Kies knirschte unter ihren Füßen, als sie sich umdrehte. „Es ist kalt hier draußen.“ Sie war im Dunkel kaum auszumachen, aber der frostige Nachtwind trug ihm all ihre Worte klar und deutlich zu.

Der Garten mochte einen Morgen im Quadrat messen. Was er bei Tage von seinem Fenster aus gesehen hatte, war sehr adrett und ordentlich angelegt. Ein von einer Mauer umgebener Küchengarten, eine kleine Wiese mit Obstbäumen und dahinter ein Blumengarten. Kieswege verbanden die verschiedenen Teile des Gartens miteinander, die Beete waren sorgsam winterfest gemacht worden – gewiss von ihren umsichtigen Händen, die sich auch seiner angenommen hatten.

Im schwachen Schein der blassen Mondsichel war es jedoch schwer, sich zurechtzufinden. Er hatte sie in der Dunkelheit wieder aus dem Blick verloren, was ihn über alle Maßen verunsicherte. „Kalt, sagten Sie? War mir noch gar nicht aufgefallen. Ein bisschen frisch vielleicht." Er vergrub seine Hände in den Rocktaschen. Verdammt. Es war eisig kalt hier draußen.

„Sie sollten nicht nach draußen gehen, solange Sie nicht völlig genesen sind."

Das überhörte er geflissentlich. „Was machen Sie an einem so erfrischenden Winterabend hier draußen?"

„Mir die Sterne anschauen." Ihre Stimme klang nun aus weiterer Ferne zu ihm. „Sie scheinen nie so hell und klar wie im Winter."

„Ach ja?" Für ihn sahen sie eigentlich immer gleich aus.

„Mmmh. Sehen Sie dort drüben den Orion? Er glüht heute geradezu." Sie senkte ihre Stimme. „Aber Sie sollten jetzt wirklich wieder hineingehen. Es ist zu kalt hier."

„Oh, ein bisschen Bewegung kann nicht schaden – wie auch Ihr Vater gewiss finden würde. Die frische Winterluft ist so reinigend und genau das Richtige für einen verkommenen Burschen wie mich."

Sie hüllte sich in Schweigen.

Ihm war, als wäre er in ihre Richtung gelaufen, aber nun war er nicht mehr sicher. Vielleicht hätte er ihren Vater nicht erwähnen sollen.

„Es tut mir leid wegen Papa vorhin beim Essen."

Ah, etwas weiter rechts. „Aber warum denn? Ich fand seine

Geschichte recht gewitzt. Ein bisschen lang vielleicht, aber ...“

„An sich ist er nicht so streng.“

Mittlerweile war sie so nah, dass er ihren Duft wahrnahm: Linnenstärke und Rosen – ein Geruch, den er zugleich heimelig und erregend fand. Was war er doch für ein Idiot. Der Schlag auf den Kopf musste seinen Verstand ziemlich durcheinandergebracht haben.

„Ach, das. Ja, mir war nicht entgangen, dass der alte Junge ein bisschen gereizt war, aber ich habe es darauf geschoben, dass ich unter seinem Dach wohne, die Kleider seines Sohnes trage und noch dazu an seiner köstlichen Tafel speise, ohne dass er mich dazu eingeladen hätte.“

Sie wandte ihm ihr Gesicht zu, das im Mondschein gespenstisch weiß schimmerte. „Nein, das allein ist es nicht. Es hat mit Ihnen zu tun.“ Fast konnte er ihren Atem an seiner Wange spüren. „Wenngleich auch Sie ruhig ein wenig netter hätten sein können.“

Er lachte leise. Es kam einfach über ihn. Hätte er nicht gelacht, würde er geweint haben.

„Da habe ich so meine Zweifel.“ Er schüttelte den Kopf, obwohl sie es wahrscheinlich nicht sehen konnte. „Nein, ich bin mir ganz sicher. Ich kann nicht netter sein. Es entspricht einfach nicht meiner Natur. Ich bin wie die Schlange in der Geschichte Ihres Vaters – ich greife an, selbst wenn ich es nicht sollte. Wenngleich in meinem Fall wohl passender wäre zu sagen, ich rede mich um Kopf und Kragen, wenn ich lieber schweigen sollte.“

Die Baumwipfel wiegten sich im Wind, strichen mit knochigen Fingern über den nächtlichen Himmel.

„Ist das der Grund, weshalb ich Sie halbtot in einem Graben nahe Maiden Hill gefunden habe?“ Lautlos hatte sie sich näher an ihn herangeschlichen. Hatte seine vorgetäuschte Offenheit sie angelockt? „Haben Sie jemanden beleidigt?“

Simon stockte der Atem. „Wie kommen Sie darauf, dass es meine Schuld war, überfallen worden zu sein?“

„Ich weiß nicht. Ist es denn so?“

Er lehnte sich mit dem Rücken an die Mauer des Küchengartens, die so bitterlich kalt war, dass ihm sogleich das Blut in den Adern gefror, und verschränkte die Arme vor der Brust. „Richten Sie über mich, holde Dame. Ich werde Ihnen meinen Fall darlegen, und Sie dürfen über mich urteilen.“

„Ich bin überhaupt nicht in der Lage, über jemanden zu urteilen.“

Runzelte sie etwa die Stirn? „Oh doch, das sind Sie, mein süßer Engel.“

„Ich bin kein …“

„Nein, hören Sie zu. Es war so: Ich bin an jenem Morgen zu unschicklich früher Stunde aufgestanden, habe mich angezogen, nachdem ich mich zunächst mit meinem Kammerdiener über die Ratsamkeit roter Absätze gestritten hatte – ein Streit, aus dem übrigens er als Sieger hervorging. Sie ahnen ja gar nicht, wie sehr Henry mich einzuschüchtern vermag …“

„Das wage ich doch sehr zu bezweifeln.“

Simon legte sich die Hand aufs Herz, obwohl auch diese Geste an die Dunkelheit verschwendet sein dürfte. „Es ist so, das schwöre ich Ihnen. Dann verließ ich das Haus und schritt die Treppe hinab, prächtig herausgeputzt in einem schnittigen blauen Samtrock, gelockter und gepuderter Perücke, besagtem Schuhwerk mit den roten Absätzen …“

Sie schnaubte leise.

„Und kaum war ich eine Viertelmeile die Straße hinabflaniert, stürzten drei Schlingel sich auf mich.“

Ihr stockte der Atem. „Gleich drei?“

Fantastisch.

„Drei, ganz genau“, sagte er leichthin. „Mit zweien hätte ich es wohl aufnehmen können, mit einem sowieso, aber drei sollten mein Untergang sein. Sie nahmen mir alles, was ich am Leibe trug, einschließlich meiner Schuhe, was mich in die peinliche Lage versetzte, Ihnen bei unserer ersten Begegnung nicht nur entblößt, sondern – schlimmer noch – bewusstlos zu erscheinen.

Ich weiß nicht, ob unsere Bekanntschaft sich von diesem anfänglichen Schock jemals erholen wird."

Auf diesen Köder biss sie nicht an. „Sie kannten Ihren Angreifer nicht?", fragte sie.

Simon wollte seine Arme in weiter Geste ausbreiten, doch ließ er sie rasch wieder sinken, als ein stechender Schmerz ihn durchfuhr. „Bei meiner Ehre, nein. Und nun – es sei denn, Sie erachten rote Absätze als verlockende Aufforderung an raublüsternes Londoner Gesindel, in welchem Fall ich den Überfall wohl provoziert haben dürfte, indem ich mich am helllichten Tag damit zeigte – bitte ich Sie, mir zu vergeben und mich von allen Anschuldigungen freizusprechen."

„Und wenn ich das nicht tue?" So leise waren ihren Worte, dass der Wind sie fast davontrug.

Welch unschuldige Koketterie! Selbst die leiseste Andeutung eines Lachens ließ seine Lenden sich spannen. „Dann, meine Dame, bitte ich Sie, meinen Namen zu vergessen. Denn Simon Iddesleigh wird nunmehr ein Schatten seiner selbst sein, ein ersterbendes Seufzen. Mein sündiges Leben werde ich aushauchen und ins Nichts entschwinden, sollten Sie mich schuldig sprechen."

Schweigen. Vielleicht war *ersterbendes Seufzen* doch ein wenig zu dick aufgetragen gewesen.

Dann lachte sie. Ein lautes, fröhliches Lachen, das sein Herz jauchzen ließ.

„Beglücken Sie die Damen in London auch mit solchem Unsinn?" Sie lachte so sehr, dass sie nach Atem ringen musste. „Wenn ja, dürften sie wohl allesamt mit angestrengten Mienen umhergehen, damit ihnen vor lauter Lachen nicht der Puder von den Gesichtern springt."

Unerklärlicherweise fühlte er sich durch ihre Worte verletzt. „Sie sollten wissen, dass ich in der Londoner Gesellschaft durchaus als geistreich gelte." Herrje, er musste wie ein eingebildeter, aufgeblasener Esel klingen. „Jede Gastgeberin von Rang und Namen gäbe ihr Leben dafür, mich unter ihren Gästen zu wissen."

„Tatsächlich?"

Diese Dreistigkeit!

„Ja, tatsächlich." Er wollte es nicht, aber er konnte nicht anders – er klang recht verschnupft. Was sie gewiss sehr beeindrucken würde. „Eine Abendgesellschaft gilt gemeinhin als Erfolg, wenn ich zu Gast war. Letztes Jahr erst sank eine Duchess ohnmächtig danieder, als sie erfuhr, dass ich verhindert sei."

„Die armen, armen Londoner Damen. Wie untröstlich sie derzeit sein müssen!"

Touché. „Nun ..."

„Und doch dürften sie Ihre Abwesenheit wohl überleben." Noch immer lauerte Gelächter in ihrer Stimme. „Oder vielleicht auch nicht. Vielleicht ist in Ihrer Abwesenheit eine Gastgeberin nach der anderen ohnmächtig zu Boden gesunken und wird sich erst wieder erheben, wenn Sie zurückgekehrt sind?"

„Oh, mein grausamer Engel."

„Warum nennen Sie mich so? Nennen Sie Ihre Londoner Damen auch so?"

„Wie – *Engel*?"

„Ja." Und auf einmal wurde er gewahr, dass sie ihm näher war als gedacht. In Reichweite, um genau zu sein.

„Nein, so nenne ich nur Sie." Mit der Fingerspitze berührte er ihre Wange. Obwohl die Nachtluft frostig war, war ihre Haut warm. Und weich ... so weich.

Im nächsten Moment wich sie zurück.

„Das glaube ich Ihnen nicht."

Klang sie nicht ein wenig außer Atem? Im Schutz der Dunkelheit erlaubte er sich ein dämonisches Grinsen und schwieg. Oh, wie sehr er sich wünschte, sie einfach in seine Arme schließen, sie an sich ziehen zu können, seine Lippen auf die ihren zu senken, ihren Atem in seinem Mund und ihre Brüste an seiner Brust zu spüren!

„Warum denn *Engel*?", fragte sie. „Ich bin nicht sonderlich engelsgleich."

„Ah, da täuschen Sie sich. Ihre dunklen Brauen sind so gestreng, Ihr Mund so geschwungen wie bei einer Heiligengestalt eines Renaissancemalers. Ihre Augen sind wunderschön anzuschauen. Und Ihr Geist …" Er stieß sich von der Mauer ab und machte einen Schritt auf sie zu, bis sie einander fast berührten. Sie hatte ihm ihr blasses Gesicht zugewandt.

„Mein *Geist*?"

Ihm war, als spüre er den warmen Hauch ihres Atems. „Ihr Geist ist eine eherne Glocke, deren Läuten von Schönheit, Schrecken und Wahrheit kündet." Seine Stimme klang rau und gebrochen in seinen Ohren, und er wusste sofort, dass er zu viel preisgegeben hatte.

Eine Strähne ihres Haares wehte zu ihm herüber und liebkoste seinen Hals. Seine Männlichkeit richtete sich sogleich auf, pochte und pulsierte im Takt seines Herzens.

„Ich weiß nicht, was Sie mir damit sagen wollen", flüsterte sie.

„Das ist vielleicht auch besser so."

Sie streckte die Hand nach ihm aus, zögerte, berührte dann mit der Fingerspitze leicht seine Wange. Die Berührung ging ihm durch Mark und Bein.

„Manchmal ist mir, als würde ich Sie kennen", flüsterte sie so leise, dass er ihre Worte kaum mehr verstand. „Manchmal glaube ich, Sie schon immer gekannt zu haben, vom ersten Moment an, da Sie Ihre Augen geöffnet haben, und dass Sie mich, tief im Innersten Ihrer Seele, auch kennen. Aber dann wieder machen Sie einen Witz, spielen den Narren oder den Verworfenen und wenden sich von mir ab. Warum tun Sie das?"

Schon wollte er den Mund auftun, um all seine Ängste zu offenbaren oder etwas gänzlich anderes zu sagen, aber da öffnete sich die Küchentür, und ein heller Lichtstrahl ergoss sich in den Garten. „Kleines?"

Der wachsame Vater.

Sie wandte sich um, sodass ihr Gesicht sich scharf im Licht der Küche abzeichnete. „Ich muss jetzt hineingehen. Gute Nacht." Als sie ihre Hand zurückzog, streifte sie kurz seine Lippen.

Er musste sich erst sammeln, bevor er etwas erwidern konnte. „Gute Nacht", sagte er leise.

Sie lief zur offenen Küchentür, hinein in den hellen, warmen Lichtschein. Ihr Vater fasste sie beim Ellenbogen und blickte über ihre Schulter suchend in das Dunkel des Gartens, ehe er die Tür hinter ihr schloss. Simon schaute ihr nach und zog es vor, noch eine Weile in der Kälte auszuharren, um einer Begegnung mit Captain Craddock-Hayes aus dem Weg zu gehen. Seine Schulter schmerzte, sein Kopf pochte dumpf, seine Zehen drohten abzufrieren.

Und er spielte ein Spiel, das er unmöglich gewinnen konnte.

„D...d...das kann gar nicht sein." Mit raschen, ruckartigen Schritten lief Quincy James in Sir Ruperts Arbeitszimmer auf und ab. Eilte zum Fenster und wieder zurück und stammelte: „Die h...h...haben mir gesagt, dass er am K...k...opf blutete. Dass sie ihm in den R...r...rücken gestochen hätten und ihn in einem k...k...kalten Graben zurückgelassen hätten. Nackt. W...w...wie sollte er das überlebt haben?"

Sir Rupert seufzte und goss sich einen zweiten Whisky ein. „Ich weiß nicht, *wie* er überlebt hat, James, aber er *hat* überlebt. Meine Informanten sind über jeden Zweifel erhaben."

Der dritte Mann, der sich in seinem Arbeitszimmer eingefunden hatte, rührte sich unruhig in seinem Sessel am Kaminfeuer. Lord Gavin Walker hatte die breite und bullige Statur eines Landarbeiters und Hände wie Schinkenkeulen. Trüge er nicht edlen Zwirn und eine Perücke, käme einem wohl nie der Gedanke, dass er dem Adel angehören könnte. Tatsächlich konnte er seinen noblen Stammbaum bis zu den Normannen zurückverfolgen. Walker zog eine edelsteinbesetzte Tabakdose aus der Rocktasche, tat sich eine Prise Schnupftabak auf den Handrücken, senkte die Nase darauf und schniefte. Es folgte eine kurze Pause, dann nieste er geräuschvoll und schnäuzte in sein Taschentuch.

Sir Rupert schüttelte sich diskret und wandte den Blick ab.

Eine widerliche Sitte, das Schnupfen von Tabak.

„Das verstehe ich nicht, James", meinte Walker. „Erst sagst du, Iddesleigh wäre tot und wir müssten uns keine Sorgen mehr machen, und dann soll er plötzlich wieder auferstanden sein? Bist du dir sicher, dass deine Leute den Richtigen erwischt haben?"

Sir Rupert lehnte sich in seinem Schreibtischstuhl zurück und sah zur Decke hinauf, dieweil er auf das unvermeidliche Gestammel von James wartete. Sein Arbeitszimmer war sehr maskulin in dunklem Braun gehalten, die Wände auf halber Höhe von einer cremefarbenen Stuhlleiste durchbrochen. Auf dem Boden lag ein dicker Teppich in Schwarz und dunklem Rot, vor den Fenstern hingen goldfarbene Samtvorhänge, die den Lärm der Straße dämpften. Eine Sammlung botanischer Stiche zierte die Wände. Einst hatte er die Sammlung mit einer kleinen Studie einer *Chrysanthemum parthenium* – Mutterkraut – begonnen, die er vor über dreißig Jahren in einer Buchhandlung entdeckt hatte. Es war kein guter Stich. An einer Ecke hatte er einen Wasserfleck, und der eingeprägte lateinische Pflanzenname war verwischt, aber die Komposition war ansprechend, und er hatte ihn zu einer Zeit erworben, wo er sich derlei Luxus wortwörtlich vom Mund absparen musste. Der kleine Stich hing zwischen zwei größeren, weitaus wertvolleren. Einer *Morus nigra* – Schwarze Maulbeere – und einer eleganten *Cynara cardunculus*, einer Spanischen Artischocke.

Seine Frau, seine Kinder und seine Dienstboten wussten, dass er in seinem Arbeitszimmer nur im äußersten Notfall zu stören sei. Umso ärgerlicher schien es ihm nun, dass er James und Lord Walker und all den Widrigkeiten, die sie mit sich brachten, Zutritt in seine Privatsphäre gewähren musste.

„Ob ich mir s…s…sicher bin? N…n…natürlich!" Empört fuhr James herum und warf Walker etwas zu. Es funkelte, als es durch die Luft flog. „Das h…h…haben sie mir zurückgebracht."

Walker, der an sich ein schwerfälliger, bedächtiger Bursche war, konnte sich blitzschnell bewegen, wenn es denn sein musste. Geschickt fing er den Gegenstand auf, betrachtete ihn und hob anerkennend die Brauen. „Iddesleighs Siegelring."

Ein eisiger Schauder fuhr Sir Rupert den Rücken hinab. „Verdammt noch mal, James! Warum haben Sie das Ding behalten?" Er arbeitete wirklich mit Idioten zusammen, die ihm verdammt gefährlich werden konnten.

„W...w...war doch egal, jetzt, wo Iddesleigh t...t...tot war." James schaute trotzig drein.

„Nur dass er eben nicht mehr tot ist. Dank der Unfähigkeit Ihrer Leute." Sir Rupert kippte seinen Whisky hinunter. „Geben Sie ihn mir, Walker. Ich werde ihn schon irgendwie loswerden."

„Aber ...", fing James an.

„Er hat recht", unterbrach ihn Walker. „Es ist ein Beweisstück, das uns Kopf und Kragen kosten könnte." Er erhob sich, durchquerte das Zimmer mit schweren Schritten und legte den Ring auf Sir Ruperts Schreibtisch.

Schweigend betrachtete Sir Rupert den Ring. Das geprägte Wappen der Iddesleighs war blank gewetzt, auch am Gold hatte der Zahn der Zeit genagt. Wie viele Generationen alten Adels diesen Ring wohl schon getragen hatten? Er schloss seine Hand um den Ring und ließ ihn in seiner Westentasche verschwinden.

Verstohlen massierte er sich unter dem Schreibtisch sein rechtes Bein. Sein Vater war ein erfolgreicher Kaufmann gewesen. Schon als Junge hatte Sir Rupert in dem großen Lagerhaus seines Vaters gearbeitet, hatte Getreidesäcke und schwere Kisten geschleppt. An den Unfall, der ihm sein Bein zerschmettert hatte, konnte er sich nicht mehr erinnern – zumindest nicht an alles. Nur an den Geruch des gepökelten Kabeljaus, der sich aus dem geborstenen Fass auf den Boden und ein Bein ergossen hatte. Und an den Schmerz, als das Fass auf sein Bein gefallen und den Knochen zertrümmert hatte. Noch heute drehte sich ihm beim Geruch gepökelten Fischs der Magen um.

Sir Rupert betrachtete seine beiden Partner und fragte sich, ob sie in ihrem ganzen Leben auch nur einen Tag gearbeitet hatten.

„Was weißt du schon!“, fuhr James nun Walker an. „Nichts hast du bislang getan, um uns zu helfen. Ich war es, der Peller sekundiert hat.“

„Selber schuld. Hättest ihn eben nicht auf Ethan Iddesleigh ansetzen sollen. Ich war von Anfang an gegen das Duell.“ Wieder zückte Walker seine Tabakdose.

James war den Tränen nah. „W...w...warst du nicht!“

Walker ließ sich nicht aus der Ruhe bringen und maß seelenruhig eine Prise Tabak ab. „War ich doch. Wir hätten diskreter zu Werke gehen sollen.“

„Der Teufel soll dich holen! Du hast den Plan doch von Anfang an gut gefunden!“

„Nein.“ Walker schniefte und nieste. Bedächtig schüttelte er den Kopf und zog sein Taschentuch hervor. „Ich hielt es von Anfang an für keine gute Idee. Schade, dass du nicht auf mich gehört hast.“

„Mistkerl!“ James stürzte sich auf Walker.

Der wich einen Schritt beiseite, sodass James an ihm vorbeistolperte. Mit mittlerweile zornesrotem Gesicht wollte er sich erneut auf Walker stürzen.

„Meine Herren!“ Sir Rupert schlug vernehmlich mit seinem Gehstock an den Schreibtisch. „Ich muss doch sehr bitten. Wir kommen vom eigentlichen Thema ab. Was sollen wir wegen Iddesleigh unternehmen?“

„Ist denn wirklich sicher, dass er noch lebt?“, fragte Walker. Der Mann mochte nicht der Schnellste sein, aber er war beharrlich.

„Ja“, beschied Sir Rupert und rieb sich sein schmerzendes Bein. Gleich nach dieser unseligen Besprechung würde er es hochlegen müssen. Es würde den ganzen Tag nicht mehr zu gebrauchen sein. „Er hält sich in Maiden Hill auf – einem kleinen Dorf in Kent.“

James runzelte die Stirn. „Woher wissen Sie das?“

„Das tut nichts zur Sache.“ Es dürfte besser sein, wenn die beiden nicht alles wussten. „Weitaus wichtiger ist, dass es Iddesleigh schon wieder gut genug geht, um nach seinem Kammerdiener zu schicken. Sowie er hinreichend genesen ist, dürfte er nach London zurückkehren. Und wir wissen wohl alle, was er dann tun wird.“

Sir Rupert schaute von James, der sich nun so heftig den Schädel kratzte, dass unter seinem goldblonden Haar Blut fließen dürfte, zu Walker, der seinen Blick nachdenklich erwiderte.

Er war es auch, der das Offensichtliche aussprach. „Dann sollten wir dafür sorgen, dass Iddesleigh erst gar nicht zurückkehrt.“

4. KAPITEL

Manchmal ist mir, als würde ich Sie kennen. Die Worte schienen sich in Simons Gedächtnis eingebrannt zu haben. Einfache Worte. Offene Worte. Worte, die ihm höllische Angst machten. Simon setzte sich in seinem Sessel zurecht. Er war auf seinem Zimmer, ruhte sich vor dem kleinen, behaglichen Kaminfeuer aus und fragte sich, wo Miss Craddock-Hayes wohl heute steckte. Beim Mittagessen war sie nicht da gewesen, und der Captain – so er überhaupt mit ihm gesprochen hatte – war überaus einsilbig gewesen. *Verdammt.* Er fluchte leise. Wusste sie denn nicht, dass solche Schlichtheit als geradezu beschämend linkisch galt? Wusste sie nicht, dass sie nur Belangloses zu einem Gentleman zu sagen und dabei mit den Wimpern zu klimpern hatte? Dass es zu kokettieren und charmieren und immer und unter allen Umständen seine wahren Gedanken zu verbergen galt? Dass man Worte, die einem Mann die Seele aus dem Leib zu reißen vermochten, niemals laut sagte?

Manchmal ist mir, als würde ich Sie kennen. Welch erschreckender Gedanke. Niemals sollte sie wissen, wer er wirklich war – ein Mann, der die letzten Monate damit zugebracht hatte, Ethans Mörder erbarmungslos zur Strecke zu bringen. Einen nach dem anderen knöpfte er sie sich vor, forderte sie zum Duell und metzelte sie mit dem Degen nieder. Was würde ein Engel von einem solchen Mann halten? Wüsste sie, wer er wirklich war, würde sie schaudern vor Entsetzen, vor ihm zurückweichen und schreiend flüchten.

Blieb nur zu hoffen, dass sie nie bis auf den Grund seiner Seele sah.

Von unten vernahm er Geräusche, die ihn aus seinen düsteren Gedanken rissen. Captain Craddock-Hayes' brummige Stimme war zu hören, die hohe von Mrs. Brodie und dazwischen immer mal wieder das mürrische Gemurmel von Hedge, diesem wunderlichen Faktotum. Simon mühte sich aus dem Sessel und humpelte zur Treppe. Heute musste er bitter dafür büßen, dass er seinem Engel gestern Abend nachgestellt und sich in den frostigen Garten gewagt hatte. Seine Muskeln waren gar nicht damit einverstanden gewesen, so früh schon wieder gefordert zu werden, und über Nacht steif geworden. Weshalb er nun umherkrauchte wie ein alter Mann.

Auf halbem Wege nach unten begann das Stimmengewirr verständlich zu werden.

„... Kutsche ist halb so groß wie ein Walfänger. Protzig, sage ich nur, einfach protzig."

Das war der Bariton des Captains.

„Ob Sie wohl etwas zum Tee wünschen, Sir? Ich muss gleich mal nach meinen Crumpets schauen. Es sollte aber genug für alle da sein."

Mrs. Brodie.

Und schließlich noch: „... und das mit meinem schlimmen Rücken. Vier Pferde, und große, stattliche Tiere noch dazu. Ich werd ja auch nicht jünger. Bringt mich eines Tages noch ins Grab. Aber kümmert es wen? Nein, natürlich nicht."

Hedge, wer sonst?

Simon musste lächeln, als er am Fuß der Treppe anlangte und zur Eingangstür lief, wo die drei versammelt standen. Seltsam, wie vertraut ihm die tägliche Routine, die kleinen Eigenheiten und Geräusche des Haushalts schon geworden waren.

„Guten Abend, Captain", sagte er. „Weshalb die Aufregung?"

„Aufregung? Ha. Ein riesiges Gespann. Ein Wunder, dass es überhaupt die Auffahrt hochgekommen ist. Warum jemand so was braucht, ist mir ein Rätsel. Als ich ein junger Mann war ..."

Als Simons Blick durch die offene Tür auf das Gespann fiel, waren die Worte des Captains vergessen. Es war tatsächlich seine Reisekutsche mit dem goldenen Wappen der Iddesleighs auf dem Schlag, doch statt Henry, der seit fünf Jahren sein Kammerdiener war, stieg nun ein anderer, jüngerer Mann aus dem Wagen. So groß gewachsen war er, dass er sich sehr krümmen musste, um durch die Kutschentür zu kommen. Mittlerweile war er alt genug, seine volle Größe erreicht zu haben – zum Glück, wäre er doch sonst ein Riese geworden –, aber sein Körper war schlaksig und jungenhaft und wusste die imponierende Gestalt noch nicht ganz auszufüllen. Seine Hände wirkten zu groß, seine Füße wie die eines Welpen viel zu groß für die langen, dünnen Waden darüber. Seine Schultern waren breit, doch mager.

Als Christian sich aufrichtete, leuchtete sein rotes Haar in der Abendsonne. Sowie er Simon entdeckte, grinste er vergnügt. „Es geht das Gerücht, du sollst dem Tode nah, wenn nicht gar tot sein."

„Wie stets ist auch dieses Gerücht mit Vorsicht zu genießen." Simon schlenderte die Stufen hinunter. „Bist du zu meiner Beerdigung oder rein zufällig vorbeigekommen?"

„Ich wollte mich vergewissern, ob du wirklich tot bist. Könnte ja sein, dass du mir deinen berüchtigten Degen vermacht hast."

„Freu dich nicht zu früh." Simon lachte. „Wenn ich mich recht erinnere, steht dir laut meinem Testament ein emaillierter Nachttopf zu. Mir wurde aber gesagt, es handele sich um eine wertvolle Antiquität."

Hinter dem jungen Adelsspross tauchte Henry aus der Kutsche auf. Angetan mit einer vorzüglich gearbeiteten weißen Perücke mit zwei Zöpfen, einem Rock in Violett und Silbergrau und silberbestickten schwarzen Strümpfen, war Henry weitaus eleganter gekleidet als Christian, der mattes Braun trug. Aber neben Henry verblasste ohnehin jeder Mann zum Schatten seiner selbst – sowohl einfacher Diener als auch Aristokrat. Selbst Simon musste sich sehr anstrengen, um nicht hinter seinem Kammerdiener zurückzustehen. Dazu kam noch, dass Henry mit dem Aussehen eines jungen Gottes gesegnet war –

golden schimmerndes Haar und sinnliche rote Lippen –, womit er beim schönen Geschlecht jeden Konkurrenten aus dem Rennen schlug. Eigentlich grenzte es an ein Wunder, dass Simon ihn überhaupt in seiner Nähe duldete.

„Wenn das alles ist, was mir vergönnt ist, bin ich umso glücklicher, dass das Gerücht übertrieben war." Christian nahm Simons Hände in die seinen – ja, fast umarmte er ihn – und musterte ihn mit besorgtem Blick. „Geht es dir wirklich gut?"

„Und wer ist das bitte schön, wenn ich fragen darf?" Der Captain kam die Treppe heruntergepoltert.

Simon trat einen Schritt beiseite. „Dürfte ich Ihnen Christian Fletcher vorstellen, Sir? Ein guter Freund und Fechtpartner. Christian, dies ist mein Gastgeber – Captain Craddock-Hayes. In selbstloser Gastfreundschaft hat er mir das Zimmer seines Sohnes überlassen, mich freigiebig an den köstlichen Mahlzeiten seines Hauses und der reizenden Gesellschaft seiner Tochter teilhaben lassen."

„Es ist mir eine Ehre, Ihre Bekanntschaft zu machen, Captain." Christian verneigte sich.

Der Captain, dessen Blick noch so argwöhnisch auf Simon gerichtet war, als versuche er die genaue Bedeutung von *reizende Gesellschaft* zu ergründen, wandte sich jäh ab und musterte Christian prüfend. „Ich nehme mal an, dass Sie auch noch ein Zimmer haben wollen, junger Mann."

Christian wirkte etwas perplex. Ratsuchend sah er zu Simon, ehe er erwiderte: „Nein, keineswegs. Ich wollte mir ein Zimmer im Gasthaus nehmen, an dem wir eben vorbeigefahren sind." Mit unbestimmter Geste zeigte er über die Schulter, vermutlich in Richtung des Gasthofs.

„Aha." Dem Captain schien ein wenig der Wind aus den Segeln genommen. Weshalb er sich wieder auf Simon stürzte. „Aber Ihre Dienstboten, Lord Iddesleigh, sollen gewiss bei uns unterkommen? Obwohl wir kaum den Platz haben, wie ich bemerken möchte."

„Sehr gern, Captain Craddock-Hayes", sagte Simon fröhlich. „Ich hatte zunächst erwogen, sie auch im Gasthof unterzubringen. Aber ich wollte Ihre herzliche Gastfreundschaft nicht beleidigen und dachte mir, bevor wir lange Artigkeiten austauschen, gebe ich mich lieber gleich geschlagen, und lasse sie hierher kommen." Er beendete die kleine Rede mit einer Verbeugung.

Einen Augenblick schien es dem Captain die Sprache verschlagen zu haben. Seine Stirn legte sich in unheilvolle Falten, aber Simon wusste genau, wann er einen Treffer gelandet hatte.

„Aha!" Der alte Herr wippte auf den Fersen und musterte finster die Kutsche. „Was will man von Londoner Schnöseln auch anderes erwarten, na? Dann will ich Mrs. Brodie mal Bescheid sagen, was?"

Brüsk drehte er sich um und wäre fast mit Hedge zusammengeprallt, der wie angewurzelt stehen geblieben war, als er Simons Kutscher und livrierte Lakaien sah.

„Ja, da schau mal einer an", sagte Hedge, und zum ersten Mal schwang in seiner Stimme leise Ehrfurcht mit. „So sollte ein Mann sich kleiden, in Silberlitze und purpurne Röcke. Goldlitze wäre natürlich noch besser. Aber dennoch, kein Vergleich dazu, wie *manch einer* sein Personal kleidet."

„Personal?", raunzte der Captain ihn an. „Sie sind nicht Personal. Sie sind der Mann für alles. Und jetzt helfen Sie denen mal mit dem Gepäck. Personal, ich höre ja wohl nicht recht!" Womit er, noch immer vor sich hin brummelnd, die Treppe hinauf und ins Haus stampfte.

Hedge, ebenfalls brummelnd, verschwand in die entgegengesetzte Richtung.

„Ich glaube, er mag mich nicht", flüsterte Christian.

„Wer, der Captain?" Simon ging dem jungen Mann voraus zum Haus. „Nein, nein, keine Sorge. Er vergöttert dich. Aber das ist nun mal seine Art. Hast du gesehen, wie schelmisch seine Augen gefunkelt haben?"

Christian deutete ein halbherziges Lächeln an, als wisse er nicht genau, ob er Simons Worten Glauben schenken sollte.

Bei seinem Anblick wurde Simon von einem Gefühl der Wehmut überkommen. Wie jung er noch war! Wie ein frisch geschlüpftes Küken, dessen Gefieder noch nass von der Eihülle ist, umgeben von größerem, weniger wohlgesonnenem Federvieh und Füchsen, die ungesehen auf frische Beute lauerten.

Doch dann kam ihm ein Gedanke, der ihn besorgt die Stirn runzeln ließ. „Wo hast du das Gerücht meines bevorstehenden Todes eigentlich aufgeschnappt?"

„Man sprach kürzlich auf Harringtons Ball darüber und am nächsten Tag auch im Kaffeehaus. Aber ich habe erst dran geglaubt, als ich es bei Angelo hörte", meinte Christian achselzuckend. „Auch weil du nicht wie verabredet zum Training gekommen bist."

Simon nickte. Domenico Angelo Malevolti Tremamondo – bei seinen Kunden kurz als Angelo bekannt – war der derzeit beste Fechtlehrer in London. Viele adelige Gentlemen nahmen bei dem Italiener Stunden oder übten sich in seiner Schule in Soho in der Kunst des Zweikampfs. Bei Angelo hatte Simon ein paar Monate zuvor auch Christian kennengelernt. Der junge Mann hatte Simons Können ganz unverhohlen bewundert. Aus der Bewunderung war ein wöchentliches Probeduell geworden, bei dem Simon seinem gelehrigen Schüler den letzten Schliff zu geben versuchte.

„Was ist dir denn zugestoßen? Und wie bist du hier gelandet?" Der Hausflur wirkte dunkler als zuvor, als sie nun von draußen hereintraten. Während Christian sprach, schritt er mit langen, schnellen Schritten aus, und es kostete Simon einige Mühe, ihm zu folgen, ohne sich seine Versehrtheit anmerken zu lassen. „Henry gab vor, nichts zu wissen."

„Erstechen wollte man ihn." Der Captain hatte sich bereits in der guten Stube eingefunden und musste die Frage gehört haben, als die beiden hereinkamen. „Hinterrücks erstechen wollte man den Viscount. Die Klinge hat das Schulterblatt getroffen. Nur ein kleines bisschen weiter links, und es hätte die Lunge erwischt."

„Dann hat er wohl Glück gehabt." Etwas verunsichert blieb Christian stehen, als wisse er nicht weiter.

„Er hat Glück gehabt, ganz genau." Der Captain machte keine Anstalten, die beiden Männer hereinzubitten. „Haben Sie schon mal einen Mann an einer Verletzung der Lunge sterben sehen? Na? Kriegt keine Luft mehr. Erstickt an seinem eigenen Blut. Schreckliches Ende."

Simon nahm auf einem Sofa Platz und verschränkte betont lässig die Beine, wenngleich sein Rücken ihm Qualen bereitete. „Eine äußerst interessante Schilderung dessen, was mir entgangen ist, Captain."

Der Captain schnaubte grimmig und machte es sich in einem Sessel bequem. „Was ich interessant fände, ist ja, warum man Sie überhaupt angegriffen hat. Na? Eifersüchtiger Ehemann? Jemanden beleidigt?" Er lächelte finster.

Christian, der noch immer etwas verloren herumstand, schaute sich um und entdeckte schließlich einen Holzstuhl, der neben dem gestreiften Sofa stand. Das Möbel knarrte indes so laut, dass Christian erschrocken zusammenfuhr, als er sich setzte.

„Gewiss habe ich im Laufe meines Lebens unzählige Männer beleidigt." Simon erwiderte das Lächeln des Captains, dessen rasche Auffassungsgabe er nicht unterschätzen sollte. „Was die eifersüchtigen Ehemänner anbelangt, so verbietet es mir die Diskretion, mich dazu zu äußern."

„Ha! Diskretion ..."

Doch der Captain brachte seinen Satz nicht zu Ende, da just in diesem Augenblick seine Tochter hereinkam – der rettende Engel –, gefolgt von der formidablen Mrs. Brodie, die den Tee brachte.

Simon und Christian erhoben sich. Der Captain rappelte sich kurz auf die Beine und ließ sich ebenso rasch wieder in seinen Sessel plumpsen.

„Verehrteste Dame", sagte Simon und neigte sich über ihre Hand. „Ich bin überwältigt, dass Sie uns mit Ihrer strahlenden

Erscheinung beglücken." Als er sich wieder aufrichtete, versuchte er aus ihrer Miene zu schließen, ob sie ihm heute absichtlich aus dem Weg gegangen war. Ihre Augen blieben indes unergründlich, ihre Gedanken nicht zu deuten, was ihn ungemein betrübte.

Ihre engelsgleichen Lippen schwangen sich zu einem Lächeln auf. „Sie sollten lieber aufpassen, Lord Iddesleigh, dass Sie mir nicht eines Tages mit Ihren blumigen Komplimenten den Kopf verdrehen."

Simon schlug sich mit der Hand auf die Brust und taumelte zurück. „Treffer. Volltreffer."

Nachdem sie kurz über sein theatralisches Gebaren gelächelt hatte, richtete sie ihre goldbraunen Augen auf Christian.

„Und wer ist Ihr Besucher?"

„Nur der arme Sohn eines Baronets – und rothaarig noch dazu. Nicht Ihrer göttlichen Aufmerksamkeit wert."

„Schade." Sie bedachte ihn mit tadelndem Blick – der seltsamerweise Wirkung zeigte – und streckte Christian die Hand hin. „Mir gefallen rote Haare. Und wie heißen Sie, armer Sohn eines Baronets?"

„Christian Fletcher, Miss …?" Der junge Mann lächelte charmant und verneigte sich.

„Craddock-Hayes." Sie machte einen Knicks. „Wie ich sehe, haben Sie meinen Vater bereits kennengelernt."

„In der Tat." Christian hob ihre Hand an seine Lippen, wofür Simon ihm am liebsten den Hals umgedreht hätte.

„Sie sind ein Freund von Lord Iddesleigh?", fragte sie.

„Ich …"

Aber Simon fand, dass sie dem Jungen nun genug ihrer Aufmerksamkeit geschenkt hatte. „Christian verkörpert alles, was ich an einem Mann zu schätzen weiß." Ausnahmsweise war er sich nicht einmal sicher, ob er log oder die Wahrheit sprach.

„Wie schön", meinte sie und sah ihn mit ernster Miene an.

Wie kam sie dazu, jedes seiner Worte für bare Münze zu

nehmen? Niemand sonst nahm ihn derart ernst, nicht einmal er selbst.

Anmutig nahm sie auf dem Sofa Platz und goss den Tee ein. „Kennen Sie Lord Iddesleigh schon lange, Mr. Fletcher?"

Lächelnd nahm der junge Mann seine Tasse entgegen. „Nein, erst seit ein paar Monaten."

„Dann wissen Sie wahrscheinlich auch nicht, warum man ihn angegriffen hat?"

„Leider nein, Ma'am."

„Nun ja." Als sie Simon seinen Tee reichte, begegnete ihr Blick dem seinen.

Simon lächelte und strich in voller Absicht mit dem Finger über ihre Hand, als er die Tasse entgegennahm. Sie blinzelte kurz, wich seinem Blick aber nicht aus. Tapferer kleiner Engel. „Ich wünschte, ich könnte Ihre Neugier befriedigen, Miss Craddock-Hayes."

„*Ähemmm!*", ließ sich der Captain geräuschvoll vernehmen.

Christian nahm sich ein gebuttertes Crumpet vom Tablett und lehnte sich vorsichtig auf seinem knarrenden Stuhl zurück. „Nun, wer auch immer Simon angegriffen hat, muss ihn gekannt haben."

Simon horchte auf. „Wie kommst du denn darauf?"

Der junge Mann zuckte die Schultern. „Es waren *drei* Männer, nicht wahr? So habe ich es zumindest gehört."

„Und?"

„Sie mussten also wissen, dass du den Degen meisterlich zu führen verstehst." Christian biss in sein Crumpet, seine Miene offen und völlig arglos.

„Ein Meister mit dem Degen?" Miss Craddock-Hayes schaute abwechselnd zu Simon und Christian. „Das wusste ich ja gar nicht." Mit fragendem Blick sah sie ihn an.

Verdammt. Simon lächelte und versuchte, sich nichts anmerken zu lassen. „Christian übertreibt mal wieder ..."

„Ach, komm schon! Seit wann denn so bescheiden, Iddesleigh?“ Nun lachte der Junge ihn auch noch aus! „Ich kann Ihnen versichern, dass bislang noch jeder Mann vor Schreck erstarrt ist, wenn er seinen Weg kreuzt, und niemand es je wagen würde, ihn herauszufordern. Erst diesen Herbst ...“

Herrgott noch mal. „Diese Geschichte ist nicht für die Ohren einer Dame geeignet“, zischte Simon.

Christian wurde rot und schaute ihn mit großen Augen an. „Ich wollte doch nur ...“

„Aber ich höre mir gern Geschichten an, die nicht für meine empfindsamen Ohren bestimmt sind“, versicherte ihm Miss Craddock-Hayes. Mit unerbittlichem Blick sah sie ihn an, und fast meinte er ihren Sirenenruf zu hören: *Erzähl es mir. Erzähl es mir. Erzähl mir, wer du wirklich bist.* „Warum lassen Sie Mr. Fletcher nicht weitererzählen?“

Doch da regte sich der wachsame Papa in seinem Sessel. „Lass es gut sein, Kleines, und bring den armen Jungen nicht in Verlegenheit.“

Nun war es sein Engel, der errötete, doch ihr Blick blieb fest auf ihn gerichtet. Simon wusste, dass er sich in diesen goldbraunen Augen verlieren würde, wenn er noch länger in ihrer Nähe bliebe. Und den Göttern sei es gedankt.

„Nackt? Splitterfasernackt?“ Patricia McCullough lehnte sich auf dem betagten Sofa so weit vor, dass ihr fast der Teller mit Zitronenkeksen vom Schoß gerutscht wäre.

Mit ihrem runden Gesicht, den rosigen Wangen, den rot geschwungenen Lippen und den goldblonden Locken sah sie wie eine reizende Schäferin auf einem idyllischen Gemälde aus. Ein Eindruck, der täuschte, entsprach ihr Wesen doch eher einer scharf kalkulierenden Hausfrau, die mit dem schlitzohrigen Metzger um das besten Rippchen zu feilschen versteht.

„Ganz genau.“ Lucy steckte sich einen Keks in den Mund und lächelte ihre Freundin vielsagend an. Sie und Patricia kannten sich schon seit Kindertagen.

Gemeinsam saßen sie in dem kleinen Zimmer im hinteren

Teil des Craddock-Hayes'schen Hauses. Die Wände waren in einem warmen Rosenton gestrichen und mit einer apfelgrünen Bordüre im sommerlichen Blumenmuster versehen. Das Zimmer war nicht so geräumig und auch nicht so gut möbliert wie die vordere Wohnstube – auch der Salon genannt –, aber es war Mamas Lieblingszimmer gewesen und sehr gemütlich. Genau richtig, um mit ihrer Freundin zu plaudern. Und die Fenster gingen auf den Garten hinaus, was Lucy und Patricia einen vorzüglichen Blick auf die beiden Gentlemen gewährte.

Als Patricia den Viscount und seinen Freund in aller Ausführlichkeit betrachtete, lehnte sie sich wieder zurück und runzelte die Stirn. Trotz der novemberlichen Kälte war der junge Mann nur in Hemdsärmeln. Er hielt einen Degen in der Hand und sprang damit in der Gegend herum. Gewiss übte er sich sehr ernsthaft in der Fechtkunst, doch für Lucys ungeschultes Auge sahen seine Bewegungen recht albern aus. Lord Iddesleigh saß nahebei und schien aufmunternde Ratschläge zu geben – oder aber vernichtende Kritik zu üben.

Was mochte es mit dieser Geschichte auf sich haben, die Mr. Fletcher gestern beinah ausgeplaudert hätte? Und warum war es dem Viscount so wichtig gewesen, dass sie nichts davon zu hören bekam? Die naheliegendste Antwort wäre, dass es um eine skandalöse Liebesaffäre ging. Derlei galt gemeinhin zu anrüchig für die Ohren unbescholtener Damen. Aber Lucy hatte bislang den Eindruck gehabt, dass Lord Iddesleigh keineswegs davor zurückschreckte, sie – und ihren Vater – mit seinen amourösen Abenteuern zu schockieren. Es musste sich um etwas handeln, das weitaus schlimmer war. Etwas, dessen er sich schämte.

„Mir passiert so etwas nie", meinte Patricia und riss Lucy aus ihren Gedanken.

„Was?"

„Na, auf dem Heimweg einen nackten Mann finden." Nachdenklich biss sie in ihren Keks. „Ich finde höchstens mal einen der Joneses, der volltrunken im Graben liegt. Angezogen, versteht sich."

Lucy schüttelte sich. „Das dürfte bei den Joneses auch besser sein."

„Gewiss. Aber dennoch eine nette Geschichte, die man seinen Enkeln an einem langen Winterabend erzählen könnte."

„Mir ist das auch zum ersten Mal passiert."

„Mmmh. Lag er eigentlich mit dem Gesicht nach oben oder nach unten?"

„Nach unten."

„Schade."

Beide Damen wandten sich wieder der Aussicht zu. Der Viscount saß auf der steinernen Bank unter den Apfelbäumen, die langen Beine von sich gestreckt. Sein kurz geschorenes blondes Haar schimmerte in der Sonne. Als er über etwas grinste, das Mr. Fletcher gesagt hatte, sah er wie ein blonder Pan aus – fehlten nur noch Hufe und Hörner.

Schade.

„Was glaubst du, was er in Maiden Hill wollte?", fragte Patricia. „Er ist hier doch so fehl am Platze wie eine Lilie auf dem Misthaufen."

Lucy hob die Brauen. „Ich würde Maiden Hill keinen Misthaufen nennen."

„Ich schon", erwiderte Patricia ungerührt.

„Er behauptet, man hätte ihn in London zusammengeschlagen und dann hierhergebracht."

„Nach Maiden Hill?" Übertrieben erstaunt riss Patricia die Augen auf.

„Ja."

„Ich wüsste nicht, wer auf so eine dumme Idee käme. Es sei denn, er ist von besonders rückständigen Räubern überfallen worden."

„Mmmh", machte Lucy, die sich insgeheim genau dasselbe fragte. „Mr. Fletcher scheint aber doch ein sehr netter Gentleman zu sein."

„Stimmt. Da fragt man sich erst recht, wie es kommt, dass er mit Lord Iddesleigh befreundet ist. Die beiden passen zusammen wie Samt und Sackleinen."

Vergebens versuchte Lucy, ein Prusten zu unterdrücken.

„Und rote Haare stehen einem Mann nie sonderlich gut zu Gesicht, findest du nicht auch?" Patricia krauste ihre sommersprossige Nase, was sie noch reizender aussehen ließ als sonst.

„Du bist gemein."

„Und du bist viel zu nett."

Mr. Fletcher wagte einen besonders imponierenden Hieb.

Patricia neigte abwägend den Kopf. „Aber groß ist er, das muss man ihm lassen."

„Groß? Etwas Netteres fällt dir zu ihm nicht ein?" Lucy goss Tee nach.

„Danke." Patricia nahm ihre Tasse entgegen. „Größe ist bei einem Mann nicht zu verachten."

„Du bist kleiner als ich, und ich bin selbst nicht gerade groß."

„Ich weiß." Patricia gestikulierte mit einem Keks herum und hätte sich damit fast in ihren goldblonden Locken verheddert. „Es ist traurig, aber wahr. Ich habe eine bedenkliche Schwäche für Männer, die mich um Längen überragen."

„Wenn das dein einziges Kriterium ist, dürfte Mr. Fletcher wohl das Beste sein, was dir hier jemals über den Weg läuft."

„Wohl wahr."

„Vielleicht sollte ich dich heute zum Abendessen einladen, damit du Mr. Fletcher besser kennenlernen kannst."

„Das solltest du wirklich. Zumal du dir den einzigen Junggesellen in Maiden Hill geangelt hast, der weder ein Jones noch hoffnungslos beschränkt ist." Patricia trank einen Schluck Tee, ehe sie fortfuhr: „Und da wir gerade davon sprechen …"

„Ich lasse uns schnell noch frisches Wasser bringen", unterbrach Lucy sie hastig.

„Und da wir gerade davon sprechen", fuhr Patricia ungerührt fort, „gestern habe ich dich wieder mit Eustace ausfahren sehen. Und?"

„Und was?"

„Tu nicht so unschuldig", sagte Patricia leicht gereizt. „Hat er endlich was gesagt?"

„Natürlich hat er was gesagt." Lucy seufzte. „Er hat sehr ausführlich von den Reparaturen des Kirchendachs gesprochen, von Mrs. Hardys Knöchel und letztlich die Frage erörtert, ob es wohl schneien werde oder eher nicht."

Patricia funkelte sie schweigend an.

Lucy gab sich geschlagen. „Nur von Hochzeit war nicht die Rede."

„Dann nehme ich alles zurück."

Fragend schaute Lucy ihre Freundin an.

„Vielleicht gehört Eustace doch in die Kategorie der hoffnungslos Beschränkten."

„Also wirklich, Patricia …"

„Drei Jahre!" Ihre Freundin schlug mit der Faust auf das Sofakissen. „Drei Jahre fährt er dich schon auf und ab und immer im Kreis herum quer durch Maiden Hill. Mittlerweile dürfte sein Pferd den Weg im Schlaf finden. Eustaces Wagen hat schon tiefe Furchen auf seiner üblichen Route gepflügt."

„Schon, aber …"

„Und hat er dir einen Antrag gemacht?"

Lucy schwieg.

„Nein, hat er nicht", antwortete Patricia selbst. „Und warum nicht?"

„Das weiß ich nicht", meinte Lucy achselzuckend. Ihr war es ehrlich gesagt auch ein Rätsel.

„Dem Mann muss man mal ein bisschen Dampf unter dem Hintern machen." Patricia sprang auf und lief vor Lucy auf und ab. „Du wirst graue Haare haben, ehe er zur Sache kommt. Und was soll es dann noch bringen? Dann wirst du nämlich zu alt sein, um Kinder zu bekommen."

„Vielleicht will ich ja gar nicht."

Sie hatte angenommen, zu leise gesprochen zu haben, als dass sie trotz der aufgebrachte Tirade ihrer Freundin zu hören gewesen wäre, aber Patricia blieb wie angewurzelt stehen und starrte sie an. „Du willst keine Kinder?“

„Nein“, sagte Lucy bedächtig. „Ich bin mir nicht mehr sicher, ob ich Eustace tatsächlich heiraten will.“

Und auf einmal wurde ihr bewusst, dass dem genau so war. Was ihr vor Tagen noch unvermeidlich und auf recht vorhersehbare Weise auch gut erschienen war, kam ihr nun überholt, trostlos und nahezu unmöglich vor. Sollte sie sich den Rest ihres Lebens mit dem Besten begnügen, das Maiden Hill zu bieten hatte? Bot die Welt nicht noch viel mehr? Ganz von selbst schweifte ihr Blick abermals zum Fenster.

„Aber dann bleiben nur noch die Joneses und der wahrlich ...“ Patricia folgte ihrem Blick. „Ach, du meine Güte.“

Sie setzte sich wieder und schwieg.

Lucy merkte, wie sie rot wurde. Rasch sah sie beiseite. „Tut mir leid. Ich weiß, dass du Eustace magst, obwohl ...“

„Nein.“ Patricia schüttelte so heftig den Kopf, dass ihre Locken auf und ab hüpften. „Hier geht es gar nicht um Eustace, das weißt du ganz genau. Es geht um *ihn*.“

Draußen hatte der Viscount sich von der Bank erhoben, um seinem jungen Freund eine bestimmte Klingenführung zu zeigen. Den einen Arm hatte er ausgestreckt, die andere Hand elegant auf der Hüfte.

Lucy seufzte.

„Was denkst du gerade?“, wollte Patricia wissen. „Ich weiß, dass er gut aussieht, und diese geheimnisvollen grauen Augen dürften wohl jede Unschuld in Ohnmacht sinken lassen – ganz zu schweigen von seiner vortrefflichen Gestalt, die du ja sogar in Blöße gesehen hast.“

„Ich ...“

„Aber er ist ein Gentleman aus London. Wahrscheinlich ist er wie eins dieser Krokodile, die es in Afrika gibt und die still im Wasser lauern, bis ein Unseliger ihnen zu nah kommt. Und *schnapp* fressen sie dich auf!“

„Er wird mich nicht auffressen.“ Lucy griff wieder nach ihrer Teetasse. „Er ist überhaupt nicht an mir interessiert."

„Woher …"

„Und ich nicht an ihm."

Zweifelnd hob Patricia eine Braue.

Lucy gab sich alle Mühe, sich davon nicht beeindrucken zu lassen. „Wir leben in gänzlich verschiedenen Welten. Er ist einer dieser weltgewandten Männer, die in London leben und Affären mit eleganten Damen haben, und ich …" Hilflos zuckte sie mit den Schultern. „Ich bin eben nur ein Mädchen vom Lande."

Patricia tätschelte ihr das Knie. „Es würde sowieso nicht funktionieren, meine Liebe."

„Ich weiß." Lucy nahm sich noch einen Zitronenkeks. „Eines Tages wird Eustace mir schon einen Antrag machen, und dann werde ich ihn annehmen." Sie sagte es voller Entschlossenheit, ein zuversichtliches Lächeln auf den Lippen, aber tief in sich spürte sie zunehmende Bedrängnis.

Und ihr Blick schweifte schon wieder zum Fenster.

„Ich hoffe, ich störe Sie nicht?", fragte Simon etwas später am Abend.

Endlich hatte er das kleine Zimmer entdeckt, in dem Miss Craddock-Hayes sich versteckte. Eine seltsame Unruhe hatte von ihm Besitz ergriffen. Christian war in den Gasthof zurückgekehrt, Captain Craddock-Hayes hatte noch etwas zu erledigen gehabt und war spurlos verschwunden, Henry packte die Kleider seines Herrn aus und arrangierte sie peinlich genau, und er selbst sollte vermutlich im Bett sein und seine Genesung vorantreiben. War er aber nicht. Stattdessen hatte er sich einen seiner Röcke geschnappt, sich an Henry vorbeigeschlichen, der nur auf einer großen Toilette bestanden hätte, und sich auf die Suche nach seinem Engel gemacht.

„Nein, keineswegs." Misstrauisch sah sie ihn an. „Bitte setzen Sie sich doch. Ich hatte schon gedacht, Sie würden mir aus dem Weg gehen."

Simon fühlte sich ertappt. Er war ihr tatsächlich aus dem Weg gegangen. Aber zugleich konnte er sich einfach nicht von ihr fernhalten. Wenn er ganz ehrlich war, so fühlte er sich längst gut genug, um nach London zurückzureisen, wenngleich er noch nicht völlig genesen war. Dass er dennoch blieb, hieß, dass er schleunigst packen und dieses Haus mit Anstand verlassen sollte, solange er noch konnte.

„Was zeichnen Sie da?" Er setzte sich neben sie, viel zu nah. Ein Hauch von Linnenstärke streifte seine Nase.

Schweigend drehte sie ihr großes Skizzenbuch um, damit er hineinsehen konnte. Ein in Kohle hingeworfener Christian tänzelte über die Seite, parierte und fingierte, attackierte einen imaginären Feind.

„Das ist sehr gut getroffen." Sofort kam er sich reichlich töricht vor, ein derart abgegriffenes Kompliment zu machen, aber sie lächelte ehrlich erfreut, was wiederum die mittlerweile vorhersehbare Wirkung auf ihn hatte. Er lehnte sich zurück, breitete sich seinen Rock über den Schoß und streckte die Beine von sich. Ganz vorsichtig.

Sie runzelte die Stirn, und ihre dunklen Brauen zogen sich gestreng zusammen. „Sie haben sich den Rücken verrenkt."

„Es schickt sich nicht, die Gebrechlichkeit eines Gentlemans zu bemerken. Unser männlicher Stolz könnte irreparablen Schaden nehmen."

„Unsinn." Sie stand auf und brachte ihm ein Kissen. „Beugen Sie sich vor."

Er tat wie ihm geheißen. „Auch sollten Sie uns nicht des Unsinns bezichtigen."

„Selbst wenn Sie welchen reden?"

„Insbesondere dann." Sie steckte das Kissen hinter seinen Rücken. „Absolut verheerend für den Stolz eines Mannes." Ach herrlich, das fühlte sich gleich viel besser an.

Sie schnaubte leise und wich zurück, wobei sie leicht seine Schulter streifte. Dann ging sie zur Tür und rief laut nach der Haushälterin.

Er sah ihr zu, wie sie an den Kamin trat und die Glut entfachte. „Was machen Sie da?"

„Ich dachte mir, wir könnten hier zu Abend essen. Wenn Sie nichts dagegen haben."

„Wenn Sie nichts dagegen haben, habe auch ich nichts dagegen, holde Dame."

Sie drehte sich zu ihm um und krauste die Nase. „Das nehme ich mal als Ja."

Als die Haushälterin kam, besprachen sie sich kurz, bevor Mrs. Brodie wieder von dannen eilte.

„Papa diniert heute Abend bei Dr. Fremont", klärte sein Engel ihn auf. „Sie diskutieren gern über Politik."

„Was Sie nicht sagen. Ist er derselbe Doktor, der meine Wunden verarztet hat?" Der gute Mann musste ein formidabler Debattierer sein, wenn er es mit dem Captain aufnahm. Er hatte Simons Mitgefühl.

„Mmmh", erwiderte Miss Craddock-Hayes einsilbig.

Mrs. Brodie und das Mädchen kamen mit schweren Tabletts zurück. Es dauerte ein Weilchen, bis sie alles auf dem kleinen Beistelltisch angerichtet hatten und sich wieder zurückziehen konnten.

„Papa hat auch mit David stets sehr angeregt diskutiert." Miss Craddock-Hayes schnitt eine Wildpastete an. „Ich glaube, er vermisst ihn sehr." Sie reichte ihm den Teller.

Ein schrecklicher Gedanke kam Simon. „Sind Sie in Trauer?"

Einen Augenblick lang sah sie ihn verständnislos an, und ihre Hand verharrte reglos über der Pastete. Dann lachte sie. „Aber nein. David ist auf See. Er ist Seemann, wie Papa. Leutnant auf der *New Hope*."

„Verzeihen Sie", sagte Simon. „Mir wird jetzt erst bewusst, dass ich eigentlich gar nichts über Ihren Bruder weiß, obwohl ich seit Tagen schon sein Zimmer bewohne."

Sie richtete den Blick auf die Schale mit Äpfeln und suchte sich einen aus. „David ist zweiundzwanzig, zwei Jahre jünger als ich. Seit elf Monaten ist er nun schon auf See. Er schreibt uns oft, aber wir bekommen seine Briefe immer in Bündeln, da er sie nur aufgeben kann, wenn sie einen Hafen anlaufen." Nachdem sie sich ihren Teller auf den Schoß gestellt hatte, sah sie auf. „Vater liest immer alle auf einmal, wenn ein Packen Briefe eintrifft, aber ich lese lieber nur einen oder zwei die Woche. So habe ich länger was davon." Sie lächelte, fast ein bisschen entschuldigend.

Am liebsten hätte Simon David auf der Stelle ausfindig gemacht und ihn gebeten, seiner Schwester noch Hunderte Briefe mehr zu schreiben. Briefe, die Simon ihr eigenhändig überreichen würde, damit er zu ihren Füßen sitzen und sich an ihrem Lächeln ergötzen konnte, wenn sie sie las. Was für ein Narr er doch war.

„Haben Sie einen Bruder oder eine Schwester?", fragte sie unschuldig.

Er schaute hinab auf seine Pastete. Das hatte man nun davon, dass man sich von dunklen, strengen Brauen und einem ernsten Mund betören ließ. Man kam aus der Deckung, und ehe man sich's versah ... „An Schwestern mangelt es mir leider." Er schnitt in die Kruste. „Ich hatte es mir immer reizend vorgestellt, eine kleine Schwester zu haben, die ich ärgern könnte, wenngleich man ja hört, dass sie die leidige Angewohnheit haben, einen zurückzuärgern, wenn sie etwas größer sind."

„Und Brüder?"

„Einen Bruder." Als er seine Gabel zur Hand nahm, stellte er überrascht fest, dass seine Finger zitterten. Zum Teufel mit ihnen. Er zwang sich zur Ruhe. „Tot."

„Das tut mir leid." Ihre Stimme war kaum mehr als ein Flüstern.

„Auch gut." Simon griff nach seinem Weinglas. „Er war der Ältere, weshalb ich niemals an den Titel gekommen wäre, wenn er nicht so früh das Zeitliche gesegnet hätte." Er nahm einen viel zu großen Schluck Rotwein, der ihm arg in der Kehle brannte. Langsam stellte er das Glas wieder ab und rieb sich den rechten Zeigefinger.

Sie schwieg. Den Blick ihrer bernsteinbraunen Augen fühlte er viel zu scharf auf sich gerichtet.

„Und außerdem", fuhr er fort, „konnte er einem ziemlich auf die Nerven gehen, der gute Ethan. Hat sich immer darum gesorgt, dass alles seine Ordnung hat, dass ich dem Familiennamen keine Schande mache, was ich natürlich trotzdem getan habe. Ein- oder zweimal im Jahr hat er mich deshalb auf den Familiensitz beordert und mich ganz bekümmert angeschaut, während er meine zahlreichen Verfehlungen auflistete und die Summe meiner Schneiderrechnung verlas." Er merkte, dass er dummes Zeug redete, und hielt inne.

Verstohlen sah er sie an, um abzuschätzen, ob er sie endlich so sehr schockiert hatte, dass sie ihn fortschicken würde. Doch sie erwiderte seinen Blick voller Mitgefühl. Oh, wie grausam sie war, sein Engel.

Rasch senkte er den Blick wieder auf seine Pastete, obwohl der Appetit ihm längst vergangen war. „Ich glaube, ich habe mein Märchen noch gar nicht zu Ende erzählt. Das von Angelica und dem Schlangenprinzen."

Glücklicherweise erbarmte sie sich seiner und nickte. „Bis zur Zauberhöhle und der silbernen Schlange waren Sie gekommen."

„Genau." Er holte tief Luft, um die Beklommenheit in seiner Brust zu vertreiben. Dann nahm er noch einen Schluck Wein und versuchte, seine Gedanken zu sammeln. „Die silberne Schlange war größer als jede Schlange, die Angelica je gesehen hatte. Allein ihr Kopf reichte Angelica von der Hand bis zum Ellenbogen. Während sie die Schlange noch staunend betrachtete, schoss sie um den Kessel herum und verschlang die kleine schwarze Geiß bei lebendigem Leib. Dann glitt sie gemächlich davon in die Dunkelheit."

Miss Craddock-Hayes schauderte es. „Das ist ja furchtbar."

„Das war es in der Tat." Er machte eine dramatische Pause und aß einen Happen Pastete. „So lautlos wie möglich schlich Angelica durch den Felsspalt hinaus und kehrte zu ihrer kleinen Holzhütte zurück, um in Ruhe nachzudenken. Sie hatte große Angst. Was, wenn die Riesenschlange all ihre Ziegen fressen würde? Was, wenn ihr nach zarterem Fleisch gelüstete und die Schlange *sie* verschlang?"

„Widerlich", murmelte sie.

„Stimmt."

„Was hat sie getan? Angelica, meine ich."

„Nichts. Was hätte sie gegen eine Riesenschlange schon ausrichten können?"

„Aber sie wird doch wohl ..."

Streng hob er eine Braue und sah sie an. „Wollen Sie mich jetzt andauernd unterbrechen?"

Sie presste die Lippen zusammen, als wolle sie sich ein Lächeln verkneifen, und fing an, ihren Apfel zu schälen. Auf einmal war er ganz von wohliger Wärme erfüllt. Wie behaglich es war, so gemütlich mit ihr zu sitzen und zu scherzen. So konnte er sich tatsächlich entspannen, all seine Sorgen vergessen, seine Sünden, all die Gemetzel, die ihm noch bevorstanden.

Er holte tief Luft und schüttelte die beunruhigenden Gedanken ab. „Und tatsächlich verschwanden Angelicas Ziegen eine nach der anderen. Die Arme war der Verzweiflung nah. Zwar lebte sie ganz allein am Fuße der Klippen, aber früher oder später würde der Verwalter des Königs kommen, um die Ziegen zu zählen, und wie sollte sie ihm dann deren schwindende Zahl erklären?" Er hielt inne, um einen Schluck Wein zu trinken.

Hinter dem Weinglas verborgen lächelte er. „Doch eines späten Abends klopfte ein altes Bettelweib an ihre Tür. Sie breitete ihre kümmerlichen Waren aus – ein paar Bänder, ein bisschen Spitze, einen verschlissenen Schal. Angelica erbarmte sich der armen Frau. ‚Nicht einen Heller besitze ich', sagte sie, ‚aber würdet Ihr mir eines dieser Bänder gegen ein Krug Ziegenmilch geben?' Die Alte ließ sich nicht lange bitten, und sie sagte zu Angelica: ‚Du hast ein gutes Herz, und ich will dir einen Rat geben. Wenn du die Haut der Schlange erringst, wirst du Macht über das Untier haben. Sein Leben wird in deinen Händen sein.' Und damit humpelte das alte Weib davon, noch ehe Angelica auch nur irgendetwas fragen konnte."

Miss Craddock-Hayes hatte aufgehört, ihren Apfel zu schälen und schaute ihn an. Sie schien wenig überzeugt von seiner Geschichte. Gespannt hob Simon die Brauen, nippte an seinem Wein und wartete.

Dann konnte sie nicht länger an sich halten. „Das alte Bettelweib ist einfach so aus dem Nichts aufgetaucht?"

„Ja."

„Einfach so?"

„Warum nicht? Es ist ein Märchen."

„Manchmal kommt es mir so vor, als würden Sie sich die Geschichte erst während des Erzählens ausdenken." Seufzend schüttelte sie den Kopf. „Erzählen Sie weiter."

„Sicher?", fragte er sehr ernst.

Unter gestrengen Brauen hervor sah sie ihn an.

Er räusperte sich, um nicht zu lachen. „Noch in derselben Nacht schlich Angelica sich zurück zur Höhle. Sie beobachtete, wie die Riesenschlange aus den dunklen Schatten kroch, langsam den Kessel mit dem blauen Feuer umkreiste und sich plötzlich in einen nackten Mann mit silbrigem Haar verwandelte. Angelica wagte sich näher heran und sah die Schlangenhaut zu Füßen des Mannes liegen. Ehe der Mut sie wieder verließ, stürzte sie sich darauf und riss die Schlangenhaut an sich." Simon nahm einen Bissen Pastete und ließ sich den köstlichen Geschmack genüsslich auf der Zunge zergehen.

Als er aufsah, schaute Miss Craddock-Hayes ihn ungeduldig an. *„Ja, und?"*

„Und was?", fragte er und blinzelte unschuldig.

„Sie sollen mich nicht necken", sagte sie betont deutlich. „Was passierte dann?"

Bei dem Wort *necken* horchte seine Männlichkeit auf, und sein dämonischer Verstand fantasierte sogleich ein Bild von Miss Craddock-Hayes herbei, wie sie nackt auf einem Bett ausgestreckt lag und er mit seiner Zunge ihre Brüste *neckte*. Herrje.

Simon blinzelte noch einmal und setzte ein argloses Lächeln auf. „Natürlich hatte Angelica den Schlangenprinzen jetzt in ihrer Gewalt. Sie rannte zum Feuer, das im Kessel brannte, um die Schlangenhaut in die Flammen zu werfen und so das Ungeheuer zu vernichten, doch seine Worte ließen sie innehalten. ‚Bitte, schöne Maid. Bitte verschone mich.' Und da fiel ihr zum ersten Mal auf, dass der Mann eine Kette um den Hals trug ..."

Sie verdrehte die Augen.

„Mit einer kleinen saphirnen Krone daran", beeilte er sich zu sagen. „Was ist?"

„Vorher war er eine Schlange", erwiderte sie und schien mit ihrer Geduld fast am Ende. „Ohne Schultern wohlgemerkt. Wie will er da eine Kette getragen haben?"

„Er war verzaubert", stellte er nüchtern fest. „Da hält die Kette trotzdem."

Ungläubig schaute sie ihn an und wollte abermals die Augen verdrehen, beherrschte sich aber gerade noch. „Und hat Angelica ihn verschont?"

„Natürlich." Simon lächelte betrübt. „So sind himmlische Wesen nun mal, auch wenn das Ungeheuer es gewiss nicht verdient hatte."

Bedächtig legte sie den Rest ihres Apfels beiseite und wischte sich die Finger an einer Serviette ab. „Warum soll die Schlange es denn nicht verdient haben, gerettet zu werden?"

„Weil sie eine Schlange war. Ein Geschöpf des Bösen und der Finsternis."

„Unsinn", erwiderte sie brüsk.

Er lachte laut – zu plötzlich und zu laut. „Ach, kommen Sie schon, Miss Craddock-Hayes, Sie haben doch gewiss Ihre Bibel gelesen und wissen, dass die Schlange Adam und Eva ins Verderben geführt hat?"

„Ach, kommen Sie schon, Mylord", ahmte sie ihn nach und neigte spöttisch den Kopf zur Seite. „Sie glauben doch wohl selbst nicht, dass es auf der Welt so einfach zuginge und alles sich in Gut und Böse trennen ließe."

Er zog eine Braue in die Höhe. „Sie überraschen mich."

„Warum? Aus unerklärlichen Gründen schien er sie verärgert zu haben. „Weil ich auf dem Land lebe? Weil meine Freunde nicht so adelig und distinguiert, so klug und raffiniert sind wie Ihre? Glauben Sie wirklich, dass nur, wer in London lebt, intelligent genug ist, die Welt zu verstehen und über das Offensichtliche hinauszudenken?"

Wie kam es denn, dass sie sich plötzlich stritten? „Ich ..."

Aufgebracht lehnte sie sich vor. „Ich glaube vielmehr, dass Sie einen viel provinzielleren Verstand haben als ich, wenn Sie meinen, Sie könnten über mich urteilen, ohne mich überhaupt zu kennen. Sie mögen sich ja einbilden, mich zu kennen, aber Sie tun es nicht."

Noch einen Moment starrte sie schweigend in sein überraschtes Gesicht, dann sprang sie auf und eilte aus dem Zimmer.

Und ließ ihn in einem Zustand quälender Erregung zurück.

5. KAPITEL

Zu spät ist er!“, stellte Papa am folgenden Abend fest. Mit finsterem Blick bedachte er erst die Uhr auf dem Kaminsims, dann den Rest des Zimmers. „Pünktlichkeit ist wohl unbekannt in London, was? Den ganzen Tag herumbummeln und kommen und gehen, wann es einem passt, ha!“

Eustace schnalzte tadelnd mit der Zunge und schüttelte mitfühlend den Kopf – eine ziemlich scheinheilige Reaktion, war er doch bekannt dafür, es selbst mit der Pünktlichkeit nicht so genau zu nehmen.

Lucy seufzte und verdrehte die Augen. Man saß im Salon beisammen und wartete auf Lord Iddesleigh, damit man sich zu Tisch begeben konnte. Ehrlich gesagt, war sie gar nicht so erpicht darauf, den Viscount wiederzusehen, denn am Abend zuvor hatte sie sich ziemlich töricht benommen. Noch immer wusste sie nicht, was in sie gefahren, warum sie auf einmal so wütend geworden war. Ganz plötzlich war es über sie gekommen. Aber ihr Gefühlsausbruch war keineswegs gespielt gewesen, sondern hatte sich aus tiefster Seele Bahn gebrochen. In ihr steckte so viel mehr als die gute Tochter und hingebungsvolle Krankenschwester, dessen war sie sich gewiss. Und doch würde sie im beschaulichen Maiden Hill nie werden können, was sie sein wollte. Bislang ahnte sie nur, was sie wollte, aber wenn sie ihr Leben lang hier bliebe, würde sie es auch nie herausfinden.

„Er wird bestimmt jeden Moment herunterkommen, Sir“, bemerkte Mr. Fletcher. Nur leider klang Lord Iddesleighs Freund keineswegs überzeugt. Er räusperte sich. „Vielleicht sollte ich mal …“

„Welch reizende Gesellschaft“, ließ sich Lord Iddesleighs Stimme von der Tür her vernehmen.

Alle drehten sich nach ihm um, und Lucy wäre vor Staunen fast der Mund offen stehen geblieben. Der Viscount sah grandios aus. Ein passenderes Wort gab es gar nicht – schlicht und ergreifend *grandios*. Er trug einen Rock aus Silberbrokat, der an den aufgeschlagenen Manschetten, an Schößen und Revers silbern und schwarz bordiert war. Darunter eine saphirblaue Weste, die sehr opulent mit sich rankenden Blättern und vielfarbigen Blumen bestickt war. Sein Hemd war an Kragen und Manschetten mit mehreren Lagen anmutig fließender Spitze besetzt, und auf dem Kopf trug er eine schneeweiße Perücke.

So pompös angetan kam er in die gute Stube geschlendert. „Sagen Sie bloß, Sie haben auf mich gewartet."

„Zu spät kommt er!", platzte es aus Papa heraus. „Zu spät zu meinem Abendessen erscheinen! In diesem Haushalt setzt man sich um Punkt sieben zu Tisch, Sir, und wenn Sie nicht …" Papa schweifte ab und schaute wie gebannt auf die Füße des Vicounts.

Lucy folgte seinem Blick. Der Viscount trug elegantes Schuhwerk mit …

„Rote Absätze!", polterte Papa. „Herrgott noch mal, Sir, was glauben Sie eigentlich, wo Sie hier sind? Im Bordell oder was?"

Mittlerweile hatte der Viscount sich neben Lucy eingefunden, und noch während ihr Vater sich echauffierte, nahm er mit leichter Geste ihre Hand und führte sie an seine Lippen. Den Kopf noch über ihre Hand geneigt, sah er zu ihr auf, und sie fand, dass seine seltsam hellen Augen kaum dunkler waren als seine schneeweiße Perücke. Als sie ihn so anschaute, wie gebannt von seinem Blick, zwinkerte er ihr zu, und auf einmal spürte sie seine Zunge warm zwischen ihre Finger gleiten.

Lucy rang hörbar nach Atem, doch da hatte der Viscount ihre Hand auch schon losgelassen und wandte sich zu ihrem Vater um, als wäre nichts geschehen. Rasch verbarg sie ihre Hand in den Falten ihres Rockes.

„In einem Bordell, Sir? Nein, ich muss gestehen, dass ich

Ihr Zuhause nie mit einem solchen verwechselt habe. Vielleicht wenn Sie an den Wänden ein paar Gemälde hängen hätten, auf denen …"

„Wollen wir uns nicht zu Tisch begeben?", unterbrach ihn Lucy mit schriller Stimme.

Sie wartete eine Antwort erst gar nicht ab. Dem bisherigen Verlauf der Unterhaltung nach zu urteilen, würden die beiden Männer schon heftige Wortgefechte führen, noch ehe das Essen serviert war. Entschlossen nahm sie den Viscount beim Arm und geleitete ihn ins Speisezimmer. Er schien es zufrieden, dass sie sich seiner so forsch bemächtigte.

Als sie durch die Tür traten, neigte er seinen Kopf dem ihren zu und flüsterte: „Hätte ich gewusst, meine Süße, dass Sie so sehr nach meiner Gesellschaft verlangen …", höflich rückte er ihr den Stuhl zurecht, „… würde ich Henry zum Teufel geschickt haben und wäre nur in Leibwäsche heruntergekommen."

„Idiot", murmelte Lucy und setzte sich.

Sein Lächeln weitete sich zu einem vergnügten Grinsen. „Mein Engel."

Dann musste er glücklicherweise von ihrer Seite weichen und den Tisch umrunden, um ihr gegenüber Platz zu nehmen. Nachdem alle sich gesetzt hatten, atmete Lucy erleichtert auf. Vielleicht könnte man sich jetzt zivilisiert benehmen.

„Ich wollte schon immer Westminster Abbey in London besuchen", ließ sich Eustace recht aufgeblasen vernehmen, während Betsy Lauch- und Kartoffelsuppe kredenzte. „Um mir die Gräber unserer großen Dichter und Denker anzusehen. Aber leider fand ich bei den wenigen Gelegenheiten, zu denen ich in unsere schöne Hauptstadt gereist bin, nie die Zeit dazu. Stets mit kirchlichen Belangen beschäftigt, müssen Sie wissen. Vielleicht möchten Sie ja Ihre Eindrücke von Westminster Abbey mit uns teilen, Lord Iddesleigh?"

Gespannt drehten alle den Kopf in Richtung Viscount.

Die feinen Falten um seine silbergrauen Augen vertieften sich. Bedächtig ließ er seinen Finger über den Rand des Weinglases kreisen. „Tut mir leid. Ich sah nie einen Anlass, mir das alte Mausoleum von innen anzuschauen. Die Gräber unserer Geistesgrößen interessieren mich herzlich wenig. Zugegeben eine höchst beklagenswerte moralische Unzulänglichkeit meinerseits."

Lucy meinte förmlich zu hören, wie Papa und Eustace ihm im Stillen recht gaben. Mr. Fletcher hustete und suchte Zuflucht hinter seinem Weinglas.

Sie seufzte. Als ihr Vater Eustace zum Abendessen eingeladen hatte, war Lucy dies als willkommene Abwechslung erschienen. So freundlich im Umgang Mr. Fletcher auch war, Papas gestrengen Verhören war er nicht gewachsen, und nach dem gestrigen Mittagessen hatte er recht mitgenommen ausgesehen. Der Viscount hingegen verstand sich den Sticheleien ihres Vaters sehr wohl zu widersetzen – allerdings ein wenig zu gut. Er trieb ihren Vater zu rotschäumender Raserei. Daher hatte sie gehofft, dass Eustace sich als ausgleichendes Element bei Tisch erweisen würde. Diese Hoffnung war offensichtlich vergebens. Und als wäre das nicht alles schon schlimm genug, fühlte sie sich hoffnungslos unscheinbar in ihrem dunkelgrauen Kleid. Wohl wahr, es war gut geschnitten, aber so schlicht, dass es neben dem prachtvollen Staat des Viscounts wie ein Lumpenkittel aussehen musste. Andererseits kannte sie wirklich niemanden, der sich auf dem Lande derart protzig in Schale warf, weshalb eigentlich er sich schämen und sich fehl am Platze fühlen sollte.

Dieser Gedanke gab Lucy wieder ein bisschen Auftrieb. Grimmig hob sie ihr Glas und betrachtete den Viscount, der ihr gegenübersaß. Kurz huschte ein verdutzter Ausdruck über sein Gesicht, doch gleich darauf verlegte er sich wieder auf seine übliche Miene gepflegter Langeweile.

„Ich könnte Ihnen jedoch eine sehr unterhaltsame Schilderung der Vergnügungsgärten von Vaux Hall bieten", sinnierte Lord Iddesleigh, noch immer bei dem Thema, das Eustace in die Runde geworfen hatte. An so vielen Abenden war ich dort, dass ich mich gar nicht mehr an alle erinnere, mit Leuten, an die ich mich lieber nicht erinnern möchte, und wir haben Dinge getan, die … Nun ja, Sie können es sich gewiss vorstellen. Nur leider dürften auch meine verbliebenen Erinnerungen kein geeignetes Thema in Anwesenheit von Damen sein."

„Dann würde ich vorschlagen, dass Sie uns damit verschonen", grummelte Papa. „Bin sowieso nicht sonderlich an den Sehenswürdigkeiten von London interessiert. Es geht doch nichts über englisches Landleben. Und ich sollte es wissen. Habe in meinen besten Jahren einiges von der Welt gesehen."

„Da kann ich Ihnen nur zustimmen, Captain", sagte Eustace. „Nichts ist so wohltuend für die Seele wie unsere liebliche englische Landschaft."

„Ha! Da haben Sie es – der Pfarrer muss es wissen." Papa beugte sich vor und bedachte seinen adeligen Gast mit bohrendem Blick. „Und, was macht die Genesung, Iddesleigh?"

Beinah hätte Lucy leise gestöhnt. Seit ein paar Tagen wurden Papas Anspielungen darauf, dass der Viscount bitte schön bald abreisen sollte, immer deutlicher.

„Danke der Nachfrage, Sir." Lord Iddesleigh goss sich Wein nach. „Es könnte kaum besser sein. Abgesehen von dem stechenden Schmerz in meinem Rücken, dem betrüblichen Verlust jeglicher Empfindung in meinem rechten Arm und einem Schwindelgefühl, welches mich befällt, sowie ich aufstehe, geht es mir prächtig."

„Sehr gut. Sie sehen auch ganz prächtig aus. Dann werden Sie uns wohl bald verlassen, was?" Unter buschigen weißen Brauen dräute der finstere Blick ihres Vaters. „Vielleicht ja schon morgen?"

„Papa!", beeilte Lucy sich zu sagen, bevor er ihren Gast kurzerhand heute Abend hinauswarf. „Lord Iddesleigh sagte doch eben, dass er noch keineswegs genesen ist."

Mrs. Brodie und Betsy kamen herein, um die Suppenteller abzuräumen und den nächsten Gang zu servieren. Die Haushälterin ließ ihren Blick über die wütenden bis betretenen Gesichter schweifen und seufzte vernehmlich. Als sie Lucys Blick begegnete, schüttelte sie mitfühlend den Kopf, ehe sie wieder in die Küche entschwand. Bei Tisch erfreute man sich nun an Brathühnchen und Erbsen.

„Ich war schon einmal in Westminster Abbey", sagte Mr. Fletcher.

„Hattest du dich verlaufen?", erkundigte sich Lord Iddesleigh höflich.

„Keineswegs. Meine Mutter und meine Schwestern hatten mal eine Phase, wo sie sich sehr für Architektur interessierten und keine Kirche ausgelassen haben."

„Ich wusste ja gar nicht, dass du Schwestern hast."

„Doch. Drei sogar."

„Du lieber Gott. Entschuldigen Sie, Vikar."

„Zwei ältere", plauderte Mr. Fletcher munter weiter, „und eine jüngere."

„Glückwunsch."

„Danke. Aber was ich eigentlich sagen wollte, war, dass wir vor ungefähr zehn Jahre Westminster Abbey besichtigt haben. Gleich im Anschluss an St.Paul's."

„Du Armer. Unverantwortlich, einem jungen, beeindruckbaren Geist derlei zuzumuten." Der Viscount schüttelte bekümmert den Kopf. „Es ist wahrlich traurig, wenn Eltern sich derart an ihren Kindern vergehen. Wie weit ist es nur mit England gekommen?"

Neben Lucy gab Papa ein missbilligendes Schnauben von sich, und Lord Iddesleigh zwinkerte ihr über den Tisch hinweg zu. Sie hob ihr Weinglas und versuchte tadelnd, die Stirn zu runzeln, doch ganz gleich, wie sehr er sich danebenbenahm, sie fand es schwer, daran Anstoß zu nehmen.

Neben der grandiosen Erscheinung des Viscounts nahm Eustace sich in seinem braunen Rock, brauner Weste und braunen Breeches wie ein kleiner Spatz aus. Andererseits stand Braun ihm wirklich gut zu Gesicht, und niemand hätte wohl von einem Landpfarrer erwartet, dass er sich in Silberbrokat kleidete und rote Absätze trug. Geradezu unziemlich wäre das, und wahrscheinlich würde Eustace in solch prächtigem Staat sowieso ziemlich albern aussehen. Weshalb sich die Frage stellte, warum der Viscount derart gewandet nicht albern, sondern geradezu gefährlich aussah …

„Wussten Sie, dass es ein Echo gibt, wenn man in der Mitte von Westminster Abbey steht und pfeift?“, fragte Mr. Fletcher mit Blick in die Runde.

„Faszinierend“, meinte der Viscount. „Das muss ich mir merken, sollte ich mich doch mal dorthin verirren und jäh von dem Bedürfnis zu pfeifen überkommen werden.“

„Pass aber auf, dass du es nicht in Begleitung einer weiblichen Verwandten tust. Mir hat man die Ohren langgezogen.“ Mr. Fletcher rieb sich sehr anschaulich das Ohr.

„Ja, die Damen halten uns im Zaum“, sagte Eustace, hob sein Glas und schaute Lucy an. „Ich wüsste nicht, was wir ohne ihre feste Hand täten.“

Verwundert hob sie die Brauen. Sie wüsste nicht, wann Eustace jemals ihre feste Hand zu spüren bekommen hätte, aber vielleicht wurde sie jetzt zu spitzfindig.

Auch Lord Iddesleigh prostete ihr zu. „Hört, hört. Auch mein innigster Wunsch ist es, in Demut von der festen Hand meiner Dame niedergestreckt zu werden. Ihre gestrengen Brauen lassen mich erzittern, ihr unergründliches Lächeln lässt mich vor Ehrfurcht starr und steif werden und in Ekstase erbeben.“

Ungläubig riss Lucy die Augen auf. Zugleich spürte sie, wie ihre Brustspitzen sich spannten. Dieser Schuft!

Mr. Fletcher begann wieder zu husten.

Papa und Eustace schauten grimmig, aber der Pfarrer war es, der zuerst wieder zu Worten fand. „Ich möchte wohl meinen, das war etwas dreist.“

„Nein, nein, schon gut …“, beschwichtigte Lucy, aber niemand hörte ihr zu.

„Dreist?“ Der Viscount stellte sein Glas ab. „Inwiefern?“

„Na ja, starr und … ähm, *steif*.“ Eustace errötete.

Himmel Herrgott noch mal! Lucy machte den Mund auf, wurde aber unterbrochen, noch ehe sie ein Wort herausbekam.

„Starr und steif. Steif? *Steif?*", wiederholte Lord Iddesleigh und klang dabei ungewohnt dümmlich. „Aber das ist doch ein weithin gebräuchliches Wort. Schlicht und ergreifend das beschreibend, das steif ist. Wird in den besten Familien benutzt. Gar den König habe ich es einmal verwenden hören. Und ich möchte wohl meinen, man könnte auch Sie sehr vortrefflich damit beschreiben, Mr. Penweeble."

Mr. Fletcher saß vornüber gebeugt, die Hände vor dem erhitzten Gesicht. Lucy wollte nur hoffen, dass er an seinem Anfall von Heiterkeit nicht erstickte.

Eustaces Gesicht hatte eine besorgniserregende Färbung angenommen. „Und was ist mit *Ekstase*? Ich wüsste gern, wie Sie das rechtfertigen wollen, Sir."

Der Viscount setzte sich auf, straffte die Schultern und musterte den Pfarrer mit prüfendem Blick. „Man sollte meinen, dass Sie als Mann der Kirche, als Mann von verfeinerter Bildung und vorzüglichem Verstand, als fromme Seele, die in Christus, unserem Herrn, Erlösung sucht, wissen sollten, dass es sich bei dem Wort *Ekstase* um einen durch und durch rechtschaffenen, religiösen Begriff handelt."

Lord Iddesleigh legte eine kunstvolle Pause ein, in der er einen Happen Hühnchen verspeiste. „Oder was dachten Sie, was damit gemeint sei?"

Einen Augenblick lang starrten die bei Tisch versammelten Herren den Viscount sprachlos an. Lucy schaute von einem zum anderen. So langsam fand sie diese allabendlichen Wortgefechte doch etwas enervierend.

Dann ergriff Papa das Wort. „Ich möchte mal meinen, das war Gotteslästerung!" Er fing an zu lachen.

Mr. Fletcher hörte zu husten auf und stimmte in das Gelächter ein. Eustace verzog zunächst noch pikiert das Gesicht, dann stimmte auch er vorsichtig ein, wenngleich ihm dabei recht unbehaglich zu sein schien.

Lord Iddesleigh lächelte, hob sein Glas und schaute Lucy über den Rand hinweg mit seinen silbrigen Augen an.

Er hatte nicht nur Gott gelästert, sondern auch gegen jeglichen Anstand verstoßen – doch es kümmerte Lucy nicht. Ihre Lippen bebten, und allein ihn anzusehen ließ ihren Atem rascher gehen.

Sie konnte nicht anders, als sein Lächeln zu erwidern.

„Warten Sie!" Ohne Rücksicht auf seinen schmerzenden Rücken humpelte Simon am nächsten Morgen eilig die Treppe vor dem Haus hinunter. Miss Craddock-Hayes' Gespann war schon fast am Ende der Auffahrt verschwunden. „So warten Sie doch!" Er konnte nicht weiterrennen, sein Rücken folterte ihn. Keuchend stützte er die Hände auf die Knie und ließ den Kopf hängen. Vor einer Woche noch hätte er sie spielend eingeholt und wäre kein bisschen außer Atem gewesen.

Hinter sich hörte er Hedge brummeln: „Jung und adelig und doch ein Narr. Nur ein Narr lässt sich abstechen, nur ein Narr rennt einem Mädchen nach. Töricht, selbst wenn es unsere Miss Lucy ist, der er nachrennt."

Simon stimmte ihm von ganzem Herzen zu. Sein Verhalten war töricht. Wann wäre er jemals einer Frau hinterhergerannt? Aber er musste unbedingt mit ihr reden, musste ihr sein eines Gentlemans unwürdiges Verhalten vom Abend zuvor erklären. Oder war das nur ein Vorwand? Vielleicht wollte er einfach bei ihr sein. Er wusste, dass ihm die Zeit wie Sand zwischen den Fingern verrann. Bald würden sich keine Gründe mehr finden lassen, noch länger im beschaulichen Maiden Hill zu bleiben. Bald würde er seinen Engel nie wiedersehen.

Glücklicherweise hatte Miss Craddock-Hayes sein Rufen gehört. Am Ende der Auffahrt brachte sie den Wagen zum Stehen und drehte sich nach ihm um. Dann ließ sie ihr Pferd wenden.

„Was fällt Ihnen ein, mir hinterherzurennen?", fragte sie ihn, als sie bei ihm angelangt war. Besonders beglückt klang sie nicht gerade. „Sie werden sich Ihre Wunde wieder aufreißen."

Er richtete sich auf und versuchte, nicht ganz so hinfällig zu wirken. „Welch geringer Preis für einen Augenblick Ihrer kostbaren Zeit, meine Dame."

Hedge schnaubte vernehmlich und ließ die Haustür hinter sich ins Schloss fallen. Aber sie lächelte ihn an.

„Fahren Sie in die Stadt?", fragte er.

„Ja." Sie neigte den Kopf zur Seite. „Aber Maiden Hill ist ein kleiner Ort, und ich kann mir kaum vorstellen, dass Sie dort etwas von Interesse finden."

„Oh, sagen Sie das nicht. Der Krämer, das Kreuz auf dem Dorfplatz, die alte Kirche – das alles interessiert mich sehr." Als er sich neben sie auf den Sitz schwang, schwankte das Gespann bedenklich. „Soll ich fahren?"

„Nein, ich komme mit Kate schon zurecht." Mit einem kurzen Schnalzen ließ sie das kleine Pferd – vermutlich Kate – antraben.

„Habe ich Ihnen eigentlich schon Ihre Güte gedankt, mich aus einem Graben errettet zu haben?"

„Doch, ich glaube schon." Sie warf ihm einen kurzen Blick zu und sah dann wieder nach vorn, sodass ihm ihr Gesicht hinter der Hutkrempe verborgen blieb. „Habe ich Ihnen schon erzählt, dass wir zunächst dachten, Sie wären tot, als wir Sie dort liegen sahen?"

„Es tut mir leid, Ihnen einen solchen Schrecken eingejagt zu haben."

„Ich bin froh, dass Sie nicht tot sind."

Wie sehr er sich wünschte, ihr Gesicht sehen zu können! „Ich auch."

„Ich dachte …" Sie ließ den Satz unvollendet und begann noch einmal. „Es war ganz seltsam, Sie dort zu finden. Mein Tag war ganz gewöhnlich gewesen, und dann schaute ich auf dem Heimweg kurz hinab in den Graben und sah Sie. Zuerst glaubte ich meinen Augen kaum zu trauen. Sie passten so gar nicht in meine Welt."

Ich passe noch immer nicht in deine Welt. Aber diesen Gedanken behielt er für sich.

„Fast war es, als hätte ich ein Zauberwesen entdeckt“, sagte sie leise.

„Dann dürfte Ihre Enttäuschung aber gewaltig gewesen sein.“

„Inwiefern?“

„Nun, als Sie feststellten, dass ich nur ein sehr irdischer Mann aus Fleisch und Blut und keineswegs ein Zauberwesen war.“

„Ha! Diesen Tag werde ich im Kalender vermerken müssen.“

Als sie durch eine tiefe Furche fuhren, wurden sie kräftig durchgeschüttelt, was indes nicht weiter schlimm war, da sie dabei sanft aneinanderstießen. „Warum?“

„Zweiter Dezember“, verkündete sie ernst. „Kurz nach Mittag. Viscount Iddesleigh äußert sich recht bescheiden über sich selbst.“

Er grinste töricht. „Touché.“

Ihr Blick blieb nach vorn gerichtet, doch sah er an dem Grübchen in ihrer Wange, dass sie lächelte. Auf einmal hätte er ihr am liebsten die Zügel aus der Hand gerissen, das Pferd am Wegsrand halten lassen und seinen Engel in seine irdischen Arme genommen. Vielleicht verfügte sie gar über einen Zauber, der ein missratenes Ungeheuer menschlich machen konnte.

Ach, aber auf diese Weise würde er den Engel entweihen.

Also hob Simon sein Gesicht nur der Wintersonne entgegen, so spärlich sie auch schien. Trotz des kalten Windes tat es gut, draußen zu sein. Und es tat gut, neben ihr zu sitzen. Der Schmerz in seiner Schulter war nur noch als dumpfes Pochen zu spüren. Wahrscheinlich hatte er wirklich Glück gehabt, dass die Wunde nicht wieder aufgegangen war. Verstohlen beobachtete er seinen Engel. Mit kerzengeradem Rücken saß sie da und führte die Zügel ohne großes Aufhebens – ganz anders als die Damen seiner Bekanntschaft, die sich stets recht theatralisch gebärdeten, wenn sie einen Gentleman fuhren. Ihr Hut war ein schlichtes Stück aus Stroh, seitlich unter dem Ohr gebunden. Über ihrem hellgrauen Kleid trug sie einen Umhang in etwas dunklerem Grau, und plötzlich wurde ihm bewusst, dass er sie noch nie in einer anderen Farbe gesehen hatte.

„Gibt es einen bestimmten Grund, weswegen Sie stets Grau tragen?", wollte er wissen.

„Wie bitte?"

„Ihre Kleider." Er deutete an ihr herab. „Sie tragen immer Grau. Wie ein hübsches kleines Täubchen. Aber wenn Sie nicht in Trauer sind, warum tragen Sie es dann?"

Sie runzelte die Stirn. „Ich dachte, es würde sich für einen Gentleman nicht schicken, Bemerkungen über die Garderobe einer Dame zu machen. Oder sind die Gepflogenheiten in London andere?"

Autsch. Sein Engel schien heute ein wenig gereizt.

Er lehnte sich zurück und stützte den Ellenbogen hinter ihrem Rücken auf. Tatsächlich war er ihr nun so nah, dass er ihre Wärme an seiner Brust spürte. „In der Tat, das sind sie. So ist es für eine Dame beispielsweise *de rigueur*, einen Herren in ihrem Gespann auszufahren und ganz ungeheuerlich mit ihm zu kokettieren."

Sie spitzte die Lippen, geruhte aber noch immer nicht, ihn anzusehen.

Was ihn indes nur weiter ermunterte. „Damen, die gegen diese Konvention verstoßen, erregen Anstoß. Oft sieht man ältere Angehörige des *ton*, die angesichts dieser armen verlorenen Seelen mitleidig die Köpfe schütteln."

„Sie sind furchtbar."

„Ja, leider", seufzte er. „Aber da wir uns hier des unbedarften Landlebens erfreuen, will ich es Ihnen durchgehen lassen, dass Sie es mit den Konventionen nicht so genau nehmen."

„Unbedarft?" Sie schlug so heftig mit den Zügeln, dass Kate empört mit dem Zaumzeug rasselte.

„Ich bestehe darauf."

Sie bedachte ihn mit unergründlichem Blick.

Mit dem Finger fuhr er ihren kerzengeraden Rücken hinab, worauf sie sich noch aufrechter hinsetzte, aber kein Wort sagte. Als er daran dachte, wie er am Abend zuvor ihre Finger mit seiner Zunge liebkost hatte, richtete er sich seinerseits an weniger schicklicher Stelle auf. Dass sie seine Berührung akzeptierte, erregte ihn ebenso sehr wie die weitaus einladenderen Reaktionen anderer Frauen.

Sie seufzte. „Ich kann mich nicht mehr daran erinnern, was Sie mich gefragt hatten, ehe Sie anfingen, Unsinn zu reden."

Verworfen, wie er war, grinste er. Er konnte sich nicht erinnern, wann er sich zuletzt so gut amüsiert hatte. „Warum tragen Sie immer Grau? Nicht, dass ich etwas gegen Grau hätte, zumal es Ihnen eine so faszinierende geistliche Ausstrahlung verleiht."

„Soll das heißen, dass ich wie eine Nonne aussehe?" Ihre gestrengen Brauen zogen sich unheilvoll zusammen.

„Nein, meine Liebe. Ich will damit nur sagen, dass Sie wie ein Engel aussehen, der vom Himmel herabkam, um mich wegen meiner zahlreichen Sünden zur Verantwortung zu ziehen."

„Ich trage die Farbe Grau, weil man den Schmutz darauf nicht so leicht sieht." Sie sah ihn von der Seite an. „Was haben Sie denn alles verbrochen, dass Ihre Sünden so zahlreich sind?"

Er neigte sich ihr noch näher zu, als wolle er ihr ein Geheimnis anvertrauen. Ein feiner Hauch nach Rosen stieg ihm in die Nase. „Ich bestehe auch darauf, dass Sie das Wort *Farbe* nicht in einem Atemzug mit Grau verwenden, denn Grau ist überhaupt keine Farbe, sondern deren Mangel."

Ihre Miene verhieß nichts Gutes.

Seufzend zog er sich zurück. „Und was meine Sünden anbelangt, werte Dame, so sind sie wenig geeignet, um in Gegenwart eines Engels von ihnen zu sprechen."

„Wie soll ich dann über Sie urteilen? Und Grau ist doch eine Farbe."

Er lachte. Am liebsten hätte er die ganze Welt umarmt und

lauthals gesungen. Das musste an der gesunden Landluft liegen. „Meine Dame, ich gebe mich geschlagen angesichts Ihrer wohldurchdachten Argumentation, welche wohl sogar Sophokles in die Knie gezwungen hätte. Woraus folgt, dass Grau tatsächlich eine Farbe ist."

Sie räusperte sich vernehmlich. „Und Ihre Sünden?"

„Meine Sünden sind zahlreich und unverzeihlich." Plötzlich sah er Peller vor sich, wie er verzweifelt die Hand hob, woraufhin er so rasch mit seinem Degen zuhieb, dass Blut und Finger durch die Luft flogen. Simon blinzelte und setzte ein unverbindliches Lächeln auf. „Wer von meinen Sünden weiß", meinte er leichthin, „weicht bei meinem Anblick vor Entsetzen zurück, als wäre ich ein Aussätziger, dessen Nase verrottet, dessen Ohren verfaulen."

Mit ernstem, unschuldigem Blick sah sie ihn an. Sein tapferer Engel, unberührt vom schändlichen Tun Seinesgleichen. Er konnte nicht anders, als abermals ihren Rücken zu streicheln, heimlich und verstohlen. Ihre Augen weiteten sich still.

„Und recht haben sie", fuhr er nonchalant fort. „So bin ich beispielsweise dafür berüchtigt, das Haus ohne Hut zu verlassen."

Mit fragendem Blick sah sie ihn an. Auch jetzt trug er keinen Hut.

„In *London*", stellte er klar.

Aber es war gar nicht seine Hutlosigkeit, die sie beschäftigte. „Warum glauben Sie, Ihre Sünden wären unverzeihlich? Ein jeder kann Gnade finden, so er sich nur zu seinen Sünden bekennt."

„So spricht ein Engel unseres Herrn." Er neigte sich ihr zu, bis er wieder den Rosenduft ihres Haars riechen konnte. Seine Nasenflügel weiteten sich, seine Männlichkeit zuckte. „Doch was, wenn ich ein der Hölle entsprungener Teufel bin und gar nicht von deiner Welt, mein Engel?"

„Ich bin kein Engel." Sie wandte ihm ihr Gesicht zu.

„Oh doch, das bist du", hauchte er. Seine Lippen streiften ihr Haar, und einen irrwitzigen Moment lang meinte er, er würde sie küssen, würde sie mit seinem verworfenen Mund korrumpieren. Aber just in diesem Augenblick passierten sie eine Wegbiegung, das Gespann rumpelte und schwankte, und sie wandte ihre gesamte Aufmerksamkeit dem Pferd zu. Der Moment war vorüber.

„Wie unabhängig Sie sind“, murmelte er.

„Auf dem Land bleibt einem nichts anderes übrig“, erwiderte sie spitz. „Oder dachten Sie, ich sitze den ganzen Tag zu Hause und flicke die Wäsche?“

Ah, nun gerieten sie auf heikles Terrain. Dort waren sie auch auf Abwege geraten, als sie zwei Abende zuvor so wütend auf ihn geworden war. „Nein. Ich bin mir Ihrer zahlreichen Pflichten und Talente durchaus bewusst, zu denen auch gehört, sich der vom Glück weniger Begünstigten Ihres Dorfes anzunehmen. Als Bürgermeisterin von London würden Sie sich gewiss prächtig machen, aber das hieße natürlich, dass Sie diesen lieblichen Weiher verlassen müssten. Die hiesigen Bewohner dürften das wohl kaum überleben.“

„Ist das Ihr Ernst?“

„Aber ja“, sagte er und meinte es tatsächlich ernst.

„Ich glaube, dass alle sehr wohl ohne mich zurechtkämen“, sagte sie nüchtern. „Schon bald würde eine andere Dame meine Stelle einnehmen.“

Er runzelte die Stirn. „Schätzen Sie sich so gering?“

„Nein, aber was ich hier im Dorf an guten Werken vollbringe, könnte von jeder anderen ebenso gut vollbracht werden.“

„Mmmh.“ Er betrachtete ihr Profil, das so wunderbar rein und schön war. „Und wenn Sie Maiden Hill verließen, was würden Sie tun?“

Ihre Lippen öffneten sich ein wenig, als denke sie angestrengt über die Frage nach. Er neigte sich ihr noch näher. Oh, wie sehr er sich wünschte, diese Unschuld zu versuchen! „Würden Sie in roten Schuhen auf den Londoner Bühnen tanzen? Auf einem Schiff mit seidenen Segeln ins ferne Arabien segeln? Eine Salondame werden, die berühmt ist für ihren Geist und ihre Schönheit?"

„Ich würde einfach nur ich selbst werden."

Er blinzelte. „Aber das sind Sie doch schon ... so schön und so streng."

„Bin ich das? Das scheint außer Ihnen aber niemandem aufzufallen."

Und dann schaute er in ihre ernsten bernsteinbraunen Augen, und er wollte noch etwas sagen. Es lag ihm auf der Zunge, doch er bekam kein Wort heraus.

Sie wandte den Blick ab. „Wir sind jetzt fast in Maiden Hill. Sehen Sie den Kirchturm dort drüben?" Sie zeigte nach vorn.

Pflichtschuldigst hielt er Ausschau und versuchte, sich wieder zu fassen. Es war wirklich höchste Zeit, dass er von hier fortkam. Wenn er blieb, geriete er nur immer mehr in Versuchung, sie zu verführen, und sein ganzes Leben war ein einziger Beweis dafür, dass er der Versuchung nicht zu widerstehen wusste. Ja, manchmal stürzte er sich gar sehenden Auges ins Verderben. Aber diesmal nicht. Nicht bei ihr. Er beobachtete sie, wie sie mit konzentrierter Miene den Wagen stadteinwärts lenkte. Eine Strähne ihres dunklen Haars hatte sich gelöst und liebkoste ihre Wange so zärtlich wie die Hand eines Geliebten. Würde er der Versuchung nachgeben, ruinierte er etwas, das von Grund auf ehrlich und gut war. Etwas, das er noch nirgends auf dieser unseligen Erde gefunden hatte.

Und er bezweifelte, dass er sich diesen Akt der Vernichtung verzeihen würde.

Mit einem wohligen Seufzer ließ Lucy sich in das warme Badewasser sinken. Allzu tief konnte sie indes nicht sinken, war es doch nur ein Sitzzuber, und doch war es der reinste Luxus. Sie war in dem kleinen gemütlichen Zimmer im hinteren Teil des Hauses, dem Zimmer ihrer Mutter. Hedge hatte auch so schon genug gemurrt, dass er wegen ihres „unnatürlichen" Bedürfnisses nach einem Bad Wasser hatte schleppen müssen, da hatte sie ihm nicht auch noch die Treppe zumuten wollen. Das kleine Zimmer war nur wenige Schritte von der Küche entfernt und wie geschaffen für ein abendliches Bad. Natürlich würde das Wasser danach auch wieder weggeschafft werden müssen, aber Lucy hatte Hedge und Betsy gesagt, das könne ruhig bis morgen warten. Dann hatte sie die beiden zu Bett geschickt und freute sich, im warmen Wasser schwelgen zu können, ohne dass Dienstboten ungeduldig darauf lauerten, dass sie fertig wäre.

Sie lehnte den Kopf an den hohen Rand der Wanne und sah zur Decke hinauf. Das Kaminfeuer warf flackernde Schatten an die alten, vertrauten Wände und ließ sie sich herrlich geborgen fühlen. Papa war heute Abend wieder bei Dr. Fremont zum Essen und gewiss noch immer in erhitzte Debatten über Politik und Geschichte verstrickt. Lord Iddesleigh hatte Mr. Fletcher einen Besuch im Gasthof abstatten wollen. Somit hatte sie das Haus ganz für sich – abgesehen von den Dienstboten, die sich indes schon zur Nacht zurückgezogen hatten.

Der liebliche Duft von Rosen und Lavendel umfing sie. Sie hob die Hand aus der Wanne und sah das Wasser von ihren Fingern tropfen. Was für eine seltsame Woche das gewesen war, seit sie Lord Iddesleigh gefunden hatte. Während der letzten Tage hatte sie mehr Zeit damit zugebracht, über ihr Leben nachzudenken – und darüber, was sie letztlich aus ihrem Leben machen wollte –, als in all den Jahren zuvor. Nie zuvor war ihr der Gedanke gekommen, dass es mehr in ihrem Leben geben könne, als Papa den Haushalt zu führen, hie und da gute Werke zu vollbringen und sich von Eustace hofieren zu lassen. Weshalb hatte sie nie mehr erwartet, als die Frau des Pfarrers zu werden? Ihr war nicht einmal bewusst gewesen, dass sie sich nach mehr sehnte. Fast war es, als wache sie aus einem tiefen Traum auf. Und plötzlich war da dieser schillernde, faszinierende Mann, der so gänzlich anders war als alle Männer, die sie kannte. Fast schon ein wenig affektiert in seinem Gebaren und seinen hübschen Kleidern – und doch so männlich in seinen Bewegungen und der Art, wie er sie ansah.

Er neckte und enervierte sie, verlangte mehr als schlichte Zustimmung zu allem, was er sagte. Er erwartete eine Reaktion von ihr. Er ließ sie sich so lebendig fühlen, wie sie es nie zuvor für möglich gehalten hätte. Als wäre sie nur geschlafwandelt, ehe er in ihr Leben getreten war. Oder eher gefallen. Wenn sie am Morgen erwachte, wünschte sie sich nichts sehnlicher, als mit ihm zu reden, seine tiefe Stimme zu hören, seinem Geplauder zu lauschen, das sie lächeln ließ oder sie wütend machte. Sie wollte mehr über ihn erfahren, wollte wissen, warum seine silbergrauen Augen manchmal so traurig schauten, was er hinter dem Geschwätz verbarg, wie sie ihn zum Lachen bringen konnte.

Und das war keineswegs alles. Sie sehnte sich nach seiner Berührung. Wenn sie des Nachts in ihrem schmalen Bett lag und fast schon schlief, aber noch nicht ganz, träumte sie davon, dass er sie berührte, dass seine langen Finger ihre Wange streichelten. Dass sein breiter Mund den ihren berührte.

Sie holte tief Luft und erschauerte. Nein, sie sollte das nicht tun, aber sie konnte nicht anders. Seufzend schloss sie die Augen und stellte sich vor, wie es sich anfühlen würde, wäre er jetzt hier. Lord Iddesleigh.

Simon.

Leise fielen die Tropfen in die Wanne, als sie die Hände aus dem Wasser zog und mit den Fingerspitzen über Hals und Schultern strich und sich vorstellte, ihre Hände wären seine. Sie erschauerte, bekam eine Gänsehaut. Ihre Brustspitzen, die gerade so aus dem warmen Wasser ragten, richteten sich auf. Ihre Finger glitten abwärts, sie fühlte ihre vom Wasser kühle und feuchte Haut. Ganz leicht wanderte sie mit den Spitzen der Mittelfinger unter ihre Brüste, fuhr langsam weiter hinauf, ließ die Finger um den dunklen Hof kreisen.

Sie seufzte und bewegte sich ruhelos. Wenn Simon sie jetzt beobachten würde, könnte er sehen, wie erregt sie war, sähe die feuchte Gänsehaut auf ihren Schultern, ihren Brüsten, ihren Beinen. Er sähe ihre nackten, schweren Brüste und die harten Knospen. Allein der Gedanke war so köstlich, dass sie sich auf die Lippe beißen musste. Sachte schnippte sie mit den Fingernägeln gegen die Knospen. Die Empfindung war überwältigend und ließ sie die Schenkel fest zusammenpressen. Wenn er ihr zusah ... Mit Daumen und Zeigefinger umfasste sie die Knospen und kniff zu. Lucy stöhnte.

Und auf einmal wusste sie es. Sie erstarrte eine gefühlte Ewigkeit, dann öffnete sie langsam die Augen.

Er stand in der Tür, den Blick auf sie gerichtet – einen Blick, der leidenschaftlich, begierig und sehr, sehr männlich war. Dann senkte er die Augen und betrachtete sie ungeniert. Ihre erhitzten Wangen, ihr nackten Brüste, die sie noch immer mit beiden Händen umschlossen hielt, als wollte sie ihm eine Gabe darbringen, hinab zu dem, was vom Wasser kaum verborgen wurde. Fast meinte sie, seinen Blick auf ihrer bloßen Haut zu spüren. Seine Nasenflügel weiteten, seine Wangen röteten sich. Als er wieder aufschaute und ihre Blicke sich begegneten, sah sie sowohl Erlösung als auch Verdammnis in seinen Augen. Doch es machte ihr nichts mehr aus. Sie wollte ihn.

Er drehte sich um und eilte davon.

Simon nahm drei Stufen auf einmal, als er die Treppe hinaufrannte. Sein Herz pochte, sein Atem kam in raschen, harten Stößen, und seine Erregung nahm geradezu schmerzliche Ausmaße an. War es denn zu fassen? So gebannt war er nicht mehr gewesen, seit er als Junge heimlich zugeschaut hatte, wie einer der Lakaien das kichernde Küchenmädchen begrapschte. Vierzehn war er damals gewesen und so voller unerfüllter Lust, dass er morgens, mittags und abends an nichts anderes gedacht hatte. Und nachts.

Er stürmte in sein Zimmer, schlug die Tür hinter sich zu und ließ den Kopf dagegen fallen. Seine Brust hob und senkte sich heftig, keuchend versuchte er, zu Atem zu kommen. Gedankenverloren rieb er sich die Schulter. Seit jenem lang vergangenen Tag hatte er viele Frauen gehabt, einfache Frauen und Frauen von Stand, manche von ihnen ein kurzes Vergnügen, andere eine längere Affäre. Dabei hatte er eines gelernt – in den Augen einer Frau zu erkennen, ob sie zu haben war. Er war ein Kenner geworden, was Frauen anbelangte. Zumindest hatte er das geglaubt. Jetzt jedoch fühlte er sich wieder wie damals mit vierzehn, verspürte dieselben Ängste – und dieselbe maßlose Erregung.

Er schloss die Augen und ging den Abend noch einmal im Geiste durch. Nach einem beinah ungenießbaren Abendessen mit Christian war er zu den Craddock-Hayes zurückgekehrt und hatte das Haus gänzlich ruhig vorgefunden, woraufhin er angenommen hatte, alle seien bereits zu Bett gegangen. Nicht einmal Hedge war aufgeblieben, um ihn gewohnt mürrisch zu empfangen, was allerdings – wenn man Hedge näher kannte – auch keine Überraschung war. Gerade wollte er nach oben auf sein Zimmer gehen, hatte schon den Fuß auf die erste Stufe gesetzt, als etwas ihn zögern ließ. Er konnte nicht sagen, was ihn zu dem kleinen Zimmer getrieben hatte. Vielleicht sein animalischer Instinkt, der wusste, was er dort finden, was er dort sehen würde. Dennoch war er wie vom Donner gerührt gewesen. Reglos hatte er dagestanden, wie Lots Frau in eine Salzsäule verwandelt.

Oder in seinem Fall eher in eine Säule der Lust.

Lucy, wie sie im Bad gesessen hatte, ihre blasse Haut vom Dampf wie von Tau benetzt, nasse Strähnen, die sich an ihren Schläfen lockten. Den Kopf zurückgeworfen, ihre Lippen feucht und leicht geöffnet …

Simon stöhnte leise und knöpfte seine Breeches auf.

Ihr Hals, so weich und weiß. Ihm war gewesen, als hätte er ihren Puls unter der feuchten Haut schlagen sehen. In der kleinen Mulde an ihrem Hals lag ein Wassertropfen, schimmerte wie eine Perle in der Schale einer Auster.

Er schloss die Hand um sein hartes Geschlecht, schloss sie fester, bis die Haut sich vor seinen Fingern zusammenschob.

Ihre herrlichen nackten Brüste, weiß und glockenförmig – und *gehalten* von ihren Händen, von ihren kleinen Händen umfasst gehalten ...

Er strich fester an sich hinab, spürte einen feuchten Tropfen auf seiner Hand.

Ihre Finger, die um rote, spitze Knospen kreisten, als hätte sie mit ihnen gespielt, sich selbst in ihrem einsamen Bad beglückt.

Mit der linken Hand umfasste er seine Testikel, während er die rechte immer drängender bewegte.

Und noch während er zusah, hatte sie ihre Knospen zwischen die Finger genommen, hatte sie gekniffen und an ihnen gezogen, bis ...

„*Ahhhh!*" Er bäumte sich auf, seine Hüften erbebten.

Sie hatte gestöhnt vor Wonne.

Simon seufzte, ließ sich an die Tür zurücksinken und den Kopf zur Seite fallen. Abermals versuchte er, keuchend zu Atem zu kommen. Langsam zog er sein Taschentuch hervor, wischte sich die Hand ab und versuchte, sich nicht von Abscheu vor sich selbst überwältigen zu lassen. Dann ging er an die kleine Kommode und schüttete Wasser in die Waschschüssel, kippte es sich über den Kopf und blieb so stehen, die Hände auf die Kommode gestützt, den triefnassen Kopf über dem Becken.

Er verlor die Kontrolle.

Ein harsches Lachen kam ihm über die Lippen, das viel zu laut klang in der Stille des Zimmers. Er hatte die Kontrolle längst verloren. Was sollte er morgen zu ihr sagen, zu seinem Engel? Zu ihr, die er lüstern in ihrem Bad begafft hatte? Mühsam richtete Simon sich auf, verzog das Gesicht vor Schmerzen, trocknete sich ab und legte sich in seinen Kleidern aufs Bett.

Höchste Zeit, dass er abreiste.

6. KAPITEL

Lucy zog sich ihren grauen Wollumhang fester um die Schultern. Der Wind blies frisch an diesem Morgen. Mit frostigen Fingern fuhr er unter ihren Rock und klammerte sich um ihre Knochen. Eigentlich würde sie bei einem solchen Wetter überhaupt nicht hinausgegangen sein, schon gar nicht zu Fuß, aber sie wollte allein sein, um in Ruhe nachzudenken. Bloß war das Haus voller Männer. Nun ja, genau genommen waren es nur Papa, Hedge und Simon, aber mit zweien davon wollte sie ganz gewiss nicht reden, und Hedge fand sie sogar unter günstigen Umständen recht anstrengend. Weshalb ein ausgiebiger Spaziergang angezeigt schien.

Lucy trat einen Kiesel aus dem Weg. Wie sollte man einem Mann beim Mittagstisch gegenübersitzen, der einen zuletzt nackt und die eigenen Brüste liebkosend gesehen hatte? Wäre es ihr nicht so peinlich, würde sie Patricia fragen. Ihre Freundin hätte bestimmt eine Antwort parat, auch wenn es nicht unbedingt die richtige wäre. Und vielleicht könnte Patricia sie auch von dieser schrecklichen Scham befreien. Es war so furchtbar gewesen, als er sie gestern Abend so gesehen hatte. Furchtbar, aber in gewisser Weise auch herrlich. Es hatte ihr gefallen, wie er sie angesehen hatte. Und wenn sie ganz ehrlich war, so hatte sie sich gar gewünscht, er wäre geblieben. Wäre geblieben und …

Schritte ertönten hinter ihr. Schnelle, schwere Schritte.

Mit einmal wurde Lucy bewusst, dass sie sich ganz allein auf weiter Flur befand, die Straße lag verlassen da, kein Haus war in Sicht. Eigentlich war Maiden Hill ja ein friedliches Fleckchen Erde, aber dennoch … Rasch drehte sie sich um.

Doch es war kein gemeiner Wegelagerer.

Nein, viel schlimmer. Es war Simon. Fast hätte sie sich wieder umgedreht und wäre weitergelaufen.

„Warten Sie." Er sprach mit gesenkter Stimme. Dann setzte er abermals an, schloss den Mund aber wieder, als wisse er nicht, was er noch sagen solle.

Seine ungewohnte Sprachlosigkeit ließ sie sich ein bisschen besser fühlen. War er womöglich ebenso verlegen wie sie? Ein paar Schritte vor ihr blieb er stehen. Er trug weder Hut noch Perücke und schaute sie schweigend an. Ein sehnsüchtiger Blick lag in seinen grauen Augen. Fast so, als wünsche er etwas, das nur sie ihm geben konnte.

Etwas zaghaft sagte Lucy: „Ich wollte gerade einen kleinen Spaziergang machen. Möchten Sie mich vielleicht begleiten?"

„Ja, bitte, gnädigster aller Engel."

Und auf einmal war alles wieder in Ordnung. Fast. Sie drehte sich um und lief weiter, er passte seine Schritte den ihren an und lief neben ihr her.

„Im Frühling blüht hier ein wahres Meer von Glockenblumen." Sie deutete auf ein kleines Wäldchen am Wegesrand. „Es ist wirklich schade, dass Sie ausgerechnet im Winter kommen mussten, wo alles so trostlos ist."

„Bei nächster Gelegenheit werde ich mich im Sommer überfallen lassen", murmelte er.

„Im Frühling", sagte sie.

Er schaute sie nur an.

Sie lächelte milde. „Glockenblumen blühen im Frühling."

„Ah ja."

„Als wir noch Kinder waren, ist Mama mit mir und David im Frühling immer hierhergekommen, um zu picknicken, nachdem wir den ganzen Winter im Haus verbracht hatten. Papa war meistens nicht dabei, da er ja auf See war. David und ich pflückten so viele Glockenblumen, wie wir nur tragen konnten, und ließen sie ihr in den Schoß fallen."

„Klingt, als wäre sie eine geduldige Mutter gewesen."

„Das war sie."

„Wann ist sie gestorben?" Seine Frage klang sanft, fast schon vertraulich.

Wieder musste Lucy daran denken, dass dieser Mann sie in höchst verfänglicher Lage gesehen hatte. Starr sah sie geradeaus. „Vor elf Jahren. Ich war dreizehn."

„Ein schlimmes Alter, um ein Elternteil zu verlieren."

Sie sah ihn an. Bislang hatte er außer seinem Bruder niemanden von seiner Familie erwähnt. Offensichtlich fand er es interessanter, etwas über ihre Vergangenheit herauszufinden, als von der seinen preiszugeben. „Lebt Ihre Mutter noch?" Da er den Titel geerbt hatte, ging sie davon aus, dass sein Vater bereits tot war.

„Nein, sie ist vor ein paar Jahren gestorben, noch ehe ..." Er hielt inne.

„Noch ehe?"

„Noch ehe Ethan gestorben ist. Ein Glück." Er legte den Kopf in den Nacken und schien in das kahle Geäst der Bäume über ihnen zu schauen, aber vielleicht sah er auch ganz etwas anderes. „Ethan war ihr Ein und Alles. Ihre größte Leistung, der Mensch, der ihr am liebsten auf der Welt war. Ethan wusste andere zu bezaubern, und er verstand es, Menschen zu führen. Gab es Streitigkeiten unter den Bauern im Dorf, kamen sie damit zu ihm. Wahrscheinlich ist er nie einem Menschen begegnet, der ihn nicht auf Anhieb gemocht hätte."

Lucy betrachtete ihn nachdenklich. Seine Stimme war ausdruckslos, als er von seinem Bruder sprach, aber seine Hände, die er vor dem Bauch verschränkt hielt, waren ruhelos, geradezu fahrig. Sie fragte sich, ob er sich dessen überhaupt bewusst war. „So, wie Sie ihn schildern, klingt er geradezu perfekt."

„Das war er auch. Ethan konnte Richtig und Falsch ganz selbstverständlich auseinanderhalten, er wusste Gut von Böse zu unterscheiden, ohne groß darüber nachzudenken. Diese Gabe haben nur ganz wenige Menschen." Er senkte den Blick und schien nun zu bemerken, dass er mit der linken Hand am Zeigefinger der rechten zog. Ruckartig verschränkte er die Hände hinter dem Rücken.

Sie musste einen leisen Laut ausgestoßen haben, um ihn zum Weiterreden zu bewegen.

Simon sah sie kurz an, ehe er weitersprach. „Mein Bruder war der anständigste, ehrlichste und ehrenwerteste Mensch, der mir je begegnet ist."

Angesichts dieses perfekten toten Bruders runzelte Lucy nachdenklich die Stirn. „Sah er Ihnen ähnlich?"

Die Frage schien ihn zu überraschen.

Sie hob die Brauen und wartete.

„Doch, ein bisschen schon." Er lächelte verhalten. „Ethan war ein bisschen kleiner als ich – nicht viel, aber ein bisschen –, dafür war er breiter um die Schultern und kräftiger.

„Und seine Haare? War er auch blond?", fragte sie mit Blick auf sein kurzgeschorenenes, fast farbloses Haar.

„Mmmh." Er fuhr sich mit der Hand über den Kopf. „Ja, aber eher goldblond. Und er hatte Locken. Er trug es lang – ungepudert und ohne Perücke. Ich glaube, er war ein bisschen eitel, was sein Haar anging." Mit spitzbübischem Lächeln sah er sie an.

Sie lächelte zurück. Sie mochte ihn, wenn er so sorglos und zu Scherzen aufgelegt war, und auf einmal wurde ihr bewusst, dass Simon trotz seiner unbeschwerten Art nur selten ganz gelöst war.

„Seine Augen waren von einem hellen Blau", fuhr er fort. „Mutter meinte stets, es sei ihre Lieblingsfarbe."

„Ich mag Grau lieber."

Er verbeugte sich galant. „Mylady erweist mir zu viel der Ehre."

Sie deutete ihrerseits einen Knicks an, ehe sie fragte: „Wie ist Ethan gestorben?"

So jäh blieb er stehen, dass auch sie sich genötigt sah, stehen zu bleiben. Sie schaute ihn an.

Er schien mit sich zu ringen, seine hellen Brauen hatten sich über den schönen eisgrauen Augen zusammengezogen. „Ich ..."

Plötzlich schwirrte ein Insekt an ihrem Kopf vorbei, gefolgt von einem lauten Knall. Simon packte sie grob und stieß sie in den Graben. Lucy wusste kaum, wie ihr geschah, als sie schmerzhaft auf der Hüfte landete, und dann landete Simon auf ihr, drückte sie in den Dreck und in welkes Laub. Sie versuchte, sich nach ihm umzusehen, aber sie bekam kaum Luft. Es fühlte sich an, als läge ein Pferd auf ihrem Rücken.

„Nicht bewegen, verdammt noch mal." Er legte ihr die Hand auf den Kopf und drückte sie wieder auf den Boden. „Jemand schießt auf uns."

Sie spuckte ein Blatt aus. „Das weiß ich."

Woraufhin er leise und befremdlich an ihrem Ohr lachte. „Mein wunderbarer Engel." Sein Atem roch nach Tee und Minze.

Noch ein Schuss. Unweit ihrer Schulter stob das Laub auf.

Simon fluchte recht anschaulich. „Er lädt nach."

„Wo ist er denn?", flüsterte sie.

„Irgendwo auf der anderen Seite der Straße. Genau kann ich es auch nicht sagen. Und jetzt sei still."

Mal davon abgesehen, dass sie noch immer kaum Luft bekam und jeden Augenblick eines gewaltsamen Todes sterben könnte, fand Lucy es eigentlich ganz behaglich, wie Simon so auf ihr lag. Er war so herrlich warm. Und er roch auch ganz gut, nicht nach Tabak wie die meisten Männer, sondern nach irgendeinem exotischen Duft. Sandelholz vielleicht? Fast fühlte sie sich sicher, wie seine Arme sie zu beiden Seiten umfassten.

„Hör zu." Simon hatte seine Lippen an ihr Ohr gelegt, und jedes Wort war wie eine Liebkosung. „Beim nächsten Schuss rennen wir los. Er hat nur das eine Gewehr und wird gleich wieder nachladen müssen. Wenn er …"

Eine Kugel schlug nur eine Handbreit vor ihrem Gesicht ein.

„Jetzt!"

Simon zerrte sie hoch und rannte los, noch ehe sie ganz begriffen hatte, was er meinte. Keuchend lief Lucy ihm hinterher und versuchte, mit ihm Schritt zu halten. Sie rechnete jeden Moment damit, dass der nächste Schuss sie zwischen den Schulterblättern treffen würde. Wie lange dauerte es, ein Gewehr zu laden? Wahrscheinlich nicht lange. Ihr Atem rasselte ihr in der Brust, jeder Atemzug schmerzte.

Simon packte sie und schob sie vor sich her. „Lauf! In den Wald. Einfach immer weiterlaufen!"

Er wollte, dass sie ihn allein ließ? *Du lieber Gott, er würde sterben*. „Aber …"

„Er ist hinter mir her." Finster sah er sie an. „Allein kann ich mich besser verteidigen. Los, lauf!"

Beim letzten Wort fiel ein weiterer Schuss. Lucy drehte sich um und lief. Sie wagte nicht zurückzuschauen, sie wagte nicht, auch nur einen Moment stehen zu bleiben. Einmal schluchzte sie laut auf vor Verzweiflung, und dann umfing sie auch schon das kühle Dunkel des Waldes. Sie rannte weiter, so gut es ging, stolperte durchs Unterholz, wo Äste und Zweige sich in ihrem Umhang verfingen. Tränen der Angst und der Verzweiflung liefen ihr über die Wangen. Simon war nun ganz allein dort draußen – allein mit einem Mann, der ein Gewehr hatte. Oh Gott! Am liebsten hätte sie kehrtgemacht, aber das durfte sie nicht. Er hatte recht. Wenn sie ihm nicht im Weg war, hatte er zumindest eine Chance gegen den Angreifer.

Hinter ihr erklangen schwere Schritte im Gehölz.

Lucy schlug das Herz bis zum Hals. Entschlossen ballte sie die Fäuste und fuhr herum, um es mit ihrem Angreifer aufzunehmen.

„Ganz ruhig, ich bin's." Simon zog sie an sich. Seine Brust hob und senkte sich schwer, sein keuchender Atem streifte ihr Gesicht. „Schon gut. Du warst sehr tapfer, mein Engel."

Sie ließ ihren Kopf an seine Brust sinken und hörte das Pochen seines Herzens. Mit beiden Händen packte sie seinen Rock. „Du lebst", stellte sie fast ungläubig fest.

„Gewiss. Männer wie ich neigen höchst selten dazu, sich …"

Jäh hielt er inne, als ihr ein ersticktes Schluchzen entfuhr.

„Verzeih“, flüsterte er mit ernsterer Stimme. Er hob ihr Gesicht von seiner Brust und wischte ihr die Tränen ab. Besorgt sah er aus, erschöpft und verunsichert. „Weine nicht, meine Süße. Ich bin es nicht wert, ich bin es wirklich nicht wert.“

Lucy runzelte die Stirn und versuchte blinzelnd, die Tränen zurückzuhalten. „Warum sagst du das immer?“

„Weil es wahr ist.“

Sie schüttelte den Kopf. „Du bist mir aber sehr, sehr wichtig, und ich werde um dich weinen, wann immer mir danach ist.“

Ein leises Lächeln huschte um seine Lippen, auch wenn er sich nicht lustig machte über ihre törichten Worte. „Deine Tränen ehren mich. Ich habe sie dennoch nicht verdient.“

Lucy sah beiseite. Sie konnte seinem Blick nicht länger standhalten. „Der Schütze, ist er ...?“

„Er hat sich aus dem Staub gemacht“, sagte Simon. „Ein ziemlich klapperiger Bauernkarren kam des Weges, gezogen von einem ebenfalls ziemlich klapperigen Grauen. In dem Wagen saßen einige Arbeiter, das muss ihn vertrieben haben.“

Lucy musste lachen. „Die Jones-Jungen. Dann waren sie wenigstens einmal in ihrem Leben zu etwas nütze.“ Doch plötzlich kam ihr ein Gedanke, der gar nicht zum Lachen war. „Bist du verletzt?“

„Nein.“ Lächelnd sah er sie an, doch seine Augen verrieten ihr, dass er in Gedanken anderswo war. „Wir sollten dich jetzt besser nach Hause bringen, und dann ...“

Sie wartete, doch er sprach nicht weiter. Nachdenklich sah er vor sich hin.

„Und dann was?“, fragte sie.

Als er den Kopf umwandte und seine Lippen ihre Wange streiften, wären seine Worte ihr fast entgangen. „Dann muss ich schnellstens von hier fort. Um dich zu beschützen.“

„Auf sie geschossen!“, brüllte Captain Craddock-Hayes eine Stunde später.

Plötzlich meinte Simon die eiserne Faust zu erkennen, die dreißig Jahre lang Schiff und Mannschaft kommandiert hatte. Es hätte ihn nicht gewundert, wenn die kleinen Fensterscheiben klirrend aus ihren bleiernen Fassungen gefallen wären. Sie befanden sich im Salon des Craddock-Hayes'schen Hauses, einem ansprechend eingerichteten Raum mit creme und braun gestreiften Vorhängen, ebensolchen Sitzmöbeln und einer recht hübschen Porzellanuhr auf dem Kaminsims. Lucys kleines Wohnzimmer im hinteren Teil des Hauses gefiel ihm besser.

Nicht, dass ihm die Wahl geblieben wäre.

„Meine Tochter, in der Blüte ihrer Jahre, Zierde der Weiblichkeit, so sanft und unbescholten, ein redliches und gehorsames Mädchen." Der Captain marschierte im Zimmer auf und ab, drosch mit dem Arm auf die Luft ein, um seinen Worten Nachdruck zu verleihen, stampfte mit seinen krummen Beinen auf den Boden. „Unverdorben von der Welt, behütet all ihr Leben, und plötzlich wird nicht mal eine halbe Meile vom Haus ihrer Kindheit auf sie geschossen! Seit einem Vierteljahrhundert hat es in Maiden Hill nicht *einen* Mord gegeben. Fünfundzwanzig Jahre lang! Aber dann tauchen Sie hier auf. Na?"

Unvermittelt blieb der Captain zwischen dem Kamin und einem Tisch mit maritimem Nippes stehen. Er holte tief Luft. „Sie elender Schuft!", röhrte er so laut, dass Simon schier die Brauen von der Stirn flogen. „Halunke! Lump, elender! Arglistiger Schänder unbescholtener … äh … ähem …" Seine Lippen bewegten sich lautlos, während er nach dem richtigen Wort suchte.

„Mädels", kam es von Hedge.

Statt Betsy oder Mrs. Brodie hatte der alte Diener vorhin den Tee gebracht. Wahrscheinlich gönnte er Simon nicht die Milde weiblichen Mitgefühls. Angelegentlich machte er sich noch immer mit Geschirr und Silber zu schaffen und lauschte eifrig.

Der Captain bedachte ihn mit vernichtendem Blick. *„Damen."* Dann richtete er seinen Zorn wieder auf Simon. „Wann hätte ich je etwas so Schändliches gehört, Sir! Was haben Sie zu Ihrer Verteidigung vorzubringen? Na?"

„Sie haben natürlich völlig recht, Captain." Simon saß auf einem der gestreiften Sofas und lehnte sich erschöpft zurück. „Außer vielleicht mit dem sanft und gehorsam. Bei allem Respekt, Sir, aber Miss Craddock-Hayes scheint mir weder das eine noch das andere zu sein."

„Wie können Sie es wagen, Sir! Nachdem Sie fast den Tod meiner Tochter herbeigeführt hätten!" Der Captain schüttelte die Faust in seine Richtung, sein Gesicht lief rot an. „Ha! Wenn Sie binnen einer Stunde nicht verschwunden sind, werde ich Sie achtkant aus dem Haus werfen, so wahr ich hier stehe. Das lasse ich mir nicht länger bieten! Lucy ist Herz und Seele unserer kleinen Gemeinde. Viele Menschen, nicht nur ich, schätzen sie über alles. Und da kommen Sie und ... Eine Unverschämtheit ist das! Mit dem Stock werde ich Sie aus dem Dorf treiben, wenn es sein muss! Teeren und federn werde ich Sie lassen!"

„Jawoll!", kam es von Hedge, den die Rede des Captain offensichtlich aufwühlte. Nur war nicht ganz klar, ob dies von seiner Zuneigung für Miss Lucy herrührte oder von der verlockenden Aussicht darauf, einen Adeligen geschmäht zu sehen.

Simon seufzte. Sein Kopf begann wieder zu schmerzen. An diesem Morgen war ihm eine Angst durch Mark und Bein gegangen, wie er sie noch nie gekannt hatte. Blankes Entsetzen hatte ihn gepackt, als er sich verzweifelt gefragt hatte, ob eine Kugel das kostbare Geschöpf, das unter ihm lag, töten würde – wissend, dass er wahnsinnig würde, wenn dem so geschah, in nackter Panik, dass er sie nicht retten könnte. Niemals wollte er wieder so ohnmächtiger Angst um jemandes Leben ausgesetzt sein. Es war schrecklich gewesen. Auf schreckliche Weise aber auch wunderbar und atemberaubend. Er hatte gespürt, was er sich geschworen hatte nie zu spüren – Lucys weichen, warmen Körper unter sich, ihr Gesicht an das seine geschmiegt, ihr Gesäß an seinem Schoß. Trotz des Entsetzens darüber, dass dies alles allein seine Schuld war, dass seine bloße Gegenwart Lucys Leben in Gefahr gebracht hatte, trotz etlicher Schichten guten englischen Tuchs, das sie voneinander trennte, hatte ihre Nähe ihn nicht unberührt gelassen. Aber mittlerweile wusste Simon, dass sein Engel auch Tage nach seinem Tod eine *elevatio* bei ihm bewirken könnte, welche keineswegs religiöser Natur wäre.

„Ich bitte vielmals um Verzeihung, Miss Craddock-Hayes in Gefahr gebracht zuhaben, Captain", sagte er nun. „Auch wenn es so spät von wenig Nutzen sein mag, so versichere ich Ihnen aufrichtig, dass ich, hätte ich geahnt, was ihr in meiner Nähe droht, mir lieber die Adern aufgetrennt hätte, als ihr Leben gefährdet zu sehen."

Hinter ihm stieß Hedge ein verächtliches Schnauben aus, das trotz des Fehlens jeglicher Worte seine Wirkung nicht verfehlte.

Der Captain indes sah ihn nur eine Weile schweigend an. „Na", sagte er schließlich. „Bloße Worte, aber ich glaube, Sie meinen das ernst."

Hedge schien ebenso verblüfft wie Simon.

„Trotzdem will ich, dass Sie verschwinden", brummte der Captain.

Simon neigte sein Haupt. „Ich habe Henry bereits angewiesen, meine Sachen zu packen, und ich habe Mr. Fletcher eine Nachricht in den Gasthof schicken lassen. Binnen einer Stunde werden wir fort sein."

„Gut." Der Captain setzte sich und betrachtete ihn nachdenklich.

Hedge eilte mit einer Tasse Tee herbei.

Der Captain scheuchte ihn mit knapper Geste davon. „Nicht dieses dünne Spülwasser. Holen Sie den Brandy raus, Mann."

Sichtlich ehrfürchtig öffnete Hedge einen Schrank und nahm eine Kristallkaraffe heraus, die bis auf halbe Höhe mit dunklem bernsteinbraunen Brandy gefüllt war. Er goss zwei

Gläser ein, brachte sie den Herren und blieb dann mit wehmütigem Blick neben der Karaffe stehen.

„Na los, nehmen Sie sich schon einen“, schnaubte der Captain.

Hedge goss sich einen Fingerbreit ein, hob sein Glas und wartete.

„Auf die holde Weiblichkeit“, schlug Simon vor.

„Ha!“, knurrte der Captain, doch er trank.

Hedge kippte seinen Brandy in einem Zug, schloss die Augen und schüttelte sich wohlig. „Köstliches Zeugs.“

„So ist es. Gute Kontakte zur Küste“, murmelte der Captain. „Droht ihr noch Gefahr, wenn Sie erst mal weg sind?“

„Nein.“ Simon lehnte seinen Kopf zurück an die Sofalehne. Der Brandy war gut, aber nicht für seinen Kopf. „Ich bin es, auf den sie es abgesehen haben. Wenn ich von hier verschwinde, werden sie sich wie Bluthunde an meine Fährte heften.“

„Soll das heißen, dass Sie diese Schurken kennen?“

Simon schloss die Augen und nickte.

„Dieselben Leute, die Sie in den Graben geworfen haben?“

„Dieselben – oder Leute, die in ihrem Auftrag handeln.“

„Aha. Und weshalb das alles?“, brummte der Captain. „Los, erzählen Sie schon.“

„Rache“, sagte Simon schlicht und öffnete die Augen wieder.

Der Captain verzog keine Miene. „Deren Rache oder Ihre Rache?“

„Meine.“

„Warum?“

Simon schwankte seinen Brandy und schaute zu, wie die bernsteinbraune Flüssigkeit das Glas benetzte. „Sie haben meinen Bruder umgebracht.“

„Na“, meinte der Captain, schüttelte den Kopf und trank erst mal einen Schluck. „Das ist ja was. Na, dann wünsche ich Ihnen viel Glück. Aber anderswo.“

„Danke." Simon leerte sein Glas und stand auf.

„Sie wissen ja bestimmt, was man über Rache sagt."

Weil es von ihm erwartet wurde und weil der alte Mann nachsichtiger gewesen war, als Simon zu hoffen gewagt hatte, drehte er sich noch einmal um und fragte: „Nein, was?"

„Hüten Sie sich vor der Rache." Der Captain grinste wie ein listiger alter Kobold. „Manchmal dreht sie sich plötzlich um und beißt einen unversehens in den Hintern."

Lucy stand in ihrem Zimmer und schaute aus dem schmalen Fenster, das auf die Auffahrt hinausging. Mr. Hedge und Simons Kammerdiener luden gerade das Gepäck in die prächtige schwarze Kutsche. Die beiden schienen etwas uneins darüber, wie es am besten zu stapeln sei. Mr. Hedge gestikulierte aufgebracht, um die ungewöhnlich schönen Lippen des Kammerdieners spielte ein spöttisches Lächeln, und der Lakai, der die Kiste des Anstoßes in den Armen hielt, taumelte unter deren Gewicht. Es hatte nicht den Anschein, als würden sie so bald damit fertig werden, dennoch blieb es dabei – Simon würde abreisen. Wenngleich sie gewusst hatte, dass dieser Tag einmal kommen würde, hatte sie doch nicht so bald damit gerechnet, und nun, wo es so weit war, fühlte sie sich … ja, wie?

Ein Klopfen an der Tür riss sie aus ihren verwirrenden Gedanken.

„Herein." Sie ließ den Vorhang fallen und drehte sich um.

Simon öffnete die Tür, blieb aber auf dem Flur stehen. „Dürfte ich einen Augenblick mit dir reden? Bitte."

Sie nickte stumm.

Er zögerte. „Vielleicht könnten wir ja in den Garten gehen."

„Gewiss." Es schickte sich nicht, hier mit ihm allein zu sein. Sie nahm sich ein wollenes Tuch und ging ihm voran nach unten.

Sie liefen durch die Küche, er hielt ihr die Hintertür auf, und Lucy trat hinaus in die sonnige Kälte. Mrs. Brodies Gemüsegarten befand sich zu dieser Jahreszeit in beklagenswertem Zustand. Der Boden war gefroren und von einer dünnen Schicht Raureif bedeckt. Karge Kohlstrünke ragten in magerer Reihe aus dem Boden. Schwarz und vertrocknet waren daneben vereinzelte Zwiebelblätter am Boden festgefroren. Einige verschrumpelte Äpfel, die bei der Ernte übersehen worden waren, hingen an den kahlen Zweigen der gestutzten Bäume. Der Garten war in einen todesähnlichen Winterschlaf gefallen.

Lucy schlang die Arme fest um sich und holte tief Luft, ehe sie zu sprechen wagte. „Du reist ab."

Er nickte. „Ich kann nicht länger bleiben und dich und deine Familie in Gefahr bringen. Wir hatten Glück heute Morgen, aber es war knapp. Es hätte auch tödlich enden können. Wäre der erste Schuss nicht danebengegangen ..." Kaum auszudenken. „Niemals hätte ich so lange bleiben dürfen, wusste ich doch, wie weit sie gehen würden."

„Du wirst also nach London zurückkehren." Ansehen konnte sie ihn nicht, wenn sie ihre Gefühle nicht preisgeben wollte. Starr sah sie geradeaus, auf die kahlen Zweige der Bäume. „Werden sie dich dort nicht auch aufspüren?"

Er lachte – ein kurzer, harscher Laut. „Mein guter Engel, ich fürchte, es geht eher darum, dass ich sie aufspüre."

Nun sah sie ihn doch an. Er wirkte verbittert. Und einsam. „Was meinst du damit?"

Er zögerte, schien mit sich zu ringen, schließlich schüttelte er den Kopf. „Es gibt so vieles, was du nicht über mich weißt, niemals über mich wissen wirst. Nur wenige wissen davon, und in deinem Falle wünsche ich mir, dass es auch so bleibt."

Er wollte es ihr nicht erzählen! Wofür hielt er sie eigentlich? Für eine gläserne Figurine, die man in weiches Papier hüllen musste, damit sie nicht zerbrach? Oder schätzte er sie einfach nicht genug, um sich ihr anzuvertrauen?

„Wünschst du dir wirklich, dass ich so gar nichts von dir weiß?" Sie blieb stehen und schaute ihn an. „Oder sagst du das zu allen Frauen, damit sie dich für furchtbar geheimnisumwoben und gefährlich halten?"

„Mich dafür halten?" Seine Mundwinkel zuckten belustigt. „Du verletzt mich zutiefst in meiner Ehre."

„Und du versuchst, mich mit eitlem Geschwätz abzulenken."

Er blinzelte und fuhr zurück, als hätte sie ihn geschlagen. „Eitles Geschwätz?"

„Ja, eitles Geschwätz." Ihre Stimme bebte vor Zorn, doch sie kam nicht dagegen an. „Du gibst den Narren, damit du mir nicht die Wahrheit zu sagen brauchst."

„Ich habe es zu keiner außer dir gesagt." Nun klang er verärgert.

Na schön, sollte er doch. „Willst du immer so leben? Ganz allein? Niemanden an dich heranlassen?" Sie sollte ihn nicht drängen, das wusste sie wohl, war dies doch das letzte Mal, dass sie einander sahen.

„Es ist keine Fragen des Wollens, vielmehr ..." Er brachte den Satz nicht zu Ende und zuckte mit den Schultern. „Manches lässt sich eben nicht ändern. Und es gefällt mir so."

„Das klingt nach einem sehr einsamen Leben und nach einem sehr unerfüllten noch dazu." Lucy wählte ihre Worte mit Bedacht, reihte sie aneinander wie Soldaten, die in die Schlacht zogen. „Ganz ohne einen Vertrauten durchs Leben zu gehen. Jemandem, dem man sich ohne Furcht anvertrauen und offenbaren kann. Jemand, der deine Fehler und Schwächen kennt und der dich trotzdem schätzt. Jemand, bei dem du dich nicht verstellen musst."

„Manchmal machst du mir mehr Angst als ich dir sagen kann." Seine silbrigen Augen leuchteten auf, als er die Worte flüsterte, und sie wünschte, sie könnte durch seine Augen bis auf den Grund seiner Seele schauen. „Führe nicht einen Mann in Versuchung, der schon so lange ohne den Trost eines Gefährten auskommt."

„Wenn du bliebest ..." Nun musste sie innehalten und tief Luft holen. Sie wagte so viel in diesen wenigen Minuten, die ihnen blieben, und es war wichtig, dass sie die richtigen Worte fand. „Wenn du bliebest, könnten wir einander besser kennenlernen. Vielleicht könnte ich dir eine Vertraute werden. Eine Gefährtin."

„Ich will dich nicht weiter in Gefahr bringen", sagte er, aber bildete sie es sich nur ein, oder sah sie ein Zögern in seinem Blick?

„Ich …"

„Und das, worum du mich bittest …", er sah beiseite, „… kann ich dir nicht geben. Ich kann es einfach nicht."

„Verstehe." Lucy senkte den Blick und betrachtete ihre Hände. So fühlte sich also eine Niederlage an.

„Wenn es jemanden …"

Aber sie fiel ihm ins Wort, sprach zu rasch und zu laut. Sie wollte sein Mitleid nicht. „Du kommst aus der großen Stadt, und ich bin nur ein einfaches Mädchen vom Lande. Ich verstehe das vollkommen."

„Nein, tust du nicht." Er machte einen Schritt auf sie zu, sodass kaum mehr eine Handbreit sie trennte. „Du wirst dem nicht gerecht, was zwischen uns ist, wenn du es auf das Klischee von Stadt und Land reduzierst."

Der Wind frischte auf, und Lucy fröstelte.

Er stellte sich schützend vor sie, um den Wind abzuhalten. „Nie zuvor in meinem Leben habe ich so viel gefühlt und so viel empfunden wie während der letzten anderthalb Wochen. Du berührst etwas in mir. Ich …" Er verstummte und hob den Blick, schaute über sie hinweg in den wolkenverhangenen Himmel.

Sie wartete reglos.

„Ich weiß nicht, wie ich es sagen soll. Was ich fühle." Als er sie wieder ansah, lächelte er schwach. „Und wie du weißt, fehlen mir ausgesprochen selten die Worte. Ich kann nur sagen, dass ich sehr froh bin, dir begegnet zu sein, Lucy."

Tränen brannten ihr in den Augen. „Und ich bin froh, dir begegnet zu sein."

Er nahm ihre Hand und hielt sie fest. „Ich werde dich mein Lebtag nicht vergessen", flüsterte er so leise, dass sie ihn kaum verstand. „Und ich weiß nicht, ob das ein Fluch oder ein Segen ist." Damit beugte er sich über ihrer beider Hände. Sie spürte, wie seine Lippen warm ihre kalte Handfläche berührten.

Als sie schweigend auf seinen geneigten Kopf schaute, fiel eine ihrer Tränen in sein helles Haar.

Er richtete sich auf. Ohne sie anzusehen sagte er: „Leb wohl." Und ging davon.

Lucy schluchzte einmal kurz auf, dann hatte sie sich wieder gefasst. Sie lauschte dem Knirschen der Kutschenräder auf dem frostigen Kies und wartete, bis es in der Ferne verklungen war, ehe sie zurück ins Haus ging.

Simon kletterte in seine Kutsche und machte es sich in den roten Lederpolstern bequem. Nachdem er an das Dach gepocht hatte, lehnte er sich zurück, um in Ruhe aus dem Fenster zu schauen und zu sehen, wie das Haus der Craddock-Hayes' langsam hinter ihnen verschwand. Lucy sah er nicht, vielleicht war sie noch im Garten. Reglos wie eine Alabasterfigur hatte sie dagestanden, als er gegangen war. Aber das Haus würde ihn immer an sie erinnern. Mit einem Ruck setzten sie sich in Bewegung.

„Kaum zu glauben, dass du es so lange in diesem gottverlassenen Winkel ausgehalten hast", seufzte Christian ihm gegenüber. „Ich hätte gedacht, du würdest vor Langeweile umkommen. Was hast du den ganzen Tag gemacht? Gelesen?"

John Coachman schwang die Peitsche und ließ die Pferde so geschwind die Auffahrt hinuntertraben, dass die Kutsche schwankte. Henry, der neben Christian saß, räusperte sich und schaute zur Decke hinauf.

Christian warf ihm einen irritierten Blick zu. „Gewiss, die Craddock-Hayes sind sehr gastfreundliche, gute Menschen. Nie werde ich vergessen, wie sich Miss Craddock-Hayes während dieser entsetzlichen Abendessen meiner erbarmt hat. Wahrscheinlich dachte sie, sie müsse mich vor ihrem Vater, diesem alten Polterkopf, in Schutz nehmen. Sehr nett von ihr, sehr aufmerksam. Wenn sie diesen Penweeble heiratet, wird sie bestimmt eine gute Pfarrersfrau abgeben."

Simon hielt sich gerade noch zurück, eine verdrießliche Miene zu machen. Zumindest glaubte er das, aber vergebens – denn nun räusperte Henry sich so vernehmlich, dass Simon schon um das Wohlergehen seines Kammerdieners bangte.

„Mann, was ist denn los mit Ihnen?", fragte Christian den Kammerdiener gereizt. „Haben Sie sich verkühlt? Oder sich verschluckt? Sie klingen ja wie mein Vater, wenn er missbilligend gestimmt ist."

Craddock-Hayes-House sah nun wie ein kleines Spielzeughaus aus, sehr idyllisch gelegen, umgeben von den alten Eichen, die die Auffahrt säumten.

„Mit meiner Gesundheit steht es zum Besten, Sir", erwiderte Henry kühl. „Danke der Nachfrage. Haben Sie bereits erwogen, was Sie nach Ihrer Ankunft in London tun werden, Lord Iddesleigh?"

„Mmmh." Eben waren sie um eine Wegbiegung gefahren, nun war das Haus nicht mehr zu sehen. Er schaute noch einen Augenblick aus dem Fenster, aber dieses Kapitel seines Lebens dürfte abgeschlossen sein. Am besten, er vergaß das alles rasch. Auch sie.

Wenn er nur könnte.

„Wahrscheinlich wird er erst mal die Runde machen", plauderte Christian munter. „Bei Angelo den neuesten Tratsch aufschnappen, die Spielhöllen aufsuchen und die befleckten Täubchen der einschlägigen Etablissements."

Simon setzte sich auf und schloss die Fensterblende. „Nein, ich gedenke auf die Jagd zu gehen. Die Nase am Boden, die Ohren gespitzt, werde ich mich wie ein Bluthund an die Fährte meiner Angreifer heften, bis ich sie aufgespürt habe."

„Waren es nicht Straßenräuber?", fragte Christian überrascht. „Wie willst du die jemals ausfindig machen? In London wimmelt es nur so von gemeinem Gesindel."

„Ich bin mir ziemlich sicher, wer sie waren." Simon rieb sich den rechten Zeigefinger. „Und wenn mich nicht alles täuscht, kenne ich sie gar persönlich. Oder zumindest ihre Auftraggeber."

„Ach." Christian schaute ihn an, als begreife er langsam, dass hier etwas vor sich ging, von dem er nichts wusste. „Und was hast du vor, wenn du sie gefunden hast?"

„Sie herausfordern, was sonst?" Simon bleckte die Zähne zu einem dämonischen Grinsen. „Sie herausfordern und töten."

7. KAPITEL

Ich hoffe wirklich, dass die Dachreparaturen über der Sakristei diesmal dauerhaften Erfolg haben werden. Thomas Jones hat mir versichert, dass er sie selbst ausführen wird und nicht wieder seine Jungs ranlässt, die doch nur Pfusch machen." Eustace hielt in seinen Ausführungen inne, um Pferd und Wagen an einem besonders tückischen Schlagloch vorbeizumanövrieren.

„Wie schön", bemerkte Lucy, ehe Eustace erneut anhob.

Es war Dienstag, und die Sonne schien. Wie schon vorige Woche waren sie auf demselben Weg nach Maiden Hill gefahren, den Eustace seit drei Jahren nahm, vorbei an der Bäckerei und den beiden alten Frauen, die mit dem Bäcker feilschten. Und wie in der Woche zuvor hatten sich die beiden nach ihnen umgedreht und gewunken, ehe sie die Köpfe zusammensteckten und tuschelten. Nichts hatte sich verändert. Es war, als wäre Simon Iddesleigh nie so plötzlich und unerwartet in ihrem Leben aufgetaucht und ebenso plötzlich wieder daraus verschwunden.

Lucy hätte schreien können.

„Ja, aber das Mittelschiff macht mir auch Sorgen", meinte Eustace.

Das war ja mal ganz was Neues. „Was ist mit dem Mittelschiff?"

Er legte die Stirn in Falten. „Auch dort beginnt das Dach undicht zu werden. Noch nicht sehr – nur gerade so viel, dass ein feuchter Fleck an der Decke zu sehen ist, aber wegen des Gewölbes wird der Schaden auch schwerer zu beheben sein. Nicht mal Toms Ältester dürfte sich da begeistert an die Arbeit machen. Vielleicht tut er uns den Gefallen, wenn wir ihm einen Aufschlag zahlen."

Und nun konnte Lucy nicht länger an sich halten. Sie warf

den Kopf zurück und lachte, lachte töricht und so laut, dass es in der kalten, klaren Winterluft widerhallte. Eustace lächelte in jener peinlich berührten Art, wie man nur lächelt, wenn man den Witz nicht verstanden hat. Die beiden alten Frauen kamen über den Dorfplatz gelaufen, um zu schauen, was das für ein Aufruhr war, der Schmied und sein Junge rannten aus der Werkstatt.

Lucy versuchte sich zu beruhigen. „Tut mir leid."

„Nein, du musst dich nicht entschuldigen." Eustace sah sie aus schüchternen kaffeebraunen Augen an. „Ich freue mich, dass du so fröhlich bist. Du lachst nicht oft."

Was sie sich nur umso schlechter fühlen ließ.

Lucy schloss die Augen. Auf einmal wurde ihr klar, dass sie dem schon lange ein Ende hätte setzen sollen. „Eustace ..."

„Ich wollte ...", begann er zur gleichen Zeit, und ihre Worte prallten aufeinander. Er hielt inne und lächelte. „Bitte", sagte er und bedeutete ihr fortzufahren.

Aber mittlerweile war Lucy ganz entsetzlich zumute, und sie hatte es überhaupt nicht eilig damit, eine Unterredung zu beginnen, die gewiss nicht angenehm würde. „Nein, ich bitte um Entschuldigung. Was wolltest du sagen?"

Er holte so tief Luft, dass seine Brust sich unter dem groben braunen Wollstoff seines Rocks sichtlich hob. „Seit einiger Zeit schon möchte ich mit dir über eine sehr wichtige Angelegenheit reden." Mittlerweile waren sie hinter der Kirche angelangt und plötzlich ganz allein und abgeschieden.

Lucy ahnte Schlimmes. „Ich glaube ..."

Doch ausnahmsweise ließ Eustace ihr nicht den Vortritt. Er sprach weiter, als hätte er sie nicht gehört. „Ich wollte dir sagen, wie sehr ich dich schätze und bewundere. Und wie sehr es mich freut, Zeit mit dir verbringen zu können. Sie sind doch sehr einvernehmlich, unsere kleinen Ausfahrten, findest du nicht auch?"

Lucy nahm einen erneuten Anlauf. „Eustace ..."

„Nein, unterbrich mich nicht. Lass mich das erst hinter

mich bringen. Man sollte kaum glauben, dass ich so aufgeregt bin, wo ich dich doch schon so lange kenne." Er atmete tief durch. „Lucy Craddock-Hayes, würdest du mir die Ehre erweisen, meine Frau zu werden? So, das wäre geschafft."

„Ich …"

Jäh zog Eustace sie an sich, und der Rest ihrer Worte ging in einem verdutzten Kreischen unter. Behutsam drückte er sie an seine breite Brust. Ihr war, als versinke ihr Gesicht in einem großen, weichen Kissen – es war nicht unangenehm, aber eigentlich auch nicht angenehm. Sein Gesicht schwebte einen Moment über ihr, dann senkte er den Kopf flugs herab und küsste sie.

Herrgott, das durfte doch nicht wahr sein! Eine Mischung aus Verzweiflung und Verdruss überkam sie. Gewiss nicht das, was man fühlen sollte, wenn man von einem gut aussehenden jungen Mann geküsst wurde. Und wenn sie ganz ehrlich war, so war Eustaces Kuss … eigentlich ganz nett. Seine Lippen waren weich und warm, und er bewegte sie recht erfreulich auf den ihren. Er roch nach Pfefferminz – wahrscheinlich hatte er sich auf diesen Kuss gründlich vorbereitet –, und bei diesem Gedanken wich Lucys Gereiztheit liebevollem Mitgefühl.

Als er schließlich zurückwich, sah er denn auch sehr zufrieden mit sich aus. „Sollen wir es deinem Vater sagen?"

„Eustace …"

„Ach herrje! Ich hätte ihn erst um Erlaubnis bitten sollen." Seine Stirn legte sich in besorgte Falten.

„Eustace …"

„Na ja, eine allzu große Überraschung dürfte es wohl nicht sein, oder? Ich mache dir ja schon lang genug den Hof. Wahrscheinlich hält uns das ganze Dorf längst für ein altes Ehepaar."

„Eustace!"

So laut hatte sie gesprochen, dass er ein wenig erschrocken zusammenfuhr. „Ja, meine Liebe?"

Lucy schloss die Augen. Sie hatte nicht schreien wollen, aber hätte sie es nicht getan, würde er immer so weitergeplappert haben. Unwillig schüttelte sie den Kopf. Wenn sie das glimpflich hinter sich bringen wollte, sollte sie jetzt genau überlegen, was sie sagte. „Ich weiß deinen Antrag wirklich sehr zu schätzen, Eustace, aber ich …" Dann machte sie den Fehler, ihn anzusehen.

Da saß er, eine braune Haarlocke hing ihm ins Gesicht. Er sah völlig arglos aus.

Sie fasste sich ein Herz. „Ich kann dich nicht heiraten."

„Natürlich kannst du das. Ich glaube wirklich nicht, dass der Captain etwas dagegen haben wird. Wenn dem so wäre, hätte er mich schon vor langer, langer Zeit davongejagt. Und alt genug bist du auch."

„Danke."

Er wurde rot. „Ich meinte …"

„Ich weiß schon, was du gemeint hast." Lucy seufzte. „Aber ich … ich kann dich wirklich nicht heiraten, Eustace."

„Warum nicht?"

Sie wollte ihn nicht verletzen. „Können wir es nicht einfach dabei belassen?"

„Nein." In würdevoller, etwas komisch anmutender Manier straffte er die Schultern. „Tut mir leid, aber wenn du mich abweist, steht es mir zumindest zu, den Grund zu erfahren."

„Nein, *mir* tut es leid. Ich wollte keine falschen Erwartungen in dir wecken. Es ist nur so …" Stirnrunzelnd blickte sie auf ihre Hände und suchte nach den richtigen Worten. „Im Laufe der Jahre sind mir unsere kleinen Ausfahrten sozusagen zu einer lieben Gewohnheit geworden, über die ich überhaupt nicht mehr nachgedacht habe – aber das hätte ich wohl tun sollen."

Das Pferd schüttelte den Kopf, dass das Zaumzeug nur so rasselte.

„Ich bin eine *Gewohnheit*?"

Lucy wand sich verlegen. „Nein, ich wollte …"

Er stützte seine großen Hände auf die Knie und ballte sie. „Ich bin die ganze Zeit davon ausgegangen, dass wir heiraten würden." Seine Hände spannten sich. „Jetzt erzähl mir nicht, dass du nicht genau dasselbe erwartet hast."

„Es tut mir leid ..."

„Und nun soll ich das alles aufgeben – wegen einer plötzlichen Laune deinerseits?"

„Es ist nicht nur eine Laune." Sie holte tief Luft. Zu weinen wäre der feige Weg, sein Verständnis und Mitgefühl zu erlangen. Eustace hatte mehr von ihr verdient, nach all dieser Zeit. „Ich habe in den letzten Tagen sehr viel nachgedacht. Es hat mir Qualen bereitet, mir darüber klar zu werden, was wir einander sind. Aber ich bin zu dem Schluss gekommen, dass es einfach nicht genug ist."

„Warum nicht?", fragte Eustace ruhig. „Warum stellst du infrage, was wir haben, was wir einander sind? Mir genügt es. Ich finde es sehr nett."

„Das ist es ja gerade." Lucy schaute ihm eindringlich in die Augen. „Nett genügt mir nicht. Ich will ... nein, ich *brauche* mehr."

Einen Moment schwieg er, und nichts war zu hören, außer dem Wind, der ein paar welke Blätter raschelnd an die Kirchentür wehte. „Ist es wegen dieses Iddesleigh?"

Lucy sah beiseite und atmete tief durch. „Ja, ich glaube schon."

„Du weißt, dass er nicht zurückkommt."

„Ja."

„Aber warum ...", jäh hieb er mit der Faust auf seinen Schenkel, „... *warum* kannst du mich dann nicht heiraten?"

„Weil es dir gegenüber nicht fair wäre."

„Die Entscheidung solltest du mir überlassen."

„Mag sein", meinte Lucy. „Aber dann musst du mir auch zugestehen, mir selbst gegenüber fair zu sein. Und mich mein Lebtag mit dem Kompromiss abzufinden, in einer *netten* Ehe zu leben, ist für mich unerträglich."

„Warum?" Eustace klang, als wäre er den Tränen nah.

Auch Lucy spürte Tränen in den Augen brennen. Wie hatte

sie einen im Grunde so guten Mann nur so weit bringen können?

„Liebst du ihn?"

„Ich weiß es nicht." Sie schloss die Augen, aber die Tränen kamen trotzdem. „Ich weiß nur, dass er mir die Tür zu einer Welt geöffnet hat, von der ich nicht mal wusste, dass es sie überhaupt gibt. Ich habe den ersten Schritt durch diese Tür getan und kann nun nicht mehr zurück."

„Aber ..."

„Ich weiß", unterbrach sie ihn rasch. „Ich weiß, dass er nicht zurückkommen wird, dass ich ihn nie wiedersehen, nie wieder mit ihm sprechen werde. Bloß ändert das nichts an meiner Entscheidung, verstehst du das denn nicht?"

Er fing an, den Kopf zu schütteln, und schien gar nicht mehr damit aufhören zu wollen. Hin und her ging sein Kopf – träge, stur, so behäbig wie ein Bär.

„Es ist ..." Lucy hob eindringlich die Hände und suchte nach einem anschaulichen Vergleich, damit er verstünde, was sie meinte. „Es ist, als wäre ich von Geburt an blind gewesen und könnte auf einmal sehen. Und nicht einfach nur sehen, sondern mich an Farben erfreuen, die ich niemals gekannt hätte. An der Sonne, sie sich in rot glühender Pracht in den blauen Himmel erhebt. Daran, wie nächtliches Blau und Violett sich rosig färben und röten, den weiten Horizont entlang, bis die ganze Welt hell erstrahlt. Daran, wie die Sonne so hell am Himmel steht, dass man blinzeln muss und in Ehrfurcht vor so viel Licht auf die Knie sinkt."

Stumm und staunend sah er sie an. Ihm fehlten die Worte.

„Verstehst du, was ich meine?", flüsterte Lucy. „Selbst wenn man im nächsten Augenblick schon wieder erblinden würde, so würde man sich doch immer an das erinnern, was man geschaut hat, und fortan wissen, was fehlt. *Was sein könnte*."

„Du wirst mich also nicht heiraten", stellte er ruhig fest.

„Nein." Ernüchtert ließ Lucy die Hände sinken. „Ich werde dich nicht heiraten."

„Verdammt!“, brüllte Edward de Raaf, der fünfte Earl of Swartingham, als schon wieder einer der Servierjungen unverrichteter Dinge an ihm vorbeiflitzte. Irgendwie schafften diese Bengel es immer, de Raafs kräftigen, an sich deutlich sichtbaren, nun zudem kräftig winkenden Arm geflissentlich zu übersehen.

Simon unterdrückte ein Seufzen. Es saß in seinem liebsten Londoner Kaffeehaus, die Füße – adrett beschuht in einem neuen Paar mit roten Absätzen – bequem auf einen Stuhl gelegt, und war doch in Gedanken noch immer in dem kleinen Dorf, das er vor über einer Woche verlassen hatte.

„Findest du auch, dass die Bedienung hier immer schlechter wird?“, fragte ihn sein Begleiter, als man ihn abermals übersah. Der Junge musste wirklich blind sein. Oder ihn absichtlich ignorieren. Denn de Raaf war von stattlicher Statur, hatte ein bleiches, pockennarbiges Gesicht und rabenschwarzes Haar, das er zu einem unordentlichen Zopf gebunden trug. Seine Miene hätte Milch im Handumdrehen sauer werden lassen können. Kurzum – er war einfach nicht so leicht zu übersehen.

„Nein, eigentlich nicht.“ Nachdenklich nippte Simon an seinem Kaffee. Er war etwas früher gekommen und bestens versorgt. „Es war schon immer so schlimm.“

„Warum kommen wir dann überhaupt her?“

„Na ja, *ich* komme wegen des vorzüglichen Kaffees.“ Simon schaute sich in dem schäbigen Raum mit der niedrigen Decke um. Die Agrarwissenschaftliche Gesellschaft, ein recht informeller Club mit bunt zusammengewürfelten Mitgliedern, traf sich hier. Einzige Bedingung für eine Mitgliedschaft war, dass man ein Mann war und ein gewisses Interesse an der Landwirtschaft hatte. „Das und natürlich das gepflegte Ambiente“, fügte er hinzu.

De Raaf bedachte ihn mit einem herrlich vernichtenden Blick.

Drüben in der Ecke gab es gerade Streit zwischen einem Geck in schauderhafter, rosa gepuderter, dreizopfiger Perücke und einem robusten Squire vom Lande, der schlammverkrustete Stiefel trug. Und wieder flitzte der Junge an ihnen vorbei –

so schnell, dass de Raaf nicht einmal dazu kam, die Hand zu heben –, und im selben Moment schlich sich auch Harry Pye zur Tür herein. Pye bewegte sich stets wie eine Raubkatze auf der Pirsch, anmutig und ohne einen Laut. Zog man dazu noch sein unscheinbares Äußeres in Betracht – er war von mittlerem Wuchs, durchschnittlichem Aussehen und kleidete sich vorzugsweise in tristem Braun –, so war es ein Wunder, dass überhaupt jemand ihn bemerkte. Simon betrachtete ihn aufmerksam. Mit seiner Körperbeherrschung würde Pye einen formidablen Fechter abgegeben haben. Da er jedoch kein Adeliger, sondern ein gemeiner Bürger war, hatte er gewiss noch nie einen Degen in der Hand gehalten, war es schließlich ein Vorrecht des Adels, schlagende Waffen zu tragen. Was Pye indes nicht davon abhalten konnte, ein scharf gewetztes kleines Messer in seinem linken Stiefel bei sich zu tragen.

„Mylords“, grüßte Pye und nahm auf dem verbliebenen freien Stuhl an ihrem Tisch Platz.

De Raaf entrang sich ein leidgeprüfter Seufzer. „Wie oft habe ich dir schon gesagt, du sollst mich Edward oder de Raaf nennen?“

Pye erwiderte die vertrauten Worte mit einem verhaltenen Lächeln, doch es war Simon, an den er sich wandte. „Es freut mich, Sie wohlbehalten anzutreffen, Mylord. Wie man hört, wären Sie beinahe ermordet worden.“

„Eine Petitesse, kein Grund zur Aufregung“, winkte Simon ab.

De Raaf runzelte die Stirn. „Da habe ich aber ganz was anderes gehört.“

Der Junge sauste herbei und knallte einen Becher Kaffee neben Pye auf den Tisch.

Staunend blieb de Raaf der Mund offen stehen. „Wie hast du das geschafft?“

„Was?“ Pye schaute fragend auf seinen Kaffee und sah dann, dass vor dem Earl kein Becher stand. „Nehmen Sie denn heute keinen?“

„Ich ...“

„Er hat beschlossen, fortan keinen Kaffee mehr zu trinken“, warf Simon gewandt ein. „Soll der Manneskraft abträglich sein. Huntington hat kürzlich eine Abhandlung dazu geschrieben – schon gelesen? Besonders verheerend ist die Wirkung bei Männern in mittleren Jahren.“

„Ach was.“ Pye blinzelte.

De Raafs bleiches, pockennarbiges Gesicht rötete sich. „So ein ...“

„Nicht, dass *ich* davon etwas merken würde.“ Mit einem ausdruckslosen Lächeln nippte Simon an seinem Kaffee. „Aber de Raaf ist ja auch beträchtlich älter als ich.“

„Du verlogenes ...“

„Und frisch verheiratet. Kein Wunder, dass die Kräfte nachlassen.“

„So, jetzt hör mir ...“

Pyes Mundwinkel zuckten kaum merklich. Hätte Simon ihn nicht so aufmerksam beobachtet, würde es ihm wohl entgangen sein. „Ich bin auch frisch verheiratet“, wandte Pye sinnig ein. „Und konnte noch keine ... ähm, Probleme feststellen. Muss also wirklich am Alter liegen.“

Auf einmal wurde Simon schlagartig bewusst, dass er der Einzige in ihrer kleinen Runde war, der nicht verheiratet war. Seltsamerweise ein komisches Gefühl. Gemeinsam wandten sie sich gegen den Earl.

Der brummte wutschnaubend: „Widerliches, verlogenes, unverschämtes ...“

Und wieder kam der Junge mit dem Kaffee vorbeigeflitzt. Unvermittelt riss de Raaf den Arm hoch und winkte. „Ahhh, *verdammt*!“

Ohne sich auch nur nach ihm umzudrehen, verschwand der Junge in der Küche.

„Gut, dass du keinen Kaffee mehr trinkst“, bemerkte Simon und grinste.

Mittlerweile war der Streit in der Ecke recht handfest geworden. Es krachte laut. Vereinzelt drehte man sich nach den Streithähnen um. Der rustikale Squire hatte den Dandy – nun bar seiner rosa bezopften Perücke – rücklings auf den Tisch geworfen. Zwei Stühle nahebei waren zu Bruch gegangen.

Pye runzelte die Stirn. „Ist das nicht Arlington?"

„Ja, ist er", erwiderte Simon. „Kaum wiederzuerkennen ohne diese grauenhafte Perücke, was? Und ausgerechnet rosa! Was Arlington sich dabei gedacht hat? Wahrscheinlich hat sich der Bauernbursche deshalb mit ihm angelegt – zeugt ja fast von gutem Geschmack, sich darüber zu echauffieren."

„Nein, sie haben sich über Schweinezucht in die Haare bekommen." De Raaf schüttelte den Kopf. „Arlington hatte schon immer etwas eigene Ansichten, was Abferkelboxen anbelangt. Muss in der Familie liegen."

„Sollten wir ihm nicht helfen?", fragte Pye.

„Nein", beschied de Raaf und schaute sich nach dem Jungen um. Seine Augen funkelten erbost. „Eine kleine Abreibung kann Arlington nicht schaden. Vielleicht prügelt der Squire ihm ja sogar ein bisschen Verstand ins Hirn."

„Vergebliche Hoffnung." Simon hob seinen Becher, ließ ihn aber wieder sinken, als er eine schmächtige, schmuddelige Gestalt an der Tür herumlungern sah.

Suchend ließ der Mann den Blick schweifen, dann entdeckte er Simon und kam zu ihnen herüber.

„Verdammt!", polterte de Raaf neben ihm. „Die übersehen mich doch mit Absicht!"

„Soll ich Ihnen einen Kaffee bestellen?", erbot sich Pye.

„Nein, das schaffe ich schon selbst – und wenn ich vorher verdurste."

Der Mann blieb vor Simon stehen. „Hat mich fast den ganzen Tag gekostet, Sir, aber ich habe ihn gefunden." Er reichte ihm ein schmutziges Stück Papier.

„Danke." Simon gab dem Mann eine Goldmünze.

„Keine Ursache." Das schmächtige Männchen strich sich eine Haarsträhne aus der Stirn und verschwand.

Simon faltete den Zettel auseinander und las: *Nach elf im Devil's Playground.* Er knüllte das Papier zusammen und steckte es sich in die Tasche. Erst da bemerkte er, dass die beiden anderen ihn beobachteten. Arglos fragend hob er die Brauen.

„Was war das?", wollte de Raaf mit finsterer Miene wissen. „Wieder ein Duell?"

Simon war etwas vor den Kopf gestoßen und blinzelte verdutzt. Er hatte gehofft, seine Duelle vor de Raaf und Pye erfolgreich geheim gehalten zu haben. Darauf, dass sie sich einmischten oder ihm mit moralischen Bedenken kämen, konnte er nämlich gut verzichten.

„Überrascht, dass wir Bescheid wissen?" De Raaf lehnte sich zurück und strapazierte den wackeligen Holzstuhl über Gebühr. „Sonderlich schwer war es nicht, herauszufinden, wie du dir die letzten paar Monate die Zeit vertrieben hast, schon gar nicht nach dieser Geschichte mit Hartwell."

Worauf wollte er hinaus? „Geht euch nichts an", beschied Simon.

„Doch, Mylord – wenn Sie bei jedem Duell Ihr Leben aufs Spiel setzen, schon", entgegnete Pye.

Simon bedachte beide mit eisigem Blick.

Keiner der beiden zuckte auch nur mit der Wimper.

Zum Teufel mit ihnen. Er wandte den Blick ab. „Sie haben Ethan umgebracht."

„John Peller hat deinen Bruder getötet." Nachdrücklich klopfte de Raaf auf den Tisch. „Und der ist bereits tot. Du hast ihn vor über zwei Jahren niedergemetzelt. Warum jetzt wieder damit anfangen?"

„Peller war Teil einer Verschwörung." Simon sah betont beiseite. „Einer niederträchtigen, mörderischen Verschwörung. Ich habe es vor ein paar Monaten herausgefunden, als ich einige von Ethans Papieren durchgegangen bin."

De Raaf verschränkte die Arme vor der Brust.

„Erst nachdem ich es herausgefunden hatte, habe ich Hartwell herausgefordert." Simon strich über seinen Zeigefinger. „Sie waren zu viert. Zwei sind noch übrig, und allesamt sind sie schuldig. Was würdet ihr tun, wenn es euer Bruder wäre?"

„Wahrscheinlich genau dasselbe."

„Siehst du?"

De Raaf schaute dennoch finster. „Mit jedem Duell erhöht sich die Chance, dass auch du getötet wirst."

„Bislang habe ich noch jedes Duell gewonnen." Simon schaffte es nicht, ihn anzuschauen. „Was lässt dich glauben, ich könnte nicht auch die beiden nächsten gewinnen?"

„Selbst der beste Degenfechter kann mal einen falschen Schritt machen oder einen Moment der Unachtsamkeit haben", sagte de Raaf gereizt. „Nur einen Moment, mehr braucht es nicht – deine Worte."

Simon zuckte nur die Schultern.

Pye lehnte sich vor und senkte die Stimme. „Lassen Sie uns wenigstens mitkommen, Ihre Sekundanten sein."

„Nein, ich habe da schon jemand anderen im Sinn."

„Der Junge, mit dem du bei Angelo trainierst?", fragte de Raaf scharf.

Simon nickte. „Christian Fletcher."

Pye ließ ihn nicht aus den Augen. „Wie gut kennen Sie ihn? Können Sie ihm vertrauen?"

„Christian?" Simon lachte. „Jung ist er, wohl wahr, aber er versteht die Klinge gut zu führen. Fast so gut wie ich, wenn ich ehrlich bin. Bei Angelo hat er mich sogar schon ein- oder zweimal geschlagen."

„Aber könnte er dir im Ernstfall die Haut retten?", fragte de Raaf kopfschüttelnd. „Käme er überhaupt auf die Idee, zu gewissen Tricks zu greifen?"

„So weit wird es nicht kommen."

„Verdammt ..."

„Außerdem ...", fiel Simon ihm ins Wort und schaute seine Freunde an. „Ihr beiden schwebt auf einer Wolke ehelichen Glücks. Glaubt ihr wirklich, ich hätte Lust, einer eurer beiden Damen noch vor dem ersten Hochzeitstag einen toten Gatten über die Schwelle zu tragen?“

„Simon …“, versuchte de Raaf es erneut.

„Nein, belassen wir es dabei.“

„Zum Teufel mit dir.“ De Raaf stand so brüsk auf, dass sein Stuhl umkippte. „Dann sieh mal zu, dass du nicht tot bist, wenn wir uns das nächste Mal sehen.“ Polternd stürmte er aus dem Kaffeehaus.

Simon runzelte die Stirn.

Schweigend leerte Pye seinen Becher. „Da Sie mich eben an Mylady erinnert haben, sollte ich vielleicht jetzt auch aufbrechen.“ Er stand auf. „Wenn Sie mich brauchen, Lord Iddesleigh, brauchen Sie nur eine Nachricht zu schicken.“

Simon nickte. „Ich bitte lediglich um eure Freundschaft.“

Pye legte ihm kurz die Hand auf die Schulter, dann war auch er verschwunden.

Simon starrte in seinen Kaffee, der mittlerweile kalt und von einem fettigen Film überzogen war, doch er bestellte sich keinen frischen. Heute Abend um elf würde er einen weiteren der Mörder seines Bruders aufspüren und ihn zum Duell herausfordern. Bis dahin blieb ihm wenig zu tun. Niemand wartete zu Hause auf ihn. Niemand sorgte sich, wenn die Stunde immer später wurde. Niemand würde sich grämen, wenn er gar nie heimkehrte.

Simon nahm den letzten Schluck kalten Kaffees und verzog angewidert das Gesicht. Was war erbärmlicher als ein Mann, der sich selbst betrog? Es stimmte nicht, dass niemand um ihn trauern würde – Pye und de Raaf hatten durchblicken lassen, dass sein Tod sie sehr wohl schmerzen würde –, vielmehr gab es keine *Frau*, die ihn betrauern würde. Nein, schon wieder gelogen. *Lucy*. Lucy würde um ihn trauern. Vielleicht. Vielleicht aber auch nicht. Lautlos sprach er ihren Namen und schlug sachte mit den Fingern gegen seinen Becher. Wann hatte er seine Chance auf ein normales Leben verspielt – eines, zu dem eine Frau und eine Familie gehörten? War es nach Ethans

Tod, als ihm plötzlich der Titel mit all seinen Pflichten und Sorgen aufgebürdet worden war? Oder erst später, nachdem er den ersten Mann umgebracht hatte? John Peller. Pellers abgetrennte Finger verfolgten ihn noch immer bis in seine Träume – wie sie im Gras lagen, vom Morgentau benetzt, wie frisch erblühte Blumen unsäglichen Schreckens.

Aber damit könnte er leben. Er könnte mit den schrecklichen Albträumen leben. Immerhin war der Mann der Mörder seines einzigen Bruders. Er hatte sterben müssen. Mit der Zeit waren die Träume seltener geworden und die grausigen Erinnerungen verblasst. Bis er herausgefunden hatte, dass noch mehr Männer seinen Bruder auf dem Gewissen hatten. Dass es noch mehr Männer zu töten galt.

Simon hob den Becher an die Lippen, ehe ihm einfiel, dass der längst leer war. Selbst nach dem Duell mit Hartwell war es noch immer Peller, von dem er träumte. Peller und seine Finger. Seltsam. Irgendeine seltsame Laune seines Verstandes schien daran festzuhalten, an diesem makabren Bild. Aber war sein Verstand überhaupt noch normal? Es mochte Männer geben, die töten konnten und sich doch gleich blieben – er gehörte nicht zu ihnen. Womit er wieder bei Lucy wäre. Es war richtig gewesen, sie zurückzulassen. Sich gegen eine Frau, gegen die Ehe zu entscheiden, so groß die Versuchung auch war, wie ein ganz normaler Mann zu leben. Ein solches Leben war ihm nicht mehr vergönnt.

Er hatte die Chance auf ein solches Leben an dem Tag vertan, als er seinen Rachefeldzug begonnen hatte.

„Mir will deine Bekanntschaft mit diesem Iddesleigh nicht gefallen, Christian – Viscount hin oder her.“ Mit bedeutungsvollem Blick reichte Matilda ihrem einzigen Sohn das Brot an.

Sir Rupert verzog das Gesicht. Die roten Haare seiner Frau mochten im Laufe ihrer Ehe milder, lieblicher geworden sein – das Rot war heller geworden und um einige graue Strähnen reicher –, doch ihr Temperament war ungebändigt. Matilda war die einzige Tochter eines Baronets und stammte aus einer alten, doch verarmten Familie. Bevor Sir Rupert sie kennengelernt hatte, war er der Ansicht gewesen, alle adeligen Damen seien zart und zerbrechlich und so lebenstüchtig wie welkende Lilien. Ganz anders Matilda. Schon bald sollte er feststellen, dass sich unter Matildas zartem Äußeren ein eiserner Wille verbarg.

Er hob sein Glas und sah gespannt zu, wie die Auseinandersetzung sich entwickeln würde. An sich war Matilda eine sehr nachsichtige Mutter und erlaubte es ihren Kindern, eigene Interessen zu verfolgen und sich eigene Freunde zu suchen. Aber dass Christian sich ausgerechnet mit Iddesleigh anfreunden musste, schien ihr keine Ruhe zu lassen.

„Aber, Mater, was haben Sie gegen ihn?“ Christian bedachte seine Mutter mit einem charmanten Lächeln. Seine Haare leuchteten in demselben Tizianrot wie ihre vor zwanzig Jahren.

„Er ist ein Lebemann – und keineswegs einer der netten und harmlosen Sorte.“ Matilda betrachtete ihren Sohn über den Rand ihrer halbmondförmigen Augengläser, die sie nur zu Hause im Kreise der Familie trug. „Es heißt, er soll zwei Männer in Duellen getötet haben.“

Christian ließ den Brotkorb fallen.

Der arme Junge. Sir Rupert schüttelte bedauernd den Kopf. Er hatte es noch nicht gelernt, seine Gefühle hinter Ausflüchten zu verbergen. Zum Glück kam ihm seine ältere Schwester zur Hilfe.

„Ich finde Lord Iddesleigh ja absolut hinreißend“, sagte Rebecca, und ihre tiefblauen Augen funkelten rebellisch. „Und die Gerüchte lassen ihn noch reizvoller erscheinen. Ein ganz köstliches Mannsbild.“

Sir Rupert seufzte. Becca, ihr zweites Kind und mit ihren klassischen Zügen die unumstrittene Schönheit in der Familie, pflegte sich seit ihrem vierzehnten Geburtstag vor mittlerweile auch schon zehn Jahren mit ihrer Mutter anzulegen. Allerdings hatte er gehofft, dass sich diese Trotzphase irgendwann einmal legen würde.

„Ja, meine Liebe, ich weiß, was du meinst“, erwiderte Matilda gelassen, die längst an die Launen ihrer Tochter gewöhnt war. „Wenngleich ich mir wünschen würde, du wähltest andere Worte. Bei *köstlich* denke ich eher an knusprige Speckstreifen.“

„Oh Mama …“

„Ich weiß wirklich nicht, was dir an ihm gefällt, Becca.“ Julia, die Älteste, betrachtete nachdenklich ihr Brathähnchen und runzelte leise die Stirn.

Schon seit einiger Zeit fragte Sir Rupert sich, ob sie wohl die Kurzsichtigkeit ihrer Mutter geerbt hatte. Bisher hatte er das allerdings nie angesprochen. Denn auch wenn Julia sich für äußerst praktisch und patent hielt, war sie nicht frei von Eitelkeit und würde es weit von sich weisen, eine Brille zu brauchen.

Sie fuhr fort: „Sein Humor ist meist bösartig, und wie er einen anschaut – irgendwie unheimlich.“

Christian lachte. „Also wirklich, Julia.“

„Und ich habe Viscount Iddesleigh noch gar nie gesehen“, beschwerte sich Sarah, die Jüngste und ihrem Vater am ähnlichsten. Prüfend ließ sie die braunen Augen über ihre Geschwister schweifen. „Woraus ich schließe, dass er nicht zu denselben Bällen eingeladen wird wie wir. Wie ist er denn so?“

„Ein fantastischer Bursche. Sehr witzig und geistreich. Und versteht es fabelhaft, mit dem Degen zu kämpfen. Er hat mir ein paar neue Paraden beigebracht …“ Als Christian den Blick seiner Mutter auffing, verstummte er plötzlich und versenkte sich in die Betrachtung seiner Erbsen.

Julia übernahm nahtlos. „Lord Iddesleigh ist von überdurchschnittlicher Statur, aber nicht so groß wie unser Bruder. Ansprechende Gestalt und ebensolches Gesicht. Außerdem soll er ein vorzüglicher Tänzer sein.“

„Er tanzt göttlich“, warf Becca ein.

„So ist es.“ Julia schnitt ihr Hühnchen klein. „Aber er tanzt nur selten mit unverheirateten Damen, obwohl er selbst auch nicht verheiratet ist und folglich nach einer geeigneten Frau Ausschau halten müsste.“

„Ich finde nicht, dass du ihm sein mangelndes Interesse an der Ehe zum Vorwurf machen kannst", wandte Christian ein.

„Seine Augen sind von einem unnatürlich hellen Grau", fuhr seine Schwester ungerührt fort, „... und er setzt sie vorzugsweise dazu ein, einen auf diese unheimliche Art anzustarren."

„Julia ..."

„Ich wüsste wirklich nicht, warum man ihn mögen sollte." Julia steckte sich ein Stück Hühnchen in den Mund und sah ihren Bruder gespannt an.

„Ich mag ihn eben – trotz seiner unnatürlichen Augen." Christian machte Glubschaugen und glotzte seine Schwester recht unnatürlich an.

Becca kicherte hinter vorgehaltener Hand. Julia hob verschnupft die Brauen und ließ dem Hühnchen ein wenig Kartoffelpüree folgen.

„Hmmm." Nachdenklich betrachtete Matilda ihren Sohn, schien in der Sache aber unerbittlich. „Wir haben noch gar nicht die Meinung eures Vaters über Lord Iddesleigh gehört."

Alle Blicke richteten sich auf ihn, das Familienoberhaupt. Fast hätte er alles verloren – seinen Wohlstand, seine kleine Familie. Im Schuldnergefängnis wäre er gelandet, die Familie in alle Winde verstreut und dem kargen Wohlwollen der Verwandtschaft überlassen. Ethan Iddesleigh hatte das nicht verstehen wollen, als es vor zwei Jahren fast so weit gekommen wäre. Moralische Plattitüden hatte er zum Besten gegeben, als ob sich mit schönen Worten eine Familie ernähren und kleiden oder ein anständiges Dach über dem Kopf seiner Kinder unterhalten ließ – oder seine Töchter mit hohlen Phrasen ordentlich zu verheiraten wären. Deshalb hatte Ethan aus dem Weg geräumt werden müssen.

Doch das gehörte seiner Vergangenheit an. Wollte er zumindest hoffen. „Ich finde, dass Christian alt genug ist, sich selbst eine Meinung über den Charakter eines Menschen zu bilden."

Matilda öffnete den Mund und wollte etwas erwidern, dann schloss sie ihn wieder. Sie war eine gute Gemahlin und wusste, wann sie sich den Ansichten und Entscheidungen ihres Gatten zu fügen hatte, selbst wenn sie nicht ihren Vorstellungen entsprachen.

Lächelnd sah er seinen Sohn an. „Wie geht es Lord Iddesleigh denn?“ Er nahm sich noch ein Stück Huhn von der Platte, die ein Diener ihm reichte. „Du sagtest, er wäre verletzt gewesen, als er so plötzlich nach Kent verschwand.“

„Er ist zusammengeschlagen worden, hier vor seinem Haus“, stellte Christian klar. „Beinahe hätte man ihn umgebracht, aber das gibt er natürlich nicht so gern zu.“

„Du liebe Güte“, kam es von Becca.

Christian runzelte die Stirn. „Und es scheint, als kannte er seine Angreifer. Sehr seltsam, das alles.“

„Vielleicht hat er ja Geld am Spieltisch verloren“, schlug Sarah vor.

„Sarah!“ Matilda bedachte ihre Jüngste mit tadelndem Blick. „Was weißt du von derlei Dingen, mein Kind?“

„Nur was ich so höre“, meinte Sarah achselzuckend.

Matilda verzog missbilligend das Gesicht, bis sich feine Falten zeigten. Sie öffnete den Mund und wollte ...

„Aber es geht ihm schon wieder viel besser“, unterbrach Christian sie hastig. „So gut, dass er heute Abend schon wieder ausgehen will. Er hätte etwas zu erledigen, hat er gesagt.“

Sir Rupert verschluckte sich und trank rasch einen Schluck Wein. „Was du nicht sagst. Deinen Worten nach hätte ich vermutet, dass die Genesung länger dauern würde.“

Noch mindestens eine Woche, hatte er gehofft. Wo waren James und Walker heute Abend? Konnte er die beiden noch warnen? Ach, zum Teufel mit ihnen! James, der den ersten Angriff auf Iddesleigh vermasselt hatte, und Walker, der ihn nicht mal mit seiner Pistole zur Strecke bringen konnte. Als er aufsah, fand er den Blick seiner Frau besorgt auf sich gerichtet. Gesegnet sei Matilda, ihr entging auch wirklich nichts. Im Moment hätte er sich allerdings eine weniger aufmerksame Gemahlin gewünscht.

„Nein, Iddesleigh geht es schon wieder ganz gut“, sagte Christian bedächtig. Verwundert schaute er seinen Vater an. „Ich beneide den armen Teufel wirklich nicht, hinter dem er her ist.“

Ich auch nicht. Sir Rupert spürte den Siegelring schwer in seiner Westentasche liegen. *Ich auch nicht.*

8. KAPITEL

„Du bist verrückt", beschied Patricia.

Lucy nahm sich noch ein leuchtend rosa türkisches Konfekt. Die Farben waren so unnatürlich, dass die Süßigkeiten fast ungenießbar aussahen, aber sie mochte sie dennoch. Sehr sogar.

„Verrückt, das sage ich dir." Ihre Freundin erhob die Stimme so sehr, dass die getigerte Katze, die es sich in ihrem Schoß gemütlich gemacht hatte, das Weite suchte. Puss sprang zu Boden und stolzierte beleidigt davon.

Während sie Tee tranken, echauffierte sich Patricia über Lucys gescheiterte Romanze. Warum auch nicht? Alle außer Papa bedachten sie dieser Tage mit mitleidigen Blicken. Selbst Hedge entrang sich stets ein tiefer Seufzer, wenn sie des Weges kam.

Die gute Stube des kleinen, zweigeschossigen Cottage, das Patricia sich mit ihrer verwitweten Mutter teilte, war herrlich sonnig heute Nachmittag. Lucy wusste gut, dass sie seit dem Tod von Mr. McCullough an allen Ecken und Enden sparen mussten, doch dem gemütlichen Wohnzimmer war davon nichts anzusehen. Patricias selbst gemalte Aquarelle hingen an der Wand, und erst auf den zweiten Blick, wenn man die etwas größeren, helleren Flächen auf der gelb gestreiften Tapete entdeckte, mochte manch einer sich noch an die Ölgemälde erinnern, die einst dort gehangen hatten. Schwarze und gelbe Kissen waren so geschickt und elegant auf den beiden Sofas arrangiert, dass kaum jemand auf die Idee käme, darunter zerschlissene Bezüge zu vermuten.

Patricia würdigte den Abgang ihrer Katze keines Blickes. „Der Mann hat dir drei Jahre lang den Hof gemacht. *Fünf*, wenn man die Zeit mitrechnet, die er gebraucht hat, um überhaupt erst den Mut aufzubringen, dich anzusprechen."

„Ich weiß." Lucy nahm sich noch ein Stück Konfekt.

„*Jeden* Dienstag, pünktlich wie ein Uhrwerk. Wusstest du, dass manche Leute im Dorf ihre Uhren nach der Stunde gestellt haben, wenn der Pfarrer in seinem Wagen an ihrem Haus vorbeifährt?" Vorwurfsvoll schaute Patricia sie an, wobei sie ganz reizend aussah.

Lucy schüttelte nur den Kopf, da sie den Mund voll klebrigem Zucker hatte.

„Wirklich wahr. Wie soll die arme Mrs. Hardy jetzt wissen, wie spät es ist?"

Lucy zuckte die Schultern.

„Drei ... Jahre ... lang." Eine goldene Locke war im Eifer aus Patricias Haarknoten entwischt und wippte nun bei jedem Wort mit Nachdruck. „Und dann bringt Eustace endlich, *endlich* den Mut auf, dich um deine Hand zu bitten – und was machst du?"

Lucy schluckte. „Ich weise ihn ab."

„Du weist ihn ab", wiederholte Patricia, als hätte sie Lucy gar nicht gehört. „Warum? Was hast du dir dabei gedacht?"

„Ich habe mir gedacht, dass ich es nicht ertragen könnte, mir noch fünfzig Jahre anzuhören, wie er über die Reparatur des Kirchendachs redet." Und dass sie sich nicht vorstellen konnte, je mit einem anderen als mit Simon vertraut zusammen zu sein.

Patricia wich in gespieltem Entsetzen zurück. „Die Reparatur des Kirchendachs? Aber das macht er doch immer. Das Kirchendach, die Kirchentür ...

„Die Kirchenglocke", warf Lucy ein.

Ihre Freundin dachte angestrengt nach. „Der Kirchhof ..."

„Die Grabsteine auf dem Kirchhof", ergänzte Lucy.

„Der Küster, die Kirchenbänke, die Gemeindetreffen", trumpfte Patricia auf. Dann lehnte sie sich vor und sah Lucy mit großen porzellanblauen Augen an. „Er ist nun mal der Pfarrer, Lucy. Man erwartet von ihm, dass er uns alle mit seiner verdammten Kirche zu Tode langweilt."

„Ich glaube kaum, dass du dieses Adjektiv zusammen mit Kirche verwenden solltest, und außerdem habe ich es einfach nicht mehr ausgehalten.“

„Nach so langer Zeit?“, fragte Patricia aufgebracht. „Warum machst du es nicht wie ich und denkst an schöne Hüte und Schuhe, während er redet? Er ist zufrieden, solange du nur ab und an ‚aber ja doch‘ sagst.“

Lucy nahm sich noch ein Konfekt und biss es entzwei. „Warum heiratest du ihn dann nicht?“

„Sei doch nicht dumm.“ Patricia verschränkte die Arme und wandte den Blick ab. „Ich muss reich heiraten, und er ist arm wie … nun ja, wie eine Kirchenmaus.“

Nachdenklich ließ Lucy den zweiten Bissen auf halbem Weg zum Mund verharren. Eustace und Patricia … der Gedanke war ihr nie zuvor gekommen. Konnte es sein, dass Patricia ein *tendre* für den Pfarrer hatte? „Aber …“

„Hier geht es nicht um mich“, unterbrach ihre Freundin sie resolut. „Sondern um deine miserablen Heiratsaussichten.“

„Warum?“

Patricia verdrehte die Augen. „Du hast bereits deine besten Jahre an ihn verschwendet. Wie alt bist du jetzt – fünfundzwanzig?“

„Vierundzwanzig.“

„Kommt aufs selbe raus“, fand Patricia. „Du kannst jetzt nicht noch mal ganz von vorn anfangen.“

„Ich will doch auch gar …“

Patricia erhob die Stimme. „Du wirst ihm einfach sagen, dass es ein schrecklicher Fehler war, den du bereust, und seinen Antrag annehmen. Der einzige andere heiratsfähige Mann in ganz Maiden Hill ist nämlich Thomas Jones, und ich bin mir ziemlich sicher, dass er nachts die Schweine im Haus schlafen lässt.“

„Pah, das hast du dir gerade ausgedacht“, nuschelte Lucy etwas undeutlich, weil sie gerade kaute. Sie schluckte. „Und wen willst du dann heiraten?“

„Mr. Benning."

Gut, dass sie schon heruntergeschluckt hatte, denn sonst würde sie sich jetzt verschluckt haben. Lucy prustete sehr undamenhaft, ehe sie ihre Freundin anschaute und sah, dass die es völlig ernst meinte.

„Du bist es, die verrückt ist", japste sie. „Er ist alt genug, um dein Vater zu sein. Er hat drei Frauen unter die Erde gebracht. Mr. Benning hat *Enkelkinder*!"

„Ja. Und außerdem hat er …" Patricia begann an den Fingern abzuzählen. „Ein stattliches Gutshaus, zwei Kutschen, sechs Pferde, zwei Zimmermädchen und drei Küchenmädchen sowie neunzig Morgen gutes Land, das meiste davon verpachtet." Sie ließ die Hände sinken und goss sich schweigend Tee nach.

Fassungslos starrte Lucy sie an.

Patricia lehnte sich zurück und hob gespannt die Brauen, als redeten sie über die neueste Hutmode. „Und, was sagst du dazu?"

„Manchmal machst du mir richtig Angst."

„Im Ernst?" Patricia schien von der Vorstellung ganz angetan.

„Im Ernst", meinte Lucy und streckte die Hand nach dem Konfekt aus.

Ihre Freundin gab ihr einen tadelnden Klaps. „Du wirst nicht in dein Hochzeitskleid passen, wenn du dich weiter damit vollstopfst."

„Oh Patricia", seufzte Lucy und ließ sich in die hübschen Sofakissen sinken. „Ich werde nicht heiraten – weder Eustace noch sonst wen. Ich werde eine schrullige alte Jungfer und mich um die Kinder kümmern, die du mit Mr. Benning in seinem wunderbaren Gutshaus mit den beiden Zimmermädchen haben wirst."

„Und drei Küchenmädchen."

„Und drei Küchenmädchen." Vielleicht sollte sie schon mal anfangen, eine berüschte Haube zu tragen, um sich an ihre neue Rolle zu gewöhnen?

„Es ist der Viscount, nicht wahr?“ Patricia nahm sich eines der sündigen Konfekte und knabberte gedankenverloren daran. „Ich wusste es von dem Augenblick an, als ich gesehen habe, wie er dich angeschaut hat – wie Puss, wenn sie am Fenster den Vögeln auflauert. Ein beutehungriges Raubtier.“

„Eine Schlange“, sagte Lucy versonnen und dachte daran, wie Simon sie nur mit den Augen über den Rand seines Glases angelächelt hatte.

„Was?“

„Eine Schlange“, wiederholte Lucy.

„Was meinst du denn jetzt schon wieder?“

„Lord Iddesleigh.“ Lucy nahm sich doch noch ein Konfekt. Sie würde sowieso nicht heiraten, weshalb es auch nichts machte, wenn sie in kein Kleid mehr passte. „Er hat mich an eine große silberne Schlange erinnert. Glitzernd und gefährlich. Wahrscheinlich wegen seiner Augen. Selbst Papa war es aufgefallen, wenngleich er weit weniger angetan war. Von Lord Iddesleigh, meine ich.“ Sie nickte und kaute.

Patricia betrachtete sie. „Interessant. Zweifelsohne wunderlich, aber doch interessant.“

„Finde ich auch.“ Lucy neigte den Kopf zur Seite. „Und du brauchst mir gar nicht erst zu sagen, dass er sowieso nicht zurückkommt, denn diese Diskussion habe ich bereits mit Eustace geführt.“

„Hast du nicht.“ Patricia schloss die Augen.

„Doch, leider. Eustace hat von ihm angefangen.“

„Warum hast du nicht einfach das Thema gewechselt?“

„Weil Eustace es verdient, die Wahrheit zu wissen.“ Lucy seufzte. „Er verdient jemand, der ihn liebt, und ich kann es einfach nicht.“

Langsam wurde ihr ein bisschen flau. Vielleicht war das letzte Stück Konfekt doch etwas zu viel gewesen. Oder die Erkenntnis, dass sie den Rest ihres Lebens damit verbringen würde, Simon niemals wiederzusehen.

„Nun denn.“ Patricia stellte ihre Tasse ab und strich sich

unsichtbare Krümel vom Rock. „Eustace mag es verdient haben, geliebt zu werden, aber du auch, meine Liebe. Du auch."

Simon stand auf den Stufen zur Hölle und ließ seinen Blick über die Nachtschwärmer schweifen.

Das *Devil's Playground* war Londons derzeit fashionabelste Spielhalle und vor gerade einmal zwei Wochen eröffnet worden. Die Kronleuchter funkelten, die Farbe auf den dorischen Säulen war noch kaum getrocknet, und der Marmorfußboden glänzte frisch und unberührt. In einem Jahr würden die Kronleuchter von Staub und Rauch geschwärzt sein, die Säulen würden die Spuren zahlloser Hände und nackter Schultern zeigen, und der Boden wäre stumpf und abgetreten. Aber heute Abend, *an diesem Abend*, waren die Mädchen schön und froh, und in den Mienen der Männer, die sich um die Spieltische scharten, stand durchweg ein Ausdruck freudiger Erregung. Ab und an erhob sich ein lauter Triumphschrei oder grelles Gelächter über das Stimmengewirr Dutzender Stimmen, die alle zugleich wild durcheinandersprachen. Die Luft war stickig und roch nach Schweiß, Kerzenwachs, schalem Parfüm und jenem Geruch, den Männer ausdünsten, wenn sie entweder kurz davor sind, ein Vermögen zu gewinnen oder aber sich noch vor Ende der Nacht eine Pistole an den Kopf zu setzen gedenken.

Es hatte gerade elf geschlagen, und irgendwo inmitten der ausgelassenen Menge versteckte sich seine Beute. Simon schlenderte die Stufen zum großen Saal hinab. Ein Lakai kam mit einem Tablett verwässerten Weins vorbei. Getränke gingen aufs Haus, denn je mehr ein Mann trank, desto eher würde er spielen und nicht so bald aufhören, wenn er einmal angefangen hatte. Simon schüttelte den Kopf, und der Lakai ging weiter.

Hinten rechts in der Ecke beugte sich ein Gentleman mit goldblondem Haar über einen der Tische. Er hatte dem Raum den Rücken zugewandt. Simon reckte den Hals, um mehr zu sehen, aber gelbe Seide versperrte ihm den Blick. Weiche, weibliche Rundungen stießen an seinen Ellenbogen.

„*Pardonnez moi.*" Der Akzent der Halbweltdame war ziemlich gut. Er klang fast echt.

Simon schaute sie an.

Sie hatte runde rosige Wangen, milchige Haut und blaue Augen, die Dinge versprachen, von denen sie eigentlich nichts wissen sollte. Im Haar trug sie eine grüne Feder, auf den Lippen ein kokettes Lächeln. „Als Entschuldigung für meinen *fauxpas* werde ich uns Champagner holen, ja?" Sie durfte kaum älter als sechzehn sein und sah aus, als gehöre sie auf einen Bauernhof in Yorkshire, wo sie des Morgens die Kühe melkte.

„Nein, danke", murmelte er.

Ihre Miene verriet Enttäuschung, aber die Mädchen hatten gelernt, den Männern zu zeigen, was sie sehen wollten. Ehe sie etwas erwidern konnte, ging er weiter und nahm wieder die hintere Ecke des Saals ins Visier. Der blonde Mann war nicht mehr da.

Erschöpfung überkam ihn.

Kaum zu glauben: Es war gerade mal elf, und er wünschte sich nichts sehnlicher, als in seinem Bett zu sein – allein und friedlich schlummernd. Wann war aus ihm ein alter Mann geworden, dessen Schulter schmerzte, wenn er zu lange aufblieb? Vor zehn Jahren noch hätte der Abend jetzt erst richtig begonnen. Er hätte das Angebot der kleinen Hure angenommen und sich keinen Deut um ihr Alter geschert. Ohne mit der Wimper zu zucken, hätte er die Hälfte seiner Apanage verspielt. Vor zehn Jahren war er allerdings auch gerade mal zwanzig gewesen, lebte endlich in den eigenen vier Wänden – und der Altersunterschied zu der kleinen Hure wäre nicht so groß gewesen wie jetzt. Vor zehn Jahren hatte er noch keine Angst gekannt. Vor zehn Jahren wusste er weder was Furcht noch was Einsamkeit waren. Vor zehn Jahren hatte er sich für unsterblich gehalten.

Zu seiner Linken schimmerte ein güldener Schopf auf. Als

der Mann sich umdrehte, blickte Simon in ein weises, altes Gesicht unter blonder Perücke. Langsam drängte er sich durch die Menge und steuerte das Hinterzimmer an, wo die ganz verwegenen Spieler sich einfanden.

De Raaf und Pye schienen zu glauben, dass er noch immer ohne Furcht sei, keine Angst kenne, dass er noch immer so dachte und handelte wie der ungestüme Jüngling vor zehn Jahren. Aber in Wahrheit verhielt es sich genau andersherum. Mit jedem Duell wurde die Angst größer, das Wissen, dass er sterben könnte, umso deutlicher. Und irgendwie war es diese Angst, die ihn trieb. Was wäre er für ein Mann, wenn er ihr nachgeben und die Mörder seines Bruders verschonen würde? Nein, jedes Mal, wenn er die eisigen Finger der Furcht über seinen Rücken krabbeln spürte, jedes Mal, wenn er den lockenden Ruf vernahm *Hör auf, lass es gut sein*, fasste er seinen Entschluss nur umso fester.

Dort.

Goldschopf schlüpfte durch die mit schwarzem Samt bezogene Tür. Er war in violetten Satin gekleidet. Simon nahm die Fährte auf.

„Dachte ich mir doch, dass ich dich hier finde", sagte Christian neben ihm.

Er fuhr herum, und das Herz wäre ihm fast zersprungen vor Schreck. Fatal, sich so eiskalt erwischen zu lassen. Der Junge hätte ein Messer zwischen seine Rippen gleiten lassen können, und er würde es erst im Augenblick seines Todes gemerkt haben. Noch ein Problem des Alters – die Reflexe verlangsamten sich. „Wieso?"

„Was – wieso?" Der junge Mann blinzelte mit rot schimmernden Wimpern.

Simon holte tief Luft, um seine Stimme unter Kontrolle zu bringen. Wozu seinen Verdruss an Christian auslassen? „Wieso wusstest du, dass ich hier sein würde?"

„Oh. Nun ja, ich bin bei dir vorbeigegangen, habe Henry gefragt, *et voilà*." Christian breitete die Arme aus wie ein Zauberer, der ein Kunststück vollbracht hat.

„Verstehe." Simon merkte, dass er gereizt klang. Aber es wurde Christian langsam zur Angewohnheit, immer dann aufzutauchen, wenn es gerade nicht passte, fast wie eine Krankheit. Er holte abermals tief Luft. Genau genommen wäre es vielleicht gar nicht so schlecht, den jungen Mann dabeizuhaben. Dann hätte er wenigstens Gesellschaft und würde sich nicht so allein fühlen. Und recht tröstlich war es auch, derart verehrt zu werden.

„Hast du das Mädchen gesehen?", fragte Christian. „Die mit der grünen Feder?"

„Zu jung."

„Für dich vielleicht."

Simon schaute finster. „Willst du mit mir kommen oder nicht?"

„Natürlich, natürlich, alter Junge." Christian rang sich ein schwaches Lächeln ab und zweifelte gewiss gerade an, ob es so sinnig gewesen war, Simon nachzustellen.

„Nenn mich nicht so", zischte Simon und steuerte die schwarz samtene Tür an.

„Tut mit leid", murmelte Christian hinter ihm. „Wo gehen wir hin?"

„Auf die Jagd."

An der Tür blieb Simon kurz stehen, um sich an das Dämmerlicht zu gewöhnen. Nur drei Tische standen in dem Zimmer. An jedem Tisch saßen vier Spieler. Niemand drehte sich nach den beiden Neuankömmlingen um. Goldschopf saß am hintersten Tisch, den Rücken zur Tür.

Simon atmete tief durch. Ihm war beklommen zumute, so, als bekäme er nicht genügend Luft. Kalter Schweiß brach ihm aus. Plötzlich musste er an Lucy denken, an ihre weißen Brüste und ihre ernsten bernsteinbraunen Augen. Wie töricht er gewesen war, von ihr zu gehen.

„Wenigstens küssen hätte ich sie sollen", murmelte er.

Christian hatte ein scharfes Gehör. „Die Kleine mit der

grünen Feder? Ich dachte, sie wäre zu jung."

„Nicht sie. Egal." Simon nahm den Blick nicht von Goldschopf. Von hier aus konnte er nicht mit Sicherheit …

„Wen suchst du denn?" Zumindest war Christian so schlau, die Frage zu flüstern.

„Quincy James", murmelte Simon und schlenderte voran.

„Warum?"

„Um ihn herauszufordern."

Er spürte Christians Blick auf sich. „Aber warum? Was hat er dir getan?"

„Das weißt du nicht?" Simon wandte kurz den Kopf und begegnete dem arglosen Blick seines Begleiters.

Aufrichtige Ahnungslosigkeit stand in den haselnussbraunen Augen. Manchmal fragte Simon sich dennoch, was der Junge wusste. Christian war ihm an einem ganz entscheidenden Punkt in seinem Leben begegnet. Der junge Mann hatte sich ihm in ziemlich kurzer Zeit als Freund angedient und schien nichts Besseres zu tun zu haben, als Simon auf Schritt und Tritt zu folgen. Aber vielleicht sah Simon auch schon Gespenster, ahnte Feinde in jedem dunklen Winkel.

Als sie den hinteren Tisch erreicht hatten, stellte Simon sich hinter den Mann mit dem goldblonden Haar. Die Angst hatte ihn gepackt, sog mit frostigen Lippen an seinem Mund, rieb ihre kalten Brüste an seiner Brust. Sollte er den morgigen Tag noch erleben, würde er zu Lucy zurückkehren. Wozu den galanten Ritter spielen, wenn man bei Sonnenaufgang starb, ohne je die Lippen seiner Dame gekostet zu haben? Er wusste, dass er das allein nicht länger durchstehen würde. Weil seine dunkle Seite ihn zu unmenschlichen Taten trieb, brauchte er Lucy umso mehr, um seine Menschlichkeit zu wahren. Er brauchte sie, um nicht den Verstand zu verlieren.

Simon setzte ein unverbindliches Lächeln auf und tippte dem Mann auf die Schulter. Neben sich hörte er Christian scharf nach Luft schnappen.

Der Mann drehte sich um. Einen Moment starrte Simon

ihn verständnislos an, bis auch sein Verstand begriff, was seine Augen längst erfasst hatten. Dann wandte er sich ab und ging davon.

Der Mann war nicht Quincy James.

Lucy neigte den Kopf zur Seite und betrachtete die kleine Karikatur, die sie in ihrem Skizzenbuch begonnen hatte. Die Nase stimmte noch nicht ganz. „Nicht bewegen." Sie brauchte gar nicht erst aufzuschauen, um zu ahnen, dass Hedge – ihr Modell – sich wieder davonstehlen wollte.

Hedge konnte es nicht leiden, ihr Modell zu sitzen. „Puuuh. Ich habe noch so viel zu tun, Miss Lucy."

„Was denn?" So, das war schon besser. Hedge hatte wirklich eine ganz vortreffliche Nase.

Sie saßen in dem kleinen Wohnzimmer hinten im Haus. Am Nachmittag hatte man hier das beste Licht. Ungehindert schien es durch die hohen Sprossenfenster. Hedge kauerte auf einem Hocker vor dem Kamin. Er trug seine alten Breeches und den schäbigen Rock, um den Hals indes ein sehr extravagantes, purpurn gepunktetes Tuch. Lucy konnte sich beim besten Willen nicht vorstellen, wo Hedge das aufgetrieben hatte. Papa würde eher tot umfallen, als so etwas zu tragen.

„Muss noch Kate füttern und striegeln", murrte der Diener.

„Das hat Papa heute Morgen schon getan."

„Na, dann eben den Stall ausmisten."

Lucy schüttelte den Kopf. „Mrs. Brodie hat gestern einen der Jones-Jungs bezahlt, damit er Katies Stall ausmistet. Sie war es wohl leid, noch länger darauf zu warten, dass Sie es tun."

„Unverschämtheit!" Hedge gab sich so empört, als wäre nicht er es, der tagelang das Pferd vernachlässigt hatte. „Sie wusste, dass ich es heute machen wollte."

„Hmmm." Vorsichtig schraffierte Lucy sein Haar. „Das haben Sie schon letzte Woche gesagt. Mrs. Brodie meinte, man könne den Stall von der Hintertür aus riechen."

„Aber nur, weil sie so'n großen Riecher hat."

„Wer im Glashaus sitzt, sollte nicht mit Steinen werfen." Sie nahm einen anderen Stift zur Hand.

Hedge runzelte irritiert die Stirn. „Glashaus? Was für ein Glashaus? Ich habe von ihrer Nase geredet."

Lucy seufzte. „Egal."

Hedge schnaubte verdrießlich.

Dann herrschte eine Weile Stille, derweil Hedge zu einem neuen Schlag ausholte. Sie nahm seinen rechten Arm in Angriff. Ruhig war es heute ihm Haus. Papa war nicht da und Mrs. Brodie in der Küche beim Brotbacken. Aber eigentlich kam es ihr jetzt immer ruhig vor, seit Simon abgereist war. Fast leblos schien das Haus. Er hatte für Aufregung gesorgt und war ihr Gesellschaft gewesen, von der sie nicht einmal ahnte, dass sie ihr fehlte – bis er fort war. Nun hallten die Räume laut in der Stille wider, wenn sie sie betrat. Oft ertappte sie sich dabei, wie sie ruhelos von Zimmer zu Zimmer ging, als würde sie etwas suchen.

Oder jemanden.

„Und was ist mit dem Brief an Master David?", riss Hedge sie aus ihren Gedanken. „Der Captain hat mich gebeten, ihn zur Post zu bringen." Er stand auf.

„Setzen Sie sich. Papa hat den Brief auf dem Weg zu Dr. Fremont mitgenommen."

„Puh."

Jemand klopfte an die Haustür.

Hedge rührte sich hoffnungsfroh.

Lucy hob den Blick von ihrem Skizzenbuch und ließ ihn auf dem alten Diener ruhen, damit der nur ja nicht wagte, sich fortzubewegen. Seufzend ließ er sich auf den Hocker sinken. Lucy zeichnete den rechten Arm fertig und machte sich an den linken. Im Flur hörten sie Mrs. Brodies rasche Schritte. Dann leise Stimmen, dann wieder Schritte, die eindeutig näher kamen. *Verflixt*. Fast wäre sie mit ihrer Zeichnung fertig geworden.

Ganz außer sich sah die Haushälterin aus, als sie die Tür öffnete. „Oh Miss, Sie werden niemals erraten, wer ..."

Simon kam an Mrs. Brodie vorbei ins Zimmer.

Lucy ließ ihren Stift fallen.

Er hob ihn auf und reichte ihn ihr, seine eisgrauen Augen etwas unsicher. „Dürfte ich mit dir reden?"

Er trug keinen Hut, sein Rock war verknittert und die Stiefel schlammbespritzt, als wäre er zu Pferd gekommen. Auch eine Perücke trug er nicht, und sein helles Haar war nun etwas länger. Unter seinen Augen waren dunkle Schatten, die feinen Linien um seinen Mund tiefer. Was hatte er während der letzten Woche in London getan, dass er wieder so müde aussah?

Sie nahm den Stift entgegen und hoffte, dass er nicht sah, wie ihre Hand zitterte. „Natürlich."

„Allein?"

Hedge sprang auf. „Gut, ich will dann mal." Und schon war er zur Tür hinaus.

Fragend schaute Mrs. Brodie Lucy an, ehe sie dem Diener folgte. Leise schloss sie die Tür hinter sich. Plötzlich war Lucy ganz allein mit Simon, Viscount Iddesleigh. Sie faltete die Hände im Schoß und beobachtete ihn gespannt.

Unruhig lief Simon zum Fenster und schaute hinaus, als sehe er den Garten gar nicht. „Ich hatte die letzte Woche in London etwas ... zu erledigen. Etwas Wichtiges. Etwas, das mir schon eine ganze Weile keine Ruhe lässt. Aber ich war in Gedanken anderswo, konnte mich nicht auf das konzentrieren, was getan werden musste. Ich musste immerzu an dich denken. Deshalb bin ich hier, bin ich zurückgekommen, obwohl ich versprochen hatte, dich nicht mehr zu behelligen." Über die Schulter warf er ihr einen Blick zu, der teils von Verdruss zeugte, teils von Verwunderung und teils von etwas, das zu deuten sie nicht wagte. Aber es ließ ihr Herz – das ohnehin noch von seinem unerwarteten Erscheinen in Aufruhr war – ein paar Schläge aussetzen.

Sie musste tief Luft holen, ehe sie sprechen konnte. „Möchtest du dich nicht setzen?"

Er setzte sich ihr gegenüber, fuhr sich mit der Hand über den Kopf und stand jäh wieder auf.

„Ich sollte gehen, einfach zur Tür hinaus und so lange laufen, bis Hunderte Meilen zwischen uns sind, vielleicht gar ein ganzer Ozean. Aber ich weiß nicht mal, ob das genügen würde. Ich hatte mir geschworen, dich in Frieden zu lassen." Er lachte freudlos. „Und doch bin ich nun wieder hier und mache mich vor dir zum Narren."

„Ich freue mich sehr, dich zu sehen", flüsterte sie. Es war wie ein Traum. Nie hätte sie gedacht, ihn jemals wiederzusehen, doch nun war er hier, ging in ihrer kleinen Stube unruhig vor ihr auf und ab. Sie wagte nicht einmal, daran zu denken, weshalb er gekommen war.

Er fuhr herum und blieb reglos stehen. „Tust du das? Wirklich?"

Was wollte er von ihr hören? Sie wusste es nicht, und so nickte sie einfach.

„Ich bin nicht der Richtige für dich. Du bist so rein, so gut – und du siehst zu viel. Nichts entgeht dir. Früher oder später werde ich dir wehtun, wenn ich nicht …" Er schüttelte den Kopf. „Du brauchst einen Mann, der einfach und gut ist, und ich bin weder das eine noch das andere. Warum hast du nicht den braven Pfarrer geheiratet?" Mit gefurchter Braue sah er sie an, und seine Frage klang wie ein Vorwurf.

Sprachlos schüttelte Lucy den Kopf.

„Du schweigst, du willst es mir nicht sagen", meint er mit rauer Stimme. „Willst du mich necken? Manchmal neckst du mich in meinen Träumen, mein süßer Engel, wenn ich nicht von …" Er sank vor ihr auf die Knie. „Du kennst mich nicht, weißt nicht, was und wer ich bin. Rette dich. Wirf mich aus dem Haus. Jetzt. Sofort. Solange du es noch kannst, denn ich habe längst alle Kraft verloren, meinen Willen, meine Ehre – was davon noch übrig war. Ich kann nicht aus eigener Kraft von dir gehen."

Sie wusste, dass er sie warnen wollte, aber sie konnte ihn

nicht fortschicken. „Ich werfe dich nicht hinaus. Das darfst du nicht von mir verlangen."

Seine Hände ruhten zu beiden Seiten von ihr auf dem Sofa. Er umfasste sie, berührte sie aber nicht. Langsam ließ er den Kopf sinken, bis sie nur noch sein kurzes blondes Haar sah. „Ich bin ein Viscount, das weißt du. Die Iddesleighs reichen weit zurück, aber den Titel haben wir erst vor fünf Generationen ergattert. Wie es scheint, neigen wir dazu, uns in königlichen Kriegen auf die falsche Seite zu schlagen. Ich besitze drei Häuser. Ein Stadthaus in London, eines in Bath und den Familiensitz in Northumberland, von dem ich dir erzählt hatte, als ich an jenem Tag aufgewacht war und du an meinem Bett saßest. Ich meinte, es sei eine heruntergekommene Ruine, was auch stimmt, aber auf seine Art hat das Haus einen wilden Charme, und das Land bringt natürlich Erträge, aber wenn du nicht willst, müssen wir uns dort nie aufhalten. Ich habe einen guten Verwalter und viele Dienstboten."

Tränen ließen Lucy alles vor Augen verschwimmen. Sie unterdrückte ein leises Schluchzen. Er klang fast so, als würde er ...

„Und ein paar Minen gibt es auch – Kupfer oder Zinn", fuhr er fort, den Blick noch immer gesenkt. Hatte er etwa Angst, ihr in die Augen zu schauen? „Ich kann beides nie auseinanderhalten, und eigentlich ist es auch nicht wichtig, weil der Verwalter sich um alles kümmert, aber sie werfen ordentliche Einkünfte ab. Drei Kutschen stehen zur Verfügung, aber eine von ihnen gehörte schon meinem Großvater und modert etwas vor sich hin. Ich kann eine neue fertigen lassen, wenn du eine eigene ..."

Mit zitternden Händen umfasste sie sein Kinn und hob sein Gesicht, sodass sie seine blassen grauen Augen sehen konnte, die so sorgenvoll blickten, so einsam. Sie legte ihm den Daumen an die Lippen, um den unablässigen Redestrom zu bremsen, und versuchte, durch Tränen zu lächeln. „Schscht. Ja. Ja, ich will dich heiraten."

Sie spürte seinen Pulsschlag an ihren Fingern, so warm und lebendig wie ein Echo ihres eigenen flatternden Herzschlags schien er ihr. Nie zuvor hatte sie solches Glück empfunden, und plötzlich dachte sie mit aller Macht: *Bitte, lieber Gott, lass es von Dauer sein. Lass mich diesen Augenblick niemals vergessen.*

Doch er sah ihr noch suchend in die Augen, schien weder glücklich noch triumphierend, nur abwartend. „Bist du sicher?" Bei jedem Wort liebkosten seine Lippen ihre Finger.

Sie nickte. „Ja."

Er schloss die Augen, als sei er unendlich erleichtert. „Gott sei Dank."

Da beugte sie sich vor und küsste ihn sanft auf die Wange. Doch gerade als sie zurückweichen wollte, wandte er seinen Kopf, und sein Mund berührte ihren.

Er küsste sie.

Streifte ihre Lippen mit seinen, neckte sie, führte sie in Versuchung, bis sie sich ihm schließlich öffnete. Er stöhnte leise und leckte das Innere ihrer Unterlippe. Zugleich schob sie ihre Zunge vor und berührte die seine. Sie wusste nicht, ob sie es richtig machte, denn nie zuvor war sie so geküsst worden, doch das Blut pochte ihr laut in den Ohren, und alle Glieder zitterten ihr. Er umfasste ihr Gesicht mit beiden Händen und zog sie noch näher an sich, neigte seinen Kopf und vertiefte die Umarmung. Das war etwas anderes als Eustaces zurückhaltender Kuss. Dies war sinnlicher, leidenschaftlicher, hungriger und fast schon unheimlich. Ihr war, als würde sie gleich ins Bodenlose taumeln. Oder in so viele Stücke zerspringen, dass sie niemals wieder eins würde. Er zog ihre Unterlippe zwischen seine Zähne und biss sanft zu. Was schmerzlich oder zumindest unangenehm hätte sein sollen, war die reinste Wonne und traf sie mitten ins Mark. Stöhnend sank sie in seine Arme.

Krachbumm!

Lucy wich erschrocken zurück. Simon schaute über die

Schulter, seine Miene angespannt, seine Wangen erhitzt.

„Ach, du liebe Güte!", rief Mrs. Brodie. Das Tablett, zerbrochenes Porzellan und von verschüttetem Tee getränkter Kuchen lagen zu ihren Füßen. „Was wird nur der Captain dazu sagen?"

Das ist eine gute Frage, dachte Lucy.

9. KAPITEL

Ich möchte wirklich nicht neugierig sein, Miss Craddock-Hayes", sagte Rosalind Iddesleigh fast drei Wochen später. „Aber ich wüsste doch gern, wie Sie meinen Schwager kennengelernt haben."

„Bitte nennen Sie mich doch Lucy."

Ihre künftige Schwägerin lächelte fast schüchtern. „Wie nett von Ihnen. Dann müssen Sie mich aber auch Rosalind nennen."

Lucy erwiderte das Lächeln und überlegte, ob es Simon wohl etwas ausmachte, wenn sie dieser zarten, so zerbrechlich wirkenden Frau erzählte, dass sie ihn nackt und halbtot in einem Graben gefunden hatte. Sie waren in Rosalinds Kutsche unterwegs, und wie sich herausgestellt hatte, hatte Simon tatsächlich eine Nichte. Theodora war ebenfalls mit von der Partie, als sie nun durch London fuhren.

Simons Schwägerin, die Witwe seine Bruders Ethan, sah aus, als sei sie einzig dazu bestimmt, aus dem Fenster eines hohen Turms nach dem tapferen Ritter Ausschau zu halten, der sie erretten würde. Sie hatte glattes, glänzendes blondes Haar, das sie zu einem schlichten Knoten zusammengefasst trug, der ihr wie eine Krone auf dem Kopf saß. Ihr Gesicht war schmal und alabasterweiß, ihre Augen groß und blassblau. Würde der Beweis des Gegenteils nicht neben ihr sitzen, hätte Lucy es niemals für möglich gehalten, dass Rosalind alt genug wäre, ein achtjähriges Kind zu haben.

Seit letzter Woche lebte Lucy bei ihrer künftigen Schwägerin, um sich den Hochzeitsvorbereitungen zu widmen. Wie erwartet war Papa von der Partie wenig angetan gewesen, aber nach einer Weile des Stöhnens und Schimpfens hatte er ihr schließlich doch seinen Segen gegeben. Seit sie in London war, hatte Lucy schon eine beachtliche Anzahl von Läden mit Rosalind frequentiert, hatte Simon doch darauf bestanden, dass Lucy bis zur Hochzeit gänzlich neu ausgestattet werde. Obwohl es ihr natürlich gefiel, so viele schöne neue Kleider zu bekommen, nagte die Angst an ihr, dass sie Simon keine würdige Viscountess sein würde. Sie war ein einfaches Mädchen vom Lande, und daran würden auch feine Spitzen und bestickte Seide wenig ändern.

„Simon und ich sind uns in Kent begegnet, auf der Straße vor meinem Haus", wich Lucy geschickt der nackten Wahrheit aus. „Er hatte einen Unfall gehabt und war bewusstlos. Ich ließ ihn hinauf ins Haus bringen, damit er genesen konnte."

„Wie romantisch", murmelte Rosalind.

„War Onkel Sigh betrunken?", wollte das kleine Mädchen neben ihr wissen. Ihr Haar war dunkler als das ihrer Mutter, eher goldblond, und lockig. Lucy musste an Simons Beschreibung der goldblonden Locken seines Bruders denken. In dieser Hinsicht schlug Theodora offensichtlich ihrem verstorbenen Vater nach, wenngleich ihre Augen so blassblau waren wie die ihrer Mutter.

„Theodora, bitte." Rosalind zog die Brauen zusammen, wobei sich eine feine, steile Falte in ihre glatte Stirn grub. „Was soll Miss Craddock-Hayes nur von dir denken?"

Das Kind ließ sich schmollend in seinen Sitz zurückfallen. „Sie hat gesagt, wir sollen sie Lucy nennen."

„Nein, meine Liebe. Sie hat *mir* erlaubt, sie bei ihrem Vornamen zu nennen. Für ein Kind gehört sich das nicht." Rosalind warf Lucy einen entschuldigenden Blick zu. „Verzeihen Sie bitte."

„Da ich ja bald Theodoras Tante sein werde, könnte sie mich vielleicht Tante Lucy nennen", schlug sie vor und lächelte das Mädchen an. Sie wollte keineswegs ihre künftige Schwägerin brüskieren, aber auch nicht ganz so streng mit deren Tochter sein.

Rosalind neigte abwägend den Kopf. „Sind Sie sicher?"

„Aber ja, gewiss doch."

Theodora rutschte ungeduldig auf ihrem Sitz herum. „Dann können Sie mich Pocket nennen, denn so nennt Onkel Sigh mich immer. Und ich nenne ihn Onkel Sigh, weil alle Damen immer seufzen, sobald sie ihn sehen."

„Theodora!"

„Das hat Nanny gesagt", verteidigte sich das kleine Mädchen.

„Es ist so schwer, die Dienstboten vom Tratschen abzuhalten", meinte Rosalind. „Und die Kinder davon, zu wiederholen, was sie hören."

Lucy lächelte. „Und warum nennt dein Onkel Sigh dich Pocket? Weil du so klein bist, dass du in seine Tasche passt?"

„Ja." Sie grinste und sah ihrem Onkel plötzlich sehr ähnlich. Mit einem kurzen Blick auf ihre Mutter fügte sie hinzu: „Und weil ich immer in seine Taschen schaue, wenn er zu Besuch kommt."

„Er verwöhnt sie ganz fürchterlich", seufzte Rosalind.

„Manchmal hat er Süßigkeiten in seinen Taschen", vertraute die Kleine ihr an. „Und einmal hatte er ein paar schöne Zinnsoldaten dabei, aber Mama meinte, kleine Mädchen spielen nicht mit Soldaten, und Onkel Sigh meinte, da wäre es aber ein Glück, dass ich kein kleines Mädchen, sondern seine kleine Pocket wäre." Sie holte tief Luft und sah wieder zu ihrer Mutter. „Aber das war natürlich nur ein Scherz."

„Verstehe." Lucy lächelte. „Kein Wunder, dass die Damen seinetwegen seufzen."

„Mmmh." Theodora hopste auf ihrem Sitz hin und her. Ihre Mutter legte ihr die Hand aufs Bein, bis sie ruhig sitzen blieb. „Haben Sie auch schon mal wegen Onkel Sigh geseufzt?"

„Theodora!"

„Was ist denn, Mama?"

„Da wären wir", warf Lucy dankbar ein.

Die Kutsche hatte mitten auf der Fahrbahn gehalten, da in dem dichten Gedränge von Kutschen, Pferdewagen, Straßenhändlern, Gentlemen zu Pferde und Fußgängern kein Durchkommen war, um links ranzufahren. Als Lucy zum ersten Mal eine solche Straßenszene gesehen hatte, hatte ihr der Atem gestockt. So viele Menschen! Und alle lärmten sie, liefen, *lebten*. Kutscher beschimpften Passanten, die ihnen in die Quere kamen, Händler priesen lautstark ihre Waren an, livrierte Lakaien hielten den eleganten Kutschen ihrer Herrschaft den Weg frei, zerlumpte Straßenkinder huschten umher, immer knapp an den Hufen der Pferde vorbei. Sie hatte kaum gewusst, wie sie all das erfassen und in sich aufnehmen sollte. Nun denn, nach bald einer Woche hatte sie sich schon ein wenig an das Leben in der Stadt gewöhnt, doch noch immer fand sie die ständige Betriebsamkeit ungewohnt, wenngleich höchst anregend. Wie viel es zu sehen und zu hören gab! Ob ihr London wohl jemals langweilig werden würde?

Einer der Lakaien öffnete den Schlag und klappte die Trittstufe herunter, ehe er den beiden Damen hinaushalf. Auf dem Weg zum Laden hielt Lucy ihre Röcke in sicherer Entfernung des Bodens gerafft. Ein junger, kräftiger Lakai ging ihnen voran. Einerseits sollte er ihrem Schutz dienen, andererseits nachher die Pakete tragen. Der Kutscher setzte den Wagen wieder in Bewegung, um einen geeigneten Platz zu finden, wo er warten konnte, oder aber um so lange um den Block zu fahren, bis die Damen ihre Einkäufe erledigt hätten.

„Einer meiner liebsten Hutmacher", sagte Rosalind, als sie den Laden betraten. „Hier werden Sie bestimmt etwas Schönes finden."

Angesichts der deckenhohen Regale voller vielfarbiger Spitze, Bänder, Litzen, Hüten und Putzwerk blinzelte Lucy ungläubig. Sie versuchte sehr, nicht ganz so überwältigt auszusehen, wie sie sich fühlte. Aber das war überhaupt kein Vergleich zu dem kleinen Laden in Maiden Hill. Nachdem sie seit Jahren nichts anderes als Grau getragen hatte, taten ihr beim Anblick all der Farben schier die Augen weh.

„Darf ich das haben, Mama?" Pocket hielt ein Stückchen Goldlitze hoch und fing an, sich darin einzuwickeln.

„Nein, meine Liebe, aber für Tante Lucy könnte es vielleicht genau das Richtige sein."

Lucy zögerte. In Gold konnte sie sich so gar nicht vorstellen. „Vielleicht lieber diese Spitze hier", schlug sie vor und zeigte darauf.

Prüfend betrachtete Rosalind die Brüsseler Spitze. „Ja, doch, die würde wunderbar zu dem rosa Kleid passen, das wir Ihnen heute Vormittag bestellt haben."

Eine halbe Stunde später verließen sie den Laden wieder. Lucy war froh, dass sie Rosalind zur Seite hatte, die wohl zart und zerbrechlich aussah, aber ein stilsicheres Auge hatte und so geschickt zu feilschen verstand wie eine abgebrühte Haushälterin. Die Kutsche wartete wieder mitten auf der Straße auf sie, wo der Fahrer eines Pferdekarrens ihn wütend anschrie, weil er nicht vorbeikam. Die Damen eilten sich einzusteigen.

„Geschafft." Rosalind tupfte sich das Gesicht mit einem Spitzentaschentuch ab. Mit Blick auf ihre Tochter, die in kindlicher Erschöpfung auf den Polstern zusammensank, meinte sie: „Vielleicht sollten wir jetzt nach Hause fahren und uns ein bisschen stärken."

„Ja", kam es aus tiefstem Herzen von Pocket. Dann kuschelte sie sich in ihrem Sitz zusammen und war trotz des Rumpelns und Ruckelns der Kutsche und des Straßenlärms bald eingeschlafen. Lucy lächelte. Das kleine Mädchen war das Stadtleben sichtlich gewohnt.

„Sie sind keineswegs, was ich erwartet hatte, als Simon mir sagte, dass er heiraten wolle", sagte Rosalind leise, um ihre Tochter nicht zu wecken.

Fragend hob Lucy die Brauen.

Rosalind sah etwas verlegen drein. „Womit ich Sie nicht beleidigen wollte."

„Ich bin nicht beleidigt."

„Es ist nur so, dass Simon bislang einen ganz bestimmten Frauentyp bevorzugte." Rosalind rümpfte dezent die Nase. „Nicht immer respektabel, aber stets sehr raffiniert."

„Und ich bin ein einfaches Mädchen vom Lande", schloss Lucy.

„Genau." Rosalind lächelte. „Seine Wahl hat mich überrascht, aber sehr erfreut."

„Danke."

Die Kutsche hielt. Vor ihnen schien kein Durchkommen zu sein. Ärgerliches Geschrei drang zu ihnen herein.

„Manchmal denke ich, es wäre wirklich einfacher, zu Fuß zu gehen", murmelte Rosalind.

„Schneller wäre es auf jeden Fall", meine Lucy lächelnd.

Schweigend saßen sie da und lauschten dem Aufruhr draußen. Pocket ließ sich davon nicht stören und schnarchte leise vor sich hin.

„Eigentlich …" Rosalind zögerte. „Ich sollte Ihnen das vielleicht nicht sagen, aber als ich die beiden kennengelernt hatte – Ethan und Simon –, war es zunächst Simon, der mich interessierte."

„Wirklich?" Lucy war bemüht, eine unverbindliche Miene zu wahren. Was wollte Rosalind ihr damit sagen?

„Ja. Auch schon vor Ethans Tod hatte er so etwas Düsteres und Geheimnisvolles an sich, von dem wohl die meisten Frauen fasziniert sind. Und wie er redet, so geistreich und eloquent … Das kann sehr verlockend sein. Ich war absolut hingerissen, obwohl Ethan besser aussah als sein Bruder."

„Was ist geschehen?" War Simon von dieser schönen, zarten Frau etwa genauso hingerissen gewesen wie sie von ihm? Lucy verspürte einen Anflug von Neid.

Rosalind sah zum Fenster hinaus. „Er hat mir Angst gemacht."

Lucy stockte kurz der Atem. „Inwiefern?"

„Eines Abends, auf einem Ball, traf ich ihn in einem der hinteren Räume an. Ein Arbeitszimmer oder ein Salon, recht klein und ziemlich einfach eingerichtet, doch über dem Kamin hing ein großer Spiegel. Simon stand ganz allein dort und starrte wie gebannt."

„Starrte was wie gebannt an?"

„Sich." Rosalind schaute sie an. „Sein Spiegelbild. Er stand einfach nur da und ... schaute sich an. Aber nicht etwa seine Perücke oder seine Kleider, wie ein anderer Mann es machen mag. Er starrte sich in die Augen."

„Das ist ja seltsam", fand Lucy und runzelte die Stirn.

Rosalind nickte. „Und da wurde mir klar, dass er nicht glücklich ist. Diese Düsternis ist nicht gespielt, die ist echt. Es gibt etwas, das Simon umtreibt, und ich weiß nicht, ob er sich jemals davon befreien kann. Ich zumindest würde ihm nicht helfen können."

Angesichts dieser Enthüllungen wurde Lucy etwas unbehaglich zumute. „Und dann haben Sie lieber Ethan geheiratet", stellte sie fest.

„Ja, und ich habe es nie bereut. Er war ein wunderbarer Mann, umsichtig und liebevoll." Sie betrachtete ihre schlafende Tochter. „Und er hat mir Theodora geschenkt."

„Warum haben Sie mir das erzählt?", fragte Lucy ruhig, doch unter der Ruhe verspürte sie leise Wut. Rosalind hatte kein Recht, ihre Entscheidung in Zweifel zu ziehen.

„Nicht um Ihnen Angst zu machen", versicherte ihr Rosalind. „Ich hatte nur immer das Gefühl, dass eine Frau sehr stark sein müsse, wenn sie Simon heiratet. Ich bewundere Sie dafür."

Nun war es an Lucy, aus dem Fenster zu schauen. Die Kutsche hatte sich endlich wieder in Bewegung gesetzt. Bald würden sie zurück in Rosalinds Stadthaus sein, wo eine reiche Auswahl raffinierter Speisen zum Lunch bereitstehen würde. Sie kam schier um vor Hunger, aber dennoch konnte Lucy an nichts anderes denken als an Rosalinds Worte – *dass eine Frau sehr stark sein müsse, wenn sie Simon heiratet*. Sie hatte ihr ganzes Leben am selben Ort in der tiefsten Provinz gelebt, einem Ort, an dem sie sich nie größeren Herausforderungen hatte stellen müssen. Rosalind hatte Simons Wesen erkannt und sich mit Bedacht abgewandt. War Lucys Bedürfnis, Simon zu heiraten, vermessen? Glaubte sie, stärker zu sein als Rosalind?

„Soll ich klopfen, Madam?“, fragte die Dienerin.

Lucy stand mit dem Mädchen auf der Treppe vor Simons Stadthaus. Fünf Stockwerke hoch ragte es auf, die weiße Fassade leuchtete in der Nachmittagssonne. Das Haus war in einem der elegantesten Viertel Londons gelegen, und sie war sich bewusst, wie töricht sie wirken musste, hier so zaudernd vor der Tür zu stehen. Aber sie hatte Simon seit Ewigkeiten nicht mehr gesehen und verspürte ein tiefes Verlangen, bei ihm zu sein. Mit ihm zu reden und herauszufinden ... Sie lachte leise vor Aufregung. Wahrscheinlich wollte sie einfach nur herausfinden, ob er noch derselbe war, der er in Maiden Hill gewesen war. Und deshalb hatte sie sich Rosalinds Kutsche geborgt und war gleich nach dem Lunch hierhergefahren.

Entschlossen strich sie über ihr neues Kleid und nickte dem Mädchen zu. „Ja, bitte. Klopfen Sie.“

Die Dienerin hob den schweren Türklopfer und ließ ihn fallen. Gespannt blickte Lucy auf die Tür. Nein, es stimmte nicht, dass sie Simon gar nicht gesehen hätte – zu mindestens einer Mahlzeit am Tag fand er sich bei Rosalind ein –, doch allein waren sie nie. Wenn nur ...

Die Tür tat sich auf, und ein hochgewachsener Butler sah sie von oben herab an. „Ja, bitte?“

Lucy räusperte sich. „Ist Lord Iddesleigh zu Hause?“

Auf unglaublich anmaßende Weise hob er eine seiner buschigen Augenbrauen – gewiss übte er das abends vor dem Spiegel. „Der Viscount empfängt keine Besucher. Wenn Sie Ihre Karte ...“

Lächelnd trat Lucy einen Schritt vor, sodass der Butler zurückweichen musste, wollte er nicht, dass sie geradewegs in ihn hineinmarschierte. „Ich bin Miss Lucinda Craddock-Hayes und gekommen, um meinen Verlobten zu sprechen.“

Der Butler blinzelte irritiert. Offensichtlich steckte er in einem Dilemma. Hier stand seine künftige Herrin vor ihm und begehrte Einlass, aber wahrscheinlich hatte er auch strikte Order von Simon, keine Besucher vorzulassen. Er beugte sich dem unmittelbar Gegebenen. „Gewiss, Miss.“

Lucy bedachte ihn mit einem feinen Lächeln. „Danke.“

Sie traten in eine prächtige Eingangshalle. Lucy gönnte sich einen Moment, ihren Blick schweifen zu lassen. Der Boden war aus schwarzem Marmor und so blank poliert, dass man sich darin spiegeln konnte. An den Wänden, ebenfalls aus glänzendem Marmor, wechselten sich weiße und schwarze Paneele ab, die von goldenem, sich rankendem Bandelwerk eingefasst waren, und die Decke ... Lucy entfuhr ein leiser Laut der Verwunderung. Die Decke strahlte weiß und golden, war mit duftigen Wolken und rosigen Engeln bemalt, die den riesigen Kronleuchter in Händen zu halten schienen. Der Lüster warf sein warmes Licht auf Tische, Konsolen und Statuen, allesamt aus edlen Hölzern oder Marmor, alle aufwändig vergoldet. Rechterhand von Lucy stand ein Merkur aus schwarzem Marmor. Die Flügel an seinen Götterfüßen, sein Helm und seine Augen schimmerten golden. Die Halle war nicht nur prächtig – sie war auch ein bisschen protzig.

„Der Viscount ist in seinem Gewächshaus, Miss“, sagte der Butler.

„Dann werde ich ihn dort aufsuchen“, erwiderte Lucy. „Könnte meine Dienerin solange irgendwo warten?“

„Ich werde einen der Lakaien bitten, sie in die Küche zu bringen.“ Er schnippte mit den Fingern in Richtung eines der Lakaien, die bei der Tür standen. Der Mann verbeugte sich und führte die Dienerin davon. Der Butler wandte sich an Lucy. „Wenn Sie mir bitte folgen würden?“

Lucy nickte. Er geleitete sie einen langen, weiten Korridor hinab in den hinteren Teil des Hauses. Am Ende verengte sich der Gang und führte ein paar Stufen hinab. Vor einer großen Tür blieben sie stehen. Der Butler wollte sie gerade öffnen, doch Lucy hielt ihn zurück.

„Ich würde gern allein hineingehen, wenn Sie nichts dagegen haben."

Der Butler verneigte sich. „Wie Sie wünschen, Miss."

Auch Lucy neigte kurz den Kopf. „Ich weiß gar nicht, wie Sie heißen."

„Newton, Miss."

Sie lächelte. „Danke, Newton."

Er hielt ihr die Tür auf. „Wenn Sie noch etwas benötigen, Miss, so rufen Sie einfach nach mir." Und damit entfernte er sich.

Etwas unschlüssig blieb Lucy an der Schwelle stehen und sah sich in dem riesigen Gewächshaus um. „Simon?"

Würde sie es nicht gerade mit eigenen Augen sehen, könnte sie kaum glauben, dass ein solches Bauwerk überhaupt möglich war, noch dazu mitten in der Stadt. Arbeitstische und Bänke zogen sich in langen Reihen von der Tür bis ans Ende des Gewächshauses, das in dunklem grünen Dämmerlicht lag. Auf jeder verfügbaren Fläche standen Pflanzen oder Töpfe mit Erde. Zu ihren Füßen war ein mit Backsteinen gepflasterter Pfad, von dem feuchte Wärme aufzusteigen schien. Das Glas war mit Kondenswasser benetzt. Auf einem gemauerten Sockel setzten die Glasscheiben an und schwangen sich in einem hohen Bogen von einer Seite zur anderen. Über sich konnte sie den grauen Londoner Himmel sehen. Es begann bereits zu dämmern.

Lucy wagte sich einige Schritte in die schwülwarme Luft war. Niemand war zu sehen. „Simon?"

Sie lauschte, hörte aber keinen Laut. Das Gewächshaus schien sehr weitläufig zu sein. Vielleicht konnte er sie gar nicht hören. Und gewiss wollte er nicht, dass die warme, feuchte Luft entwich, weshalb sie die schwere Tür hinter sich zuzog, ehe sie sich auf die Suche begab. Der gepflasterte Pfad war schmal und führte inmitten der Pflanzen hindurch. Immer wieder musste sie Blätter und Zweige beiseitestreifen, die ihr wie ein grüner Vorhang in den Weg hingen. Die Blätter waren feucht von kondensierter Luft, das leise Tropfen von Wasser war hundertfach zu hören. Warm war es, stickig und still, die Luft roch erdig und grün.

„Simon?"

„Hier."

Endlich. Seine Stimme kam von etwas weiter vorn, doch wegen des dichten Grüns konnte sie ihn nicht sehen. Sie schob ein glänzendes Blatt beiseite, das größer war als ihr Kopf, und auf einmal sah sie vor sich eine Lichtung, die von Dutzenden Kerzen erhellt war.

Sie blieb stehen.

Der Pfad mündete in einen runden Platz, über dem sich die Glaswände zu einer Kuppel erhoben. In der Mitte war ein leise plätschernder Brunnen, und ringsum standen noch mehr Tische und Bänke, auf denen Rosen standen. Mehr Rosen, als sie jemals gesehen hatte. Rosen, die mitten im Winter blühten. Lucy lachte. Rote Rosen, rosa Rosen, cremeweiße und schneeweiße. Die Luft war erfüllt von herrlichem Rosenduft, berauschte ihre Sinne mit Freude und Verwunderung. Simon hatte einen Märchengarten in seinem Haus!

„Du hast mich gefunden."

Erschrocken fuhr sie herum und schaute in die Richtung, aus der seine Stimme gekommen war. Das Herz flatterte ihr aufgeregt in der Brust, als sie ihn sah. In Hemdsärmeln stand Simon an einer der Bänke. Über seiner Weste trug er eine lange grüne Schürze, die Ärmel hatte er hochgekrempelt. Auf seinen Unterarmen schimmerten feine blonde Härchen.

Simon in Arbeitskleidung zu sehen ließ Lucy lächeln. Das war eine ganz neue Seite an ihm, die sie sehr spannend fand. Seit sie in London waren, war er stets so glatt und elegant gewesen, so sehr ein Mann von Welt. „Ich hoffe, es macht dir nichts aus. Newton hat mich hereingelassen."

„Nein, ganz und gar nicht. Wo ist Rosalind?"

„Ich bin alleine gekommen."

Er verharrte reglos und warf ihr einen Blick zu, den sie

schwer zu deuten fand. „Ganz allein?"

Das war es also. Als sie nach London gekommen war, hatte er ihr deutlich zu verstehen gegeben, dass sie das Haus niemals allein verlassen solle. Im Laufe der vergangenen Woche hatte sie diese Mahnung allerdings fast schon wieder vergessen, denn nichts war geschehen, das ihr Anlass zu Sorge gegeben hätte. Aber offensichtlich fürchtete er noch immer einen erneuten Angriff seiner Feinde. „Nein, nicht ganz allein. Der Kutscher, der Lakai und die Dienerin haben mich begleitet. Kurzum: Ich habe mir Rosalinds Kutsche geborgt." Lächelnd sah sie ihn an.

„Ah." Seine Schultern entspannten sich, und er nahm seine Schürze ab. „Dürfte ich dir etwas Tee anbieten?"

„Du musst nicht meinetwegen deine Arbeit unterbrechen", versicherte sie ihm. „Das heißt, wenn ich dich nicht dabei störe."

„Du verstörst mich stets, mein süßer Engel." Er band sich die Schürze wieder um und wandte sich erneut der Arbeitsbank zu.

Er schien sehr beschäftigt, aber sie würden in nicht einmal einer Woche heiraten. Ein unschöner Gedanke kam ihr, eine nagende Angst, dass er ihrer bereits überdrüssig sein könnte oder, schlimmer noch, es sich anders überlegt hatte. Sie trat neben ihn. „Was machst du da?"

Ihr war, als spanne er sich in ihrer Nähe kaum merklich an, doch seine Stimme klang wie sonst auch. „Rosen pfropfen. Keine sehr spannende Tätigkeit, aber du darfst gerne zuschauen."

„Und du hast wirklich nichts dagegen?"

„Nein, natürlich nicht." Er beugte sich über die Bank und sah sie nicht einmal an. Vor ihm lag ein dorniger Strunk, vermutlich Teil einer Rose, dessen Ende er vorsichtig zuspitzte.

„Wir waren seit Tagen schon nicht eine Minute allein, und ich dachte mir, dass es schön wäre, einfach nur … zu reden." Es fiel ihr schwer, zu ihm zu sprechen, wenn er sich halb von ihr abwandte.

Sein Rücken wirkte hart und abweisend – so als versuche

er, sie auf Distanz zu halten. „Ja?“, fragte er, ohne sich umzudrehen.

Lucy zögerte kurz. „Ich weiß, dass ich so spät nicht mehr hätte kommen sollen, aber Rosalind hält mich ganz schön auf Trab. Wir sind den ganzen Tag unterwegs, Kleider kaufen und derlei. Du würdest nicht glauben, wie belebt die Straßen heute Nachmittag waren. Wir brauchten über eine Stunde, um nach Hause zu kommen.“ Nun fing sie auch noch an, dumm zu plappern. Lucy setzte sich auf einen Schemel und holte tief Luft. „Simon, hast du es dir anders überlegt?“

Jetzt war ihr seine Aufmerksamkeit gewiss. Er schaute auf und furchte die Stirn. „Was?“

Sie gestikulierte vage. „Du scheinst allezeit so abwesend und beschäftigt ... und seit deinem Antrag hast du mich nicht mehr geküsst. Mir kam der Gedanke, du könntest vielleicht in Ruhe über alles nachgedacht und entschieden haben, dass es besser wäre, mich nicht zu heiraten.“

„Nein!“ Er warf sein Messer auf die Bank, stützte sich mit den Armen auf und hielt den Kopf gesenkt. „Nein, tut mir leid. Ich will dich heiraten, wünsche mir nichts sehnlicher, als dich zu heiraten, nun mehr denn je, dessen sei gewiss. Ich zähle die Tage, bis wir endlich Mann und Frau sind. Ich träume davon, dich als meine Braut in den Armen zu halten. Ich denke kaum an anderes, weshalb ich mich ablenken muss, um nicht verrückt zu werden, bis es so weit ist. Das Problem liegt einzig bei mir.“

„Welches Problem?“ Lucy war zutiefst erleichtert, aber ehrlich gesagt auch ein bisschen verwirrt. „Wenn du es mir sagt, können wir es vielleicht gemeinsam lösen.“

Er stieß einen schweren Seufzer aus, schüttelte den Kopf und drehte sich endlich zu ihr um. „Nein, das wage ich zu bezweifeln. Das Problem ist meines – ganz allein meines. Damit umzugehen ist das Kreuz, das ich tragen muss. Gott sei Dank wird es sich binnen einer Woche von ganz allein lösen, sowie wir im heiligen Bund der Ehe verbunden sind.“

„Du sprichst in Rätseln."

„So beharrlich und unerbittlich", murmelte er. „Ich sehe es sehr lebhaft vor mir, wie du mit flammendem Schwert Abtrünnige und Ungläubige zur Räson bringst. Sie würden erzittern unter deinem strafenden Blick und deinen gestrengen Brauen." Er lachte leise. „Sagen wir einfach so: Ich tue mich etwas schwer damit, in deiner Nähe zu sein, ohne dich zu berühren."

„Wir sind verlobt", meinte sie lächelnd. „Du kannst mich ruhig berühren."

„Nein, kann ich nicht." Er richtete sich auf und nahm das Messer erneut zur Hand. „Wenn ich dich berührte, wüsste ich nicht, ob ich noch aufhören könnte." Damit beugte er sich wieder über seine Rose und schnitt noch ein wenig vom Stiel ab. „Ich bin mir sogar ziemlich sicher, dass ich nicht aufhören würde. Ich wäre wie berauscht davon, dich zu riechen und deine weiße, weiche Haut zu spüren."

Lucys Wangen glühten. Sonderlich weiß dürfte ihre Haut gerade kaum sein. Aber in Maiden Hill hatte er sie doch auch kaum berührt. Wenn er sich damals hatte beherrschen können, würde er es doch wohl auch jetzt schaffen? „Ich ..."

„Nein." Er holte tief Luft und schüttelte unwillig den Kopf. „Ehe ich es mich versehe, würde ich mich auf dich stürzen, dir die Röcke hochraffen und dich nehmen, und wenn ich erst mal so weit wäre, würde ich verdammt noch mal nicht eher aufhören, bis wir beide in himmlische Sphären gelangt wären. Und vielleicht nicht einmal dann."

Lucy wollte etwas sagen, brachte aber kein Wort heraus.

Er schloss die Augen und stöhnte leise. „Mein Gott. Habe ich das gerade wirklich zu dir gesagt?"

„Nun ja." Sie räusperte sich. Seine Worte ließen sie sich ganz warm und wunderlich fühlen. „Ja, das ist gewiss sehr schmeichelhaft."

„Ja?" Fragend sah er sie an. Auch seine Wangen waren erhitzt. „Es freut mich, dass du die mangelnde Beherrschung deines Verlobten angesichts seiner niederen Triebe so gelassen nimmst."

„Vielleicht sollte ich jetzt lieber gehen." Sie machte Anstalten aufzustehen.

„Nein, bleib bei mir, bitte. Nur … nur komm mir nicht zu nah."

„Gut." Sie setzte sich sehr aufrecht hin und faltete artig die Hände im Schoß.

Ein Lächeln huschte um seine Lippen. „Ich habe dich vermisst."

„Ich dich auch."

Sie lächelten einander an, ehe er sich rasch abwandte, doch da sie nun den Grund kannte, beunruhigte es sie nicht. Sie schaute zu, wie er den gespitzten Stiel beiseitelegte und sich einen Topf heranzog, in dem ebenfalls ein kleiner, karger Strunk steckte. Hinter ihnen plätscherte der Springbrunnen, und über ihnen begannen die Sterne zu funkeln.

„Du hast mir das Märchen noch nicht zu Ende erzählt", meinte sie schließlich. „Das vom Schlangenprinzen. Solange ich nicht weiß, wie es ausgeht, kann ich die Illustrationen nicht beenden."

„Hast du denn welche gemacht?"

„Natürlich."

„Ich weiß nicht mehr, wo ich stehen geblieben war." Mit gerunzelter Stirn betrachtete er den dornigen Strunk. „Es ist schon so lange her."

„Ich weiß es noch", meinte sie und setzte sich auf dem Schemel zurecht. „Angelica hatte die Haut des Schlangenprinzen gestohlen und gedroht, sie ins Feuer zu werfen, doch dann hat sie sich seiner erbarmt und sein Leben verschont."

„Ach ja, so war es." Vorsichtig schnitt er eine spitze Kerbe in den Stängel. „Der Schlangenprinz sagte zu Angelica: ‚Schöne Maid, mit meiner Haut hältst du mein Leben in deinen Händen. Verschone mich, und du hast einen Wunsch frei, den ich dir erfüllen will.'"

Lucy hob die Brauen. „Er klingt nicht gerade schlau. Warum verlangt er nicht einfach seine Haut zurück, ohne sie wissen zu lassen, welche Macht sie über ihn hat?"

Mit strengem Blick sah er sie über die Schulter an. „Vielleicht weil er von ihr so hingerissen ist?"

Sie schnaubte leise. „Er scheint mir trotzdem nicht der Klügste zu sein."

„Es erschreckt mich, wie hoffnungslos prosaisch du bist. Dürfte ich jetzt weitererzählen?"

Sie schloss den Mund ganz fest und nickte stumm.

„Gut. Angelica kam in den Sinn, dass dies eine sehr glückliche Fügung sei. Vielleicht könnte sie nun endlich dem schönen Prinzen begegnen. Sie sagte zum Schlangenprinz: ‚Heute Abend findet auf dem Schloss ein großer Ball statt. Könntest du mich hinauf auf die hohe Mauer tragen, damit ich einen Blick auf den Prinzen und sein Gefolge erhaschen kann?' Da sah der Schlangenprinz sie mit seinen silbern schimmernden Augen an und sprach: ‚Ich kann sogar noch mehr – das verspreche ich dir.'"

„Moment", unterbrach Lucy. „Ist nicht eigentlich der Schlangenprinz der Held der Geschichte?"

„Ein Schlangenmensch?" Simon steckte den zugespitzten Stiel in die Kerbe und wickelte einen dünnen Streifen Tuch darum. „Wie kommst du darauf, dass er einen guten Helden abgeben würde?"

„Na ja, immerhin ist er ganz aus Silber."

„Ja, aber auch ziemlich nackt und bloß, und für gewöhnlich hat der Held schon etwas mehr zu bieten als seine Haut."

„Aber ..."

Tadelnd sah er sie an. „Soll ich weitererzählen oder nicht?"

„Ja, erzähl weiter", sagte sie gehorsam.

„Wie du wünschst. Der Schlangenprinz winkte kurz mit blasser Hand, und schon hatte sich Angelicas brauner Kittel in ein glänzendes Kleid aus reinstem Kupfer verwandelt. In ihrem Haar funkelten kupferne Strähnen und Rubine, und an den Füßen trug sie kupferne Pantöffelchen. Verzückt über ihre wundersame Wandlung, drehte Angelica sich immerzu im Kreis und rief: ‚Warte nur, bis Prinz Rutherford mich so sieht!'"

„Rutherford?" Fragend hob Lucy eine Augenbraue.

Was ihr abermals einen tadelnden Blick einbrachte.

„Entschuldige."

„Prinz Rutherford mit dem goldblond gelockten Haar. Erst als der Schlangenprinz nichts erwiderte, fiel Angelica auf, dass er neben dem Kessel auf die Knie gesunken war und dass die blauen Flammen nur noch schwach brannten. Denn indem er der Ziegenmagd ihren Wunsch erfüllt hatte, begann seine Kraft zu erlöschen."

„Törichter Mann."

Als er sie diesmal ansah, lächelte er und schien nun erst zu bemerken, dass es bereits dunkel geworden war. „Herrje, ist es schon so spät? Warum hast du nichts gesagt? Du musst sofort zu Rosalinds Haus zurückfahren."

Sie seufzte. Für einen weltgewandten Londoner benahm sich ihr Verlobter für ihren Geschmack in letzter Zeit reichlich provinziell. „Na schön." Lucy stand auf und klopfte ihren Rock ab. „Wann sehe ich dich wieder?"

„Ich komme morgen zum Frühstück", versprach er, klang aber, als wäre er in Gedanken längst anderswo.

Enttäuschung machte sich in ihr breit. „Oh nein, wie schade. Rosalind meinte, wir wollten früh aufbrechen und zum Handschuhmacher gehen. Wahrscheinlich werden wir auch zum Lunch außer Haus sein. Sie wollte mich einigen ihrer Freunde vorstellen."

Simon dachte kurz nach. „Kannst du reiten?"

„Ja", erwiderte sie. „Aber ich habe kein Pferd."

„Ich habe einige. Dann werde ich vor dem Frühstück bei Rosalind sein, und wir machen einen Ausritt im Park. Bis Rosalind dich zum Handschuhmacher entführt, sind wir wieder zurück."

„Das klingt gut." Sie sah ihn an.

Er erwiderte ihren Blick. „Herrgott, nicht mal küssen kann ich dich. Und nun geh lieber."

„Gute Nacht." Lächelnd ging sie davon.

Hinter sich hörte sie Simon leise fluchen.

„Dürfte ich mich zu Ihnen gesellen?", fragte Simon an jenem Abend und schaute mit gehobenen Brauen in die Runde der Kartenspieler.

Quincy James, der ihm den Rücken zuwandte, fuhr herum und starrte ihn an. Unter seinem rechten Auge begann es zu zucken. Er trug einen rotsamtenen Rock und Breeches, seine Weste war eierschalenfarben und farblich passend zum Rock bestickt. Mit seinem golden glänzenden Haar gab er einen sehr erfreulichen Anblick ab. Simon lächelte zufrieden.

„Natürlich, nur zu." Ein Gentleman mit altmodischer Langperücke nickte ihm zu.

Er hatte das verlebte Gesicht eines Mannes, der sein halbes Leben an den Spieltischen zugebracht hatte. Simon war ihm nie vorgestellt worden, aber er kannte ihn. Lord Kyle. Die anderen drei Männer waren ihm fremd. Zwei von ihnen waren in mittleren Jahren und sahen sich zum Verwechseln ähnlich mit ihren weißgepuderten Perücken und den vom Trinken erhitzten Gesichtern. Der dritte war noch ein halbes Kind und hatte pickelige Wangen. Seine Mutter sollte besser auf ihn Acht geben und ihn um diese Zeit nicht mehr aus dem Haus lassen.

Doch das sollte nicht seine Sorge sein.

Er zog sich den leeren Stuhl neben James heran und setzte sich. Armer Bursche. Es gab nichts, das James nun noch tun könnte, um ihn aufzuhalten. Einen Gentleman zurückzuweisen, der an einem öffentlichen Spiel teilhaben wollte, wäre undenkbar. Simon hatte ihn so gut wie in der Falle. Im Stillen gratulierte er sich. Nachdem er fast die ganze Woche das *Devil's Playground* frequentiert, die Avancen kindlicher Halbweltdamen abgewehrt, schauderlichen Champagner getrunken und sich vergebens an den Spieltischen gelangweilt hatte, war James endlich aufgetaucht. Er hatte sich schon Sorgen gemacht, die Fährte verloren zu haben, weil er in den ersten Tagen der Jagd hatte entsagen müssen, um sich den Hochzeitsvorbereitungen zu widmen. Aber nun hatte er James.

Auf einmal hatte er es sehr eilig, die Sache rasch hinter sich zu bringen, damit er bald ins Bett und Lucy am Morgen einigermaßen ausgeschlafen zu ihrem Ausritt abholen könne. Vorsicht war indes geboten. Seine wachsame Beute hatte sich endlich aus ihrem Versteck gewagt, und nun galt es mit Bedacht vorzugehen. Entscheidend war, dass er ihm nicht mehr entwischen konnte, bis die Falle zugeschnappt war. Zu ärgerlich, wenn ihm sein Fang im letzten Moment noch entwischte.

Lord Kyle schnippte jedem der Mitspieler der Reihe nach eine Karte zu, um zu sehen, wer austeilen müsse. Der Mann zu Simons Rechter erwischte den ersten Buben und zog den ganzen Stapel an sich. James nahm jede Karte auf, sowie sie ihm ausgeteilt wurde, und klopfte nervös damit auf den Tisch. Simon wartete, bis alle fünf ausgeteilt waren – sie spielten Fünfblatt-Loo –, ehe er seine Karten zur Hand nahm. Sein Blatt war nicht schlecht, doch ging es ihm nicht darum, beim Spiel zu gewinnen. Er setzte und eröffnete – mit einer Herz Acht. James zögerte und warf dann eine Zehn auf den Tisch. So ging es reihum weiter, bis der pickelige Junge eine Pik Drei vorlegte.

Ein Lakai kam mit einem Tablett Getränke herein. Sie spielten im Hinterzimmer des *Devil's Playground*. Das Licht war schummrig, Wände und Türen mit schwarzem Samt bezogen, um den Lärm aus dem großen Saal fernzuhalten. Wer hier spielte, dem war es ernst. Hier wurde um hohe Einsätze gespielt und kein Wort zu viel gesprochen. Diesen Gentlemen ging es nicht um geselliges Beisammensein. Hier entschieden die Karten über Leben und Tod. Erst kürzlich war Simon Zeuge geworden, wie ein Lord zuerst seine gesamte Barschaft verloren hatte, dann seinen Landsitz und schließlich noch die Mitgift seiner Töchter. Am nächsten Morgen fand man den Mann tot, erschossen von eigener Hand.

James schnappte sich ein Glas vom Tablett des Lakaien, leerte es in einem Zug und nahm sich noch eines. Dabei fing er Simons Blick auf. Simon lächelte. Mit großen Augen starrte James ihn an. Dann trank er, stellte das leere Glas neben sich und bedachte Simon mit trotzigem Blick. Das Spiel zog sich hin. Simon musste passen und zahlen. James grinste hämisch. Er spielte den Pam aus – den Kreuzbuben, beim Fünfblatt-Loo die Trumpfkarte – und machte einen weiteren Stich.

Die Kerzen flackerten, und der Lakai beeilte sich, die Dochte zu stutzen.

Quincy James hatte gerade eine Glückssträhne, der Stapel an Münzen neben seinem Glas wuchs beständig. Sichtlich entspannt lehnte er sich zurück, seine blauen Augen blinzelten schläfrig. Der pickelige Junge hatte nur noch ein paar Kupfermünzen und war der Verzweiflung nah. Wenn er Glück hatte, könnte er bei der nächsten Runde nicht mehr mitziehen. Wenn er Pech hatte, würde jemand ihm die nächste Runde ausgeben, womit er sich schon auf halbem Wege ins Schuldnergefängnis befände. Christian Fletcher schlüpfte ins Hinterzimmer. Simon schaute nicht auf, doch aus den Augenwinkeln sah er, wie Christian sich auf einen Stuhl nahe der Wand setzte – zu weit weg, um in die Karten sehen zu können. Er merkte, dass er sich in Anwesenheit des jungen Mannes entspannte. Nun hatte er zumindest einen Verbündeten.

James machte einen Stich. Seine Lippen verzogen sich zu einem triumphierenden Grinsen, als er den Pott an sich raffte.

Simon ließ seinen Arm vorschnellen und packte ihn bei der Hand.

„Was …?“ James versuchte, ihm seine Hand zu entreißen.

Simon knallte sie auf den Tisch. Ein Kreuzbube fiel aus den Spitzenrüschen an James’ Manschette. Die anderen Spieler saßen wie erstarrt.

„Der Pam.“ Lord Kyles Stimme klang aufgrund seltenen Gebrauchs etwas eingerostet. „Was, zum Teufel, soll das, James?“

„D…d…der ist nicht von m…m…mir.“

Simon lehnte sich zurück und rieb sich müßig den rechten Zeigefinger. „Er ist aber aus Ihrem Ärmel gefallen."

„Sie!", schnaubte James und sprang so heftig auf, dass sein Stuhl umkippte. Im ersten Moment schien es, als wolle er Simon schlagen, dann besann er sich eines Besseren.

Simon hob nur die Brauen.

„S...S...Sie haben mich reing...g...gelegt, mir den v...v... verdammten Pam untergeschoben!"

„Wozu? Ich war ohnehin dabei zu verlieren." Simon seufzte schwer. „Wollen Sie mich etwa beleidigen, James?"

„Nein!"

Ungerührt fuhr Simon fort: „Ich vermute, ein Duell mit dem Degen bei Morgengrauen ..."

„Nein! Gütiger Gott, nein!"

„... dürfte Ihre Zustimmung finden."

„Mein Gott!" James zauste sich das schöne Haar, bis sein Zopf aufgelöst war. „Das ist nicht f...f...fair. Ich h...h...hatte den verdammten Pam nicht!"

Lord Kyle sammelte die Karten ein. „Neues Spiel, neues Glück, Gentlemen?"

„Oje", flüsterte der pickelige Junge. Er war ganz bleich geworden und sah aus, als wolle er sich gleich übergeben.

„D...d...das können Sie d...d...doch nicht m...m...machen!", schrie James.

Simon stand auf. „Bis morgen dann. Lieber noch ein bisschen vorher schlafen, was?"

Lord Kyle nickte, in Gedanken längst beim nächsten Spiel. „Gute Nacht, Iddesleigh."

„Ich ... ich steige auch aus. Wenn Sie mich entschuldigen würden, Gentlemen?" Der Junge flüchtete aus dem Zimmer.

„Neiiiin! Ich bin unschuldig!", schluchzte James.

Simon zuckte peinlich berührt zusammen und ging ebenfalls davon.

Im großen Saal holte Christian ihn ein. „Hast du ...?"

„Sei still", zischte Simon. „Nicht hier, du Idiot."

Glücklicherweise tat der junge Mann wie ihm geheißen und sagte kein Wort mehr, bis sie draußen auf der Straße waren. Simon machte seinem Kutscher ein Zeichen.

Christian flüsterte: „Hast du …?"

„Ja." Mein Gott, was war er müde. „Willst du mitfahren?"

Christian blinzelte. „Ja, danke."

Sie stiegen ein, und der Wagen setzte sich in Bewegung.

„Du solltest noch heute Abend seine Sekundanten aufsuchen und alles vorbereiten." Simon wurde von einer entsetzlich schweren Trägheit befallen. Seine Augen fühlten sich an, als wäre Sand darin, seine Hände zitterten. Bis zum Morgen war es nicht mehr lang hin. Wenn die Sonne aufging, würde er einen Mann getötet haben oder selbst tot sein.

„Was?", fragte Christian verständnislos.

„Quincy James' Sekundanten. Du solltest herausfinden, wer ihm sekundiert, den Treffpunkt und die Zeit vereinbaren. Das Übliche. Genauso wie bei den letzten beiden Malen." Er gähnte. „Du wirst doch mein Sekundant sein, oder?"

„Ich …"

Simon schloss die Augen. Er wüsste nicht, was er tun sollte, würde er Christian verlieren. „Wenn nicht, bleiben mir noch genau vier Stunden, jemand anderen zu finden."

„Nein, ich meine Ja", beeilte der junge Mann sich zu sagen. „Ich werde dein Sekundant sein. Natürlich sekundiere ich dir, Simon."

„Gut."

Danach herrschte Schweigen in der Kutsche, und Simon schlief ein.

Christians Stimme weckte ihn. „Du bist nur wegen James gekommen, nicht wahr? Du wolltest ihn finden."

Er machte sich nicht mal die Mühe, die Augen zu öffnen. „Ja."

„Ist es wegen einer Frau?" Sein Freund klang ernstlich verwirrt. „Hat er dir Anlass zur Beleidigung gegeben?"

Fast hätte Simon gelacht. Wer hätte gedacht, dass Männer

sich wegen solch trivialer Dinge duellierten? „Nein, der Anlass ist schwerwiegender."

„Aber was hat er getan?", fragte Christian eindringlich. „Warum die Sache so aus der Welt schaffen?"

Herrje! Er wusste nicht, ob er lachen oder weinen sollte. War er auch mal so naiv gewesen? Er versuchte, sich zusammenzureißen, um dem Jungen zu erklären, welche Abgründe in der Seele eines Menschen lauern konnten.

„Weil Spielen seine Schwäche ist. Weil er praktisch schon verloren war, als ich zu der Runde gestoßen bin. Weil er mich unmöglich abweisen oder sich anderweitig aus der Affäre ziehen konnte. Weil er der Mann ist, der er ist, und ich der bin, der ich bin." Als Simon seinen furchtbar jungen und unbedarften Freund schließlich doch ansah, wurde seine Stimme etwas sanfter. „Ist es das, was du wissen wolltest?"

Christian legte die Stirn in so tiefe Furchen, als versuche er ein kompliziertes mathematisches Problem zu lösen. „Mir war nicht bewusst … Dies ist das erste Mal, dass ich dabei war, wenn du deinen Gegner herausforderst. Es erscheint so unfair. Ganz und gar nicht ehrenwert." Mit großen Augen sah er ihn an, als ihm klar wurde, dass er seinen Freund soeben beleidigt hatte.

Simon indes fing an zu lachen und konnte kaum mehr aufhören. Tränen der Freude stiegen ihm in die Augen. *Oh mein Gott, was für eine verquere Welt!*

Als er sich wieder ein wenig gefangen hatte, brachte er schließlich heraus: „Wie bist du je auf die Idee gekommen, ich könnte ehrenwert sein?"

10. KAPITEL

Der graue Morgennebel lag wie ein graues Leichentuch da, bedeckte wabernd den Boden. Er wand sich um Simons Beine, als er sich in Herrgottsfrühe zu dem vereinbarten Ort begab, drang ihm durch Leder und Linnen, bis er die Kälte in den Knochen spürte. Vor ihm leuchtete Henry mit einer Laterne den Weg, aber der Nebel umfing auch das Licht, ließ es gespenstisch zerfließen, weshalb alles so unwirklich war, als würden sie durch einen schauderhaften Traum schweben. Christian ging neben ihm, ungewohnt still. Im Laufe der Nacht hatte er James' Sekundanten ausfindig gemacht und sich mit ihnen beraten. Er dürfte wenig Schlaf bekommen haben, wenn überhaupt. Vor ihnen schien ein weiteres Licht durch den Nebel, die verschwommenen Umrisse von vier Männern tauchten in der Dämmerung auf. Der Kopf eines jeden war von einer weißen Atemwolke umgeben wie ein Heiligenschein.

„Lord Iddesleigh?", rief einer der Männer ihn an. James war es nicht, es musste einer der Sekundanten sein.

„Hier." Als er sprach, wurde auch er von seinem weiß dampfenden Atem eingehüllt, der sich nur langsam in der frostigen Morgenluft verflüchtigte.

Der Mann kam auf ihn zu. Er war in mittleren Jahren, trug eine Brille und eine etwas ramponierte Perücke. Rock und Breeches, die auch schon etliche Jahre aus der Mode und reichlich abgetragen waren, vervollständigten seine nachlässige Erscheinung. Hinter ihm blieb ein etwas kleinerer Mann zögernd stehen, zusammen mit einem weiteren Mann, dessen kurz gehaltene Perücke und schwarze Tasche vermuten ließen, dass er der Arzt war.

Der erste Mann ergriff erneut das Wort. „Mr. James möchte sein aufrichtiges Bedauern kundtun für jegliche Beleidigung, die er Ihnen gegenüber gemacht haben mag. Werden Sie seine Entschuldigung annehmen und auf das Duell verzichten?“

Feigling. Hatte James etwa seine Sekundanten vorgeschickt und war selbst gar nicht erschienen? „Nein, das werde ich nicht.“

„Z…z…zum Teufel mit d…d…dir, Iddesleigh!“

Er war also da. „Guten Morgen, James.“ Simon lächelte kühl.

Als Erwiderung kam ein weiterer Fluch, keineswegs einfallsreicher als der erste.

Simon nickte Christian zu. Der junge Mann und James’ Sekundanten machten sich daran, die Duellstrecke zu markieren. Quincy James pirschte über den hart gefrorenen Boden – entweder um sich warm zu halten oder weil er vor Anspannung nicht stillstehen konnte. Er trug denselben rotsamtenen Rock wie am Abend zuvor, der nun indes zerknittert und befleckt war. Sein blondes Haar war strähnig, als hätte er stark geschwitzt. Simon sah ihn sich mit den Fingern ins Haar fahren und heftig kratzen. Widerliche Angewohnheit. Hatte der Mann Läuse? Gewiss hatte James kein Auge zugetan und war todmüde, doch andererseits war er ein unverbesserlicher Spieler und dürfte es daher gewohnt sein, sich die Nächte um die Ohren zu schlagen. Außerdem war er jünger. Simon betrachtete ihn abwägend. Er hatte James noch nie bei einem Duell gesehen, doch bei Angelo erzählte man sich, dass er den Degen vortrefflich zu führen verstand. Das überraschte Simon nicht. Trotz seines Gehabes und seines Stotterns besaß James eine geradezu athletische Anmut. Er war zudem genauso groß wie Simon. Sie hätten somit dieselbe Reichweite.

„Dürfte ich wohl Ihren Degen sehen?“ Der Mann mit der Brille war wieder da und streckte seine Hand aus.

Auch der andere, kleinere Sekundant kam herüber. Er trug einen grünen Rock und sah sich beständig mit besorgter Miene um. Natürlich verstieß es gegen das Gesetz, sich zu duellieren. Allerdings wurde das Gesetz selten zur Anwendung gebracht.

Simon zückte seinen Degen und reichte ihn dem Bebrillten. Ein paar Schritte weiter inspizierte Christian derweil James' Degen. Beide Klingen wurden sorgsam gemessen und geprüft, ehe man sie ihnen zurückgab.

„Öffnen Sie Ihr Hemd", forderte der Mann mit der Brille.

Belustigt hob Simon eine Braue. Der Bursche nahm es offensichtlich ganz genau. „Glauben Sie allen Ernstes, ich trage Rüstung unter meinem Hemd?"

„Bitte, Mylord."

Seufzend streifte Simon seinen silbergrauen Rock und die Weste ab, zog sich das Krawattentuch vom Hals und knöpfte sein spitzenbesetztes Hemd zur Hälfte auf. Henry kam flugs herbeigeeilt, um die abgelegte Garderobe zu bergen.

James gewährte Christian seinerseits Einblick in sein Hemd. „Verdammt, so kalt wie eine Hure in Mayfair ist das hier draußen!"

Simon zog sein Hemd weit auseinander. Gänsehaut jagte ihm über die entblößte Brust.

Der bebrillte Sekundant nickte. „Danke." Sein Gesicht war wie versteinert. Wahrscheinlich hatte der Mann schlicht keinen Humor.

„Keine Ursache", erwiderte Simon spöttisch. „Könnten wir nun langsam zur Sache kommen? Ich habe noch nicht gefrühstückt."

„W…w…wirst du auch nicht m…m…mehr!", krakeelte James und kam mit gestrecktem Degen auf ihn zu.

Simon merkte, wie ihm das Lächeln von den Lippen wich. „Mutige Worte aus dem Mund eines Mörders."

Er spürte Christians Blick auf sich. Wusste der Junge Bescheid? Er hatte ihm nie von Ethan erzählt – dem wahren Grund der Duelle. Simon hob den Degen und stellte sich seinem Gegner. Der Nebel kroch weiß wabernd an ihren Beinen hinauf.

„*Allez!*", rief Christian.

Simon machte einen Ausfall, James parierte, und die Klingen

sangen ihr tödliches Lied. Simon spürte, wie sein Gesicht sich in einem freudlosen Grinsen spannte. Er stieß in eine Blöße seines Gegners, aber James wehrte den Hieb im letzten Moment ab. Und auf einmal befand er sich in der Defensive, wurde zurückgedrängt, obwohl er Schlag um Schlag parierte. Seine Wadenmuskeln brannten vor Anstrengung. James ging kraftvoll und flink zu Werke, ein Gegner, den es ernst zu nehmen galt – aber er schien auch verzweifelt und griff unbesonnen an. Das Blut pochte Simon in den Adern, brannte wie Feuer und ließ seine Nerven Funken sprühen. Nie fühlte er sich so lebendig und zugleich dem Tode so nah wie bei einem Duell.

„Ah!"

James hatte seine Deckung unterlaufen und zielte auf Simons Brust, der die Klinge im allerletzten Moment noch abwehren konnte. Kreischend schleifte seine Waffe über die seines Gegners, bis sie Heft an Heft standen und den Atem des anderen im Gesicht spüren konnten. James drängte sich mit aller Kraft gegen ihn. Simon spürte seinen Oberarm sich spannen. Breitbeinig stand er da, entschlossen, keinen Schritt zurückzuweichen. Er sah die blutunterlaufenen Augen seines Gegners und roch seinen Atem, der nach Angst stank.

„Blut", rief einer der Sekundanten, und erst da spürte er das Brennen an seinem Arm.

„Hörst du auf?", fragte Christian.

„Teufel noch mal, nein!" Simon ließ die Schultern spielen, holte aus und stieß James zurück. Dann stürzte er hinterher. Etwas Finsteres, Animalisches heulte in ihm auf. *Jetzt! Jetzt kannst du ihn töten!* Aber er musste vorsichtig sein. Wenn er ihn nur verwundete, wäre es James erlaubt, das Duell abzubrechen, was hieße, dass er diesen ganzen Unsinn noch mal von vorn beginnen müsste.

„Das reicht!", rief einer der Sekundanten. „Gentlemen, werfen Sie Ihre Degen ab. Der Ehre ist Genüge getan."

„Zum Teufel mit der Ehre!", rief Simon und ging erneut zum Angriff über, schwang den Degen und hieb hurtig voran, wofür seine rechte Schulter ihm tausend schmerzende Nadelstiche den Arm hinabjagte.

Die Klingen klirrten, als die Männer über den frostigen Rasen stampften. Simon spürte etwas Warmes seinen Rücken hinabrinnen und wusste nicht, ob es Schweiß oder Blut war. James hatte die Augen weit aufgerissen. Er kämpfte um sein Leben, verteidigte sich mit aller Kraft, das Gesicht erhitzt und glänzend. Seine Weste hatte dunkle Flecken unter den Armen. Simon täuschte einen hohen Hieb an und attackierte tief.

Und plötzlich fuhr James herum, machte einen Satz nach vorn und hieb mit der Klinge *hinter* seine Beine. Simon spürte einen Stich an der Rückseite der Knie. Blankes Entsetzen ergriff ihn. Wenn es James gelänge, ihm die rückwärtigen Sehnen zu durchtrennen, könnte er sich nicht mehr auf den Beinen halten, könnte sich nicht mehr verteidigen. Doch bei seinem gewagten Sprung hatte James seine Brust bar aller Deckung entblößt. Und als er erneut ausholte, stach Simon zu. Mit aller Kraft, die er seinem Arm abringen konnte, durchbohrte er James' Brust. Simon spürte den Widerstand, als seine Klinge den Knochen traf und harsch daran vorbeischrammte. Seine Schulter brannte höllisch. Er sah, wie James im jähen Wissen seiner Sterblichkeit ungläubig die Augen aufriss, hörte einen der Sekundanten aufschreien und roch den sauren Gestank von Urin, als die Blase des Toten sich entleerte.

Sein Feind sank zu Boden.

Simon beugte sich einen Moment vornüber und rang nach Atem. Dann stellte er den Fuß auf den Leichnam und zog mit letzter Kraft seinen Degen aus James' Brust. James hatte die Augen noch immer weit aufgerissen. Blicklos starrte er ihn an.

„Mein Gott." Christian hielt sich die Hand vor die bleichen Lippen.

Simon wischte die Klinge seines Degens ab. Seine Hände zitterten ein wenig. Ärgerlich versuchte er, sich unter Kontrolle zu bringen. „Könnte ihm vielleicht jemand die Augen schließen?"

„Mein Gott. Mein Gott. Mein Gott!" Der kleinere der beiden Sekundanten war so außer sich, dass er ständig auf und ab sprang. Plötzlich beugte er sich vornüber und übergab sich so heftig, dass er seine Schuhe bespritzte.

„Könnte man ihm vielleicht die Augen schließen?“, fragte Simon erneut. Er wusste nicht zu sagen, warum ihm der Blick des Toten so sehr zusetzte. James dürfte es nicht mehr kümmern, ob er blicklos vor sich hin starrte.

Der kleine Mann würgte noch immer, aber der Bebrillte trat schweigend heran und fuhr mit seiner Hand über James' Augen.

Der Arzt kam herüber und blickte ungerührt auf den Toten. „Er ist tot. Sie haben ihn getötet.“

„Ja, ich weiß.“ Simon warf sich seinen Rock über.

„Herrgott“, flüsterte Christian.

Simon drehte sich zum Gehen und bedeutete Henry, ihm zu folgen. Die Laterne brauchten sie jetzt nicht mehr. Die Sonne war aufgegangen, ließ den Nebel verdampfen und kündigte einen herrlichen Tag an, den Quincy James niemals sehen würde. Simons Hände zitterten noch immer.

„Er ist nicht da? Wie kann er um diese Zeit nicht da sein?“ Überrascht schaute Lucy Newton an.

Die rosige Röte des Morgens war eben erst vom Himmel gewichen. Straßenkehrer begaben sich mit ihren klapperigen Karren auf den Heimweg. Nebenan polterte ein Dienstmädchen nach draußen und machte sich geschäftig daran, die feudale Treppe seiner Herrschaft zu putzen. Lucy war zu Simons Stadthaus gefahren, um ihn für ihren morgendlichen Ritt durch den Park abzuholen. Vielleicht hätte sie doch lieber bei Rosalind auf ihn warten sollen, wie sie es vereinbart hatten. Aber gestern Abend hatte Rosalind bei Tisch verkündet, dass sie morgen unschicklich früh aufzustehen gedenke und die neue Köchin auf den Fischmarkt begleiten werde. An zwei Abenden in Folge war ihnen nämlich bereits Fisch aufgetragen worden, der beinah verdorben schien, weshalb Rosalind fand, dass man der Köchin mal zeigen müsse, wie man einen frischen Fisch von einem unfrischen unterscheide. Lucy hatte sich die Gelegenheit nicht entgehen lassen wollen, Simon schon etwas früher als vereinbart sehen zu können.

Aber nun stand sie auf dem Stufen vor seinem Haus wie ein armer Bittsteller vor dem König. Wobei der König in diesem Fall Newton war, der Butler. Trotz der frühen Stunde war er bereits tadellos angetan mit silberner und schwarzer Livree und einer vorzüglich gefertigten, weiß gepuderten Perücke. Über seine geradezu aristokratische Nase hinweg sah er sie an.

„Das weiß ich nicht zu sagen, Miss." Zwei hochrote Flecken glühten dem Butler auf den ansonsten leichenblassen Wangen.

Argwöhnisch sah Lucy sein Erröten und spürte, wie ihre eigenen Wangen sich erhitzten. Sollte Simon womöglich bei einer anderen Frau sein? Nein, natürlich nicht. Sie würden in weniger als einer Woche heiraten. Aber Lucy war dennoch erschüttert. Eigentlich kannte sie Simon kaum. Und vielleicht hatte sie etwas falsch verstanden. Als er *bei Tagesanbruch* gesagt hatte, war dies womöglich nur eine elegante Redewendung gewesen, die in seinen Kreisen eigentlich *zehn Uhr* meinte. Oder sie hatte sich im Tag geirrt ...

Eine schwarze Kutsche kam rumpelnd heran und riss sie aus ihren Gedanken. Lucy drehte sich um. Auf dem Schlag prangte Simons Wappen. Ein Lakai sprang herab und klappte die Trittstufen aus. Henry und Mr. Fletcher stiegen aus. Lucy runzelte die Stirn. Warum ...? Dann verließ Simon den Wagen. Hinter sich hörte sie Newton tief Luft holen. Trotz der Kälte war Simon nur in Hemdsärmeln. Ein Ärmel war blutgefleckt, mit der anderen Hand hielt er sich ein besudeltes Tuch oben an den Arm gedrückt. Rote Spritzer zierten in anmutigem Bogen seine Hemdbrust. Auf dem Kopf trug er eine makellos weiße Perücke, die alles andere noch schrecklicher erscheinen ließ.

Lucy stockte der Atem. Ihr war, als würde sie nie mehr

Luft bekommen. Wie schwer war er verletzt? Benommen stolperte sie die Stufen hinab. „Was ist passiert?"

Simon blieb wie angewurzelt stehen und starrte sie an. Sein Gesicht war totenbleich. Er sah sie an, als würde er sie nicht erkennen. „*Merde.*"

Sprechen konnte er zumindest noch. „Newton, schicken Sie nach einem Arzt!"

Lucy kümmerte sich nicht weiter darum, ob der Butler ihren Anweisungen folgte. Sie wagte nicht, den Blick von Simon zu wenden, hatte sie doch Angst, er würde zusammenbrechen, wenn sie ihn aus den Augen ließe. Zaghaft streckte sie die Hand nach ihm aus, als fürchte sie, ihn mit ihrer Berührung noch mehr zu verletzen.

„Wo bist du verletzt? Sag es mir!" Ihre Stimme bebte.

Er nahm ihre Hand. „Mir geht es …"

„Du blutest!"

„Ich brauche aber keinen Arzt."

„Er hat James umgebracht", kam es plötzlich von Mr. Fletcher.

„Was?" Entsetzt schaute Lucy den jungen Mann an.

Er schien außer sich, als habe er eben etwas ganz Schreckliches mit ansehen müssen. *Was war geschehen?*

„Bitte nicht hier, wo alle andächtig lauschenden Nachbarn es hören können", verbat sich Simon. Er sprach so schwerfällig, als wäre er in tiefster Seele erschöpft. „Wenn wir schon darüber reden müssen, dann bitte im Salon." Seine Hand, die ihr Handgelenk umfasst hielt, war klebrig von Blut. „Komm mit hinein."

„Dein Arm …"

„Dem wird es wieder gut gehen, sobald ich ihm eine Dosis Brandy verpasst habe." Er zog sie mit sich die Treppe hinauf.

Hinter ihnen rief Mr. Fletcher. „Ich gehe nach Hause. Mir reicht es. Tut mir leid."

Am Kopf der Treppe drehte Simon sich um und schaute ihm nach. „Ach ja, die unverwüstliche Jugend", sinnierte er.

Jäh fuhr Mr. Fletcher herum. „Du hast ihn umgebracht! Warum musstest du ihn umbringen?"

Oh Gott. In stummem Entsetzen starrte Lucy Simons jungen Freund an. Eine abgrundtiefe Furcht erfasste und lähmte sie.

„Es war ein Duell, Christian." Simon lächelte, doch seine Stimme klang noch immer fremd. „Dachtest du, wir tanzen im Morgengrauen eine anmutige Gavotte?"

„Ich verstehe dich einfach nicht! Wahrscheinlich kenne ich dich überhaupt nicht!" Mr. Fletcher schüttelte den Kopf und ging davon.

Lucy überlegte, ob es ihr nicht ganz genauso ging. Eben hatte Simon zugegeben, einen Mann getötet zu haben. Nun erst ging ihr auf, dass die Blutspritzer auf seiner Brust nicht von ihm stammten. Einem kurzen Gefühl der Erleichterung folgten sofort tiefe Schuldgefühle, da sie für den Tod eines anderen Mannes dankbar war. Simon geleitete sie in die prächtige Eingangshalle. Die rosigen Engel, die an der hohen Decke in den Wolken schwebten, zeigten sich von dem Aufruhr unter ihnen ungerührt. Er zog sie mit sich den Korridor hinab und durch eine breite Flügeltür in einen Salon.

Newton war ihnen dicht auf den Fersen und stöhnte nun in leiser Qual. „Nicht auf das weiße Sofa, Mylord."

„Zum Teufel mit dem Sofa." Simon zog Lucy neben sich auf das unbefleckte Möbel. „Wo ist der Brandy?"

Newton goss Brandy in ein Kristallglas, brachte es seinem Herrn und murmelte: „Blut. Das geht nie wieder raus."

Simon kippte das halbe Glas in einem Zug, verzog das Gesicht und lehnte den Kopf an die Sofalehne. „Ich lasse es neu beziehen, wenn Sie sich dann besser fühlen, Newton. Und jetzt raus hier."

Doch da kam schon Henry herein. Er trug eine Schüssel heißen Wassers und Leinentücher.

„Aber Mylord, Ihr Arm …", setzte der Butler an.

„Raus." Simon schloss die Augen. „Sie auch, Henry. Bandagieren und bemuttern können Sie mich später.“

Henry sah Lucy vielsagend an. Schweigend stellte er Wasserschüssel und Verbandslinnen neben ihr ab. Simon hielt noch immer ihr Handgelenk umfasst. Mit ihrer freien Hand schob sie vorsichtig den aufgeschlitzten Ärmel zurück. Aus einer schmalen Wunde sickerte Blut.

„Lass das“, murmelte er. „Es ist nur eine kleine Schnittwunde, nicht tief. Sieht schlimmer aus, als es ist, glaub mir. Ich werde schon nicht verbluten.“

Sie spitzte die Lippen. „Ich bin nicht dein Butler. Und auch nicht dein Kammerdiener.“

„Stimmt.“ Er seufzte. „Wie konnte ich das vergessen?“

„Nun, dann solltest du dir für die Zukunft merken, dass ich in deinem Leben eine gänzlich andere ...“

„Hör auf damit.“

„Womit?“

„Ich hatte ganz vergessen, dass wir heute Morgen ausreiten wollten. Dumm von mir. Bist du deshalb hier?“

„Ja. Es tut mir leid. Ich bin heute früh mit Rosalind hergefahren.“

„Mit Rosalind? Wo ist sie?“ Seine Worte klangen so undeutlich, als könne er vor Erschöpfung kaum noch sprechen.

„Auf dem Fischmarkt. Sei jetzt still. Es ist nicht weiter wichtig.“

Er war nicht still. Natürlich nicht. „Ich werde mir nie verzeihen können, aber meinst du, du könntest mir verzeihen?“

Tränen brannten ihr in den Augen. Wie töricht, sich von solch sentimentalen Worten von ihrem berechtigten Zorn abbringen zu lassen. „Wofür? Egal. Ich verzeihe dir, was immer es auch sein mag.“ Mit einer Hand tauchte sie ein Tuch ins Wasser. „Das würde einfacher gehen, wenn du mich losließest.“

„Nein.“

Umständlich wischte sie das Blut weg. Eigentlich müsste man den Ärmel ganz abschneiden. Sie räusperte sich, ehe sie fragte: „Hast du wirklich einen Mann getötet?“

„Ja, bei einem Duell." Seine Augen waren noch immer geschlossen.

„Und er hat dich verwundet." Sie drückte das Tuch aus. „Weswegen habt ihr euch duelliert?", fragte sie so ruhig, als erkundige sie sich nach der Zeit.

Schweigen.

Sie betrachtete das Verbandslinnen. Ausgeschlossen, dass sie ihn würde verbinden können, wenn er sie weiterhin so festhielt. „Um deine Wunde zu verbinden, brauche ich beide Hände."

„Nein."

Lucy seufzte. „Simon, irgendwann wirst du mich sowieso wieder loslassen müssen. Warum nicht jetzt? Ich finde wirklich, dass wir die Wunde säubern und deinen Arm verbinden sollten."

„Mein gestrenger Engel." Endlich öffnete er die Augen, eisig grau und eindringlich schaute er sie daraus an. „Versprich es mir. Versprich es mir beim Gedenken an deine Mutter, dass du mich nicht verlassen wirst, wenn ich dir deine Flügel zurückgebe."

Sie blinzelte und dachte kurz nach, aber letztlich gab es nur eine einzige Antwort. „Ich verspreche es dir."

Er lehnte sich weiter vor, bis er ihr so nah war, dass sie meinte, helle Eissplitter in seinen Augen funkeln zu sehen. „Sag es."

„Ich verspreche dir beim Gedenken an meine Mutter", flüsterte sie, „dass ich dich nicht verlassen werde."

„Oh Gott."

Sie fragte sich noch, ob das wohl ein Fluch oder ein Gebet gewesen war, als sein Mund sich hart auf den ihren senkte. Beißend, leckend, saugend. Es war, als wolle er sie verschlingen, sie tief in sich aufnehmen, damit sie ihn niemals verlassen könne. Sein Ansturm ließ sie stöhnen, verwirrte und berauschte sie.

Er neigte den Kopf, stieß seine Zunge in ihren Mund. Sie

klammerte sich an seine Schultern, und dann stieß er sie zurück aufs Sofa, kletterte auf sie und schob ihre Beine mit seinen harten Schenkeln auseinander. Als er sich auf sie senkte, konnte sie seine Erregung spüren. Sie bäumte sich auf und drängte sich an ihn. Ihr Atem flog keuchend dahin, als bekäme sie niemals mehr genug Luft. Er umfasste ihre Brust. Seine Hand war so warm, dass sie meinte, ihr werde durch ihr Mieder hindurch die Haut verglühen, er werde sie für immer mit seiner Berührung zeichnen, wo kein Mann sie jemals berührt hatte.

„Mein Engel", flüsterte er an ihrer Wange. „Ich möchte dich sehen, dich berühren." Er ließ seinen geöffneten Mund über ihre Wange gleiten, hinab zu ihrem Hals. „Lass mich dein Kleid herabziehen. Lass mich dich anschauen. Bitte."

Sie erschauerte. Seine Finger hielten ihre Brust umfasst, streichelten und liebkosten sie. Sie spürte, wie die Knospe sich aufrichtete, und ja, sie wollte, dass er sie anfasste. Sie sehnte sich nach seiner Berührung, sie *brauchte* seine Berührung. Nackt wollte sie ihn spüren, wenn nichts sie mehr voneinander trennte. „Ja, ich …"

Jemand öffnete die Tür.

Simon fuhr empor und warf einen tödlichen Blick über die Sofalehne auf wen immer es war, der hereinzukommen gewagt hatte. „Raus!"

„Mylord." Es war Newton.

Lucy hätte sich am liebsten in Luft aufgelöst.

„Raus mit Ihnen!"

„Ihre Schwägerin ist soeben gekommen, Mylord. Lady Iddesleigh sah wohl die Kutsche vor der Tür stehen und machte sich Sorgen, weshalb Sie und Miss Craddock-Hayes noch nicht ausgeritten waren."

Sie könnte auch vor Scham im Boden versinken.

Simon verharrte reglos und atmete schwer. „Verdammt."

„Sie sagen es, Mylord", erwiderte der Butler ohne mit der Wimper zu zucken. „Soll ich sie in den blauen Salon führen?"

„Zum Teufel mit Ihnen, Newton! Führen Sie sie, wohin Sie wollen, nur nicht hierher!“

Die Tür schloss sich.

Simon seufzte und ließ seine Stirn an ihre sinken. „Es tut mir leid. Alles.“ Flüchtig streifte er ihre Lippen. „Ich verschwinde lieber, ehe Rosalind sieht, was sie nicht sehen soll. Du bleibst hier – Henry wird dir ein Tuch bringen, das du umlegen kannst.“ Er stand auf und verließ mit langen Schritten das Zimmer.

Lucy sah an sich hinab. Auf dem Oberteil ihres Kleides prangte ein blutiger Handabdruck.

„Oh.“ Pocket stand in der Tür des kleinen Wohnzimmers im zweiten Stock von Rosalinds Haus. Einen Fuß über den anderen gestellt, schaute sie Lucy an. „Hier sind Sie.“

„Ja.“ Lucy hob den Kopf, den sie schwer in die Hand gestützt hatte, und versuchte zu lächeln. Nach dem Mittagessen war sie heraufgekommen, um in Ruhe über die Ereignisse des Morgens nachzudenken. Rosalind hatte Kopfschmerzen vorgeschützt und sich zu Bett begeben, was Lucy durchaus nachvollziehen konnte. Rosalind musste geahnt haben, dass etwas nicht stimmte, als Simon sie nicht begrüßen kam. Er hatte sich in seine Gemächer zurückgezogen, damit sie seine Wunde nicht sähe. Dies in Kombination mit Lucys hartnäckigem Schweigen auf der Rückfahrt zu Rosalinds Haus, und die Arme musste glauben, dass sie beide die Hochzeit absagen wollten. Alles in allem war es ein recht anstrengender Morgen gewesen.

„Ist es in Ordnung, dass ich in diesem Zimmer bin?“, fragte Lucy die Kleine.

Pocket runzelte nachdenklich die Stirn. „Ich denke schon.“ Vom Ende des Flurs drangen Stimmen herüber. Nach einem raschen Blick über die Schulter kam Pocket hereingeflitzt. Sie stellte den Holzkasten ab, den sie bei sich trug, und schloss die Tür ganz leise hinter sich.

Sogleich wurde Lucy hellhörig. „Solltest du nicht eigentlich im Schulzimmer sein?"

Das kleine Mädchen trug ein hellblaues Kleid, und seine blonden Locken gaben ihm ein engelsgleiches Aussehen, das von seinen pfiffigen Augen Lügen gestraft wurde. „Nanny macht ein Nickerchen." Den Trick, eine Frage einfach nicht zu beantworten, hatte Pocket wahrscheinlich von ihrem Onkel gelernt.

Seufzend sah Lucy zu, wie sie den hölzernen Kasten zu ihr hinübertrug, ihre Röcke raffte und es sich im Schneidersitz auf dem Teppich bequem machte. Obwohl es regelmäßig abgestaubt wurde, wirkte dieses abgelegene Hinterzimmer ein wenig vernachlässigt. Um Besucher zu empfangen, war es zu klein, zudem lag es etwas entlegen im zweiten Stock, über den Schlafgemächern und unter dem Kinderzimmer. Doch vom Fenster aus hatte man einen schönen Blick in den Garten, und nachmittags schien die Sonne herein. Die beiden Sessel – der eine braun und einer Armlehne ledig, der andere aus verblichenem rosa Samt – waren weich und gemütlich, ebenso der schon etwas verschlissene Teppich in ausgeblichenem Rosa, Braun und Grün. Lucy war es der perfekte Ort erschienen, um allein zu sein und in Ruhe nachzudenken.

Pocket schien ganz ihrer Meinung zu sein.

Das kleine Mädchen öffnete den Holzkasten, in dem sich unzählige bemalte Zinnsoldaten reihten – Simons unschickliches Geschenk. Einige der Soldaten standen, andere knieten, ihre Gewehre geschultert und bereit zu feuern. Es gab Soldaten zu Pferde mit Rucksäcken und Soldaten, die Bajonette trugen. Nie zuvor hatte Lucy eine solche Vielzahl von Zinnsoldaten auf einem Haufen gesehen. Eine Spielzeugarmee der Extraklasse, wie es schien.

Lucy hob eins der kleinen Männchen hoch. Es stand stramm zum Appell, das Gewehr bei Fuß, einen absurd hohen militärischen Hut auf dem Kopf. „Der ist aber fesch."

Pocket bedachte sie mit vernichtendem Blick. „Das ist ein

Franzose. Das ist der *Feind*. Deshalb ist er blau."

„Ah." Lucy gab Pocket den kleinen blauen Franzosen zurück.

„Vierundzwanzig habe ich", fuhr das kleine Mädchen fort, während es das feindliche Lager in Stellung brachte. „Eigentlich fünfundzwanzig, aber Pinkie hat einen erwischt und ihm den Kopf abgeknabbert."

„Pinkie?"

„Mamas kleiner Hund. Den haben Sie noch nicht gesehen, weil er fast immer im Mamas Räumen ist." Sie rümpfte die Nase. „Er stinkt. Und beim Atmen schnauft er. Seine Nase ist ganz platt und eingequetscht."

„Das klingt, als würdest du Pinkie nicht mögen", vermutete Lucy.

Pocket schüttelte entschieden den Kopf. „Weshalb der hier ...", sie hielt einen kopflosen Zinnsoldaten hoch, der auch am Rest des Körpers beeindruckende Beißspuren aufwies, „... jetzt der im Felde Gefallene ist, wie Onkel Sigh sagt."

„Verstehe."

Sie legte den verstümmelten Soldaten auf den Teppich, und kurz betrachteten sie ihn andächtig. „Kanonenfeuer", sagte Pocket weise.

„Wie bitte?"

„Kanonenfeuer. Die Kugel hat seinen Kopf sauber abgetrennt. Onkel Sigh meint, er hat sie wahrscheinlich nicht mal kommen sehen."

Staunend hob Lucy die Brauen.

„Wollen Sie England sein?", fragte Pocket.

„Wie bitte?"

Mitleidig schaute Pocket sie an, und Lucy überkam das ungute Gefühl, dass ihr Ansehen sich langsam dem von Pinkie anglich, dem soldatenfressenden Stinkeköter. „Ob Sie England sein wollen? Ich bin Frankreich. Es sei denn, Sie wollen unbedingt die Franzmänner spielen?" Letzteres in einem Ton, als müsse Lucy ganz schön blöde sein, wenn sie das wollte.

„Nein, ich bin England."

„Gut. Sie können sich hier hinsetzen." Pocket deutete sich gegenüber auf den Teppich, und Lucy ging auf, dass sie sich zum Spielen wohl oder übel auf den Boden setzen musste.

Sie hockte sich hin, ordnete ihre Röcke und stellte unter Pockets kritischem Blick die roten Zinnsoldaten auf. Eigentlich eine sehr entspannende Beschäftigung und eine, die sie zumindest ein wenig ablenkte. Den ganzen Tag hatte sie sich darüber den Kopf zerbrochen, ob sie Simon heiraten solle. Die dunkle, gewalttätige Seite, die er ihr heute Morgen offenbart hatte, war erschreckend gewesen. Nicht weil sie fürchtete, er könne ihr etwas antun – irgendwie war sie gewiss, dass er es niemals so weit kommen lassen würde. Nein, was ihr wirklich Angst machte, war die Tatsache, dass sie sich nach wie vor zu ihm hingezogen fühlte. Faszination und Zuneigung waren ungebrochen von dem, was sie gesehen hatte. Sie hatte sich gar mit ihm auf dem Sofa gewälzt, obwohl er noch mit dem Blut des Mannes besudelt war, den er getötet hatte. Es hatte sie kaum gekümmert. Es hatte nichts, rein gar nichts daran geändert, was sie für ihn empfand. Wenn er jetzt zum Zimmer hereinkäme, würde sie wieder schwach werden. Und dies war das eigentliche Problem. Vielleicht hatte sie Angst vor dem Einfluss, den er auf sie hätte, davor, dass er sie die klare Trennung zwischen Gut und Böse vergessen ließe, mit der sie aufgewachsen war, davor, dass sie sich selbst verlor. Lucy schauderte.

„Nicht da."

Sie blinzelte verwirrt. „Was?"

„Ihr Hauptmann." Das kleine Mädchen zeigte auf einen Soldaten mit besonders auffälligem Hut. „Der muss *vor* seinen Männern stehen, weil er das Kommando gibt. Onkel Sigh sagt, ein guter Hauptmann geht seinen Männern voran in die Schlacht."

„Sagt er das?"

„Ja." Pocket nickte entschieden und stellte Lucys Soldaten richtig auf. „So. Sind Sie bereit?"

„Ähm …“ Bereit wofür? „Ja?“

„Alle Mann an die Kanonen!“, knurrte Pocket mit tiefer Stimme. Sie rollte eine Blechkanone heran. „Feuer!“ Sie ließ den Daumen vorschnellen, und eine Murmel flog über den Teppich und dezimierte Lucys Soldaten.

Pocket johlte.

Lucy staunte nicht schlecht. „Das kannst du einfach so machen?“

„Es ist Krieg“, klärte das kleine Mädchen sie auf. „Hier kommt die Kavallerie, um Ihre Truppe einzukesseln!“

Wie es aussah, würde England den Krieg verlieren.

„Mein Hauptmann befehligt seine Männer!“

Zwei Minuten später war das Schlachtfeld das reinste Blutbad. Nicht ein einziger Zinnsoldat stand noch.

„Und was machen wir jetzt?“, fragte Lucy ganz außer Atem.

„Wir begraben sie. Alle tapferen Soldaten haben ein ehrenvolles Begräbnis verdient.“ Pocket begann ihre toten Soldaten aufzureihen.

Lucy hätte zu gern gewusst, inwieweit der Spielverlauf auf Onkel Sigh zurückging.

„Wir sprechen das Vaterunser und singen ein Lied.“ Zärtlich tätschelte das kleine Mädchen seine Soldaten. „Das haben wir auch beim Begräbnis von Papa gemacht.“

„Oh.“ Lucy sah auf.

Pocket nickte ernst. „Wir haben das Vaterunser gesprochen und Erde auf den Sarg geworfen. Aber Papa war ja nicht richtig da drin, weshalb wir uns nicht sorgen mussten, dass er unter der Erde erstickt. Onkel Sigh meint, er wäre im Himmel und würde zu mir herabschauen.“

Lucy saß reglos und versuchte sich vorzustellen, wie Simon das kleine Mädchen am Grab seines Bruders getröstet hatte, seinen eigenen Kummer verdrängt hatte, um ihr in kindlicher Weise zu erklären, dass ihr Vater nicht unter der Erde ersticken würde. Wie feinfühlend. Und selbstlos. Was sollte sie von dieser neuen Seite von Simon halten? Alles wäre so viel klarer und einfacher, wenn er einfach Männer mordete, gewissenlos und böse wäre. Aber das war er nicht. Er war ein liebender Onkel, ein Mann, der in einer Kathedrale aus Glas Rosen zog und hegte. Ein Mann, der ihr immer wieder zu verstehen gab, dass er sie brauchte, und ihr das Versprechen abgenommen hatte, dass sie ihn niemals erlassen würde.

Ihn niemals verlassen würde …

„Willst du noch mal spielen?" Fragend sah Pocket sie an und wartete geduldig.

„Ja." Lucy sammelte ihre Soldaten ein und stellte sie wieder auf.

„Gut." Pocket nahm ihre eigene Armee in Angriff. „Ich bin froh, dass Sie meine Tante werden. Bislang war Onkel Sigh nämlich immer der Einzige, der gern mit mir Soldaten gespielt hat."

„Ich habe mir schon immer eine Nichte gewünscht, die mit Soldaten spielt." Lächelnd sah sie Pocket an. „Und wenn ich erst mit deinem Onkel verheiratet bin, werde ich dich immer zum Soldatenspielen einladen."

„Versprochen?"

Lucy nickte ernst. „Versprochen."

11. KAPITEL

„Aufgeregt?“, fragte de Raaf.

„Nein.“ Simon lief vor zur Balustrade, drehte sich auf dem Absatz um und schlenderte zurück.

„Irgendwie machst du den Eindruck, als wärst du aufgeregt.“

„Ich bin nicht aufgeregt.“ Simon reckte den Hals, um suchend das Kirchenschiff hinabzuschauen. *Wo, zum Teufel, blieb sie nur?*

„Sie wirken tatsächlich aufgeregt.“ Jetzt musterte auch Pye ihn schon so seltsam.

Simon hielt sich an, still zu stehen, und holte tief Luft. Es war kurz nach zehn und der Tag seiner Hochzeit. Angetan mit Perücke, schwarzem Brokatrock, silberbestickter Weste und Schuhen mit roten Absätzen, stand er in der Kirche. Umgeben von Freunden und seiner Familie – nun ja, zumindest von seiner Schwägerin und seiner Nichte. Pocket hopste in der ersten Bank auf und ab, derweil Rosalind versuchte, sie zur Ruhe zu bringen. In der Reihe dahinter saß Christian und schien in Gedanken anderswo. Simon betrachtete ihn stirnrunzelnd. Seit dem Duell hatte er nicht mehr mit Christian gesprochen. Er hatte einfach nicht die Zeit gefunden. Später würde er ein paar Wort mit ihm wechseln. Der Pfarrer stand bereits da, ein junger Mann, dessen Namen er längst wieder vergessen hatte. Selbst de Raaf und Harry Pye waren pünktlich angekommen. De Raaf sah aus wie ein einfacher Squire vom Lande in seinen schlammverkrusteten Stiefeln, und Pye in seinen schlichten braunen Kleidern hätte man glatt für den Küster halten können.

Alle waren da. Das Einzige, was fehlte, war die Braut.

Simon unterdrückte den Drang, den Mittelgang hinabzustürmen und zur Kirchentür hinauszuspähen wie eine ungeduldige Köchin, die händeringend darauf wartete, dass der Fischhändler endlich ihre Aale bringen möge. *Oh Gott, wo blieb sie nur?* Seit sie ihn dabei erwischt hatte, wie er vor fast einer Woche blutbesudelt von seinem Duell mit James keimgekehrt war, hatte er sie nicht mehr allein gesprochen. Und wenngleich sie zufrieden schien, ihn anlächelte, wenn sie in Gesellschaft waren, wurde er doch seine Besorgnis nicht los. Hatte sie es sich anders überlegt? War sie angewidert gewesen, als er sich so mit dem Blut eines Toten besudelt auf sie gestürzt hatte? Wie ein unehrenhaftes Mal hatte James' Blut auf seiner Brust geprangt. Natürlich musste er sie abgestoßen haben, seinen Engel mit den strikten Moralvorstellungen. Entsetzt musste sie gewesen sein. Genügte es, um sie ihr Versprechen brechen zu lassen? Sie hatte ihm ihr Wort gegeben, beim Gedenken ihrer Mutter, dass sie ihn niemals verlassen würde.

Aber genügte das?

Simon trat an eine steinerne Säule, die sich gut zwanzig Yard hoch in die Höhe streckte. Eine doppelte Reihe dieser rosig schimmernden Granitsäulen schien das kassettierte Deckengewölbe zu tragen. Jedes Feld war kunstvoll ausgemalt und golden umkränzt, als solle man so an die goldenen Zeiten gemahnt werden, die einen im Jenseits erwarteten. Etwas versteckt zur Seite lag eine Marienkapelle mit einer kindlichen Jungfrau Maria, die andächtig lächelnd auf ihre Füße blickte. Es war eine hübsche Kirche, der nur noch die hübsche Braut fehlte.

„Jetzt pirscht er schon wieder hin und her", bemerkte de Raaf in einem Ton, den er vermutlich für diskret hielt.

„Er ist aufgeregt", stellte Pye fest.

„Ich bin nicht aufgeregt", stieß Simon hervor. Unbewusst wollte er den Ring an seinem Zeigefinger berühren, ehe ihm einfiel, dass er fort war. Als er sich umdrehte, sah er Pye und de Raaf bedeutsame Blicke tauschen. Fantastisch. Nun galt er seinen Freunden gewiss reif für Bedlam.

Ein lautes Quietschen kam vom Eingang der Kirche, als jemand die schwere Tür aufstieß.

Simon fuhr herum. Geleitet von ihrem Vater, kam Lucy herein. Sie trug ein rosenfarbenes Kleid, dessen Rock vorn ein wenig gerafft war und ein lindgrünes Unterkleid zeigte. Die warme Farbe ließ ihre Haut erstrahlen, gab den perfekten Rahmen für ihre dunklen Augen, Brauen und Haare. Wie eine von dunklen Blättern gefasste Rose sah sie aus. Sie lächelte ihn an und war ... wunderschön.

Einfach wunderschön.

Am liebsten wäre er zu ihr geeilt, hätte sie beim Arm gepackt und zum Altar gezerrt. Stattdessen nahm er Haltung an und stellte sich neben de Raaf. Geduldig wartend sah er sie den Mittelgang hinabschreiten. Bald. Bald würde sie die Seine sein. Dann müsste er nicht mehr fürchten, sie zu verlieren, musste keine Angst mehr haben, dass sie ihn verließ. Lucy legte ihre Hand in seine Armbeuge. Er musste sich sehr beherrschen, ihre Hand nicht festzuhalten. Mit finsterem Blick sah der Captain ihn an und gab seine Tochter widerstrebend frei. Dem alten Herrn gefiel das nicht. Als er bei ihm vorstellig geworden war, hatte Simon sehr wohl gewusst, dass der Captain ihn sofort aus dem Haus geworfen hätte, würde er seine Tochter nicht so sehr lieben oder wäre sie noch jünger. Doch so hatte sein Engel über die Vorbehalte ihres Vaters zu siegen vermocht. Simon lächelte ihrem Vater zu und gab schließlich doch seinem Drang nach, nach ihrer Hand zu fassen. Jetzt war sie sein.

Dem Captain entging die besitzergreifende Geste nicht. Sein ohnehin rötliches Gesicht rötete sich noch mehr.

Simon neigte sich ihr zu und flüsterte: „Du bist gekommen."

Ihre Miene war ernst. „Natürlich."

„Nach besagtem Morgen war ich mir nicht mehr sicher."

„Nein?" Mit unergründlichen Augen sah sie ihn an.

„Nein."

„Ich hatte es dir versprochen."

„Ja." Suchend betrachtete er ihr Gesicht, konnte ihre Miene aber nicht deuten. „Danke."

„Sind wir so weit?", fragte der Pfarrer mit unverbindlichem Lächeln.

Simon straffte die Schulter und nickte.

„Liebe Brüder und Schwestern", hob der Pfarrer an.

Andächtig lauschte Simon den Worten, die Lucy für immer an ihn binden würden. Vielleicht könnte er seine Angst, sie zu verlieren, nun ein für alle Mal begraben und zur Ruhe betten. Was auch immer sie über ihn herausfand, welch schreckliche Fehler er auch machen, welch schwere Sünden er in Zukunft begehen mochte, sein Engel würde bei ihm bleiben müssen.

Sie war sein, auf immer und ewig.

„Ich schicke eines der Mächen, ihnen zu helfen, Mylady", ließ Newton sich an jenem Abend hinter Lucy vernehmen.

Sie blinzelte und schaute kurz über die Schulter. „Ja. Ah, gut. Danke."

Leise schloss der Butler die Tür hinter sich. Abermals ließ Lucy ihren Blick durch das Zimmer schweifen. *Ihr* Zimmer. Und da hatte sie gemeint, die Schlafgemächer in Rosalinds Haus wären groß und prächtig. Hier waren die Wände mit rosenfarbenem Damast bespannt, einem warmen und beruhigenden Ton, der das Zimmer so anheimelnd machte wie eine Umarmung. Der gemusterte Teppich unter ihren Füßen war so dick und weich, dass sie mit den Absätzen darin versank. Die hohe Decke über ihr war mit Engeln oder Amoretten – im dämmerigen Abendlicht schwer zu sagen – bemalt und golden gefasst. Natürlich.

Und mittig zwischen den beiden Fenstern stand ein Bett.

Aber dieses Möbel einfach nur Bett zu nennen wäre ungefähr so, wie St. Paul's eine Kirche zu nennen. Es war das größte, prunkvollste und pompöseste Bett, das Lucy in ihrem ganzen Leben je gesehen hatte. Die Matratze lag gewiss drei Fuß breit über dem Boden, und an einer Seite waren Stufen, über die man wohl in dieses Monstrum gelangen sollte. An jeder Ecke erhob sich ein wuchtiger Bettpfosten, mit Schnitzwerk verziert und – was sonst? – vergoldet. Betthimmel und Behänge waren aus dunkelrotem Samt. Die Draperien waren mit goldfarbenen Kordeln zurückgebunden und gaben den Blick frei auf einen rosenfarbenen Vorhang aus feinster Gaze, der das Bett umgab. Das Bettlinnen war gebrochen weiß und aus Satin. Zaghaft strich Lucy mit den Fingerspitzen darüber.

Jemand klopfte an die Tür.

Erschrocken fuhr Lucy herum. Würde Simon anklopfen? „Herein."

Ein Kopf mit Rüschenhaube sah zur Tür herein. „Mr. Newton hat uns geschickt, Mylady. Um Ihnen zu helfen, sich zu entkleiden."

„Danke." Lucy nickte und sah, wie der Frau ein junges Mädchen ins Zimmer folgte.

Die ältere Dienerin begann sofort in ihrer Garderobe zu wühlen. „Wahrscheinlich wollen Sie das Spitzenhemd anziehen, Mylady, nicht wahr? In Ihrer Hochzeitsnacht?"

„Oh. Ähm, ja." Lucy spürte es in ihrem Bauch flattern.

Die Dienerin brachte das Spitzenkamisol und fing resolut an, Lucys Kleid am Rücken aufzuhaken. „Unten in der Küche reden noch alle vom Hochzeitsfrühstück, Mylady. Wie festlich das war. Und so elegant. Selbst dieser Henry, der Kammerdiener von Mylord, war ganz angetan."

„Ja, es war tatsächlich sehr schön." Lucy versuchte sich zu entspannen. Auch nach zwei Wochen in London war sie es noch immer nicht gewohnt, sich so vertraulich bedienen zu lassen. Seit sie fünf war, hatte ihr niemand mehr geholfen, sich an- und auszuziehen. Rosalind hatte ihr eines ihrer eigenen Dienstmädchen als Zofe zur Verfügung gestellt, aber nun, als Simons Frau, sah es so aus, als brauche sie zwei.

„Lord Iddesleigh hat ja so viel Stil", meinte die Ältere der beiden anerkennend und schnaufte, als sie sich nach den unteren Haken bückte. „Und wie man sich erzählt, hat er nach dem Frühstück noch eine Fahrt durch London mit den Damen unternommen. Hat es Ihnen gefallen?"

„Ja." Lucy trat aus ihrem Kleid. Fast den ganzen Tag war sie mit Simon zusammen gewesen, doch immer in Gesellschaft anderer. Vielleicht könnten sie ja nun, da sie verheiratet und die Feierlichkeiten vorbei waren, endlich mehr Zeit miteinander verbringen und sich besser kennenlernen.

Die Dienerin hob das Kleid geschwind auf und reichte es dem Mädchen. „Und schau es dir gründlich an, ehe du es weghängst. Nicht dass Flecken drin sind, die wir später nicht mehr rausbekommen."

„Ja, Madam", beeilte das Mädchen sich zu sagen. Seine Stimme war hell und piepsig. Es konnte höchstens vierzehn sein und blickte allem Anschein nach ganz ehrfürchtig zu der Älteren auf, wenngleich es die um Längen überragte.

Lucy zog die Luft ein, als die Dienerin ihr Korsett aufschnürte. Im Handumdrehen waren ihre Unterröcke und das Hemdchen verschwunden und das Spitzenkamisol über ihren Kopf geworfen. Als alles ordentlich saß, bürstete die Dienerin ihr so ausgiebig das Haar, bis Lucy es kaum mehr aushielt. Während all dieser Aufwand betrieben wurde, blieb ihr viel zu viel Zeit zum Nachdenken. Bang dachte sie an die kommende Nacht und was geschehen würde.

„Danke", sagte sie bestimmt. „Mehr brauche ich heute nicht."

Die Dienerinnen knicksten und entfernten sich, und auf einmal war Lucy ganz allein. Sie ließ sich in einen der Sessel vor dem Kamin sinken. Auf einem Tisch stand eine Karaffe mit Wein. Abwägend betrachtete sie sie. Beruhigen würde der Wein sie ganz gewiss nicht, dafür aber wahrscheinlich ihre Sinne benebeln. Und ganz gleich, wie aufgeregt sie war, ihre Sinne sollten heute Nacht hellwach sein.

Leises Klopfen kam von der Tür her – nicht jener zum Flur, sondern der anderen –, wahrscheinlich eine Verbindungstür.

Lucy räusperte sich. „Herein."

Simon machte schwungvoll die Tür auf. Er trug noch immer seine Breeches, Hemd und Strümpfe, hatte sich jedoch seines Rocks und seiner Weste entledigt und war barhäuptig. In der Tür blieb er stehen. Sie brauchte einen Moment, seine

Miene zu deuten. Er wirkte unsicher.

„Ist dort drüben dein Zimmer?“, fragte sie.

Er runzelte die Stirn und sah sich um. „Nein, das ist ein Salon. Deiner, um genau zu sein. Möchtest du ihn dir ansehen?“

„Ja, bitte.“ Als Lucy sich erhob, war sie bei jeder Bewegung gewahr, dass sie unter der weich fließenden Spitze nackt war.

Er trat beiseite, und sie schaute in ein ganz in Weiß und Rosa gehaltenes Zimmer, in dem einige Sessel und Sofas apart über den Raum verteilt standen. An der hinteren Wand befand sich wiederum eine Tür.

„Und dahinter ist dein Zimmer?“, fragte sie mit Blick auf die Tür.

„Nein, dahinter kommt erst mal mein Salon. Eine ziemlich düstere Angelegenheit, fürchte ich. Eingerichtet von einem Ahnen mit dunklem Gemüt und einer Abneigung gegen alle Farben außer Braun. Deiner ist viel hübscher.“ Er trommelte mit den Fingern an den Türrahmen. „Und an meinen Salon schließt sich mein Ankleidezimmer an, ebenfalls sehr düster, und dahinter mein Schlafzimmer, welches ich glücklicherweise nach meinem eigenen Geschmack einrichten konnte.“

„Du liebe Güte.“ Lucy hob die Brauen. „Du musstest ja eine richtige Wanderung unternehmen, um zu mir zu gelangen.“

„Ja, ich …“ Plötzlich lachte er und bedeckte die Augen mit der Hand.

Sie lächelte unsicher, da sie eigentlich nicht wusste, worüber er lachte, ja, überhaupt nicht wusste, wie sie sich nun ihm gegenüber verhalten sollte – nun, da sie Mann und Frau und allein in ihren Gemächern waren. Sie fühlte sich so unbeholfen. „Was ist?“

„Entschuldige.“ Er ließ die Hand sinken, und sie sah, dass seine Wangen gerötet waren. „Das ist wahrlich nicht, worüber ich in meiner Hochzeitsnacht reden wollte.“

Er ist aufgeregt. Sowie ihr das bewusst wurde, fiel ein wenig ihrer eigenen Angst von ihr ab. Sie drehte sich um und schlenderte zurück in ihr Schlafzimmer. „Worüber würdest du denn lieber reden?“

Sie hörte, wie er die Tür hinter sich schloss. „Natürlich wollte ich dich mit meiner romantischen Wortgewandtheit beeindrucken. Ich wollte ob der Schönheit deiner Stirn in Verzückung geraten."

Lucy blinzelte verwundert. „Meiner Stirn?"

„Mmm. Habe ich dir noch nie gesagt, wie sehr deine Stirn mich einzuschüchtern vermag?" Sie spürte seine Wärme an ihrem Rücken, als er hinter sie trat, sie aber nicht berührte. „Sie ist so breit und blass und eben und endet in deinen wissenden, gestrengen Brauen, die dich aussehen lassen wie eine Statue der Athene, im Moment, da sie ein Urteil spricht. Wenn die antike Kriegsgöttin eine solche Stirn hatte wie du, ist es kein Wunder, dass sie dereinst verehrt und gefürchtet wurde."

„Unsinn", murmelte sie.

„Unsinn, du sagst es. Unsinn und schönes Gerede, das ist alles, was ich bin."

Sie runzelte ihre göttliche Stirn und wandte sich um, da sie ihm widersprechen wollte, aber er folgte ihrer Bewegung, sodass sie sein Gesicht nicht zu sehen bekam.

„Ich bin der Earl des Unsinns", flüsterte er ihr ins Ohr. „Der König der Farce, der Duke der Dummheit, der Viscount der schönen Worte."

Sah er sich wirklich so? „Aber …"

„Unsinnig schöne Worte sind mein wahres Talent", fuhr er fort und wich ihren Blicken noch immer aus. „Lass mich schöne Worte machen über deine goldbraunen Augen und deine rubinroten Lippen."

„Simon …"

„Über den formvollendeten Schwung deiner Wange", flüsterte er.

Ihr stockte der Atem, als sie den seinen warm an ihrem Nacken spürte. Er wollte sie mit schönen Worte verführen. Und er hatte Erfolg. „Wie viel du redest."

„Ich rede zu viel. Eine Schwäche, die du bei deinem Gatten wirst erdulden müssen." Nun war seine Stimme wieder dicht an ihrem Ohr. „Stunden könnte ich damit zubringen, die Form deines Mundes zu beschreiben, wie weich und wie warm er sich anfühlt."

Lucy spürte, wie ihr Leib sich zusammenzog. „Und weiter?" Es überraschte sie, ein leises Beben in ihrer Stimme zu hören.

„Dann würde ich mich über deinen Hals ergehen." Er streckte die Hand aus und streichelte die Luft vor ihrem Hals, ohne ihn zu berühren. „Wie anmutig er ist, wie elegant, und wie sehr ich mir wünsche, ihn mit meiner Zunge zu liebkosen."

Sie rang nach Atem. Nur mit seiner Stimme liebkoste und erregte er sie, und sie fragte sich, wie sie es erst ertragen sollte, wenn er seine Hände hinzunahm.

„Und deine Schultern", fuhr er fort. „So zart und weiß." Seine Hände schwebten über ihr.

„Und weiter?"

„Dann würde ich deine wunderbaren Brüste beschreiben." Sein Ton war tiefer, etwas rauer geworden. „Aber dazu müsste ich sie erst einmal sehen."

Erbebend holte sie Luft. Sie hörte seinen Atem an ihrem Ohr. Seine Nähe umfing sie, aber er machte noch immer keine Anstalten, sie zu berühren. Sie hob die Hand und griff nach dem Band am Kragen ihres Kamisols. Langsam, ganz langsam zog sie es auf. Das leise Rascheln der Seide in der Stille des Zimmers war von einer unerträglich innigen Vertrautheit. Als der Stoff auseinanderfiel und den Ansatz ihrer Brüste entblößte, stockte ihm der Atem.

„So bleich, so schön", flüsterte er.

Sie schluckte und streifte sich das Hemd die Schultern hinab. Ihre Finger zitterten. Nie zuvor hatte sie sich einem anderen so gezeigt, aber der raue, harsche Klang seines Atems ließ sie nicht einen Moment zögern.

„Ich sehe sanfte Hügel, ein schattiges Tal, doch die süßen Spitzen kann ich nicht sehen. Lass sie mich sehen, mein Engel." Seine Stimme bebte und brach sich.

Etwas Urweibliches regte sich in ihr bei dem Gedanken, dass sie diesen Mann erzittern lassen konnte, dass er ihretwegen schwach wurde. Sie wollte sich ihm zeigen, ihrem Gemahl. Sie schloss die Augen und zog das Kamisol weiter hinab. Die Spitzen ihrer Brüste richteten sich in der kühlen Luft auf.

Sein Atem stand still. „Ah, wie gut ich mich ihrer noch erinnere. Ahnst du, was es mich gekostet hat, mich an jenem Abend von dir abzuwenden?"

Sie bekam kein Wort heraus und schüttelte den Kopf. Auch sie erinnerte sich, spürte wieder seinen begehrlichen Blick auf ihren Brüsten, spürte ihr eigenes lüsternes Verlangen.

„Fast wäre ich schwach geworden." Seine Hände schwebten über ihren Brüsten, folgten den Rundungen, ohne sie zu berühren. „Ich hatte mich so sehr danach gesehnt, dich zu spüren."

Seine Hände waren ihr so nah, dass sie seine Wärme auf ihrer Haut spürte, aber noch immer berührte er sie nicht. Sie drängte sich ihm entgegen, sehnte sich nach der ersten Berührung. Sie befreite ihre Arme aus den Ärmeln des Kamisols, hielt es aber an der Hüfte fest, damit es nicht weiter hinabrutscht.

„Ich erinnere mich daran, wie du dich dort berührt hast." Seine Hände verharrten über den Spitzen. „Darf ich?"

„Ich ..." Sie erschauerte. „Ja. Bitte."

Sie sah seine Hände sich senken und ganz leicht ihre Brüste berühren. Warm schlossen seine Finger sich um sie. Sie bäumte sich auf und drängte ihre Brüste in seine Hände.

„Mein Engel", hauchte er und ließ seine Hände auf ihren Brüsten kreisen.

Sie schaute an sich hinab und sah seine großen, langfingrigen Hände auf ihrer Haut. So männlich sahen sie aus, seine Hände. So besitzergreifend, so begehrlich. Mit den Fingern umfasste er die Knospen und kniff sie sanft, doch bestimmt.

Die Empfindung war so überwältigend, dass sie scharf nach Atem rang.

„Fühlt sich das gut an?“, fragte er, seine Lippen in ihrem Haar.

„Ich ...“ Sie schluckte, bekam kein Wort heraus. Es war besser als gut.

Aber das schien ihm Antwort genug zu sein. „Lass mich alles sehen. Bitte.“ Mit den Lippen streifte er über ihre Wange, mit den Händen hielt er noch ihre Brüste umfangen. „Bitte zeige dich mir.“

Sie ließ ihr Kamisol zu Boden fallen und war nackt. Er strich mit der Hand ihren Bauch hinab und zog sie an sich, sodass ihr nackter Hintern seine Breeches berührte. Warm waren sie von seinem Körper, fast heiß, und als er sie an sich zog, spürte sie seine Erregung. Sie konnte nicht anders und erbebte.

Leise lachte er in ihr Ohr. „An sich wollte ich noch mehr schöne Worte machen, aber ich schaffe es nicht mehr.“ Er drängte sich an sie und stöhnte. „Ich will dich so sehr, dass mir alle Worte fehlen.“

Jäh hob er sie in seine Arme, und nun endlich sah sie in seine Augen. Sie schimmerten silbrig. Sein Kinn war angespannt, in seiner Wange zuckte ein Muskel. Als er sie auf das Bett legte und sich mit dem Knie neben ihr abstützte, gab die Matratze weich unter ihr nach. „Es wird wehtun beim ersten Mal, das weißt du, nicht wahr?“ Er streckte beide Arme aus und zog sich das Hemd über den Kopf.

Der Anblick seiner bloßen Brust lenkte sie so sehr ab, dass sie kaum seine Frage verstand.

„Ich werde es so langsam wie möglich angehen.“ Schlank war er, mit sehnigen Muskeln an Armen und Schultern, die sich kraftvoll bewegten, als er zu ihr ins Bett stieg. Seine braunen Brustwarzen hoben sich deutlich von der hellen Haut ab. Rund und flach waren sie und so nackt und verletzlich. Auf der Mitte der Brust wuchs ihm kurzes helles Haar. „Ich möchte nicht, dass du mir danach nicht mehr wohlgesonnen bist."

Sie streckte die Hand nach ihm aus und berührte eine Brustwarze. Stöhnend schloss er die Augen.

„Ich werde dir immer wohlgesonnen sein", flüsterte sie.

Und dann war er auf ihr, hielt ihr Gesicht umfangen und küsste sie leidenschaftlich. Sein Ungestüm ließ sie beinah kichern, und sie würde es wohl getan haben, wäre nicht seine Zunge in ihren Mund geschlüpft. Es war so herrlich zu spüren, wie sehr er sie begehrte. Sie schloss ihre Hände um seinen Kopf, und sein kurzgeschorenes Haar kitzelte sie an den Handflächen. Als er seine Hüften auf sie senkte, schwanden ihr indes alle Gedanken. Heiß spürte sie ihn an sich. Seine erhitzte Brust glitt über ihre Brüste. Mit seinen harten Schenkeln schob er ihre Beine auseinander. Sie öffnete sich ihm, hieß ihn willkommen, spürte ihn warm und schwer auf sich. Er schmiegte sich an ihren Schoß, und einen Moment lang war ihr das überaus peinlich. Sie war feucht und würde gewiss seine Breeches beflecken. Machte ihm das nichts aus? Dann drängte er sich an sie, und sie empfand …

Tiefe Verwunderung.

Es war so unglaublich, besser noch, als wenn sie sich selbst berührte. Ob es immer so war? Bestimmt nicht. Es musste an ihm liegen – an ihrem Gemahl –, und sie dankte dem Himmel, dass sie einen solchen Mann geheiratet hatte. Wieder drängte er sich an sie, bewegte sich diesmal leicht, und sie seufzte vor Wonne.

„Verzeih mir." Er nahm seinen Mund von ihrem, seine Miene ernst und angespannt.

Dann schob er die Hand zwischen sie, und sie vermutete, dass er sich freimachte. Sie reckte den Hals und versuchte einen Blick zu erhaschen. Aber ehe sie etwas gesehen hatte, war er auch schon wieder auf ihr.

„Verzeih mir", sagte er noch einmal, stieß die Worte kurz und knapp hervor. „Ich werde es wiedergutmachen, das verspreche ich dir. Aber …", etwas drängte sich an sie, „… später.

Ahhh.“ Er schloss die Augen, als litte er Schmerzen.

Und nahm sie in Besitz. Drang in sie ein, schob sich in sie vor, *brannte* sich in sie ein.

Sie erstarrte.

„Verzeih mir.“

Sie musste sich auf die Wange beißen, um die Tränen zurückzuhalten. Zugleich rührte seine Entschuldigung sie zutiefst.

„Verzeih mir“, sagte er wieder.

Etwas riss in ihr, und sie sog scharf den Atem ein, gab aber keinen Laut von sich.

Er öffnete die Augen, schaute sie betroffen an, aber auch wild und leidenschaftlich. „Oh Liebste, ich verspreche dir, dass es beim nächsten Mal besser wird.“ Zärtlich küsste er ihren Mundwinkel. „Ich verspreche es dir.“

Sie konzentrierte sich darauf, tief und regelmäßig zu atmen, und hoffte, dass er bald fertig wäre. Ohne seine Gefühle verletzen zu wollen – aber für sie war das hier nicht mehr angenehm.

Er öffnete seinen Mund über ihrem und leckte ihre Unterlippe. „Verzeih mir.“

Dann spürte sie, wie er die Hand zwischen ihnen bewegte, sie dort liebkoste, wo sie vereint waren. Sie verkrampfte sich ein wenig, erwartete neuerlichen Schmerz, doch stattdessen war es angenehm. Schön gar. Wärme strömte aus ihrem Schoß. Langsam entspannte sie sich ein wenig.

„Verzeih mir“, murmelte er mit tiefer, träger Stimme.

Sein Daumen streifte über ihre kleine Knospe. Seufzend schloss sie die Augen.

Er ließ seinen Daumen kreisen. „Verzeih.“

Ganz langsam bewegte er sich in ihr, glitt ein und aus. Es war fast … gut.

„Verzeih.“ Er stieß ihre Zunge in seinen Mund, und sie saugte daran.

Sie ließ die Beine auseinanderfallen, um ihn weiter einzulassen. Er stöhnte in ihren Mund, und auf einmal war es wieder wunderschön. Sie bäumte die Hüften auf, um seinem Daumen näher zu sein, um mehr Liebkosungen einzufordern, und grub ihre Finger fest in die harten Muskeln seiner Schultern. In Erwiderung auf ihr Drängen bewegte er sich schneller, dringlicher in ihr. Er hob seinen Mund von dem ihren, und sie schaute in seine silbrigen Augen, die sie flehend und verlangend ansahen. Sie lächelte ihn an und schlang die Beine um seine Hüften. Er riss die Augen weit auf und stöhnte. Seine Augenlider flatterten und senkten sich. Dann bäumte er sich auf, und die Sehnen an Hals und Armen spannten sich, als gelte es, ein unsichtbares Ziel zu erreichen. Mit einem Schrei erbebte er an ihr. Und sie sah ihm zu, diesem kraftvollen, wortgewandten Mann, der von ihrem Körper zu hilfloser, wortloser Verzückung getrieben wurde. Von ihr.

Er ließ sich neben sie sinken, noch immer schwer atmend, die Augen geschlossen, lag er reglos, bis sein Atem wieder ruhiger ging. Gerade als sie meinte, er wäre eingeschlafen, zog er sie an sich.

„Verzeih." So schwer klang seine Stimme, dass sie kaum verstanden hätte, was er meinte, hätte er es nicht die ganze Zeit schon wiederholt.

„Schscht." Sie streichelte seinen erhitzten Rücken und lächelte still. „Schlaf jetzt, mein Liebster."

„Weshalb haben Sie mich herbeordert?" Mit Unbehagen sah Sir Rupert sich im Park um. Es war früher Morgen und kalt wie des Teufels Herz. Keine Menschenseele war zu sehen, was indes nicht heißen musste, dass man Walker nicht gefolgt war oder dass nicht irgendein Adelsspross bereits einen frühen Ausritt unternahm. Sir Rupert zog sich den Hut tiefer ins Gesicht. Sicher war sicher.

„Wir dürfen nicht einfach seinen nächsten Schritt abwarten." Lord Walkers Atem stand ihm wie eine dampfende Wolke vor dem Mund.

Er saß im Sattel wie jemand, der auf einem Pferderücken geboren war. In gewisser Weise stimmte das auch, denn in ihrer heimischen Grafschaft standen die Walkers seit sechs Generationen der Jagd vor. Ihre Stallungen wurden weithin für ihre Jagdpferde gerühmt – wahrscheinlich hatte Lord Walker schon im Sattel gesessen, noch ehe er laufen konnte.

Behutsam setzte Sir Rupert sich auf seinem Wallach zurecht. Erst als junger Mann hatte er reiten gelernt, und das sah man auch. Dazu kam noch sein verkrüppeltes Bein. Kurzum: Er fühlte sich verdammt unwohl. „Was schlagen Sie vor?"

„Ihn umzubringen, bevor er uns umbringt."

Sir Rupert zuckte zusammen und schaute sich abermals um. *Narr*. Wie konnte er sicher sein, dass niemand sie hörte? Das gäbe prächtiges Material für eine Erpressung ab. Mindestens. Andererseits, wenn Walker das Problem für ihn aus der Welt schaffte ... „Das haben wir zweimal vergeblich versucht."

„Dann versuchen wir es eben noch einmal. Aller guten Dinge sind drei." Walker zwinkerte ihm mit seinen ausnehmend einfältigen Augen zu. „Ich habe jedenfalls keine Lust abzuwarten wie ein Huhn, bis es den Hals umgedreht bekommt und in den Suppentopf wandert."

Sir Rupert seufzte. Eine schwierige Gratwanderung. Seines Wissens ahnte Simon Iddesleigh noch immer nichts von seiner maßgeblichen Rolle bei der Verschwörung. Iddesleigh glaubte vermutlich, dass Walker der letzte Mann wäre, der für den Tod seines Bruders verantwortlich war. Und wenn Iddesleigh es auch weiterhin nicht herausfand, hielte er seinen blutigen Rachefeldzug mit Walker für abgeschlossen, und alles wäre gut. Nicht für Walker, versteht sich, aber schließlich nahm Walker in Sir Ruperts Leben keine allzu bedeutende Stellung ein. Vermissen würde er ihn gewiss nicht. Und sobald Walker tot wäre, gäbe es niemanden mehr, der ihn mit der Verschwörung um Ethan Iddesleighs Tod in Verbindung bringen könnte. Ein sehr verlockender Gedanke. Endlich hätte er seine Ruhe, und die konnte er weiß Gott gebrauchen.

Aber wenn Walker etwas ausplauderte, ehe Iddesleigh ihn erledigte – oder schlimmer noch, wenn er es Iddesleigh sagte, um seine eigene Haut zu retten –, wäre alles verloren. Denn eigentlich war es ja Sir Rupert, hinter dem Iddesleigh her war, auch wenn er sich das nicht wusste. Daher auch Sir Ruperts Entgegenkommen, seine Nachsicht gegenüber Walkers melodramatischen Anwandlungen und seine Bereitschaft, sich zu nachtschlafender Stunde mit ihm im Park zu treffen. Walker musste in dem Glauben gewogen werden, dass ihrer beider Interessen vollkommen übereinstimmten.

Unwillkürlich fasste er sich an die Westentasche, in der er noch immer Iddesleighs Siegelring bei sich trug. Er hätte ihn längst loswerden sollen. Zweimal hätte er ihn bei Gelegenheit schon in die Themse werfen wollen, aber jedes Mal hatte ihn im letzten Moment etwas davon abgehalten. Ein höchst irrationaler Gedanke, aber insgeheim glaubte er, dass der Ring ihm Macht über Iddesleigh gab.

„Er hat gestern geheiratet."

„Wer?" Sir Rupert hatte den Faden verloren.

„Simon Iddesleigh", sagte Walker so geduldig, als ob nicht er es wäre, der für gewöhnlich etwas schwer von Begriff war. „Irgendein Mädchen vom Lande. Kein Geld, keinen Namen. Der Mann muss verrückt sein."

„Das wage ich zu bezweifeln. Iddesleigh mag viel sein, aber verrückt wohl kaum." Am liebsten hätte er sein schmerzendes Bein massiert, beherrschte sich jedoch, um sich keine Schwäche anmerken zu lassen.

„Wenn Sie das sagen." Achselzuckend holte Walker seine Tabaksdose hervor. „Dann dürfte sie genau richtig sein."

Irritiert schaute Sir Rupert dem anderen dabei zu, wie er eine Prise Tabak in die Nase zog und heftig nieste. „Genau richtig wofür?", fragte er.

Walker schüttelte sein Taschentuch aus und schnäuzte sich. „Um sie umzubringen."

„Sind Sie des Wahnsinns?“ Fast hätte er lauthals gelacht. „Vergessen Sie bitte nicht, dass es der Tod seines Bruders war, der Iddesleigh erst Rache hat schwören lassen. Seine junge Frau zu töten dürfte ihn wohl kaum versöhnlicher stimmen.“

„Stimmt, aber wir könnten ihm drohen, sie umzubringen, wenn er nicht aufhört.“ Walker steckte sein Taschentuch weg. „Könnte klappen. Ist auf jeden Fall einen Versuch wert.“

„Finden Sie?“, fragte Sir Rupert spöttisch. „Ich halte es für ein Spiel mit dem Feuer. Wenn Sie sich so weit aus dem Fenster lehnen, wird er Sie nur umso schneller aufspüren und erledigen.“

„Und was ist mit Ihnen?“

„Wie meinen Sie das?“

Lord Walker schnippte sich einen Tabakkrümel von seinen Spitzenmanschetten. „Sie haben sich ja aus allem fein rausgehalten, nicht wahr, Fletcher?“

„Dass mein Name nicht publik wurde, hat Ihnen nicht zum Schaden gereicht.“

„Ach ja?“ Unter schweren Lidern sah Walker ihn an.

Sir Rupert hatte sich bei Walkers Augen schon immer an ein Rindviech erinnert gefühlt, und war nicht genau dies das Problem? Wie leicht man einen schwerfälligen, etwas einfältig wirkenden Mann doch unterschätzen konnte. Sir Rupert brach der kalte Schweiß aus.

Walker senkte den Blick. „Das habe ich zumindest vor – und ich erwarte, dass Sie mir den Rücken decken, sollte es so weit kommen.“

„Gewiss doch“, erwiderte Sir Rupert ruhig. „Schließlich sind wir Partner.“

„Gut.“ Walker grinste so breit, dass seine rosigen Backen sich blähten. „Den Mistkerl habe ich im Nu erledigt. So, ich muss los. Habe ein kleines Täubchen im warmen Nest zurückgelassen. Und wäre doch schade, wenn es ausgeflogen wäre, bevor ich zurückkomme, was?“ Mit einem anzüglichen Zwinkern ließ er sein Pferd antraben und verschwand.

Sir Rupert sah zu, wie der Nebel Walker verschluckte, ehe er seinen Wallach heimwärts lenkte, zurück zu seiner Familie. Sein Bein bereitete ihm die Hölle auf Erden, und diesen frühen Ausritt würde er damit bezahlen müssen, es den Rest des Tages hochzulegen. Walker oder Iddesleigh – was kümmerte es ihn?

Solange nur einer der beiden starb.

12. KAPITEL

Ein leises Schnarchen war der erste Laut, den Lucy hörte, als sie am Morgen nach ihrer Hochzeit erwachte. Die Augen noch geschlossen, halb im Traum, fragte sie sich, wer wohl so vernehmlich neben ihr atmen mochte. Dann wurde sie der Hand gewahr, die schwer auf ihrer Brust lag, und war mit einem Schlag hellwach. Die Augen ließ sie dennoch geschlossen.

Warm war es. Sie konnte sich nicht erinnern, wann in ihrem Leben ihr jemals so herrlich warm gewesen war – schon gar nicht im Winter. Ihre Beine lagen mit kräftigen Männerbeinen verschlungen, und selbst ihre Zehen, die zwischen Oktober und März nie gänzlich aufzutauen schienen, waren wohlig warm. Es war, als hätte sie ein kleines Heizöfchen im Bett – indes mit weicher, wunderbar glatter Haut, die sich an die ihre schmiegte. Von den Laken stieg ein feiner, warmer Geruch auf. Sie nahm ihren eigenen Duft wahr, vermischt mit einem fremden, der wohl der seine war. Wie schlicht und animalisch. Auch ihrer beider Körpergerüche hatten sich vermählt.

Seufzend öffnete Lucy die Augen.

Hell schien die Sonne durch einen Spalt in den Vorhängen herein. War es schon so spät? Und diesem Gedanken folgte sogleich ein anderer: Hatte Simon die Tür abgeschlossen? Seit sie in London war, hatte Lucy sich einigermaßen daran gewöhnt, dass morgens eines der Mädchen in ihr Zimmer kam, um die Vorhänge aufzuziehen und das Feuer zu schüren. Doch heute war alles etwas anders. Würden die Dienstboten nicht erwarten, dass Simon in sein eigenes Zimmer zurückgekehrt wäre? Besorgt runzelte sie die Stirn und blickte zur Tür hinüber.

„Schsch." Simon musste ihre leise Bewegung bemerkt haben und drückte ihre Brust. „Schlaf", murmelte er, ehe er gleichmäßig weiteratmete.

Lucy betrachtete ihn. Helle Bartstoppeln schimmerten auf seinem Kinn, unter seinen Augen waren dunkle Schatten, und sein kurzes Haar war auf einer Seite völlig zerzaust. Er war so schön, dass es ihr schier den Atem nahm. Sie reckte den Kopf, bis sie seine Hand auf ihrer Brust sehen konnte. Zwischen seinen Fingern ragte ihre Brustspitze hervor.

Das Blut stieg ihr heiß in die Wangen. „Simon."

„Schsch."

„Simon."

„Schlaf ... weiter." Ohne die Augen zu öffnen, küsste er flüchtig ihre nackte Schulter.

Aber sie ließ sich nicht so leicht beschwichtigen. Das war eine wirklich ernste Angelegenheit. „Ist die Tür abgeschlossen?"

„Hmmm."

„Simon, ist die Tür abgeschlossen?"

Er seufzte. „Ja."

Argwöhnisch schaute Lucy ihn an. Er hatte wieder zu schnarchen begonnen.

„Das glaube ich dir nicht." Sie machte Anstalten aufzustehen.

Simon wälzte sich herum, und plötzlich lag er auf ihr. Langsam schlug er die Augen auf und seufzte. „Damit muss man wohl rechnen, wenn man ein Mädchen vom Lande heiratet." Seine Stimme war noch rau und schwer vom Schlaf.

„Womit?" Blinzelnd sah Lucy zu ihm auf. Sie fühlte sich sehr nackt und bloß unter ihm. Zumal sie spürte, wie sein Geschlecht sich hart an ihren weichen Bauch drängte.

„Frühaufsteherin." Streng sah er sie an und stützte sich seitlich von ihr auf, damit er nicht ganz so schwer auf ihrer Brust lag – wodurch sich seine Hüften indes noch fester an sie drängten.

Lucy versuchte seiner beeindruckenden Anatomie keine Beachtung zu schenken. Leicht war das allerdings nicht. „Aber das Mädchen ..."

„Wer dieses Zimmer betritt, ehe wir es verlassen haben, fliegt ohne Empfehlung raus."

„Du sagtest eben, die Tür wäre abgeschlossen." Sie versuchte, ihn streng anzusehen, doch stattdessen lächelte sie. Sie sollte sich schämen.

„Habe ich das?" Er ließ den Finger um ihre Brustspitze kreisen. „Egal. Niemand wird uns stören."

„Ich glaube nicht ..."

Er schnitt ihr das Wort ab, indem er seinen Mund auf den ihren senkte, und Lucy vergaß, was sie hatte sagen wollen. Seine Lippen waren warm und weich, während seine harten Bartstoppeln rau über ihre Haut streiften. Beides zusammen war unwiderstehlich sinnlich.

„Und wie gedenkst du deinen frisch angetrauten Gatten zu unterhalten", flüsterte er ihr ins Ohr, „nun, da du ihn geweckt hast, hmm?" Er drängte sich noch fester an sie.

Lucy bewegte sich unter ihm, dann hielt sie erschrocken inne. Ein leiser Laut entfuhr ihr – ganz leise nur, doch er hörte ihn dennoch.

„Verzeih mir." Mit einem Satz sprang Simon von ihr. „Du musst mich für unersättlich halten. Tut es sehr weh? Vielleicht sollte ich doch nach einem Mädchen schicken, damit es sich um dich kümmert. Oder ..."

Lucy hielt ihm den Mund zu – sonst käme sie nie zu Wort. „Schscht. Mir geht es bestens."

„Aber du hast doch gewiss ..."

„Nein, wirklich nicht." Peinlich berührt schloss Lucy die Augen. Sie hätte sich am liebsten unter der Bettdecke verkrochen. Sprachen alle verheirateten Männer so offen zu ihren Frauen? „Ein bisschen wund bin ich vielleicht, aber mehr nicht."

Hilflos sah er sie an.

„Ich fand es sehr schön." Sie räusperte sich. Wie konnte sie ihn wieder an ihre Seite locken? „Als du eben neben mir lagst."

„Na, dann komm her."

Sie rückte näher, doch als sie sich ihm zuwenden wollte, drehte er sie so, dass ihr Rücken sich an seine Brust schmiegte.

„Komm, leg deinen Kopf hierhin." Er streckte den Arm aus, auf den sie ihren Kopf wie auf ein Kissen betten konnte.

Nun hatte sie es sogar noch wärmer als zuvor. Von seinem Körper umfangen, lag sie sicher und geborgen in seinen Armen. Als er seine Beine an die ihren schmiegte, stöhnte er leise. Seine Erregung drängte sich an ihren Po, hart und beharrlich.

„Alles in Ordnung?", flüsterte sie.

„Nein." Er lachte rau. „Aber ich werde es überleben."

„Simon …"

Er schloss seine Hand um ihre Brust. „Ich weiß, dass ich dir letzte Nacht wehgetan habe." Mit dem Daumen schnippte er leicht über die Knospe. „Aber so wird es nie wieder sein."

„Schon gut …"

„Ich würde es dir gern zeigen."

Sogleich spannte Lucy sich an. Was genau würde er ihr zeigen?

„Ich werde dir nicht wehtun", flüsterte er ihr ins Ohr. „Es wird schön für dich. Entspann dich. Lass mich dir den Himmel zeigen – schließlich bist du ein Engel." Er streichelte ihre Brust, ihren Bauch und das Haar darunter.

„Simon, ich glaube nicht …"

„Schsch." Mit den Fingern strich er durch das weiche Haar ihres Schoßes. Sie zitterte und wusste kaum, wohin sie schauen sollte. Ein Glück, dass sie ihm nicht das Gesicht zuwandte. Schließlich schloss sie die Augen.

„Öffne dich mir, meine Süße", murmelte er in ihr Ohr. „Du bist so weich und warm dort. Ich möchte dich streicheln."

Er würde doch wohl nicht …

Er schob sein Knie zwischen ihre Schenkel, drängte sie auseinander und umfasste ihren Schoß. Sie hielt den Atem an und wartete.

„Wie gern ich dich dort küssen würde." Er streichelte sie sachte. „Deine Lippen lecken und deinen Geschmack kosten, aber dafür ist es vielleicht noch zu früh."

Ihr Verstand setzte aus, als sie sich vorzustellen versuchte, was er eben gesagt hatte. Ihre Hüften wichen unwillkürlich zurück.

„Ganz ruhig. Es tut nicht weh. Im Gegenteil ...", er hatte die kleine Knospe entdeckt, „... du wirst dich sehr, sehr gut fühlen." Er ließ seinen Daumen kreisen. „Schau mich an."

Das konnte sie unmöglich tun! Sie sollte ihm nicht mal gestatten, was er hier tat. Gewiss war dies nicht das, was Mann und Frau für gewöhnlich miteinander machten.

„Mein Engel, sieh mich an", lockte er. „Ich möchte deine schönen Augen sehen."

Zögerlich wandte sie den Kopf. Hob die Lider. Wie gebannt schaute er sie an, seine silbrigen Augen funkelten, als er fester zudrückte. Ihre Lippen öffneten sich leicht.

„Oh Gott", stöhnte er. Und dann küsste er sie – innig, seine Zunge liebkoste die ihre, derweil seine Finger immer rascher über sie glitten. Sie wollte ihre Hüften bewegen, sich an seine Hand schmiegen, doch stattdessen bäumte sie sich auf, drängte ihr Gesäß an ihn. Er murmelte Unverständliches und biss in ihre Unterlippe. Nun spürte sie, wie sie warm und feucht und wie seine liebkosenden Finger schlüpfrig wurden.

Fest presste er sein hartes Glied an ihren Hintern.

Sie konnte keinen klaren Gedanken mehr fassen, bekam kaum noch Luft. Nein, das durfte sie nicht zulassen. Nicht vor ihm. Er stieß seine Zunge in ihren Mund und ließ seine Finger unerbittlich auf ihr kreisen. Ein Zauberer mit silbernen Augen, der sie in seinem Bann hielt. Sie spürte, dass sie nicht mehr an sich halten konnte. Begierig saugte sie an seiner Zunge, und dann plötzlich geschah es. Sie bäumte sich auf und erbebte vor Lust. Seine Liebkosungen wurden langsamer, sachter, und er hob den Kopf, um sie anzuschauen, doch es kümmerte sie nicht mehr. Eine wohlige Wärme erfüllte sie, breitete sich von der Mitte ihres Leibs in ihrem ganzen Körper aus. Es fühlte sich tatsächlich gut an.

„Simon."

„Mein Engel?"

„Danke." Ihre Zunge fühlte sich so schwer an, als wäre sie berauscht, und ihre Stimme war ein kaum verständliches Murmeln. Sie schloss die Augen und ließ sich eine Weile treiben, doch dann fiel ihr etwas ein. Noch immer spürte sie sein hartes Drängen. Als sie ihr Gesäß an ihm rieb, sog er scharf den Atem ein. Tat ihm das etwa weh?

Nun ja, angenehm war es gewiss nicht. „Kann ich ..." Sie spürte, wie ihr das Blut heiß in die Wangen stieg. Wie sollte sie ihre Frage nur in Worte fassen? „Kann ich ... etwas für dich tun?"

„Nein, schon gut. Schlaf jetzt." Doch seine Stimme klang angespannt, und sein Geschlecht fühlte sich so heiß an, dass es ihr schier die Haut versengte. Der Gesundheit zuträglich konnte das kaum sein, oder?

Sie wandte den Kopf, bis sie ihn anschauen konnte. Ihr war bewusst, wie gerötet ihr Gesicht war; am liebsten wäre sie vor Scham im Erdboden versunken. „Ich bin deine Frau. Ich würde gern etwas für dich tun."

Nun röteten sich auch seine Wangen. Wie seltsam, dass er so verlegen wurde, wenn es um seine eigenen Bedürfnisse ging.

Seine Unsicherheit zu sehen machte ihr Mut und bestärkte sie in ihrem Entschluss. „Bitte."

Fragend schaute er ihr in die Augen, schien etwas darin zu suchen, schließlich seufzte er. „Dafür werde ich auf ewig in der Hölle schmoren."

Zaghaft berührte sie ihn an der Schulter.

Als er nach ihrer Hand griff, dachte sie einen Moment, er würde sie von sich weisen, doch weit gefehlt. Er führte ihre Hand unter die Bettdecke und zog sie an sich. Plötzlich hielt sie ihn umfasst. Ihre Augen weiteten sich. Es war größer und kräftiger, als sie es sich vorgestellt hatte. Das Fleisch hart und unnachgiebig, doch die Haut seltsam zart und weich. Und so warm. Geradezu heiß. Wie gern hätte sie auch einen Blick darauf gewagt, wusste aber nicht, ob er das jetzt ertragen konnte. Stattdessen drückte sie ganz sanft.

„*Ahhh* … mein Gott." Seine Augenlider senkten sich, ein benommener Ausdruck trat in sein Gesicht.

Das gab ihr Zuversicht. „Was soll ich tun?"

„Hier." Als sie unvermittelt seine Finger in sich spürte, fuhr sie erschrocken zusammen. Dann rieb er die Feuchtigkeit ihres Schoßes auf sich. „So …" Er schloss ihre Hand wieder um sich und gemeinsam glitten sie auf und ab.

Immer wieder. Sehr faszinierend. „Darf ich?"

„Ähm … ja." Er blinzelte und gab ihre Hand frei.

Sie musste lächeln und war insgeheim erfreut, ihn so weit gebracht zu haben, dass er sich nur noch einsilbig zu äußern vermochte. Während sie ihn berührte, wie er es ihr gezeigt hatte, betrachtete sie sein schönes, geliebtes Gesicht. Er schloss die Augen. Eine steile Falte grub sich zwischen seine Brauen. Seine Oberlippe war etwas zurückgezogen, sein Gesicht schimmerte feucht und erhitzt. Wie sie ihn so sah, so hingegeben und erregt, spürte sie, dass auch ihr Schoß sich wieder regte. Doch sie empfand zugleich ein Gefühl der Macht und mehr noch – eine tiefe, innige Vertrautheit, die ihnen dies erst ermöglichte. Er vertraute ihr und zeigte sich ihr so verletzlich.

„Schneller", stieß er hervor.

Sie kam seinem Wunsch nach, ließ ihre Finger über ihn gleiten, fasste die Haut, die sich heiß und schlüpfrig in ihrer Hand anfühlte. Verlangend hob er ihr die Hüften entgegen.

„Ahhh!" Plötzlich riss er die Augen auf, und sie sah, dass sie sich zu einem stählernen Grau verdunkelt hatten. Finster und getrieben sah er aus, fast so, als litte er Schmerzen. Dann verzog er das Gesicht und begann sich zuckend aufzubäumen. Warmes spritzte in ihre Hand. Noch einmal warf er sich auf, die Zähne fest zusammengebissen, seine Augen noch immer starr auf die ihren gerichtet. Sie erwiderte seinen Blick und presste ihre Schenkel fest zusammen.

Dann fiel er so ermattet zurück aufs Bett, als wäre er am

Ende seiner Kräfte, doch das kannte sie schon von letzter Nacht, weshalb es sie nicht weiter beunruhigte. Lucy zog ihre Hand unter der Decke hervor. Fasziniert spreizte sie die Finger und betrachtete die weißliche Flüssigkeit darauf. Simons Samen.

Neben ihr entrang sich ihm ein tiefer Seufzer. „Ich kann es kaum fassen. Das war ganz unglaublich verworfen von mir."

„Nein, war es nicht." Sie beugte sich über ihn und küsste seinen Mundwinkel. „Was du mir geben kannst, werde ich wohl auch dir geben können."

„Weise gesprochen, holdes Weib." Er neigte den Kopf und nahm ihren zaghaften Kuss auf, küsste sie inniger, fordernd und besitzergreifend. „Ich bin der glücklichste Mann auf Erden."

Dann nahm er ihre Hand und wischte sie mit einem Zipfel des Bettlakens ab. Wieder zog er Lucy an sich, sodass sie erneut mit dem Rücken an seine Brust geschmiegt lag.

„Und nun ...", er gähnte, „... nun schlafen wir."

Kaum hatte er seine Arme um sie gelegt, war Lucy auch schon eingeschlafen.

„Möchtest du heute Nachmittag eine Ausfahrt durch die Stadt machen?" Mit nachdenklichem Blick betrachtete Simon sein Beefsteak, ehe er einen Bissen abschnitt. „Oder dich im Hyde Park ergehen? Ziemlich langweilig, wie ich finde, aber Damen und Gentlemen machen dergleichen alle Tage, weshalb es nicht ganz ohne Reiz zu sein scheint. Hin und wieder ereignet sich ein Kutschenunfall, was stets für eine gewisse Aufregung sorgt."

Es waren nicht gerade geistreiche Vorschläge, aber er wusste wirklich nicht, was er sonst mit Lucy unternehmen sollte. Traurig, aber wahr: Er hatte nie viel Zeit mit einer Dame zugebracht. Nun ja, zumindest nicht außerhalb des Bettes. Wohin führten verheiratete Männer ihre reizenden Frauen aus? Gewiss nicht in Spielhöllen oder Häuser von zweifelhaftem Ruf.

Und das Kaffeehaus, in dem die Agrarwissenschaftliche Gesellschaft zusammenkam, war für eine Dame auch etwas zu schmuddelig. Blieb also nur noch der Park. Oder vielleicht ein Museum. Verstohlen sah er sie an. Oder hätte sie etwa Lust, eine Kirche zu besichtigen?

„Das klingt nett." Sie schob eine grüne Bohne über ihren Teller. „Wir könnten aber auch einfach hierbleiben."

„Hierbleiben?" Ungläubig sah er sie an. Noch war es zu früh, wieder mit ihr ins Bett zu gehen, wenngleich der Gedanke sich aufdrängte.

„Ja. Du könntest schreiben oder dich um deine Rosen kümmern, und ich könnte lesen oder zeichnen." Sie schob die grüne Bohne beiseite und nahm etwas Kartoffelpüree auf die Gabel.

Unbehaglich setzte er sich auf seinem Stuhl zurecht. „Würdest du dich nicht langweilen?"

„Nein, natürlich nicht." Sie lächelte. „Du musst nicht für meine Unterhaltung sorgen. Wahrscheinlich hast du auch keine Ausfahrten im Park unternommen, ehe du mich geheiratet hast."

„Nein, eher nicht", gab Simon zu. „Aber nun, da ich eine Frau habe, bin ich durchaus gewillt, das zu ändern. Immerhin bin ich jetzt ein verheirateter Mann und führe nun ein ruhiges, geordnetes Leben."

„Was genau willst du denn ändern?" Belustigt legte Lucy die Gabel beiseite und beugte sich vor. „Keine roten Absätze mehr tragen?"

Er wollte etwas erwidern, stockte und schloss den Mund dann wieder. Machte sie sich etwa über ihn lustig? „Nun, das wohl nicht gerade."

„Oder die Stickereien auf deinen Westen und Röcken? Manchmal komme ich mir neben dir wie eine unscheinbare Pfauenhenne vor."

Simon runzelte die Stirn. „Ich …"

Ein verschmitztes Lächeln spielte um ihre Mundwinkel.

„Sind eigentlich auch all deine Strümpfe bestickt? Ich könnte mir vorstellen, dass die Rechnung deines Strumpfmachers beachtlich ist."

„Bist du bald fertig?"

Simon versuchte streng zu schauen, ahnte aber, dass er kläglich scheiterte. Er war froh, sie nach letzter Nacht so vergnügt zu sehen. Wenn er an den Schmerz dachte, den er ihr bereitet haben musste, zog sich immer noch alles in ihm zusammen. Und ihr dann noch heute Morgen zu zeigen, wie sie ihn mit rascher Hand beglücken konnte, war wirklich schändlich gewesen. Was musste sie nur von ihm denken? Kaum verheiratet, korrumpierte er auch schon seine unbedarfte junge Frau. Das warf kein gutes Licht auf ihn. Und das Traurige daran war – er würde es wieder tun, würde ihre Hand wieder auf sich legen. Er war so erregt gewesen, dass er Schmerzen gelitten hatte. Und allein der Gedanke an Lucys kühle kleine Hand auf seinem Glied erregte ihn erneut. Wie verworfen nur war er, dass die Aussicht darauf, unverdorbene Unschuld zu korrumpieren, ihn derart erregte?

„Ich möchte eigentlich gar nicht, dass du etwas änderst."

Simon blinzelte verwirrt und versuchte, seinen lüsternen Verstand darauf zu richten, was seine geschätzte Gemahlin sagte. Immerhin begriff er, dass Lucy wieder ernst geworden war.

Ihre Brauen waren gerade und gestreng. „Mit einer Ausnahme: Ich möchte, dass du dich nicht mehr duellierst."

Er holte tief Luft und setzte sein Weinglas an die Lippen, um Zeit zu schinden. *Verdammt.* Verdammt, verdammt, verdammt. Sie ließ sich nichts vormachen, sein Engel. Ruhigen Blickes sah sie ihn an, doch in ihren Augen war keine Gnade.

„Deine Besorgnis weiß ich wohl zu schätzen, aber …"

Just in diesem Augenblick kam Newton mit einem silbernen Tablett hereingehuscht. *Gott sei Dank.* „Die Post, Mylord."

Simon nickte ihm dankend zu und nahm die Briefe entgegen. „Vielleicht werden wir beide ja zu einem Ball eingeladen", frohlockte er.

Es waren indes nur drei Briefe, und er war sich bewusst, dass Lucy ihn noch immer beobachtete. Er warf einen kurzen Blick auf den ersten. Eine Rechnung. Seine Lippen krausten sich. „Nun, vielleicht aber auch nicht. Du könntest recht haben mit den roten Absätzen."

„Simon."

„Ja, meine Liebe?" Er legte die Rechnung beiseite und öffnete den nächsten Brief. Ein Schreiben eines begeisterten Rosenzüchters: „*... eine neue Propftechnik aus Spanien*" und so weiter. Auch dies wurde beiseitegelegt. Der dritte Brief trug kein Siegel im roten Wachs, und auch die Handschrift kannte er nicht. Er schlitzte ihn mit dem Buttermesser auf. Dann starrte er mit ungläubigem Blick auf die Worte vor sich.

Hören Sie auf, wenn Ihre junge Frau Ihnen lieb ist. Weitere Duelle oder Androhungen von Duellen werden ihren sofortigen Tod zur Folge haben.

Nie hätte er sich träumen lassen, dass sie statt seiner Lucy zum Ziel nehmen könnten. Bislang hatte er nur darauf geachtet, dass sie sicher war, wenn er bei ihr war. Aber sollte man sie angreifen, wenn er nicht zur Stelle wäre ...

„Wie lange willst du dich noch hinter diesem Brief verschanzen?", fragte Lucy.

Was, wenn sie verletzt wurde – oder gar *getötet*, was Gott verhüten möge –, und das allein seinetwegen? Könnte er noch leben in einer Welt, in der es sie nicht mehr gab? Sie und ihre gestrengen Brauen?

„Simon, ist alles in Ordnung? Was ist los?"

Endlich sah er auf. „Nichts. Tut mir leid. Es ist nichts." Er zerknüllte den Brief, stand auf und warf ihn ins Feuer.

„Simon ..."

„Kannst du Schlittschuh laufen?"

„Was?" Damit hatte sie jetzt überhaupt nicht gerechnet. Verwundert sah sie ihn an.

„Ich habe Pocket versprochen, mit ihr Schlittschuh laufen zu gehen, wenn die Themse zugefroren ist." Er räusperte sich verlegen. Welch eine törichte Idee. „Hättest du dazu Lust?"

Einen Moment noch schaute sie ihn schweigend an, dann stand sie plötzlich auf. Sie kam zu ihm und umfasste sein Gesicht. „Ja. Ich würde gern mit dir und Pocket Schlittschuh laufen gehen." Sie küsste ihn zärtlich.

Der erste Kuss, dachte er auf einmal, den sie ihm ganz von sich aus gegeben hatte. Am liebsten hätte er sie bei den Schultern gepackt, sie in seine Arme gezogen und nach oben getragen. Irgendwohin, wo sie sicher war. Stattdessen erwiderte er lediglich ihren Kuss, streifte seine Lippen sachte und zärtlich über die ihren.

Und fragte sich derweil, wie er sie nur beschützen konnte.

„Warum erzählst du mir nicht, wie es mit dem Schlangenprinzen weitergeht?", schlug Lucy etwas später am Abend vor. Mit dem Daumen verwischte sie auf dem Blatt vor sich die rote Pastellkreide, um Simons Ohr zu schattieren.

Was für einen herrlichen Nachmittag sie mit Pocket verbracht hatten! Simon hatte sich als ganz vorzüglicher Schlittschuhläufer erwiesen. Lucy wusste nicht zu sagen, warum sie das überraschte. Immer wieder war er in weiten, anmutigen Kreisen um sie und Pocket herumgefahren und hatte gelacht wie von Sinnen. Sie waren auf dem Eis geblieben, bis die Dämmerung hereinbrach und Pockets Nase ganz rosig schimmerte. Jetzt fühlte Lucy sich angenehm erschöpft und war gänzlich zufrieden damit, hier einfach mit Simon zu sitzen und ihn zu zeichnen. *So* hatte sie sich ihr gemeinsames Leben vorgestellt. Sie lächelte still, als sie ihn anschaute. Allerdings könnte er ein noch etwas besseres Modell abgeben.

Während sie ihn betrachtete, setzte Simon sich unruhig zurecht, und die Pose war verloren. Schon wieder. Lucy seufzte leise. Sie konnte ihren Mann schlecht ebenso herumkommandieren wie Hedge und ihn anweisen, endlich stillzusitzen. Aber es erwies sich als etwas schwierig, ihn zu zeichnen, wenn er sich andauernd bewegte. Sie ließ den Blick in dem kleinen Salon neben ihrem Schlafzimmer umherschweifen. Es war schön hier, sehr anheimelnd mit den weißen und rosigen Tönen und den über den Raum verstreuten Sesseln und Sofas. Und die Fenster zeigten nach Süden, was am Nachmittag gutes Licht gab und ideal zum Zeichnen war. Nun war es zwar schon Abend, aber trotz ihrer Einwände gegen die kostspielige Verschwendung hatte Simon mindestens ein Dutzend Kerzen angezündet.

„Wie bitte?“ Er hatte ihr nicht mal zugehört.

Wo war er nur in Gedanken? War es noch immer der mysteriöse Brief, den er beim Lunch bekommen hatte, oder ihr Ultimatum hinsichtlich seiner Duelle? Das war eine recht gewagte Forderung gewesen, keineswegs diplomatisch, zumal sie erst kurz verheiratet waren. Aber die Sache lag ihr zu sehr am Herzen, als dass sie darum herumreden wollte.

„Ich hatte dich gebeten, mir das Märchen weiterzuerzählen.“ Mit raschen Strichen schraffierte sie seine Schulter. „Das vom Schlangenprinzen. Bis Prinz Rutherford warst du gekommen. Und ich bin noch immer der Ansicht, dass du ihm lieber einen anderen Namen geben solltest.“

„Nein, das geht leider nicht.“ Bislang hatte er mit den Fingern auf sein Knie getrommelt, nun saß er still. „Der Name gehört zu dem Märchen. Oder willst du, dass ich mit einer langen Tradition breche?“

„Hmm.“ Sie fragte sich ja schon geraume Zeit, ob Simon sich das Märchen nicht vielmehr während des Erzählens ausdachte.

„Hast du schon Bilder für das Märchen fertig?“

„Ja.“

Anerkennend hob er die Brauen. „Dürfte ich sie mal sehen?“

„Nein.“ Sie schattierte seine Armbeuge. „Nicht ehe ich ganz fertig bin. Und jetzt bitte die Geschichte.“

„Nun denn.“ Er räusperte sich. „Der Schlangenprinz hatte unsere Angelica in schimmerndes Kupfer gekleidet.“

„War das nicht fürchterlich schwer?“

„Leicht wie eine Feder, versichere ich dir. Und abermals winkte er mit blasser Hand, und auf einmal standen er und Angelica oben am Schloss und konnten zusehen, wie die prächtig gewandeten Gäste sich für den großen Ball einfanden. ‚Hier', sagte der Schlangenprinz zu ihr. ‚Trage dies, und sei beim ersten Hahnenschrei zurück.' Und er reichte ihr eine kupferne Maske. Angelica dankte ihm, setzte die Maske auf und machte sich voll banger Erwartung auf den Weg zum Ball. ‚Und vergiss nicht', rief der Schlangenprinz ihr nach. ‚Beim ersten Hahnenschrei und nicht später!'"

„Warum? Was würde denn passieren, wenn sie nicht rechtzeitig zurückkäme?" Lucy runzelte die Stirn und umriss mit leichten Strichen seine Ohren. Ohren waren immer ganz besonders kompliziert.

„Du wirst dich einfach gedulden müssen, bis ich so weit bin."

„Ich konnte es noch nie leiden, wenn Leute das sagen."

„Möchtest du das Märchen nun hören oder nicht?" Streng sah er sie an. Natürlich neckte er sie nur, und auf einmal ging ihr auf, wie sehr sie diese unbeschwerten Momente mit ihm schätzte. Wenn er sie so neckte, war ihr, als verständigten sie sich in einer Geheimsprache, die nur sie beide verstünden. Ein törichter Gedanke, gewiss, und doch wurde er ihr dadurch nur umso lieber.

„Ja, natürlich", erwiderte sie artig.

„Gut. Wie du dir vorstellen kannst, war der Ball des Königs ein rauschendes Fest. Hunderte Kristalllüster erhellten den großen Saal, und Gold und Silber funkelten an den Hälsen der schönsten Frauen im ganzen Land. Doch Prinz Rutherford hatte nur Augen für Angelica. Jeden Tanz tanzte er mit ihr, und dann bat er sie, ihm ihren Namen zu verraten."

„Und hat sie es getan?"

„Nein. Denn just da sie ihm ihren Namen sagen wollte, fiel das erste Licht des Morgens zu den Palastfenstern hinein, und sie wusste, dass der Hahn bald krähen würde. Flugs eilte sie aus dem Ballsaal, und kaum hatte sie die Schwelle überschritten, fand sie sich schon wieder in der Höhle des Schlangenprinzen."

„Sitz mal bitte still." Lucy mühte sich gerade mit seinem Augenwinkel.

„Ich tue, wie Ihr mir heißt, Mylady."

Sie schnaubte leise.

Er grinste. „Den nächsten Tag hütete Angelica wieder die Ziegen, nur ab und an machte sie ein kleines Nickerchen, war sie doch recht müde, nachdem sie die ganze Nacht getanzt hatte. Am Abend suchte sie abermals den Schlangenprinzen in seiner Höhle auf. ‚Was kann ich denn nun für dich tun?', fragte er wenig überrascht, hatte er sie doch fast erwartet. ‚Heute Abend findet wieder ein Ball statt', erwiderte sie. ‚Könntest du mir nicht ein neues Kleid machen?'"

„Nun wird sie aber unersättlich", murmelte Lucy.

„Prinz Rutherfords güldenes Haar war einfach zu betörend", sagte er unschuldig. „Und der Schlangenprinz erklärte sich bereit, ihr ein neues Kleid zu zaubern. Aber, so ließ er sie wissen, dafür müsste er sich die rechte Hand abhacken."

„Abhacken?", fragte Lucy entsetzt. „Beim ersten Kleid musste er das doch auch nicht."

Fast mitleidig sah Simon sie an. „Letztlich ist auch er nur ein sterbliches Wesen. Um Angelica ein weiteres Kleid herbeizuzaubern, muss er ein Opfer bringen."

Ein Schauder des Unbehagens kroch ihr über den Rücken. „Ich weiß nicht, ob ich das Märchen jetzt noch mag."

„Nein?", fragte er, erhob sich aus seinem Sessel und schlenderte zu ihr hinüber. Wie gefährlich er doch aussah!

„Nein." Gespannt sah sie ihn auf sich zukommen.

„Das tut mir leid. Dabei möchte ich dir nur Freude bereiten." Er nahm ihr die Kreide aus der Hand und legte sie in das Holzkästchen neben ihr. „Doch leider kann ich auch vor den unschönen Wahrheiten des Lebens nicht die Augen verschließen." Er neigte den Kopf und streifte mit den Lippen über ihren Hals. „Sosehr ich es mir auch wünschte."

„Ich will vor den Wahrheiten des Lebens auch gar nicht die Augen verschließen", sagte sie leise. Als er seinen Mund über der Mulde an ihrem Hals öffnete, schluckte sie schwer. „Aber ich finde, dass wir nicht so viel Gedanken an die Schrecken des Lebens verschwenden sollten. Es gibt so viel schönere Dinge."

„Du sagst es", flüsterte er.

Ehe sie sich's versah, hatte er sie gepackt und auf seine Arme gehoben. Lucy klammerte sich an seine Schultern, als er sie hinüber in ihr Schlafzimmer trug und auf dem Bett absetzte. Und dann war er über ihr und küsste sie mit geradezu verzweifelter Leidenschaft.

Der Ansturm der Empfindungen war so überwältigend, dass Lucy die Augen schloss. Kein einziger Gedanke blieb ihr, wenn er sie so innig, so begierig, so verlangend küsste, als wolle er sie mit Haut und Haaren verschlingen. „Simon, ich ..."

„Schsch. Ich weiß, dass du noch wund bist, dass ich es nicht tun sollte, dass ich ein unbeherrschtes Tier bin, so bald auch nur wieder daran zu denken. Aber bei Gott, ich kann nicht anders." Als er den Kopf hob, um sie anzusehen, sah sie wilde Leidenschaft in seinen Augen lodern. Wie hatten ihr seine grauen Augen nur jemals kalt erscheinen können? „Bitte."

Wie hätte sie ihm diese Bitte abschlagen können? Das Herz ging ihr auf, und ein sinnliches Lächeln huschte über ihre Lippen. „Ja."

Mehr brauchte sie nicht zu sagen, und mehr blieb ihr auch nicht zu sagen. Kaum hatte sie seinem Ansinnen zugestimmt, zerrte er ihr auch schon die Kleider vom Leib. Sie hörte Stoff reißen. Ihre Brüste waren entblößt, und er schloss seine Lippen um eine der Knospen und saugte so kräftig, dass ihr der Atem stockte. Sie packte seinen Kopf, hielt ihn mit beiden Händen umklammert und spürte seine Zähne auf ihrer Haut. Dann wandte er sich ihrer anderen Brust zu, liebkoste die Spitze erst mit dem Daumen, rieb sie und kniff sie. Es war so unglaublich, was er mit ihr machte, dass sie kaum noch zu Atem kam.

Jäh setzte er sich auf und streifte seine Weste ab. Sein Hemd segelte kurz darauf zu Boden.

Wie gebannt schaute sie auf seinen nackten Oberkörper, seine blasse, straffe Haut. Sehnige Muskeln spannten sich bei jeder Bewegung in seinen Armen. Er atmete schwer, und die hellen Haare auf seiner Brust waren feucht von Schweiß. So ein schöner Mann war er – und er gehörte ganz ihr. Eine Welle der Erregung durchfuhr sie. Er sprang vom Bett, entledigte sich seiner Breeches und der Strümpfe, dann knöpfte er seine Leibwäsche auf.

Gespannt hielt sie den Atem an. Noch nie hatte sie einen gänzlich nackten Mann gesehen – nun war es höchste Zeit, wie sie fand. Doch noch ehe sie viel gesehen hätte, war er auch schon wieder auf ihr und versteckte das Interessanteste vor ihren Blicken. Ein seltsamer Gedanke kam ihr: War er womöglich schüchtern? Oder hatte er Angst, sie zu schockieren? Sie hob den Blick, um ihm in die Augen zu schauen, und wollte ihm ihre Vermutungen mitteilen – und dass seine Sorge unbegründet war, hatte sie doch ihr ganzes Leben auf dem Lande zugebracht und genügend Tiere gesehen, die sich wenig um Anstand kümmerten –, doch er kam ihr zuvor.

„Wenn du mich so anschaust, erregst du mich nur noch mehr.“ Seine Stimme war rau, fast heiser. „Und wie du gewiss gemerkt hast, brauche ich keinen solchen Ansporn, wenn ich in deiner Nähe bin.“

Bei seinen Worten senkte sie die Augen. Er hatte sie durchschaut. Sie wollte ihn schmecken, wollte Dinge mit ihm machen, derer sie sich kaum bewusst war. *Mehr*. Sie wollte mehr.

„Ich will in dir sein“, flüsterte er. „Die ganze Nacht will ich in dir sein, und dich um mich spüren, wenn ich aufwache, dich lieben, noch ehe du die Augen aufschlägst.“ Er kniete sich über sie. Sein Blick war wild, angespannt, und sie genoss es, dass er sie so ansah. „Wenn ich nur könnte, mein liebster Engel, würde ich dich schon während des Abendessens auf meinem Schoß halten, tief in dir sein. Ich würde dich mit Erdbeeren und Sahne füttern und ganz reglos in dir sein. Die Lakaien würden uns bedienen und nicht einen Moment ahnen, dass ich tief in dir wäre. Deine Röcke würden uns bedecken, aber du müsstest auch ganz, ganz still halten, damit niemand etwas merkt."

Seine sinnlichen Worte ließen sie am ganzen Leib pulsieren. Sie presste die Schenkel zusammen und lauschte wie gebannt, während er ihr herrlich verworfene, verbotene Worte ins Ohr flüsterte.

„Und nach dem Essen", fuhr er fort, „würde ich die Dienstboten fortschicken. Ich würde dein Mieder hinabziehen und an deinen Brüsten saugen, bis du um Gnade bettelst. Und noch immer ließe ich nicht von dir."

Sie erschauerte vor Wonne.

Zärtlich küsste er ihren Hals, seine Liebkosung war so viel sanfter als seine harschen Worte. „Auf den Tisch würde ich dich setzen. Ganz, ganz vorsichtig, damit wir einander nicht verlören, und dann würde ich dich lieben, bis wir beide schrien vor Lust." Warm streichelten seine Worte ihre Haut. „Ich kann einfach nicht anders. Ich weiß nicht, wohin mit meinen Empfindungen. In der Kutsche will ich dich lieben, in der Bibliothek und ja, auch draußen, in der Sonne, im grünen Gras. Gestern habe ich eine halbe Stunde nur damit zugebracht, mir auszurechnen, wann es endlich warm genug dazu wäre."

Seine Worte waren so sinnlich, so leidenschaftlich, dass es sie fast ängstigte. Nie hätte sie gedacht, dass sie selbst ein so wollüstiges Geschöpf wäre, aber mit ihm verlor sie alle Beherrschung, konnte nichts anderes mehr fühlen als Verlangen und Verzücken. Er beugte sich über sie und warf ihre Röcke hoch, sodass sie von der Taille abwärts nackt war. Dann betrachtete er, was er soeben entblößt hatte.

„Das will ich." Er legte die Hand auf ihren Schoß. „Die ganze Zeit. Das will ich tun ...", er schob sich auf sie und senkte seine Hüften, bis er sich hart an ihren Schoß drängte, „... die ganze Zeit."

Sie stöhnte. Was tat er nur mit ihr?

„Willst du es auch?“ Er bewegte sich an ihr, drang indes nicht in sie ein, glitt über ihren feuchten Schoß, rieb über die kleine Knospe.

Mit einem wehrlosen Seufzen bäumte sie sich auf.

„Willst du?“, flüsterte er, den Mund an ihrer Schläfe. Wieder bewegte er die Hüften.

Die reinste Wonne. „Ich …“

„Willst du?“ Er biss in ihr Ohrläppchen.

„Ohhh.“ Sie konnte nicht mehr klar denken, konnte nicht in Worte fassen, was sie sagen wollte. Sie wollte nur noch fühlen.

„Willst du?“ Mit den Händen umfing er ihre Brüste und zwickte sie in die Spitzen, als er abermals über sie glitt.

Und da erreichte sie den Höhepunkt der Lust, grub ihre Hüften in die seinen, sah hinter dem Dunkel ihrer Lider Sterne funkeln und stöhnte hemmungslos.

„Wie schön du bist“, murmelte er, brachte sich in Stellung und stieß in sie vor.

Sie spürte einen leichten Schmerz, aber es kümmerte sie nicht. Sie wollte ihn in sich haben, ihrem Innersten so nah wie möglich. Mit einer Hand fasste er unter ihr Knie und hob eines ihrer Beine an, als er abermals zustieß. Sie öffnete sich ihm, immer weiter, nahm ihn in sich auf. Stöhnend lauschte sie seinem schweren Atem. Noch einmal stieß er vor, bis er ganz in ihr war.

Dann stöhnte auch er. „Tut es weh?“

Sie schüttelte den Kopf. Warum bewegte er sich nicht?

Seine Miene war angespannt. Er neigte den Kopf und küsste sie sanft, streifte nur flüchtig ihre Lippen, berührte sie kaum. „Diesmal werde ich dir nicht wehtun.“

Dann hob er auch ihr anderes Knie und drängte sich fest an sie. Sie seufzte vor Wonne. Genau so sollte es sein, und sie schwebte im siebten Himmel.

Er ließ seine Hüften kreisen und stieß atemlos hervor: „Ist es gut so?“

„Mmmh … ja."

Er lächelte angestrengt. Und ließ wieder die Hüften kreisen. Dann küsste er sie innig, liebte ihren Mund mit seiner Zunge, folgte den harten, drängenden Bewegungen seines Leibes. Sie ließ sich in einem sinnlichen Rausch treiben und wusste nicht, wie lange sie einander so liebten. Die Zeit schien stillzustehen, als wären sie fernab der Welt in einen Kokon sinnlicher Lust und innigster Vertrautheit eingesponnen. Fest hielt sie ihn an sich geschmiegt. Ihr Mann. Ihr Geliebter.

Auf einmal erstarrte er, und seine Bewegungen wurden schneller, ruckartiger.

Sie keuchte und umfasste sein Gesicht, denn sie wollte bei ihm sein, wenn es geschah. Hart stieß er in sie, und kurz ehe ihre eigene Welt in tiefen Taumel versank, spürte sie seinen Samen warm in sich. Sein Mund erschlaffte auf dem ihren, doch sie hörte nicht auf, ihn zu küssen, leckte seine Unterlippe, kostete seinen Mund.

Er stieß sich von ihr ab, doch sie schloss die Arme nur noch fester um ihn. „Bleib."

Fragend sah er sie an.

„Bleib bei mir. Die ganze Nacht. Bitte."

Ein feines Lächeln spielte um seine Lippen, ehe er erwiderte: „Immer."

13. KAPITEL

Für dich ist das kein Spiel, oder?", fragte Christian an einem der folgenden Abende. Er sprach mit gesenkter Stimme, dennoch sah Simon sich besorgt um.

Das Drury Lane Theatre wimmelte von Menschen wie eine Leiche von Maden. Er hatte für sich, Lucy, Rosalind und Christian eine Loge im zweiten Rang reserviert. So saßen sie nah genug der Bühne, um jede Geste der Schauspieler zu sehen, indes hoch genug, als dass keine Gemüsegeschosse sich zu ihnen verirren konnten, sollte das Stück dem Publikum missfallen. Bislang benahm der Pöbel im Parkett sich indes noch recht zivilisiert. Die Prostituierten hielten sich weitestgehend bedeckt, und der Lärm war so gemäßigt, dass man David Garrick, der einen schon etwas in die Jahre gekommenen Hamlet gab, tatsächlich verstehen konnte. Wobei gewiss nicht von Nachteil war, dass der Mime sich wie ein zeterndes Fischweib gebärdete.

„*WIE*", echauffierte sich Garrick, „bildet Ihr Euch ein, dass *ich* leichter zu *spielen* sei als eine PFEIFE?" Speicheltropfen glitzerten im Schein der Bühnenlichter.

Simon verzog das Gesicht. Ihm war es weitaus lieber, Shakespeare zu lesen, als ihn aufgeführt zu sehen – immer vorausgesetzt, dass er sich überhaupt mit dem Barden abgab, was eher selten der Fall war. Er sah zu Lucy hinüber. Sie war wie gebannt, sein Engel – die Lider leicht gesenkt, die Lippen leicht geöffnet –, und verfolgte das Stück sichtlich angetan. Die dunkelrot samtenen Vorhänge der Loge brachten ihr blasses Profil und ihr dunkles Haar fabelhaft zur Geltung. Sie war von geradezu unerträglicher Schönheit.

Er wandte den Blick ab und sich anderen Dingen zu. „Wovon redest du eigentlich?"

Christian schaute düster. „Das weißt du ganz genau. Von

den Duellen. Warum tötest du diese Männer?“

Simon hob die Brauen. „Was glaubst du denn?“

Der junge Mann schüttelte den Kopf. „Zuerst dachte ich, es wäre eine Frage der Ehre, dass sie vielleicht eine Dame beleidigt hätten, die dir nah ist.“ Sein Blick huschte kurz zu Rosalind. „Ich hatte Gerüchte gehört ... Nun ja, vor ein paar Jahren, ehe dein Bruder gestorben ist, waren sie in aller Munde.“

Simon schwieg und wartete.

„Dann dachte ich, dass du dir vielleicht einen gewissen Ruf erwerben wolltest. Dich damit rühmen, im Duell getötet zu haben.“

Simon schnaubte verächtlich. *Ruhm*. Mein Gott, welch ein Gedanke.

„Aber bei James ...“, fast hilflos schaute Christian ihn an, „... bist du mit solcher Unerbittlichkeit, solcher Grausamkeit vorgegangen, dass ich mir dachte, es muss etwas sehr Persönliches sein. Was hatte der Mann dir getan?“

„Meinen Bruder umgebracht.“

Ungläubig schaute Christian ihn an. „Ethan?“

„Sprich leiser“, meinte er mit kurzem Blick auf Rosalind. Obwohl sie weniger an dem Stück interessiert schien als Lucy, schaute auch sie gebannt auf die Bühne und schien nichts von dem Gespräch der beiden Männer mitzubekommen. Er wandte sich wieder Christian zu. „Ja.“

„Aber wie ...?“

„Das will ich nicht hier erörtern“, erwiderte er ungeduldig. Warum musste er sich überhaupt für sein Tun rechtfertigen?

„Du suchst noch einen weiteren, nicht wahr?“

Simon stützte sein Kinn in die Hand. „Woher willst du das wissen?“

Unbehaglich rutschte Christian auf seinem rot samtenen und güldenen Stuhl herum und schien um eine Antwort verlegen.

Zur Abwechslung warf Simon derweil mal wieder einen Blick auf die Bühne. Hamlet schlich sich gerade an seinen im

Gebet niederknienden Onkel heran. Der Dänenprinz hob das Schwert, erging sich in Versen – und steckte es wieder weg. Eine weitere Gelegenheit zur Rache vertan. Simon seufzte. Dieses Stück hatte er schon immer ganz besonders langatmig gefunden. Warum brachte der Prinz seinen Onkel nicht einfach um, und die Sache wäre erledigt?

„Mich kannst du nicht für dumm verkaufen. Ich bin dir gefolgt."

„Was?" Jäh richtete Simon seine Aufmerksamkeit wieder auf den jungen Mann neben sich.

„Ja, während der letzten Tage", sagte Christian. „Ins *Devil's Playground* und an ähnlich verrufene Orte. Du gehst rein, trinkst nichts, läufst suchend umher, befragst das Personal ..."

Ungehalten unterbrach Simon die Aufzählung. „Warum folgst du mir?"

Darauf ging Christian nicht ein. „Du suchst einen Mann von Rang und Namen. Einen Adeligen. Jemand, der spielt, aber nicht so besessen vom Spiel ist wie James, denn sonst hättest du ihn längst gefunden", schlussfolgerte er.

„Warum folgst du mir?", stieß Simon abermals hervor.

„Wie sollen denn all diese Männer – Männer von Rang und Namen und aus guter Familie – deinen Bruder umgebracht haben?"

Simon beugte sich vor, bis sein Gesicht dem Christians ganz nah war. Aus dem Augenwinkel nahm er wahr, dass Lucy sich nach ihnen umdrehte. Ihm war es gleich. „Warum folgst du mir?"

Christian blinzelte erschreckt. „Weil ich dein Freund bin. Ich ..."

„Bist du das?" Fast drohend hingen seine Worte in der Luft.

Auf der Bühne fuhr Hamlet derweil mit dem Schwert durch Polonius. Die Aktrice, die Gertrude spielte, kreischte in grellen Tönen: „Oh, was für rasche und blutige Tat ist das!" Aus der Loge nebenan drang schrilles Gelächter.

„Bist du wirklich mein Freund, Christian Fletcher?", flüsterte Simon. „Wirst du treu zu mir stehen und mir niemals in den Rücken fallen?"

Christian senkte den Blick. Als er wieder aufsah, lag ein grimmig entschlossener Zug um seinen Mund. „Ja, ich bin dein Freund."

„Wirst du mir sekundieren, wenn ich ihn gefunden habe?"

„Ja. Das weißt du doch genau."

„Dafür danke ich dir."

„Aber wie kannst du nur so weitermachen?" Der Blick des jungen Mannes war eindringlich auf ihn gerichtet. Als er sich vorbeugte, zog er abermals Lucys Aufmerksamkeit auf sich. „Weshalb bringst du einen nach dem anderen um? Wie kannst du so etwas tun?"

„Es tut nichts zur Sache, *wie* ich so etwas tun kann." Simon sah beiseite. *James' blicklose Augen, die ins Leere starrten.* „Es zählt nur, *dass* es getan wird. Dass mein Bruder gerächt wird. Verstehst du das?"

„Ich … ja."

Simon nickte zufrieden und lehnte sich zurück. Um Lucy zu beruhigen, lächelte er. „Gefällt dir das Stück, meine Liebe?"

„Sehr", erwiderte sie. Doch sie war nicht so leicht zu täuschen. Fragend ging ihr Blick zwischen ihm und Christian hin und her. Dann seufzte sie und wandte sich wieder der Bühne zu.

Simon ließ seinen Blick über das Publikum schweifen. Ihnen gegenüber richtete eine Dame in besticktem Scharlachrot ihre Lorgnette auf ihn und setzte sich in Pose. Er wandte sich ab. Im Parkett drängte sich ein breitschultriger Mann durch die Menge, wobei er eine junge Frau mit dem Ellbogen beiseitestieß. Sie schrie empört auf und stieß ihn zurück. Als der Mann sich nach ihr umdrehte, beugte Simon sich gespannt vor, um sein Gesicht deutlicher zu sehen. Als ein weiterer Mann sich in den Streit einmischte, wandte der erste sich ab und drängte weiter nach vorn.

Simon lehnte sich wieder zurück. Es war nicht Walker.

Seit er vor ein paar Tagen den Drohbrief bekommen hatte, war er auf der Suche nach dem letzten der Verschwörer gewesen, die Ethan umgebracht hatten. Christian mochte ihm ja abends in die Spielhöllen gefolgt sein, aber nicht bei Tage, wenn er sich in Kaffeehäusern, bei Pferdeauktionen oder Herrenschneidern umsah. Doch nirgends war er Walker begegnet. Aber er musste in London sein, denn auf seinem Familiensitz in Yorkshire war er nicht. Simon kannte Leute, die sich für ihn in der Gegend umgehört hatten, und Lord Walker war seit Monaten nicht dort gesehen worden. Natürlich konnte er außer Landes oder gar nach Übersee geflüchtet sein, aber das glaubte Simon nicht. Walkers Familie residierte noch immer in ihrem Stadthaus.

Auf der Bühne sang sich eine von ihrem Liebsten geschmähte Ophelia die verzweifelte Seele aus dem korpulenten Leib. Herrje, dieses Stück war wirklich kaum auszuhalten! Simon rutschte auf seinem Stuhl herum. Wenn es nur endlich vorbei wäre. Und wenn er nur endlich Walker duellieren, töten, den Mann ins Grab und seinem Bruder Frieden bringen könnte. Vielleicht könnte er Lucy dann endlich in die Augen schauen, ohne dort einen steten, stillen Vorwurf zu sehen – den er sich einbilden mochte, vielleicht aber auch nicht. Dann könnte er vielleicht wieder schlafen, ohne Furcht, beim Aufwachen all seine Hoffnungen zerstört zu finden. Denn derzeit schlief er kaum. Er wusste, dass er auch Lucy des Nachts mit seiner Unruhe um den Schlaf brachte, aber was sollte er tun? Seine Träume – sowohl die wachen des Tages als auch die der Nacht – waren erfüllt von Lucy. Lucy in Gefahr, Lucy verletzt oder – Gott möge behüten! – Lucy tot. Lucy, die sein dunkles Geheimnis herausfand und sich entsetzt von ihm abwandte. Lucy, die ihn verließ. Und wenn diese Träume ihn gnädig verschonten, so suchten ihn andere, ältere heim. Ein mahnender Ethan. Ein bittender Ethan. Ein sterbender Ethan. Simon tastete nach der Stelle, an der der Siegelring der Iddesleighs hätte sitzen sollen. Er hatte ihn verloren. Noch eine Niederlage.

Geschrei erhob sich aus der Menge. Simon schaute gerade noch rechtzeitig auf, um das finale Blutbad auf der Bühne nicht zu verpassen. Das Schwert des Laertes war besonders unersättlich. Das Publikum applaudierte und johlte begeistert.

Simon stand auf und hielt Lucy ihren Umhang hin.

„Alles in Ordnung?", fragte sie ihn im Schutz des tosenden Lärms.

„Ja." Er lächelte. „Ich hoffe, es hat dir gefallen."

„Aber ja, das weißt du doch." Sie drückte seine Hand, eine leise, vertrauliche Geste, die es fast wert machte, diesen zähen Abend ertragen zu haben. „Danke, dass du mit mir hier warst."

„Es war mir ein Vergnügen", versicherte er ihr und hob ihre Hand an seine Lippen. „Wenn du magst, werden wir uns alle Stücke des Barden ansehen."

„Wie lieb von dir."

„Nur für dich, meine Liebe."

Ihre Augen weiteten sich und schimmerten feucht. Fragend sah sie ihn an, als suche sie in seinem Gesicht nach einer Antwort auf etwas Unausgesprochenes. Wusste sie denn nicht, wie weit er für sie zu gehen bereit war? Was er alles für sie tun würde?

„Ich weiß nie so ganz, was ich von Hamlet halten soll", meinte Christian hinter ihnen.

Lucy sah beiseite. „Ich liebe Shakespeare. Aber Hamlet …" Sie schauderte. „Das Stück hat so ein düsteres, trostloses Ende. Und mir scheint, dass ihm nie so ganz bewusst wird, welches Leid er der armen Ophelia angetan hat."

„Und als er zu Laertes ins Grab springt …" Rosalind schüttelte den Kopf. „Meiner Ansicht nach tut er sich vor allem selbst leid."

„Vielleicht verstehen ja Männer nie so ganz, was sie ihren Frauen antun", murmelte Simon.

Lucy legte ihre Hand auf seinen Arm, und sie schoben sich mit der Menge zum Ausgang. Draußen schlug ihnen kalte Winterluft entgegen. Gentlemen standen auf den Stufen vor dem Theater und riefen wild durcheinander, als sie Lakaien anwiesen, ihre Kutschen vorfahren zu lassen. Da alle zugleich aufbrachen, konnten die Lakaien den vielen Anfragen kaum nachkommen. Lucy fröstelte, der Wind blies ihr die Röcke gegen die Beine.

Simon sah es mit einem Stirnrunzeln. Wenn sie noch länger hier draußen stand, würde sie sich erkälten. „Bleib du hier bei den Damen", sagte er zu Christian. „Ich kümmere mich selbst um die Kutsche."

Christian nickte.

Simon drängte sich durch die vielen Menschen und kam nur langsam voran. Erst als er am Fuße der Treppe und auf der Straße angelangt war, fiel ihm ein, dass er vielleicht doch nicht von Lucys Seite hätte weichen sollen. Das Herz schlug ihm bang in der Brust. Er drehte sich um und sah Christian zwischen Lucy und Rosalind am Kopf der Treppe stehen. Eben sagte der junge Mann etwas, worüber Lucy lachte. Es schien keinen Grund zur Besorgnis zu geben. Alles schien in Ordnung. Und dennoch. Sicher war sicher. Simon machte auf dem Absatz kehrt.

Just in diesem Moment entschwand Lucy plötzlich seinem Blick.

Lucy schaute Simon hinterher, wie er sich seinen Weg durch die Menge bahnte. Etwas beunruhigte ihn, das spürte sie.

Auf der anderen Seite von Mr. Fletcher hob Rosalind fröstelnd die Schultern. „Wie mir dieses Gedränge danach doch stets den Theaterbesuch verleidet."

Lächelnd sah der junge Mann sie an. „Simon wird bald zurück sein. Das geht auf jeden Fall schneller, als wenn wir darauf warten, dass einer der Lakaien uns die Kutsche holt."

Um sie her wogte und brandete die Menge wie eine aufgewühlte See. Eine Dame stieß von hinten gegen Lucy und murmelte eine Entschuldigung. Lucy nickte kurz, den Blick noch immer auf ihren Gatten gerichtet. Simon war die letzten Abende außer Haus gewesen und erst spät zurückgekehrt. Auf ihre Fragen hatte er mit Scherzen geantwortet, und war sie dennoch beharrlich geblieben, hatte er sie geliebt. So eindringlich und unermüdlich hatte er sie berührt und verführt, als wäre es jedes Mal das letzte Mal.

Und heute während des Stücks hatte er andauernd mit Mr. Fletcher gestritten. Sie hatte kein Wort verstehen können, aber seine Miene war düster gewesen. Warum vertraute er sich ihr nicht an? Gewiss sollte das doch auch zu einer Ehe gehören, dass die Frau ihren Mann unterstützte und seine Sorgen auf ihre Schultern bürdete? Sie hatte angenommen, dass sie und Simon sich nach der Hochzeit näherkämen, dass sich zwischen ihnen eine Harmonie einstellen würde, wie sie sie bei manchen älteren Paaren erlebt hatte. Stattdessen schienen sie sich immer weiter voneinander zu entfernen, und sie wusste nicht, was sie dagegen tun sollte. Wie sollte sie diese Kluft zwischen ihnen überwinden? War sie überhaupt zu überwinden? Vielleicht war ihre harmonische Vorstellung der Ehe nur ein naiver Mädchentraum. Vielleicht entsprach diese Distanz zwischen ihnen einfach der ehelichen Wirklichkeit.

Mr. Fletcher neigte sich ihr zu. „Vielleicht hätte ich Simon mehr Trinkgeld geben sollen."

Lucy musste lachen. Als sie sich ihm zuwandte und etwas erwidern wollte, bekam sie von rechts einen kräftigen Schubs. Sie fiel auf die Knie und versuchte, mit den Händen den Sturz auf die harten Marmorstufen abzufangen. Obwohl sie Lederhandschuhe trug, brannten ihr die Handflächen vor Schmerz. Jemand packte sie bei den Haaren und riss ihr heftig den Kopf zurück. Geschrei. Sie konnte nichts sehen außer einem Meer aus Röcken und den grauen Stufen. Ein Tritt traf sie in die Rippen. Sie keuchte und rang nach Luft, dann wurde auf einmal ihr Haar losgelassen. Mr. Fletcher kämpfte über ihr mit einem anderen Mann. Lucy schützte ihr Gesicht, so gut es ging, und hatte schreckliche Angst, zu Tode getrampelt zu werden. Rosalind schrie. Lucy bekam einen weiteren Tritt in den Hintern und spürte ein schweres Gewicht auf ihrem Rücken.

Und dann war Simon da. Sie konnte seine wütende Stimme aus dem Lärm der Menge heraushören. Das schwere Gewicht hob sich von ihr, Simon packte sie und zog sie hoch.

„Geht es dir gut?“ Sein Gesicht war totenbleich.

Sie versuchte zu nicken, da hatte er sie auch schon auf seine Arme gehoben und eilte mit ihr die Treppe hinunter.

„Hast du gesehen, wohin er verschwunden ist?“, fragte Mr. Fletcher, der völlig außer Atem neben ihnen herlief.

„Simon, er wollte sie umbringen!“, rief Rosalind entsetzt.

Lucy zitterte so sehr, dass ihre Zähne klapperten. Jemand hatte soeben versucht sie umzubringen! Auf der Treppe vor dem Theater hatte sie gestanden und sich nichts Böses gedacht, und jemand hatte versucht sie umzubringen. Mit vor Schreck bebenden Händen klammerte sie sich an Simons Schultern.

„Ich weiß“, erwiderte Simon düster. Seine Hände spannten sich an ihrem Rücken, um ihre Beine. „Christian, würdest du Rosalind nach Hause begleiten? Ich muss Lucy zu einem Arzt bringen.“

„Natürlich.“ Der junge Mann nickte. Seine Sommersprossen stachen dunkel aus dem bleichen Gesicht. „Ich helfe, wo ich nur kann.“

„Gut.“ Eindringlich sah Simon den jungen Mann an. „Und noch etwas, Christian.“

„Ja?“

„Danke.“ Simon sprach leise. „Du hast ihr das Leben gerettet.“

Über Simons Schulter sah Lucy, dass Mr. Fletchers Augen sich weiteten. Ein verlegenes Lächeln huschte über sein Gesicht, ehe er sich mit Rosalind zum Gehen wandte. Ob Simon wusste, wie sehr der junge Mann ihn bewunderte?

„Ich brauche keinen Arzt“, protestierte Lucy. Ihre Stimme zitterte, was ihren Worten gewiss wenig Nachdruck verlieh.

Simon tat, als hätte er nichts gehört. Er eilte die Treppe

hinunter, bahnte sich seinen Weg durch die Menge, stieß ungehalten beiseite, wer ihm im Wege stand. Als sie endlich die Straße erreicht hatten, lichtete sich das Gedränge etwas.

„Simon."

Er lief nur noch schneller.

„Simon, du kannst mich jetzt runterlassen. Ich kann selber laufen."

„Sei still."

„Aber du musst mich nicht tragen."

Als sie seinen Blick kurz auffing, sah sie zu ihrem Entsetzen, dass er Tränen in den Augen hatte. „Doch, muss ich", stieß er hervor.

Daraufhin gab sie Ruhe. Mit unvermindertem Tempo eilte er durch die Straßen, bis sie endlich zu ihrer Kutsche gelangt waren. Simon verfrachtete sie in den Wagen, sprang hinterher und pochte laut an die Decke. Mit einem Ruck setzten sie sich in Bewegung.

Er zog sie auf seinen Schoß und band ihren Hut auf. „Ich hätte Christian sagen sollen, dass er den Arzt gleich zu mir schicken soll." Er streifte ihr den Umhang von den Schultern. „Sowie wir zu Hause sind, lasse ich ihn rufen." Er drehte sie zur Seite, sodass er an die Knöpfe ihres Kleides gelangen konnte.

Wollte er sie etwa in der fahrenden Kutsche ausziehen? Doch seine Miene war so ernst, so besorgt, dass sie die Frage ganz sanft stellte: „Was tust du da?"

„Schauen, wo du verletzt bist."

„Aber ich habe dir doch gesagt, dass alles in Ordnung ist", versicherte sie ihm.

Schweigend knöpfte er ihr Kleid auf, streifte es ihr von den Schultern, öffnete ihr Korsett und betrachtete dann reglos ihre entblößte Seite. Lucy folgte seinem Blick. Knapp neben ihrer Brust befleckte ein feines blutiges Rinnsal ihr Kamisol. Im Stoff ihres Kleides fand sich an derselben Stelle ein ebenso feiner Riss. Vorsichtig band Simon ihr das Hemd auf, schob es beiseite und enthüllte eine frische Schnittwunde. Nun, da sie die Wunde sah, spürte Lucy auch ein scharfes Brennen. Inmitten all des Aufruhrs und der Aufregung hatte sie den Schmerz gar nicht bemerkt. Sie war mit dem Messer angegriffen worden! Eine furchtbare Sache, doch zum Glück war die Verletzung nicht schlimm.

„Fast hätte er dich erwischt." Mit den Fingern tastete Simon knapp unterhalb des Schnittes. „Ein bisschen fester und tiefer, und er hätte dein Herz erwischt." Seine Stimme klang ruhig, aber Lucy gefiel nicht, wie seine Nasenflügel sich blähten, bis sie ganz weiß waren.

„Simon."

„Hätte er nicht knapp daneben ..."

„Simon ..."

„Wäre Christian nicht da gewesen ..."

„Es ist nicht deine Schuld."

Nun endlich schaute er sie an, und sie sah, dass die Tränen ihn überwältigt hatten. Zwei liefen ihm über die Wangen, und er schien sie nicht einmal zu bemerken. „Doch, ist es. Es ist meine Schuld. Fast wärst du heute Abend meinetwegen getötet worden."

Fragend sah sie ihn an. „Wie meinst du das?"

Sie hatte angenommen, dass ihr Angreifer irgendein gemeiner Taschendieb oder Straßenräuber war. Vielleicht auch ein Verrückter. Aber nun gab Simon ihr zu verstehen, dass ihr Angreifer es genau auf sie abgesehen hatte. Dass er sie hatte umbringen wollen. Was sollte das bedeuten? Simon strich mit dem Daumen über ihre Lippen und küsste sie zärtlich. Erst als sie seinen Kuss erwiderte und seine salzigen Tränen schmeckte, wurde ihr bewusst, dass er ihre Frage nicht beantwortet hatte. Und das machte ihr mehr Angst als alles, was heute Abend geschehen war.

Er wusste, dass er es nicht tun sollte.

Schon als er Lucy gepackt hatte und sie auf seinen Armen ins Haus trug, wusste Simon, dass er es nicht tun sollte. Und doch stob er wortlos an Newton vorbei, der einen Laut der Besorgnis ausstieß, und schleppte sie die Treppe hinauf wie ein Römer beim Raub der Sabinerinnen. Noch in der Kutsche hatte er Lucys Kamisol und Kleid wieder notdürftig hochgezogen, dann den Umhang über sie geworfen, ehe er sie ins Haus trug. Abermals hatte sie ihm versichert, dass sie keinen Arzt bräuchte. Und tatsächlich konnte er außer der Schnittwunde und ein paar Prellungen keine weiteren Verletzungen finden. Doch das änderte wenig daran, dass jemand versucht hatte, sie umzubringen. Sie war verletzt, wenngleich nicht schwer, und noch völlig außer sich. Man musste schon ein elender Schuft sein, nun seine ehelichen Rechte einzufordern.

Aber dann war er eben ein Schuft.

Simon trat die Tür zu seinem Schlafzimmer auf, trug sie eilenden Schrittes über den silbern und schwarz gemusterten Teppich und legte sie auf sein Bett. Wie eine Opfergabe lag sie auf dem kobaltblauen Bettüberwurf. Ihr Haar hatte sich gelöst und breitete sich dunkel über die Seide.

„Simon …"

„Sag nichts."

Mit ernsten goldbraunen Augen schaute sie zu ihm auf, als er seinen Rock abwarf. „Wir müssen aber über den Angriff heute Abend reden."

Er trat sich die Schuhe von den Füßen und hätte fast die Knöpfe seiner Weste abgerissen, als er sie ungestüm öffnete. „Ich kann jetzt nicht darüber reden. Tut mir leid. Ich brauche dich zu sehr."

„Und was ich brauche, zählt gar nicht?"

„Jetzt im Moment?" Er streifte sein Hemd ab. „Ehrlich gesagt, nein."

Konnte er nicht endlich den Mund halten? Sein Talent für elegante Ausflüchte schien sich in Luft aufgelöst zu haben. Wo waren sie hin, all seine gewählten Worte, seine Raffinesse? Was blieb, war erschreckend schlicht und einfach.

Als er ans Bett trat, musste er all seine Selbstbeherrschung aufbringen, sie nicht anzufassen. „Wenn du willst, gehe ich jetzt."

Ihre Augen suchten eine Weile in den seinen – eine Weile, während der er mehrmals zu vergehen meinte und seine Erregung ungeheuerliche Ausmaße annahm. Dann, ohne ein weiteres Wort, zog sie das Band ihres Kamisols auf. Mehr bedurfte er nicht. Er fiel über sie her wie ein verhungernder Mann über einen Yorkshire Pudding. Doch trotz seines Verlangens war er vorsichtig. Obwohl seine Hände zitterten, streifte er ihr das Kleid langsam von den Schultern. Zärtlich.

„Heb deine Hüften an", sagte er leise.

Sie hob ihre Hüften, er streifte ihr das Kleid ganz ab und warf es achtlos zu Boden.

„Weißt du, wie viel das gekostet hat?", fragte sie, doch es kümmerte ihn nicht. Kaum hörte er die Belustigung in ihrem Ton.

„Nein, aber ich kann es mir denken." Er machte sich an ihre Strümpfe und die Schuhe. „Ich kaufe dir hundert neue Kleider, in allen erdenklichen Schattierungen von Rosa. Habe ich dir schon mal gesagt, wie sehr du mir in Rosa gefällst?"

Sie schüttelte den Kopf.

„Sehr. Noch besser gefällst du mir natürlich in nichts. Vielleicht sollte ich dich gar nichts mehr tragen lassen. Das würde auch die kostspielige Kleiderfrage klären."

„Und wenn ich mit einer so kalten Verfügung nicht einverstanden bin?" Ihre Brauen zogen sich bedrohlich zusammen.

„Ich bin jetzt dein Mann." Schließlich zog er ihr auch das Kamisol aus, enthüllte ihre weißen Brüste. Als sein Blick wieder auf die Stichwunde fiel, spürte er abermals, wie ihm ganz eisig ums Herz wurde, wie Angst seine Seele erstarren ließ. Doch dann blähten seine Nasenflügel sich begehrlich, als er sie nackt vor sich sah, und es gelang ihm nicht gänzlich, einen recht besitzergreifenden Ton aus einer Stimme herauszuhalten. „Du hast versprochen, mir in allem zu gehorchen. Wenn ich dich also bitte, mich zu küssen, so musst du mich küssen."

Er beugte sich über sie und strich leicht mit seinen Lippen über ihren Mund. Gehorsam kam sie seinem Wunsch entgegen, bewegte ihre Lippen sinnlich unter den seinen. Und die ganze Zeit war er sich ihrer Brüste bewusst, die blass und entblößt unter ihm lockten. Seine Lust steigerte sich, ließ seine Muskeln erbeben, aber er zügelte sich. Was ihm jetzt gerade noch gefehlt hatte, war, dass sie merkte, wie unbeherrscht er tatsächlich war. Wie niederträchtig er wirklich war. Wie getrieben.

„Ich bitte dich, dich mir zu öffnen." Seine Stimme klang fast heiser.

Sie öffnete ihm ihre Lippen, und das zumindest war sein – ihr warmer feuchter Mund. Ein jäher Schauder durchfuhr ihn. Er wich zurück und schloss die Augen.

„Was ist?", flüsterte er.

Er schlug die Augen auf und versuchte zu lächeln, um die finsteren Dämonen in sich zu verbergen. „Ich brauche dich wirklich sehr."

Ein Glück, dass sie nun nicht lächelte. Ernst sah sie ihn an, mit ihren golden schimmernden Augen. „Dann nimm mich."

Ihr schlichtes, eindeutiges Angebot ließ ihn erleichtert aufatmen. „Ich will dir nicht wehtun. Du …", er wandte den Blick ab, konnte ihr nicht in die Augen schauen, „… bist heute Abend schon genug verletzt worden."

Schweigen.

Dann sprach sie, klar und deutlich. „Du wirst mir nicht wehtun."

Ah, dieses Vertrauen! Wenn er nur ebensolches Vertrauen in sich haben könnte. Er ließ sich auf den Rücken sinken. „Komm her."

Fragend hob sie die Brauen. „Trägst du nicht noch ein bisschen zu viel?"

Seine Breeches. „Die ziehe ich später aus." Oder knöpfe sie nur auf.

„Darf ich?"

Er biss die Zähne zusammen. „Meinetwegen."

Sie stützte sich neben ihm auf. Ihre Brüste schwangen sachte mit der Bewegung. Mit zarten Fingern begann sie ihn aufzuknöpfen. Er spürte jede noch so kleine Berührung, schloss die Augen und dachte an … Schnee. An Frost und Hagel und Eis.

Ein leises Seufzen.

Er riss die Augen auf. Sie beugte sich über ihn, ihre weißen Brüste schimmerten im Kerzenschein. Ihr Blick war auf seinen Schaft gerichtet, der recht töricht aus seinen Breeches ragte. Er wüsste nicht, wann er je etwas Sinnlicheres gesehen hatte.

„Ich hatte mich schon gefragt, ob du ihn mich jemals sehen lassen würdest." Sie nahm den Blick nicht von seinem Schoß.

„Wie bitte?" Fast hätte er vor Schreck das letzte Wort verschluckt, als sie mit dem Finger ganz leicht die gerötete Spitze berührte.

„Begegnet sind wir uns ja bereits, aber gesehen habe ich ihn noch nie. Er scheint ein bisschen schüchtern, der Bursche." Sie ließ ihren Finger kreisen.

Er konnte kaum mehr an sich halten. Schockiert sollte sie sein, sie, ein naives Mädchen vom Lande. Stattdessen …

„Und sieh nur, hier sind auch seine Freunde." Sie schloss ihre Hand um seine Testikel.

Kruzifix. Sie würde noch sein Tod sein.

„Heb deine Hüften an."

„Was?" Wie benommen sah er sie an.

„Du sollst deine Hüften anheben, damit ich dich ausziehen kann", beschied seine Verführerin.

Wie sollte er anders, als ihr zu gehorchen? Flugs hatte sie ihm die Breeches ausgezogen, ihn ebenso entblößt wie er sie.

„Jetzt bist du dran." Ein Glück, dass ihm seine Stimme nicht mehr den Dienst versagte. Lange hielt er das nicht mehr aus.

„Was soll ich tun?", fragte sie.

„Ich bitte dich, zu mir zu kommen." Er streckte die Arme nach ihr aus und unterdrückte ein Stöhnen, als ihr Schenkel seine Erregung streifte.

Sie kletterte auf ihn und setzte sich vorsichtig. Sein Glied schwang sich auf und pulsierte an ihrem Bauch. Er wünschte sich nichts sehnlicher, als sich tief in ihr zu vergraben, doch er wollte es langsam angehen.

„Ich bitte dich, mir deine Brüste darzubieten", flüsterte er.

Mit großen, dunklen Augen sah sie ihn an. Gut. Er war also nicht der Einzige, der um Beherrschung rang. Sie umfasste ihre Brüste, zögerte, beugte sich dann vor. Aphrodite hätte nicht betörender sein können. Er beobachtete ihr Gesicht, als er die rosige Knospe zwischen die Lippen nahm und daran saugte. Sie schloss die Augen, öffnete lautlos den Mund. Ihr Schoß drängte sich an sein Glied, das heiß zwischen ihnen pochte. Als sie erschauerte, triumphierten die dunklen Dämonen ihn ihm.

Er gab ihre Brust frei. „Steig auf mich."

Sie runzelte die Stirn.

„Bitte." Es war eher ein Befehl als eine Bitte, doch das kümmerte ihn nicht mehr. Er brauchte sie.

Sie setzte sich auf. Er stützte sie mit einer Hand ab, sich mit der anderen, und dann ließ sie sich langsam auf ihn sinken.

„Nimm deine Hand, und öffne dich mir", murmelte er. Ein Schuft war er. Natürlich ginge es so einfacher, aber zudem bot sie ihm dabei einen herrlichen Blick auf ihren rosig schimmernden, sich ihm öffnenden Schoß.

Sie rang nach Atem und machte sich zwischen ihrer beider Leiber zu schaffen. Sein armer Engel. Von einem Teufel verdorben, der nur seinen Trieben gehorchte. Ahhh. Zur Hälfte war er schon in ihr, warm und weich umfing sie ihn. Er nahm ihre Hände beiseite, legte sie auf seine Brust und ging ihr nun selbst zur Hand. Stetig schob er sich vor. *Himmlisch*. Fast musste er lächeln. Näher würde er dem Himmel niemals kommen. Ein gotteslästerlicher Gedanke, gewiss, aber was kümmerte es ihn? Er liebte seinen Engel. Was kümmerte es ihn, ob morgen die Welt unterginge, wenn er nur jetzt noch im feuchten Schoß einer Frau war. *Seiner* Frau.

Er stieß zu, und sie schrie auf.

Ein Grinsen, und keineswegs ein nettes, verzerrte sein Gesicht. Er sah an sich hinab und schaute zu, wie sein hartes Fleisch in ihren Schoß glitt, hob ihre Hüften und zog sich fast ganz aus ihr zurück, sah seinen feucht glänzenden Schwanz und fuhr wieder in sie. Erfüllte sie. Nahm sie in Besitz. *Meine Frau. Für immer. Niemals wird sie mich verlassen. Immer bei mir bleiben.*

Immer.

Wild warf sie den Kopf hin und her. Er drückte seine Finger an sie, um ihre Erregung zu spüren, und suchte die kleine Knospe. Sie stöhnte, doch er blieb beharrlich. Erfüllte sie, ließ seinen Daumen kreisen und spürte, dass sie nicht mehr lange würde an sich halten können. Und als sie den Höhepunkt erreichte, schloss ihr Schoß sich um ihn und ließ ihre süße Erfüllung auf ihn regnen. Er bäumte sich auf und spürte seinen Samen in sie pulsieren.

Mein.

14. KAPITEL

Oh Gott!

Lucy fuhr aus dem Schlaf auf. Keuchend hallte ihr Atem im Dunkel des Schlafzimmers wider. Die Laken klebten ihr in kaltem Schweiß auf der Haut wie Leichentücher. Reglos lag sie da und versuchte, sich zu beruhigen, verharrte so still wie ein Kaninchen im Angesicht der Schlange. Der Traum war sehr anschaulich gewesen. Sehr blutig. Doch schon begann er zu verblassen. Woran sie sich indes nur zu deutlich erinnerte, war die Angst – und ein Gefühl absoluter Hoffnungslosigkeit. Beim Erwachen hatte sie noch halb im Traum geschrien und dann verdutzt festgestellt, dass der Laut ebenso imaginär und flüchtig war wie die Traumbilder.

Als sie sich wieder zu rühren wagte, schmerzten ihr alle Muskeln vor Anspannung. Sie streckte die Hand nach Simon aus, wollte sich vergewissern, dass auch in den Tiefen der Nacht und ihrer Albträume noch Leben war.

Er war nicht da.

Vielleicht war er aufgestanden, um sich zu erleichtern? „Simon?"

Keine Antwort. Mit jener bangen Angst, die einen nur nach Mitternacht befiel – der Angst, dass alles Leben erloschen war, der Angst, dass sie ganz allein in einem Haus ohne jegliches Leben war –, horchte sie in die Dunkelheit hinein.

Mit einem Ruck versuchte sie, die Angst abzuschütteln, und stand auf. Kurz zuckte sie zusammen, als die Wunde an ihrer Seite sich schmerzhaft bemerkbar machte. Unter den bloßen Füßen spürte sie den kalten Teppich und tastete im Dunkeln nach der Kerze auf dem Nachttisch, ehe ihr einfiel, dass sie ja in Simons Zimmer zu Bett gegangen war. Der Tisch befand sich vermutlich auf der anderen Seite. An den Bettvorhängen entlang tastete sie sich vorsichtig um das Bett herum.

Sie hatte gestern Abend nicht weiter auf das Zimmer geachtet, erinnerte sich nur noch daran, dass dunkle, strenge Farben vorherrschten, ein dunkles, fast schwarzes Blau und Silber, und dass Simons Bett noch größer war als das ihre, was sie sehr belustigt hatte.

Eigentlich sollte es sie nicht überraschen, dass er verschwunden war. Die letzte Woche schon war ihm das zur Gewohnheit geworden, abends noch einmal das Haus zu verlassen und erst in den frühen Morgenstunden zurückzukehren. Furchtbar erschöpft sah er dann aus, roch nach Tabak und Brandy, wenn er zu ihr kam. Doch nie zuvor hatte er ihr Bett verlassen, nicht nachdem er sie geliebt hatte, nicht nachdem sie einander in den Armen gehalten hatten, bis sie in Schlaf fielen. Und wie er sie nur Stunden zuvor geliebt hatte – so leidenschaftlich, so verzweifelt –, als würde er nie wieder Gelegenheit dazu haben. Teils hatte es sie geängstigt. Nicht weil sie fürchtete, er könne ihr wehtun, sondern weil sie Angst hatte, einen Teil von sich an ihn zu verlieren.

Lucy schauderte.

Ihre und Simons Gemächer lagen im zweiten Stock. Nachdem sie in ihrem Schlafzimmer und im Salon nachgesehen hatte, ging sie nach unten. Auch in der Bibliothek war er nicht. Sie hielt die Kerze hoch und sah nichts als lange gespenstische Schatten, die auf die langen Reihen von Büchern fielen. Der Wind rüttelte an den Fenstern, sonst war alles still. Zurück im Korridor, überlegte sie, wo sie noch nachsehen könnte. Im Morgenzimmer? Höchst unwahrscheinlich, aber …

„Kann ich Ihnen helfen, Mylady?“

Lucy kreischte vor Schreck, als sie Newtons Grabesstimme hinter sich hörte. Sie ließ ihre Kerze fallen, heißes Wachs tropfte auf ihren Fuß.

„Entschuldigen Sie bitte vielmals, Mylady.“ Newton bückte sich, hob ihre Kerze auf und entzündete sie an der seinen.

„Danke.“ Lucy nahm die Kerze entgegen und hielt sie hoch, damit sie hell auf das Gesicht des Butlers schien.

Wie es aussah, hatte auch Newton bereits geschlafen. Eine Nachtmütze bedeckte seinen kahlen Schädel, über das Nachthemd hatte er sich einen alten Rock geworfen, der sich um seinen kleinen, kugelrunden Bauch spannte. Sie senkte den Blick. An den Füßen trug er ziemlich extravagante orientalische Pantoffeln mit nach oben gebogenen Spitzen. Lucy rieb einen nackten Fuß am anderen und wünschte, sie hätte zumindest Strümpfe angezogen.

„Kann ich Ihnen helfen, Mylady?", fragte Newton erneut.

„Wo ist Lord Iddesleigh?"

Der Butler wandte den Blick ab. „Das kann ich Ihnen nicht sagen, Mylady."

„Können Sie nicht, oder wollen Sie nicht?"

Er blinzelte kurz, ehe er sich wieder fasste. „Sowohl als auch."

Lucy hob erstaunt die Brauen, weil er so ehrlich antwortete. Nachdenklich betrachtete sie den Butler. Sollte der Grund für Simons Abwesenheit eine andere Frau sein, so würde Newton gewiss Ausreden für seinen Herrn gefunden haben. Hatte er aber nicht. Als sie spürte, wie ihre Schultern sich merklich entspannten, wurde sie erst gewahr, was sie am meisten gefürchtet hatte.

Newton räusperte sich. „Ich bin mir sicher, dass Lord Iddesleigh noch vor Tagesanbruch zurückkehren wird, Mylady."

„Ja, das tut er schließlich immer, nicht wahr?", sagte Lucy ruhig.

„Soll ich Ihnen vielleicht eine warme Milch bereiten?"

„Nein, danke." Lucy lief zur Treppe. „Ich werde wieder zu Bett gehen."

„Gute Nacht, Mylady."

Lucy setzte den Fuß auf die erste Stufe und hielt den Atem an. Hinter sich hörte sie Newtons Schritte sich entfernen. Sie wartete noch einen Augenblick, dann machte sie kehrt. Auf Zehenspitzen huschte sie in Simons Arbeitszimmer.

Der Raum war kleiner als die Bibliothek, aber kostbarer ausgestattet. Das Herzstück war ein wuchtiger Schreibtisch im barocken Stil, ein ausnehmend schönes Möbel, überreich an goldenen Schnörkeln. Bei jedem anderen Mann wäre ihr ein solcher Schreibtisch lächerlich erschienen, aber zu Simon passte er. Vor dem Kamin standen einige Sessel, zu beiden Seiten des Schreibtischs Bücherregale, die sich auch im Sitzen leicht erreichen ließen. Viele der Bücher befassten sich mit Pflanzen, vor allem mit Rosen. Erst kürzlich hatte Simon ihr sein Arbeitszimmer gezeigt, und sie war fasziniert gewesen von den handkolorierten Stichen in den dicken, ledergebundenen Bänden. Jede Rose das Idealbild einer Blume, bis ins kleinste Detail benannt und klassifiziert.

Eine wohlgeordnete Welt.

Lucy ließ sich in einem der Sessel vor dem Kamin nieder. Die Tür des Arbeitszimmers hatte sie offen gelassen, damit sie einen guten Blick hinaus in den Flur hatte. Simon würde an ihr vorbeimüssen, wenn er nach Haus kam und nach oben wollte. Und dann beabsichtigte sie, ihn zu seinen nächtlichen Ausflügen zu befragen.

Das *Aphrodite's Grotto* glich heute Abend einer Höhle voll heulender Wölfe.

Simon wagte sich in den großen Saal vor und sah sich um. Seit er Lucy begegnet war, hatte er keinen Fuß mehr über die Schwelle des Bordells gesetzt, aber nichts hatte sich seitdem geändert. Dürftig gekleidete Huren trugen ihre Körper zu Markte, betörten Männer, von denen manche gerade alt genug waren, sich zu rasieren, andere schon so greis, dass sie keinen einzigen Zahn mehr im Mund hatten. Der Adel verkehrte hier ebenso wie erfolgreiche Kaufleute und Würdenträger aus dem Ausland. Aphrodite war nicht wählerisch, solang ihre Kundschaft nur in Gold zahlen konnte. Gerüchte besagten gar, dass die Zahl ihrer weiblichen Kundinnen nicht geringer war als die der männlichen. Vielleicht ließ sie sich ja von beiden gut bezahlen, dachte Simon süffisant. Er schaute sich nach der Madame um, konnte ihre unverkennbare goldene Maske aber nirgends entdecken. Auch gut. Aphrodite schätzte Handgreiflichkeiten in ihrem Hause nicht, und genau darauf war er heute aus.

„Was ist das für ein Laden?“, flüsterte Christian neben ihm.

Simon hatte den jungen Mann vor zwei – nein, mittlerweile schon drei – Stunden von zu Hause abgeholt. Trotz der späten Stunde, dem vorhergehenden Theaterbesuch, der Schlägerei vor dem Theater und den drei schmuddeligen Spielhöllen, die sie bislang durchstreift hatten, sah Christian noch immer frisch und munter aus. Er hingegen, so fürchtete Simon, glich vermutlich einem der Gruft entstiegenen Leichnam.

Zur Hölle mit der Jugend. „Kommt drauf an.“ Er lief die Treppe hinauf und wich dem kleinen Wettrennen aus, das hier veranstaltet wurde.

Einige Frauen, die nichts weiter trugen als knappe Korsette und Masken, ritten auf barbrüstigen Männern, die Pferd spielten. Simon zuckte zusammen, als er eine der Frauen mit ihrer Peitsche Blut ziehen sah. Wenngleich es dem so zugerichteten Mann wenig auszumachen schien, ginge es nach der unverkennbaren Wölbung seiner Hose.

„Worauf?“ Mit großen Augen schaute Christian dem Gewinnerpärchen hinterher, das munter den oberen Korridor entlanggaloppierte. Die nackten Brüste der Reiterin hopsten auf und ab.

„Darauf, was man unter Himmel und Hölle versteht“, erwiderte Simon.

Seine Augen fühlten sich an, als habe man ihm eine Handvoll Sand unter die Augenlider gestreut, sein Kopf schmerzte, und er war müde. So entsetzlich müde.

Er trat die erste Tür auf.

Hinter ihm rief Christian etwas, wollte ihn wahrscheinlich zurückhalten, aber er schenkte ihm keine Beachtung. Die beiden Mädchen und der rotgesichtige Mann bemerkten die Störung nicht einmal. Simon schenkte sich eine Entschuldigung, zog die Tür einfach wieder zu und ging zur nächsten.

Viel Hoffnung hatte er nicht, Walker zu finden. Seinen Informanten zufolge hatte Walker das *Aphrodite's Grotto* noch nie frequentiert. Aber Simon hatte das Gefühl, dass ihm die Zeit davonlief. Er wurde langsam verzweifelt. Er wollte Walker finden und die Sache hinter sich bringen, damit Lucy endlich wieder sicher wäre.

Eine weitere Tür. Von drinnen entsetztes Kreischen – diesmal nur zwei Frauen –, und er schloss sie wieder. Walker war verheiratet und hielt sich eine Mätresse, doch das tat seiner Schwäche für Häuser von zweifelhaftem Ruf keinen Abbruch. Und wenn Simon nächtelang jedes einzelne Bordell in London durchkämmen müsste, er würde ihn finden. Das hoffte er zumindest.

„Wird man uns nicht rauswerfen, wenn wir so weitermachen?", fragte Christian.

„Ja." *Zack*, eine weitere Tür. So langsam fing sein Knie an ihm wehzutun. Es war nur eine Frage der Zeit, bis die Rausschmeißer kämen. *Zack*.

Fast hatte er sich schon wieder abgewandt, als er noch einmal genauer hinsah.

Der Mann auf dem Bett hatte seinen Schwanz in einem Mädchen mit safranroten Haaren vergraben, das vor ihm kniete. Bis auf eine Halbmaske war sie nackt, die Augen hatte sie geschlossen. Ihr Partner hatte die kleine Störung nicht bemerkt. Er war auch nicht weiter wichtig – klein, dunkel und überaus behaart. Nein, es war der *zweite* Mann, der sich etwas abseits im Schatten hielt und zuschaute, der einen erschrockenen Schrei ausstieß. Gut so, denn Simon hätte ihn sonst gewiss übersehen.

„Was, zum Teufel …"

„Aha. Guten Abend, Lord Walker." Simon trat einen Schritt auf ihn zu und verneigte sich. „*Lady* Walker."

Der Mann auf dem Bett sah auf und wandte verwundert den Kopf, wenngleich seine Hüften sich unablässig weiterbewegten. Die Frau schien noch immer nichts mitzubekommen.

„Was?! Iddesleigh, Sie verdammter …“ Walker sprang auf, sein nun erschlafftes Glied hing ihm kläglich aus der Hose. „Das ist nicht meine Frau!“

„Nein?“ Prüfend betrachtete Simon die Frau. „Sie sieht aber genauso aus wie Lady Walker. Vor allem dieser kleine Leberfleck dort.“ Mit seinem Gehstock zeigte er auf ein Muttermal an ihrer Hüfte.

Der Mann im Bett riss die Augen weit auf. „Die ist *Ihre* Frau, Sir?“

„Nein! Natürlich nicht.“

„Ach, kommen Sie schon, Walker. Ich kenne Ihre Frau schon geraume Zeit *ziemlich* gut“, sagte Simon und lächelte fein. „Wie könnte ich sie vergessen?“

Walker warf den Kopf in den Nacken und lachte, wenngleich etwas bemüht. „Ich weiß ganz genau, welches Spiel Sie hier treiben. Aber mich legen Sie nicht herein.“

„Hui! Eine Adelige hatte ich noch nie“, bemerkte der Mann auf dem Bett anerkennend und ging frisch beflügelt zu Werke.

„Sie ist nicht …“

„Meine Bekanntschaft mit Lady Walker reicht schon einige Jahre zurück.“ Simon lehnte sich auf seinen Stock und lächelte vertraulich. „Wir waren schon vor der Geburt Ihres ersten Kindes zusammen – Ihrem Erben, wenn mich nicht alles täuscht.“

„Was …?“

Der Schwarzhaarige stieß einen grellen Schrei aus, stieß fest in die Frau und erbebte zuckend, als er sich in sie ergoss. Seufzend ließ er sich zurückfallen und gewährte einen Blick auf sein allerbestes Stück, das noch immer Ausmaße hatte, die eher einem Hengst zupassgekommen wären.

„Du liebe Güte“, kam es von Christian.

„Du sagst es“, musste Simon ihm beipflichten.

„Wie hat er dieses Ding überhaupt in sie reinbekommen?“, murmelte der junge Mann entgeistert.

„Gut, dass du das fragst“, sagte Simon in lehrerhaftem Ton

und nickte wohlwollend. „Dazu muss man wissen, dass Lady Walker in dieser Hinsicht außerordentlich talentiert ist.“

Walker brüllte empört und stürzte auf ihn zu. Simon spannte sich an, das Blut sang ihm in den Adern. Vielleicht konnte er es noch heute Nacht hinter sich bringen.

„Da schau mal einer an“, kam es just in diesem Augenblick von der Tür her.

Die hauseigenen Rausschmeißer waren gekommen. Simon trat elegant zur Seite und ließ Walker in ihre wartenden Arme rennen.

„Ich bringe dich um, Iddesleigh!“, keuchte Walker und versuchte, sich aus dem Griff der beiden Rausschmeißer zu befreien.

„Gut möglich“, meinte Simon. Herrje, er war müde bis auf die Knochen. „Bei Morgengrauen?“

Walker knurrte Unverständliches.

Die Safranrote auf dem Bett wählte genau diesen Augenblick, sich träge nach ihnen umzudrehen. „Wollt ihr auch mal?“, fragte sie niemand Bestimmten.

Lächelnd zog Simon Christian mit sich aus dem Zimmer. Auf der Treppe fand bereits ein neues Wettrennen statt. Diesmal trugen die männlichen Rosse sogar richtiges Zaumzeug, einem der Männer schnitt die Trense so scharf in den Mund, dass ihm Blut übers Kinn rann. Seine Erregung war dennoch unübersehbar.

Simon fühlte sich, als hätte er sich in einem Misthaufen gewälzt. Ehe er zu Lucy zurückkehrte, würde er ein Bad nehmen müssen.

Christian wartete, bis sie auf der Straße standen, ehe er fragte: „War das wirklich Lady Walker?“

„Keine Ahnung“, sagte Simon und gähnte.

Lucy war wieder eingeschlafen und wachte erst auf, als Simon das Arbeitszimmer betrat. Der Raum war von jenem dämmerig grauen Licht erfüllt, das das Heraufziehen eines neuen Tages ankündigt. Simon kam herein, eine Kerze in der Hand, die er auf seinem Schreibtisch abstellte. Im Stehen zog er sich einen Bogen Papier heran und begann zu schreiben.

Er sah kein einziges Mal auf.

Vermutlich bemerkte er sie gar nicht, wie sie am anderen Ende des Zimmers im Schatten saß, halb verborgen von den breiten Lehnen des Sessels. Eigentlich hatte sie ihn bei seiner Rückkehr zur Rede stellen wollen. Sie wollte Antworten haben. Doch nun saß sie reglos da und beobachtete ihn, die Hände unter dem Kinn verschränkt. Müde sah er aus, ihr Mann, so, als hätte er seit Jahren schon nicht mehr geschlafen. Er trug dieselben Kleider wie am Abend zuvor: dunkelblauen Rock und Breeches, silbergraue Weste, alles nun schon etwas zerknittert und fleckig. Seine Perücke hatte Puder gelassen und sah ein wenig schmuddelig aus. Ihn so zu sehen war umso schockierender, da sie ihn – zumindest nicht in London – nie anders als makellos gekleidet gesehen hatte. Um seinen Mund zeichneten sich scharfe Falten ab, seine Augen waren rotgerändert, seine Lippen schmal, als presse er sie fest zusammen, damit sie ihm nicht zitterten. Nachdem er, was auch immer er da schreiben mochte, beendet hatte, löschte er die Tinte mit Sand und legte den Bogen mittig auf den Schreibtisch. Dabei stieß er die Feder zu Boden. Er fluchte und bückte sich langsam wie ein alter Mann, um sie aufzuheben. Mit einem schweren Seufzer legte er sie zurück auf den Schreibtisch.

Dann verließ er das Zimmer.

Lucy wartete einige Minuten ab, lauschte seinen Schritten nach, ehe sie sich erhob. Lautlos schlich sie an den Schreibtisch, um zu schauen, was er geschrieben hatte. Noch war es zu dunkel, als dass sie etwas hätte erkennen, geschweige denn lesen können. Sie nahm das Schreiben und trat ans Fenster, zog den Vorhang ein wenig beiseite und hielt das Papier so, dass sie die noch feuchte Schrift entziffern konnte. Der Tag brach gerade erst an, doch die ersten Zeilen waren deutlich auszumachen:

Im Falle meines Todes soll all mein weltlicher Besitz …

Es war Simons Testament. Er vermachte ihr sein gesamtes Vermögen. Reglos blickte sie auf das Schreiben, dann wandte sie sich um und legte es zurück auf den Schreibtisch. Vom Flur her vernahm sie erneut die Schritte ihres Gatten, als er wieder von oben herunterkam. Sie wich zurück, damit er sie nicht sah.

„Ich nehme das Pferd", hörte sie Simon sagen, wahrscheinlich zu Newton. „Lassen Sie dem Kutscher ausrichten, dass ich ihn heute nicht mehr brauche."

„Jawohl, Mylord."

Die Haustür fiel ins Schloss.

Und auf einmal wurde Lucy von Zorn gepackt. Er hatte nicht einmal versucht, sie zu wecken, denn sonst wäre ihm aufgefallen, dass sie nicht mehr in seinem Bett war. Entschlossen lief sie auf den Flur hinaus. Ihre Röcke bauschten sich und raschelten um ihre bloßen Knöchel. „Newton, warten Sie."

Der Butler hatte ihr den Rücken zugewandt und fuhr erschrocken herum. „M…mylady, mir war nicht bewusst …"

Sie tat seine Entschuldigung mit knapper Geste ab. „Wissen Sie, wohin er will?"

„Ich … ich …"

„Bemühen Sie sich nicht", unterbrach sie ungeduldig. „Ich werde ihm folgen."

Vorsichtig machte Lucy die Tür auf. Simons Kutsche stand noch immer vor dem Haus bereit, der Kutscher saß im Halbschlaf zusammengesunken auf dem Bock. Ein Stallbursche machte sich gähnend von dannen.

Und Simon ritt davon.

Lucy schlüpfte hinaus und zog die Tür hinter sich zu, ohne Newtons leisen Verwünschungen Beachtung zu schenken. Der Morgenfrost ließ sie frösteln, als sie die Treppe hinabeilte. „Mr. Coachman."

Der Kutscher blinzelte entgeistert. Natürlich hatte er seine

Herrin noch nie mit offenem Haar gesehen, wie Lucy in diesem Moment einfiel. „Mylady?"

„Bitte folgen Sie Lord Iddesleigh. Aber unauffällig. Er darf es nicht merken."

„Aber Mylady …"

„Jetzt sofort." Lucy wartete nicht ab, bis ein Lakai ihr den Kutschentritt ausklappte, sondern kletterte einfach so hinein. Dann streckte sie den Kopf wieder zum Fenster heraus. „Und lassen Sie sich nicht von ihm abhängen!"

Mit einem Ruck setzte die Kutsche sich in Bewegung.

Lucy lehnte sich zurück und wickelte sich in eine warme Decke. Es war bitterkalt. Und es grenzte an einen Skandal, dass sie nur halb bekleidet und mit offenem Haar durch London fuhr, aber Fragen des Anstands sollten sie nicht davon abhalten, Simon zur Rede zu stellen. Seit Tagen hatte er kaum mehr geschlafen, und von dem Überfall hatte er sich gerade erst wieder erholt. Wie konnte er es wagen, weiterhin sein Leben aufs Spiel zu setzen, und es nicht einmal für nötig befinden, ihr etwas davon zu sagen? Hielt er sie vielleicht für ein nettes Spielzeug, das man je nach Laune herausholen und wieder wegpacken konnte, wenn Dringlicheres anstand? Es war höchste Zeit, dass sie ihm klarmachte, was ihrer Ansicht nach zu ihren Rechten und Pflichten als seine Frau gehörte. Sich beispielsweise um das Wohlergehen und die Gesundheit ihres Gatten zu kümmern. Und seine Geheimnisse zu ergründen. Lucy schnaubte aufgebracht und verschränkte die Arme vor der Brust.

Die kalte, blasse Dezembersonne war endlich aufgegangen, doch sie schien spärlich und vermochte gegen den Frost wenig auszurichten. Als sie in den Park einbogen, rumpelten sie nicht mehr über buckelige Pflastersteine, sondern rollten über feinen Kies, der unter den Kutschenrädern knirschte und seitlich aufspritzte. Nebel hing über dem Rasen und umfing die Stämme der Bäume wie Leichentücher. Aus dem kleinen Kutschenfenster heraus konnte Lucy nichts ausmachen, das nach menschlicher Regung aussah. Blieb nur zu hoffen, dass der Kutscher Simon nicht aus den Augen verloren hatte.

Sie fuhren langsamer und blieben schließlich stehen.

Ein Lakai öffnete den Schlag und schaute sie sichtlich gespannt an. „John Coachman lässt sagen, dass Seine Lordschaft uns sehen wird, wenn wir noch näher heranfahren."

„Danke."

Lucy ließ sich von ihm beim Aussteigen helfen und wandte sich in die gewiesene Richtung. In gut hundert Schritt Entfernung standen Simon und ein anderer Mann sich gegenüber wie die Figuren in einer Pantomime. Von Weitem erkannte sie Simon einzig an seiner Art, sich zu bewegen. Das Herz blieb ihr in der Brust stehen. Lieber Gott, sie würden jeden Augenblick anfangen! Ihr blieb keine Zeit mehr, Simon dazu zu bringen, von diesem grauenhaften Ritual abzulassen.

„Warten Sie hier auf mich", wies sie die Diener an und machte sich auf den Weg.

Sechs Männer hatten sich vor Ort eingefunden – vier weitere standen etwas abseits der beiden Duellanten, doch keiner schien sie zu bemerken oder schaute überhaupt in ihre Richtung. Zu sehr zog dieses entsetzliche Spiel um Leben und Tod sie in ihren Bann. Simon hatte sich Rock und Weste ausgezogen, ebenso sein Gegner – ein Mann, den Lucy nie zuvor gesehen hatte. Ihre weißen Hemden schimmerten fast gespenstisch im fahlen Morgengrauen. Eigentlich hätte ihnen kalt sein müssen, doch keiner der beiden Männer schien zu frieren. Reglos stand Simon da, während der andere seinen Degen durch die Luft sausen ließ – vielleicht übte er noch.

Etwa zwanzig Schritte entfernt blieb Lucy im Schutz einiger Büsche stehen. Ihre nackten Füße froren jämmerlich, doch sie merkte es kaum.

Simons Gegner war ein großer, kräftiger Mann, größer als Simon und mit breiteren Schultern. Sein Gesicht schimmerte rötlich unter der weißen Perücke. Simons Gesicht hingegen war totenbleich. Die Erschöpfung, die ihr bereits im Haus aufgefallen war, stach im blassen Licht noch deutlicher hervor – selbst aus dieser Entfernung. Nun standen beide Männer sich reglos gegenüber. Dann stellten sie sich in Position, erhoben die Waffen und verharrten wie ein Tableau.

Lautlos öffnete Lucy den Mund.

Als jemand schrie, zuckte sie zusammen. Simon und der kräftige Mann gingen aufeinander los. Rohe Gewalt sprach aus der Schnelligkeit ihre Stöße, den schrecklichen Grimassen, zu denen sich ihre Gesichter verzogen. Das Klirren der Klingen hallte in der Stille wider. Der Kräftige drängte nach vorn, Simon wich geschickt aus und parierte jeden Hieb. Wie konnte er sich nur so flink und gewandt bewegen, wenn er doch so müde war? Würde er durchhalten? Am liebsten wäre Lucy losgerannt und hätte den beiden zugerufen: *Aufhören! Hört sofort auf!* Aber sie wusste, dass ihr plötzliches Auftauchen Simon den einen entscheidenden, tödlichen Augenblick ablenken könnte, und so ließ sie es sein.

Mit einem heiseren Grunzen schoss der Kräftigere vor und attackierte. Simon stolperte zurück und wehrte die Klinge des anderen mit der seinen ab.

„Blut!“, schrie jemand.

Und plötzlich entdeckte Lucy den roten Fleck, der sich auf dem Bauch ihres Mannes ausbreitete. *Oh Gott.* Sie merkte erst, dass sie sich auf die Lippe gebissen hatte, als sie Blut schmeckte. Aber er bewegte sich noch, kämpfte noch. Wäre er getroffen, würde er dann nicht zu Boden gehen? Doch er focht unermüdlich weiter, während sein Gegner ihn in die Defensive drängte. Der Anblick schnürte ihr die Kehle zu. *Bitte, lieber Gott, bitte lass ihn nicht sterben.*

„Werfen Sie Ihre Waffen zu Boden!“, rief jemand.

Als Lucy den Blick den vier anderen Männern zuwandte, sah sie, dass einer von ihnen der junge Mr. Fletcher war. Die anderen drei riefen wild durcheinander und gestikulierten, schienen das Duell abbrechen zu wollen, doch Mr. Fletcher stand still und reglos da, ein seltsames Lächeln auf den Lippen.

Wie viele dieser sinnlosen Zweikämpfe er wohl schon mit angesehen hatte? Wie oft war er wohl Zeuge gewesen, wenn ihr Mann einen anderen getötet hatte?

Auf einmal war Lucy sein junges, argloses Gesicht zuwider.

Der Blutfleck auf Simons Hemd wurde stetig größer. Mittlerweile sah es aus, als trage er eine rote Schärpe um den Leib. Wie viel Blut er wohl verlor? Sein Gegner grinste siegesgewiss und schwang den Degen mit frischer Kraft und Entschlossenheit. Simon tat sich sichtlich schwer. Wieder und wieder wehrte er die gegnerische Klinge ab. Dann stolperte er und hätte fast den Halt verloren. Das brachte ihm einen weiteren Treffer ein. Ein Blutfleck breitete sich auf seiner Manschette aus, knapp über der rechten Hand, die den Degen hielt.

„Verdammt." Wie aus weiter Ferne hörte sie seine Stimme. So schwach klang sie, so unendlich erschöpft.

Lucy schloss die Augen und konnte die Tränen doch nicht zurückhalten. Sie wiegte sich hin und her, um nicht laut zu schluchzen. Keinen Laut, hielt sie sich an. *Du darfst Simon nicht ablenken*. Wieder ein Schrei. Sie hörte Simon heiser fluchen. Kaum wagte sie die Augen aufzumachen, tat es dann aber doch. Er war in die Knie gegangen, wie ein Opfer, das einem rächenden Gott dargebracht werden sollte.

Oh lieber Gott.

Dem anderen Mann stand ein Ausdruck grotesken Triumphs ins Gesicht geschrieben. Mit blitzender Klinge sprang er vor, um Simon den tödlichen Stoß zu versetzen. Um ihren Mann zu töten. *Nein, bitte nicht*. Wie im Traum rannte Lucy los, lautlos, als schwebe sie. Doch sie wusste, dass sie nicht mehr rechtzeitig zu ihm gelangen würde.

Da hob Simon seinen Degen und durchbohrte dem anderen das rechte Auge.

Wie angewurzelt blieb Lucy stehen, krümmte sich vornüber und übergab sich so heftig, dass es ihr warm auf die nackten Füße spritzte. Der kräftige Mann kreischte. Entsetzliche, grelle Schreie, wie sie noch nie einen Menschen hatte schreien hören. Und wieder würgte sie heftig. Die anderen Männer schrien durcheinander. Sie verstand kein einziges Wort. Als sie wieder aufsah, hatte jemand dem Getroffenen die Klinge aus dem Auge gezogen. Ein dunkles, fast schwarzes Rinnsal rann ihm über die Wange, wo sein Auge gewesen war, klaffte ein dunkles Loch. Stöhnend lag er am Boden, seine Perücke war ihm vom kahl rasierten Schädel gerutscht. Ein Mann mit schwarzer Arzttasche beugte sich über den Verwundeten, schüttelte indes nur den Kopf.

Simons Gegner würde sterben.

Lucy schluckte schwer, und der widerlich saure Geschmack auf ihrer Zunge ließ sie erneut würgen. Diesmal brachte sie jedoch nicht mehr als bitteren gelben Gallensaft hervor.

„Iddesleigh", keuchte der sterbende Mann.

Simon hatte sich erhoben, zitterte aber am ganzen Leib. Blut war auf seine Breeches gespritzt. Mr. Fletcher machte sich an seinem Hemd zu schaffen, versuchte, seine Wunden zu verbinden, und hielt das Gesicht sorgsam von dem am Boden liegenden Mann abgewandt.

„Was gibt es, Walker?", fragte Simon.

„Noch einer."

Plötzlich hellwach, richtete ihr Mann sich auf und stieß Mr. Fletcher beiseite. Simons Züge spannten sich, mit einem Schritt war er bei dem Sterbenden und stellte sich über ihn. „Was?"

„Noch ... einer." Der kräftige Körper wurde von einem heftigen Beben erfasst.

Simon ließ sich neben ihm auf die Knie fallen. „Wer?"

Die Lippen des Mannes bewegten sich lautlos, ehe er einen Ton hervorbrachte. „Fletcher."

Überrascht fuhr Mr. Fletcher herum.

Simon nahm den Blick nicht von dem sterbenden Mann. „Fletcher ist zu jung. So leicht können Sie mich nicht hereinlegen."

Walker lächelte, seine Lippen besudelt vom Blut seines zerstörten Auges. „Fletchers ..." Heftiges Zucken und Husten schnitten ihm das Wort ab.

Simon runzelte die Stirn. „Gebt ihm etwas Wasser."

Einer der Männer zückte eine Metallflasche. „Whisky."

Simon nickte und nahm die Flasche entgegen, hielt sie Walker an die Lippen, der hastig trank. Mit einem tiefen Seufzen sank er zurück und schloss die Augen.

Simon schüttelte ihn. „Wer?"

Walker rührte sich nicht. War er schon tot? Lucy begann leise für seine Seele zu beten.

Simon fluchte und schlug ihm ins Gesicht. „*Wer?*"

Lucy stockte der Atem. Mit Mühe schlug Walker kurz die Augen auf. „Va...ter", flüsterte er.

Simon stand auf und schaute Christian an. Walker seufzte wieder, der Atem rasselte ihm in der Brust.

Simon würdigte ihn keines Blickes mehr. „Dein Vater? Sir Rupert Fletcher?"

„Nein." Heftig schüttelte Christian den Kopf. „Willst du etwa dem Wort eines sterbenden Mannes Glauben schenken?"

„Sollte ich?"

„Er lügt!"

Ungerührt schaute Simon den jungen Mann an. „Hat dein Vater etwas mit dem Tod meines Bruders zu tun?"

„Nein!", rief Christian. „Nein! So ein Unsinn. Ich gehe jetzt." Mit langen Schritten eilte er davon.

Simon schaute ihm nach.

Die anderen Männer standen etwas abseits.

Lucy wischte sich den Mund ab und trat einen Schritt vor. „Simon."

Er drehte sich um. Über dem Leichnam des Mannes, den er eben getötet hatte, trafen sich ihre Blicke.

15. KAPITEL

Oh Gott.
Lucy.

„Was machst du hier?", zischte Simon. Er konnte nicht anders.

Lucy *hier*, ihr Haar offen, ihr Gesicht gespenstisch bleich. Die Schultern hochgezogen, ihren Umhang hielt sie unter dem Kinn zusammen, die Finger blau vor Kälte.

Sie sah aus, als hätte sie Entsetzliches gesehen.

Er sah zu Boden. Wie eine blutige Trophäe lag Walkers Leichnam zu seinen Füßen. Wo sein Auge hätte sein sollen, klaffte ein dunkles Loch, sein Mund hing schlaff offen, nun, da keine Lebenskraft mehr in ihm war. Der Arzt und die Sekundanten hielten sich im Hintergrund, als wagten sie sich nicht an den Toten heran, solange dessen Mörder noch über ihm stand. *Oh Gott.*

Sie *hatte* Entsetzliches gesehen.

Sie hatte ihn um sein Leben kämpfen sehen, hatte gesehen, wie er einen Mann getötet hatte, indem er ihm das Auge durchbohrte, hatte das Blut spritzen sehen. Er war von oben bis unten mit Blut besudelt, dem seinen und dem seines Gegners. *Oh Gott.* Kein Wunder, dass sie ihn ansah, als wäre er ein Ungeheuer. Er war eines. Nicht länger konnte er das vor ihr verbergen. Jetzt gab es keine Ausflüchte mehr. Nie hatte er gewollt, dass sie so etwas sehen musste. Nie hatte er gewollt, dass sie wusste ...

„Was machst du hier?", schrie er – um sie einzuschüchtern, um die furchtbaren Gedanken zu vertreiben, die unablässig in seinem Kopf widerhallten.

Doch sie wich nicht zurück, sein Engel, zuckte im Angesicht eines schreienden, blutbefleckten Verrückten nicht einmal mit der Wimper. „Was hast du getan?"

Er blinzelte verblüfft. Hob die Hand, in der er noch immer den Degen hielt. Auf der Klinge waren nasse rote Flecken. „Was ich …" Und dann lachte er.

Sie zuckte zusammen.

Die Kehle war ihm rau, wie zugeschnürt von Tränen, doch er lachte. „Ich habe meinen Bruder gerächt."

Sie blickte hinab auf Walkers verwüstetes Gesicht und erschauderte. „Wie viele Männer hast du getötet, um deinen Bruder zu rächen?"

„Vier." Er schloss die Augen und sah ihre Gesichter allesamt vor sich. „Ich dachte, es wären vier. Ich dachte, die Sache wäre erledigt, doch eben habe ich erfahren, dass es einen weiteren Mann gibt. Einen fünften."

Sie schüttelte den Kopf. „Nein."

„Doch." Er wusste nicht, warum er nicht einfach schwieg, doch er redete weiter. „Ich werde nicht eher aufhören, ehe ich ihn habe."

Fest presste sie die Lippen zusammen – ob, um ein Schluchzen zurückzuhalten oder ihren Abscheu zu verbergen, wusste er nicht. „Das kannst du nicht tun, Simon."

Am liebsten hätte er geschluchzt vor Verzweiflung, stellte sich indes dumm. „Ich kann es nicht tun? Ich habe es schon getan, Lucy. Und ich werde es auch weiter tun." Er breitete die Arme aus. „Wer sollte mich davon abhalten?"

„Du kannst dich selbst davon abhalten", sagte sie leise.

Er ließ die Arme sinken. „Das habe ich nicht vor."

„Du wirst dich zerstören."

„Das habe ich bereits." Und im tiefsten Abgrund seiner finsteren Seele wusste er, dass er die Wahrheit sprach.

„Es ist an Gott, Rache zu üben."

Wie ruhig sie war. Und so überzeugt von dem, was sie sagte.

Er steckte seinen Degen weg, blutbefleckt, wie er war. „Du weißt nicht, wovon du da redest."

„Simon."

„Sollte es Gott überlassen bleiben, Verbrechen zu rächen, wozu gibt es dann Gerichte? Warum werden in England jeden Tag Mörder gehängt?“

„Du bist aber kein Gericht.“

„Nein.“ Er lachte. „Vor Gericht kämen sie wohl ungeschoren davon.“

Sie schloss gequält die Augen. „Simon, du kannst das Gesetz nicht selbst in die Hand nehmen.“

„Sie haben Ethan umgebracht.“

„Es ist dennoch falsch.“

„Meinen *Bruder* Ethan.“

„Du versündigst dich.“

„Soll ich vielleicht untätig zusehen, wie sie sich an ihrer Tat ergötzen?“, flüsterte er.

„Wer bist du?“ Jäh schlug sie die Augen auf, ihre Stimme drohte zu brechen. „Kenne ich dich überhaupt?“

Er stieg über Walkers hingestreckten Leichnam und packte sie bei den Schultern, beugte sich über sie, sodass ihr sein gewiss übler Atem entgegenschlug. „Ich bin dein Mann, meine Gute.“

Sie wandte ihr Gesicht ab.

Er schüttelte sie. „Der, dem du immer zu gehorchen versprochen hast.“

„Simon …“

„Der, dem du treu zur Seite stehen wolltest, für den du allen anderen entsagen wolltest.“

„Ich …“

„Der, dem du dich des Nachts hingibst.“

„Ich weiß nicht, ob ich noch mit dir leben kann.“ Die Worte waren kaum mehr als ein Flüstern, doch sie hallten in seinem Kopf wider wie eine Totenglocke.

Eine nie gekannte Furcht übermannte ihn. Heftig riss er sie an sich und drückte seinen Mund auf den ihren. Er schmeckte Blut. Ihres oder seines, es war ihm gleich, und es kümmerte ihn nicht. Er würde sie nicht – *konnte* sie nicht – gehen lassen.

Simon hob den Kopf und schaute ihr mit starrem Blick in die Augen. „Pech, dass du jetzt nicht mehr die Wahl hast."

Ihre Hand zitterte, als sie sich das Blut von den Lippen wischte. Am liebsten hätte er das getan, hätte ihr gesagt, dass es ihm leidtue. Aber wahrscheinlich würde sie ihm eher die Finger abbeißen, als sich von ihm berühren zu lassen, und die richtigen Worte fände er ohnehin nicht. Und so sah er schweigend zu, wie sie ihren besudelten Umhang fester um sich zog, sich umdrehte und davonging. Er sah sie über den Rasen laufen, in die Kutsche steigen und davonfahren.

Dann erst hob er seinen Rock auf, schwang sich in den Sattel und ritt davon. Auf den Straßen Londons herrschte mittlerweile reges Treiben. Jeder ging seinem Tagewerk nach: Gemüsehändler mit ihren Karren, Straßenkinder zu Fuß, Adelige in ihren Kutschen und zu Pferde, Ladenbesitzer und Huren. Eine brodelnde, lebendige Menschenmenge, für die ein neuer Tag begann.

Doch Simon gehörte nicht mehr dazu.

Der Tod hatte ihn hinabgezogen zu den Verdammten, hatte seine Bande zum Rest der Menschheit zerrissen.

Die Tür des Arbeitszimmers knallte gegen die Wand.

Als Sir Rupert aufschaute, sah er seinen Sohn in der Tür stehen, blass, zerzaust, das Gesicht feucht von Schweiß. Er machte Anstalten, sich von seinem Schreibtisch zu erheben.

„Haben Sie es getan?" Christians Ton wollte so gar nicht zu seinem Äußeren passen. Er sprach ruhig, fast gelassen.

„Was getan?"

„Haben Sie Ethan Iddesleigh umgebracht?"

Sir Rupert ließ sich zurück auf seinen Stuhl sinken. Hätte er gekonnt, so würde er gelogen haben, da gab es gar nichts. Schon häufig hatte er die Erfahrung gemacht, dass man mit einer kleinen Täuschung weiter kam als mit der Wahrheit. Die Menschen wollten belogen werden, die Wahrheit behagte ihnen nicht. Wie sonst ließe sich erklären, dass sie Lügen so bereitwillig glaubten? Aber im Gesicht seines Sohnes sah er, dass dieser die Wahrheit bereits kannte. Seine Frage war rein rhetorischer Art.

„Mach die Tür zu", sagte Sir Rupert.

Christian blinzelte, dann tat er wie ihm geheißen. „Mein Gott. Haben Sie das wirklich getan, Vater?"

„Setz dich."

Sein Sohn ließ sich auf einen geschnitzten und vergoldeten Stuhl fallen. Sein rotes Haar war strähnig von Schweiß, sein Gesicht glänzte fettig. Doch seine Miene war es, die Sir Rupert am meisten Kummer machte. Seit wann hatte sein Sohn Falten? Und wie erschöpft er aussah!

Fast entschuldigend breitete Sir Rupert die Hände aus. „Ethan Iddesleigh war ein Problem. Er musste aus dem Weg geschafft werden."

„Mein Gott", stöhnte Christian und sackte in sich zusammen. „Warum? Wie nur konnten Sie einen Menschen umbringen?"

„Ich habe ihn nicht umgebracht", erwiderte Sir Rupert gereizt. „Hältst du deinen Vater wirklich für so dumm? Ich habe seinen Tod lediglich arrangiert. Ich hatte gemeinsam mit Ethan Iddesleigh in ein Geschäft investiert. Ich, Lord Walker …"

„Peller, James und Hartwell", unterbrach ihn Christian. „Ja, ich weiß."

Sir Rupert runzelte die Stirn. „Warum fragst du dann, wenn du es schon weißt?"

„Weil ich nur weiß, was Simon mir erzählt hat, und das war herzlich wenig."

„Und das Wenige dürfte gewiss sehr einseitig gewesen sein", befand Sir Rupert. „Die Fakten sind wie folgt: Wir hatten in Tee investiert und drohten alles zu verlieren. Um unser Vermögen zu retten, hatten wir uns alle auf ein gemeinsames Vorgehen geeinigt. Alle, bis auf Ethan Iddesleigh. Er …"

„Es ging um *Geld*?"

Sir Rupert schaute seinen Sohn an. Christian trug einen

kunstvoll bestickten Seidenrock, der wohl einen Arbeiter und seine Familie satt und warm über den Winter gebracht hätte. Er saß auf einem vergoldeten Stuhl, der eines Königs würdig gewesen wäre, und lebte in einem prächtigen Haus, in einer der besten Straßen Londons.

Hatte er überhaupt eine Ahnung, wovon er sprach? „Natürlich ging es um Geld, verdammt noch mal! Was dachtest du denn?"

„Ich ..."

Sir Rupert schlug mit der flachen Hand auf den Schreibtisch. „Als ich in deinem Alter war, bin ich noch vor Tagesanbruch aufgestanden und habe bis nach Einbruch der Dunkelheit gearbeitet. Es gab Tage, an denen ich so müde war, dass ich über dem Abendessen eingeschlafen bin, den Kopf auf dem abgewetzten Holztisch. Glaubst du, ich sehnte mich nach diesen Zeiten zurück?"

„Aber Vater, einen Mann des Geldes wegen umzubringen ..."

„Rümpfe du bloß nicht die Nase über Geld!" Sir Ruperts Stimme erhob sich drohend bei dem letzten Wort, dann senkte er sie wieder. „Geld ist der einzige Grund, weswegen du nicht zu schuften brauchst, wie dein Großvater es getan hat – wie *ich* es getan habe."

Christian fuhr sich mit der Hand durch sein zerzaustes Haar. Er wirkte wirklich mitgenommen. „Ethan Iddesleigh war verheiratet und hatte eine kleine Tochter."

„Glaubst du, dass mir seine Tochter wichtiger ist als meine Kinder?"

„Ich ..."

„Wir hätten das Haus verloren."

Christian horchte auf und sah seinen Vater ungläubig an.

„Oh ja." Sir Rupert nickte. „So schlimm war es. Wir hätten uns aufs Land zurückziehen müssen. Deine Schwestern hätten keine Saison gehabt. Du hättest auf die neue Kutsche verzichten müssen, die ich dir gekauft habe. Deine Mutter hätte ihren Schmuck verkaufen müssen."

„War es wirklich so schlimm um unsere Finanzen bestellt?"

„Wenn du wüsstest! Du bekommst jedes Quartal deine Auszahlung und hast wahrscheinlich noch nie einen Gedanken daran verschwendet, wo das Geld überhaupt herkommt, was?"

„Gewiss gibt es gewinnbringende Investitionen ..."

„Investitionen, jawohl!" Abermals hieb Sir Rupert auf den Schreibtisch. „Was glaubst du eigentlich, wovon ich die ganze Zeit rede? Über eine Investition! Eine Investition, von der unser aller Zukunft abhing. Und Ethan Iddesleigh, der in seinem ganzen Leben noch keinen einzigen Tag hat arbeiten müssen, der sein gesamtes Vermögen auf einem silbernen Tablett serviert bekommen hat, wollte plötzlich auf Prinzipien beharren!"

„Was für Prinzipien?", fragte Christian.

Sir Rupert atmete schwer. Sein Bein tat teuflisch weh, und er brauchte einen Whisky. „Was für Prinzipien? Das ist doch egal! Wir standen kurz vor dem Ruin. Wir! Unsere *Familie*, Christian."

Sein Sohn erwiderte nichts und sah ihn nur schweigend an.

„Ich sagte zu den anderen, dass wir die Sache bereinigen könnten, wenn wir nur Iddesleigh loswürden. Von da war es nicht mehr weit zu der Idee, Iddesleigh dazu zu bringen, Peller herauszufordern. Sie haben sich duelliert, und Peller hat gewonnen." Er beugte sich vor und richtete seinen Blick scharf auf seinen Sohn. „*Wir* haben gewonnen. Unsere Familie war gerettet. Deine Mutter hat nicht einmal geahnt, wie kurz wir davor standen, alles zu verlieren."

„Ich weiß nicht." Christian schüttelte den Kopf. „Ich weiß nicht, ob ich es gutheißen kann, dass Sie uns auf diese Art gerettet und Ethan Iddesleighs Tochter den Vater genommen haben."

„Gutheißen?" Heftiger Schmerz durchzuckte sein Bein. „Sei doch kein Narr. Willst du etwa deine Mutter in Lumpen sehen? Mich im Armenhaus? Deine Schwestern, wie sie Wäsche annehmen und sich die Hände wundscheuern, um nicht zu verhungern? Prinzipien sind ja eine feine Sache, mein Junge, aber satt wird man davon nicht. Merk dir das."

Sein Sohn schien wenig überzeugt.

„Du steckst da ebenso drin wie ich." Sir Rupert holte den Ring aus seiner Westentasche und rollte ihn über den Tisch zu seinem Sohn herüber.

Christian fing ihn auf. „Was ist das?"

„Simon Iddesleighs Siegelring. James hat ihn ihm abnehmen lassen, nachdem seine Schläger ihn fast zu Tode geprügelt hatten."

Mit ungläubigem Blick schaute sein Sohn ihn an.

Sir Rupert nickte. „Behalte ihn. Er soll dich daran erinnern, auf wessen Seite du stehst und was ein Mann für seine Familie riskieren sollte."

Er hatte Christian zu einem Gentleman herangezogen. Sein Wunsch war es gewesen, dass sein Sohn sich in der Aristokratie zu Hause fühlte, dass er niemals fürchten musste, einen Fauxpas zu begehen, der seine bescheidenen Wurzeln verraten würde – so wie es ihm als jungem Mann stets ergangen war. Doch konnte es sein, dass er, indem er ihm diese Sicherheit gegeben hatte, diese Gewissheit, sich niemals um Geld sorgen zu müssen, ihn zur Schwäche erzogen hatte?

Christian starrte den Ring an. „Heute früh hat er Walker umgebracht."

Sir Rupert tat es mit einem Achselzucken ab. „Das war nur eine Frage der Zeit."

„Und nun hat er es auf Sie abgesehen."

„Wie bitte?"

„Er weiß von Ihnen. Walker hat ihm gesagt, dass Sie der fünfte Mann waren."

Sir Rupert fluchte.

„Was haben Sie nun vor?" Sein Sohn steckte den Ring ein.

„Nichts."

„Nichts? Was soll das heißen? Er hat die anderen aufgespürt und sie zum Duell genötigt. Dasselbe wird er auch mit Ihnen tun."

„Das wage ich zu bezweifeln“, meinte Sir Rupert, humpelte um den Schreibtisch herum und stützte sich schwer auf seinen Stock. „Das wage ich doch sehr zu bezweifeln.“

Als Simon an diesem Abend sein Schlafzimmer betrat, lag das Haus still und dunkel da. Lucy hatte sich schon gefragt, ob er überhaupt noch nach Hause käme. Den Nachmittag hatte sie mit Warten zugebracht, vergebens versucht, ein Buch zu lesen, von dem sie nicht einmal mehr den Titel wusste. Als er auch zur üblichen Dinnerzeit nicht zurückgekehrt war, hatte sie sich allein zu Tisch begeben. Und schließlich war sie dann in seinem Zimmer zu Bett gegangen, weil sie mit ihm reden wollte, sobald er zurückkäme. Nun, da sie ihn hereinkommen hörte, setzte sie sich in seinem großen Mahagonibett auf und schlang die Arme um die Knie.

„Wo warst du?“ Ehe sie sich's versah, war ihr die Frage herausgerutscht. Sie runzelte die Stirn. Vielleicht war es ja besser, wenn sie nicht wusste, wo er gewesen war.

„Willst du das wirklich wissen?“, fragte er denn auch, stellte den Kerzenständer auf den Tisch und streifte seinen Rock ab. An manchen Stellen war die blaue Seide matt und grau, und sie sah mindestens einen Riss klaffen.

Sie versuchte, sich zu zügeln. Ihrem Ärger Luft zu machen wäre jetzt nicht hilfreich. „Ja, ich will es wissen.“ Es stimmte. Egal, was auch sein mochte, sie liebte ihn, sorgte sich um ihn und wollte wissen, was er tat.

Er erwiderte nichts. Schweigend setzte er sich in einen der Sessel am Kamin und zog seine Stiefel aus. Dann stand er wieder auf, nahm seine Perücke ab und hängte sie auf einen Ständer. Mit beiden Händen rieb er sich das kurze Haar, bis es zu Berge stand.

„Ich war unterwegs.“ Er zog seine Weste aus und warf sie auf einen Stuhl. „Habe im Kaffeehaus vorbeigeschaut. War in einer Buchhandlung.“

„Du warst nicht zufällig auf der Suche nach Mr. Fletchers

Vater?“ Das war ihre größte Befürchtung gewesen – dass er den ganzen Tag unterwegs war, um Vorkehrungen für ein weiteres tödliches Duell zu treffen.

Kurz sah er sie an, dann zog er sein Hemd aus. „Nein. Ich gönne mir ganz gern einen Tag Erholung zwischen meinen Metzeleien.“

„Das ist nicht witzig“, flüsterte sie.

„Nein, ist es nicht.“ Als er nur noch seine Breeches anhatte, goss er sich Wasser in eine Schüssel und begann sich zu waschen.

Vom Bett aus sah sie ihm zu. Das Herz wurde ihr schwer. Wie konnte dieser Mann, der sich nun sichtlich erschöpft und doch so anmutig bewegte, erst heute Morgen einen anderen Menschen auf so grausame Weise getötet haben? Wie konnte es sein, dass sie mit ihm verheiratet war? Wie konnte es sein, dass sie ihn noch immer liebte?

„Könntest du es mir erklären?“, fragte sie leise.

Er hielt kurz inne, einen Arm erhoben. Dann wusch er sich weiter und begann zu erzählen. „Sie waren eine Gemeinschaft von Investoren: Peller, Hartwell, James, Walker und mein Bruder Ethan.“ Er tauchte den Lappen in die Schüssel, wrang ihn aus und rieb sich den Nacken. „Und wie es scheint, war auch Christians Vater mit von der Partie. Sir Rupert Fletcher.“ Sein Blick begegnete dem ihren, als erwarte er Widerspruch.

Sie schwieg.

Er fuhr fort. „Gemeinsam erwarben sie eine Ladung indischen Tees. Nicht nur eine, sondern mehrere Schiffsladungen, um genau zu sein. Eine ganze Flotte, verdammt – als ob sie sich für Handelsfürsten hielten. Doch die Preise für Tee stiegen stetig, und es sah so aus, als könnten sie damit ein Vermögen machen. Leicht verdientes, schnelles Geld.“ Er ließ den Lappen auf seiner Brust kreisen, wusch Blut, Schweiß und Schmutz ab.

Sie ließ ihn nicht aus den Augen, hörte zu und regte sich nicht, denn sie fürchtete, dass er nicht weitererzählen würde, wenn sie ihn erst mal unterbrach. Doch innerlich war sie entsetzlich aufgewühlt. Sie fühlte sich unwiderstehlich hingezogen zu diesem Mann, der sich so selbstverständlich vor ihr wusch, und auch das Blut konnte sie nicht schrecken. Zugleich fühlte sie sich von dem Mann abgestoßen, der wenige Stunden zuvor einen Menschen getötet hatte und ihr ganz und gar fremd war.

Simon spritzte sich Wasser ins Gesicht. „Das einzige Risiko war, dass die Schiffe auf See untergehen oder die Ladung in einem Unwetter Schaden nehmen könnte, aber das sind Risiken, die jeder Investor auf sich nimmt. Viele Gedanken dürften sie darauf nicht verschwendet haben, versprach das Geschäft doch zu einträglich zu sein, als sich von solch kleinlichen Bedenken abhalten zu lassen." Schweigend starrte er in das schmutzige Waschwasser, dann kippte er es in den Ausgusseimer und füllte die Schüssel neu.

„Aber Ethan, der stets korrekte Ethan, überredete sie dazu, die Schiffe samt Ladung versichern zu lassen. Das war teuer, doch er meinte, es wäre nur vernünftig. Verantwortungsbewusst." Er tauchte seinen Kopf in die Schüssel und ließ Wasser über sein Haar laufen.

Sie wartete, bis er sich das Wasser aus dem Haar gestrichen hatte und sich wieder aufrichtete. „Was ist passiert?"

„Nichts", meinte er achselzuckend, nahm sich ein Handtuch und rubbelte sich das Haar trocken. „Das Wetter war gut, die Schiffe in bestem Zustand, die Mannschaft allesamt gute und fähige Leute, wie ich vermute. Das erste Schiff traf ohne Zwischenfälle und wohlbehalten im Hafen ein."

„Und?", fragte sie gespannt.

Er ließ sich Zeit mit der Antwort, faltete das Handtuch sorgsam zusammen und legte es neben die Waschschüssel. „Mittlerweile waren die Preise für Tee gefallen. Nicht nur gefallen, sondern eingebrochen. Eine der Launen des Marktes, die niemand voraussehen kann. Plötzlich wurde der Markt von Tee überschwemmt. Ihr Tee war nicht mal den Preis wert, den es gekostet hätte, die Ladung an Land zu bringen." Er ging nach nebenan in sein Ankleidezimmer.

„Die Investoren haben also ihr Geld verloren?", rief sie ihm hinterher.

„Hätten sie." Mit seinem Rasierzeug kam er zurück. „Aber dann fiel ihnen die Versicherung ein. Die Versicherung, auf der Ethan bestanden hatte. Die ihnen damals so lächerlich erschienen und nun ihre einzige Hoffnung war. Wenn sie die Schiffe versenkten, könnten sie ihren Verlust wettmachen."

Sie runzelte die Stirn. „Aber Ethan …"

Er nickte und zeigte mit dem Rasiermesser auf sie. „Du sagst es. Ethan war der ehrenwerteste Mann, den ich kannte. Grundehrlich. Sich selbst und seiner moralischen Überzeugungen absolut gewiss. Er weigerte sich. Zum Teufel mit dem Geld, zum Teufel mit ihrem Zorn, zum Teufel mit dem drohenden Ruin, aber er würde sich an keinem Betrug beteiligen." Simon seifte sich Kinn, Hals und Wangen ein.

Lucy dachte über Ethans Begriff von Ehre und Ehrlichkeit nach. Wie naiv er gewesen sein musste. Und wie schwer es für Simon gewesen sein musste, den von seinem Bruder gesetzten Erwartungen gerecht zu werden. Simon sprach mit tonloser Stimme. Für jemand anderen mochte es gefühllos und kalt klingen, aber sie war die Frau, die ihn liebte, und sie hörte den Schmerz aus seiner Stimme heraus. Und die Wut.

Simon setzte sich die Klinge des Rasiermessers an den Hals und zog es hinauf zum Kinn. „Sie beschlossen, Ethan loszuwerden. Ohne ihn könnten sie die Schiffe versenken und an Geld kommen. Mit ihm wäre alles verloren. Aber so leicht ist es bekanntlich nicht, einen Viscount aus dem Weg zu schaffen. Und deshalb haben sie entsetzliche Gerüchte verbreitet, die schwer zu widerlegen und noch schwerer einzudämmen waren." Mit einem Tuch wischte er den Schaum von der Klinge.

„Gerüchte über ihn?", flüsterte Lucy.

„Nein." Er betrachtete das Rasiermesser in seiner Hand, als habe er völlig vergessen, was er damit wollte. „Über Rosalind."

„Was für Gerüchte?"

„Über Rosalinds Tugend. Über Pockets Geburt."

„Aber Pocket sieht doch genauso aus wie …" Sie verstummte, als ihr aufging, worauf er hinauswollte. *Oh Gott.*

„Sie sieht aus wie ich." Seine Mundwinkel zuckten. „Sie schimpften Rosalind eine Hure, sagten, dass ich sie entehrt hätte, dass Pocket ein Bastard wäre und Ethan sich zum Narren hätte halten lassen."

Sie musste einen Laut des Entsetzens ausgestoßen haben.

Als er sich zu ihr umwandte, waren seine Augen voller Schmerz, seine Stimme gepresst. „Was glaubst du, weshalb wir noch auf keinen Bällen, Abendgesellschaften oder diesen tödlich langweiligen Musikabenden waren? Rosalinds Ruf ist ruiniert. Völlig ruiniert, auf alle Zeit. Seit drei Jahren hat sie keine einzige Einladung mehr bekommen. Eine tadellos tugendhafte Dame, die auf der Straße geschnitten wurde von verheirateten Frauen, die mehr Affären hatten, als man an zwei Händen abzählen kann."

Lucy wusste nicht, was sie sagen sollte. Wie schrecklich, so etwas einer Familie anzutun, es zwei Brüdern anzutun. Und die arme, arme Rosalind!

Simon holte tief Luft. „Sie ließen ihm keine Wahl. Er forderte Peller heraus – der, den sie dazu bestimmt hatten, sich am lautesten zu ereifern. Ethan hatte noch nie ein Duell gefochten, wusste kaum, wie man den Degen hielt. Peller brauchte nicht mal eine Minute, um ihn zu töten. Als hätte man ein Lamm zur Schlachtbank geführt."

Lucy rang nach Atem. „Wo warst du damals?"

„In Italien." Er setzte das Rasiermesser wieder an. „Ruinen anschauen und trinken." *Wusch*, fuhr die Klinge über sein Kinn. „Und herumhuren, wie ich auch nicht verhehlen will." Er wischte sie am Tuch ab. „Ich wusste nichts davon, bis der Brief kam. Ethan, der anständige, langweilige Ethan – Ethan, der gute Sohn –, mein Bruder Ethan bei einem Duell getötet! Erst hielt ich es für einen Witz, bin aber trotzdem nach Hause gefahren.“ Wieder setzte er die Klinge an, fuhr sich über die Wange. „Langsam wurde ich Italiens sowieso überdrüssig. Irgendwann hat man genug von gutem Wein und antiken Steinhaufen. Ich fuhr zum Familiensitz der Iddesleighs und ...“

Diesmal ließ er sich Zeit, als er die Klinge abwischte. Den Blick hatte er von ihr abgewandt, doch sie sah seinen Adamsapfel sich bewegen, als er schwer schluckte.

„Es war Winter, weshalb sie mit der Beerdigung bis zu meiner Rückkehr warten konnten. Als ob es auf mich angekommen wäre. Aber viele Trauergäste gab es tatsächlich nicht – nur Rosalind, noch ganz übermannt von Trauer und ungläubigem Entsetzen, Pocket und der Pfarrer. Sonst war niemand gekommen. Fortan wurden sie gemieden. Sie waren ruiniert.“ Als er aufblickte, sah sie, dass er sich unter dem rechten Ohr geschnitten hatte. „Sie haben ihn nicht nur getötet, Lucy – sie haben seinen Namen zerstört. Rosalinds Ruf ruiniert. Pockets Hoffnungen auf eine gute Partie zunichtegemacht, wenngleich sie noch zu jung ist, um sich dessen bewusst zu sein.“ Er runzelte die Stirn und beendete seine Rasur schweigend.

Lucy betrachtete ihn. Was sollte sie nur tun? Seine Gründe, sich zu rächen, konnte sie sehr gut nachvollziehen. Hätte jemand ihrem Bruder David solches Unrecht angetan oder ihrem Vater, wäre auch sie vor gerechter Wut außer sich. Doch das gab einem noch lange nicht das Recht zu töten. Und was mochte es Simon gekostet haben, an Leib und Seele? Unmöglich konnte er all diese Duelle gefochten haben, ohne einen Teil von sich zu verlieren. Sollte sie tatenlos mit ansehen, wie er sich aus Rache für seinen toten Bruder selbst vernichtete?

Er wusch sein Gesicht, trocknete sich ab und kam dann zu ihr herüber. „Darf ich mich zu dir gesellen?“

Dachte er wirklich, sie würde ihn zurückweisen? „Ja.“ Sie rutschte ein Stück beiseite, um ihm Platz zu machen.

Er streifte seine Breeches ab und blies die Kerze aus. Sie spürte die Matratze unter seinem Gewicht nachgeben, als er ins Bett stieg. Gespannt wartete sie, aber er hielt sich von ihr fern.

Schließlich wandte sie sich ihm zu und schmiegte sich an ihn. Er zögerte kurz, dann legte er den Arm um sie.

„Du hast mir das Märchen noch nicht zu Ende erzählt", flüsterte sie an seiner Brust.

Sie spürte sein Seufzen. „Willst du das jetzt wirklich hören?"

„Ja, will ich."

„Na schön." Seine Stimme schwebte durch das Dunkel zu ihr. „Wie du dich gewiss erinnerst, wünschte Angelica sich ein weiteres Kleid, das noch schöner wäre als das erste. Und so reichte der Schlangenprinz ihr einen silbernen Dolch, damit sie ihm die rechte Hand abhacke."

Lucy erschauderte. Das hatte sie ganz vergessen.

„Die Ziegenmagd tat wie ihr geheißen, und schon lag ein silbernes, mit unzähligen Opalen besticktes Kleid vor ihr, das schimmerte wie das Licht des Mondes." Er streichelte ihr Haar. „Und sie machte sich auf und vergnügte sich mit dem hübschen Prinz Rutherford auf dem Ball und kam erst im Morgengrauen …"

„Aber was ist mit dem Schlangenprinzen?", unterbrach sie ihn. „Litt er nicht entsetzliche Schmerzen?"

Seine Hand verharrte reglos. „Natürlich", meinte er und streichelte sie weiter. „Aber so hatte Angelica es nun einmal gewollt."

„Was für ein selbstsüchtiges Mädchen!"

„Nein. Nur arm und einsam. Sie konnte nicht anders. Es war ihre Natur, sich schöne Kleider zu wünschen, genauso wie es in der Natur der Schlange liegt, sich zu häuten. So hat Gott sie nun einmal geschaffen."

„Hmmm", machte Lucy wenig überzeugt.

„Egal." Er tätschelte ihre Schulter. „Am Morgen kehrte Angelica zurück und erzählte dem Schlangenprinzen ausführlich vom Ball und dem hübschen Prinzen und davon, dass alle ihr Kleid bewundert hätten. Schweigend hörte er ihr zu und lächelte sie an."

„Und wahrscheinlich wollte sie am nächsten Abend wieder ein Kleid, um den albernen Prinz Rutherford zu beeindrucken."

„So ist es."

Als er nicht weitersprach, lauschte sie eine Weile nur seinem Atem.

„Und?", drängte sie schließlich.

„Natürlich müsste es noch schöner als das vorherige sein."

„Natürlich."

Er legte seine Hand um ihre Schulter und drückte sie sanft. „‚Nichts einfacher als das', meinte der Schlangenprinz. Er könnte ihr das schönste Kleid bescheren, das sie je gesehen hätte, das schönste Kleid der Welt."

Lucy wagte kaum zu fragen. Irgendwie klang das gar nicht gut. „Muss sie ihm dafür auch die andere Hand abhacken?"

„Nein." Er stieß einen tiefen Seufzer aus. „Den Kopf."

Entsetzt wich Lucy zurück. „Aber das ist ja furchtbar!"

Sie spürte, wie er mit den Schultern zuckte. „Das schönste Kleid der Welt verlangt nach dem größtmöglichen Opfer. Der Schlangenprinz kniete vor der Ziegenmagd nieder und bot ihr seinen nackten Hals dar. Angelica schreckte vor der grausigen Tat zurück, gewiss. Sie zögerte, doch sie war in Prinz Rutherford verliebt. Wie sonst sollte eine Ziegenmagd einen Prinzen erobern? Letztlich tat sie, wie der Schlangenprinz ihr geheißen hatte, und hackte ihm den Kopf ab."

Lucy biss sich auf die Lippe. Dieses dumme Märchen brachte sie schier zum Weinen. „Aber am Schluss wird er doch wieder zum Leben erweckt, oder?"

„Schsch." Sein Atem streifte über ihr Gesicht. Er musste ihr den Kopf zugewandt haben. „Willst du die Geschichte nun zu Ende hören oder nicht?"

„Ja, erzähl zu Ende."

„Diesmal war das Kleid wirklich atemberaubend. Es war ganz aus Silber und mit so vielen Diamanten und Saphiren besetzt, dass es aussah, als wäre Angelica in schimmerndes Licht gehüllt. Prinz Rutherford entbrannte in Leidenschaft, als er sie so sah – oder aber in schnöder Gier –, sank vor ihr auf die Knie und hielt um ihre Hand an.“

Lucy wartete geduldig, doch er blieb stumm. Sie stupste ihn an die Schulter. „Und dann?“

„Das war es. Sie haben geheiratet und lebten glücklich bis an ihr Ende.“

„Das kann doch nicht das Ende der Geschichte sein! Was ist aus dem Schlangenprinzen geworden?“

Sie spürte, wie er sich zu ihr umdrehte. „Er ist gestorben, das hatte ich doch erzählt. Angelica dürfte wohl ein paar Tränen um ihn geweint haben, aber letztlich war er eben nur eine Schlange.“

„Nein.“ Natürlich war es albern, so entschieden zu widersprechen – schließlich war es nur ein Märchen –, doch sie war wirklich wütend auf ihn, dass es so und nicht anders ausgegangen war. „Er ist der Held der Geschichte! Und hatte er sich nicht in einen Menschen verwandelt?“

„Schon, aber eben nicht ganz. Im Grunde ist er noch immer eine Schlange.“

„Nein! Er ist ein Prinz mit Zauberkräften!“ Sie ahnte, dass es bei ihrem Streit eigentlich gar nicht mehr um das Märchen ging. „Und er ist der Held. Deshalb heißt das Märchen ja auch *Der Schlangenprinz*. Er hätte Angelica heiraten sollen. Immerhin hat er sie geliebt.“

„Lucy.“ Simon zog sie in seine Arme, und sie ließ es zu, obwohl sie noch immer wütend auf ihn war. „Tut mir leid, mein Engel, aber so geht das Märchen nun mal.“

„Er hat es nicht verdient zu sterben“, sagte sie. Tränen brannten ihr in den Augen.

„Wer hat das schon? Ob er es verdient hat, steht überhaupt nicht zur Diskussion – es ist eben sein Schicksal. Und das kannst du ebenso wenig ändern wie den Lauf der Sterne.“

Ihre Tränen hatten sich Bahn gebrochen, rannen über ihre Wangen, in ihr Haar und – so fürchtete sie – auf seine Brust. „Aber das Schicksal eines Menschen kann man ändern.“

„Kann man das?“, fragte er so leise, dass sie ihn kaum verstand.

Sie brachte kein Wort heraus, und so schloss sie die Augen und versuchte, ihr Schluchzen zu unterdrücken. Und sie betete. *Bitte, lieber Gott, lass einen Menschen sein Schicksal ändern können.*

16. KAPITEL

In den frühen Morgenstunden weckte der Traum sie abermals.

Lucy öffnete die Augen. Graues Licht fiel von draußen herein. Ohne sich zu rühren, starrte sie in die Glut des Kamins. Diesmal konnte sie sich zumindest an einzelne Bruchstücke erinnern. Sie hatte geträumt, dass Christian sich mit Lord Walker duellierte, während Simon seinen Tee nahm und zusah. Lord Walker hatte sein Auge bereits verloren und war daher ziemlich aufgebracht, was seiner Kunstfertigkeit mit dem Degen indes keinen Abbruch tat. Es war schauderlich anzusehen gewesen. Und auf einmal saß Lucy mit Simon am Tisch. Sie goss Tee ein, nahm einen Schluck und sah in ihre Tasse. Der Tee war aus Rosenblättern gebraut. Rot war er, wie Blut. Sie war sprachlos gewesen vor Entsetzen. Vielleicht war es wirklich Blut. Sie hatte die Tasse abgesetzt und sich geweigert, auch nur noch einen Schluck zu trinken, obwohl Simon sie dazu drängte. Doch sie wusste, dass sie ihm nicht trauen konnte, denn als sie an ihm hinabsah – dorthin, wo seine Beine hätten sein sollen –, sah sie einen Schwanz. Einen Schlangenschwanz …

Lucy fröstelte es.

Schweißüberströmt war sie aufgewacht, und nun fror sie bitterlich. Sie tastete über die seidene Bettdecke und berührte einen warmen Arm. Warme Männerhaut. Obwohl sie beide ihre eigenen Schlafzimmer hatten, die groß genug waren, eine ganze Familie zu beherbergen, hatte Simon seit der Hochzeit jede Nacht mit ihr verbracht – entweder in ihrem Zimmer oder, so wie heute, in seinem. Lucy konnte sich des Gefühls nicht erwehren, dass es in den Kreisen des *ton* als eher ungewöhnlich – wenn nicht gar als unschicklich – galt, wenn ein Mann jede Nacht an der Seite seiner Frau verbrachte, aber sie war froh darum. Ihr gefiel es, seine Wärme neben sich zu spüren. Ihr gefiel es auch, nachts seinen tiefen Atemzügen zu lauschen. Und ihr gefiel es, seinen Geruch auf ihrem Kissen zu riechen. Es war einfach schön.

„Hmmm?" Schwerfällig wälzte er sich herum und legte seinen Arm um sie. Dann atmete er tief und gleichmäßig weiter.

Lucy rührte sich nicht. Nur wegen eines grässlichen Traums sollte sie ihn nicht wecken. Sie schmiegte ihre Nase an seine Schulter und atmete seinen Duft ein.

„Was ist?" Er sprach mit schwerer, leiser Stimme, klang aber wacher, als sie gedacht hatte.

„Nichts." Sie streichelte seine Brust, spürte die kurzen Härchen ihre Hand kitzeln. „Nur ein Traum."

„Albtraum?"

„Mmmh."

Er fragte nicht, wovon sie geträumt hatte, seufzte nur und zog sie in seine Arme. Ihre Beine schmiegten sich an seine. An ihrer Hüfte spürte sie seine Erregung.

„Pocket hatte auch Albträume." Sein Atem strich über ihr Haar. „Als ich nach Ethans Tod bei ihnen wohnte."

Er fuhr mit der Hand ihren Rücken hinab und tätschelte ihren Hintern, ließ seine Hand dann dort ruhen, warm und besitzergreifend.

„Sie hatte zwar ein Kindermädchen, aber die gute Frau muss einen gesegneten Schlaf gehabt haben. Wenn Pocket nachts aufwachte, huschte sie an ihr vorbei und lief zum Zimmer ihrer Mutter." Er lachte leise. Seine Stimme klang rau. „Und manchmal kam sie auch zu mir. Hat mich beim ersten Mal schier zu Tode erschreckt. Mitten in der Nacht berührte eine kalte kleine Hand meine Schulter, und eine hohe Stimme flüsterte meinen Namen. Fast hätte ich mir damals geschworen, abends keinen Tropfen mehr zu trinken."

Lucy lächelte an seiner Schulter. „Was hast du getan?"

„Na ja." Er rollte sich auf den Rücken, ließ sie aber nicht aus seinem Arm. „Zunächst einmal musste ich mir überlegen, wie ich mir unauffällig meine Hose anziehen sollte. Dann habe ich mir Pocket geschnappt, mich mit ihr in einen Sessel am Kamin gesetzt und eine Decke um uns beide gelegt."

„Ist sie wieder eingeschlafen?"

„Nein, ist es nicht, das kleine Gör." Er kratzte sich die Brust. „Reden wollte es. Genau wie du."

„Tut mir leid. Ich kann auch aufhören."

„Nein", flüsterte er. „Ich mag es, so mit dir zu reden." Er verschränkte seine Finger mit den ihren auf seiner Brust.

„Worüber habt ihr geredet?"

Er schien eine Weile nachzudenken. Schließlich seufzte er. „Die Kleine hat mit erzählt, dass Ethan auch immer mit ihr geredet hatte, wenn sie schlecht geträumt hatte. Von Puppen hat er ihr erzählt und drolligen Welpen und von Süßigkeiten. So was eben. Sachen, die sie den Albtraum vergessen lassen sollten."

Lucy lächelte. „Dann hast du ihr also auch von drolligen Welpen erzählt?"

„Um ehrlich zu sein, nein." Im grauen Morgenlicht sah sie ein kurzes Grinsen über sein Gesicht huschen. „Ich habe ihr erzählt, wie man einen Phaeton fährt. Worauf man bei der Wahl seiner Pferde achten sollte. Wie man einen ordentlichen Kaffee aufbrüht und wo er eigentlich herkommt."

„Wo kommt er denn her?" Sie zog sich die Bettdecke über die Schulter.

„Ich habe ihr erzählt, aus Afrika, wo die Eingeborenen wilde Krokodile dazu abrichten, die Kaffeebäume hinaufzuklettern und so lange mit dem Schwanz um sich zu schlagen, bis alle Bohnen herabgefallen sind."

Lucy lachte. „Simon …"

„Was hätte ich denn sonst sagen sollen? Es war drei Uhr morgens."

„Willst du mich so auch meinen Traum vergessen lassen?"

„Wenn du wünschst." Seine Finger schlossen sich fester um ihre. „Wir könnten aber auch über Tee reden. Darüber, ob der indische oder der chinesische besser ist, wo er wächst und ob es stimmt, dass er nur von wunderschönen Mädchen gepflückt werden darf, die noch nicht das sechste Jahr erreicht haben, rote Seidenhandschuhe tragen und nur bei Vollmond zur Ernte schreiten."

„Und wenn ich nicht an Tee interessiert bin?" Lucy strich mit der Fußsohle seine Wade hinauf.

Er räusperte sich. „Dann dürfte dich gewiss eine Erörterung verschiedener Pferderassen unterhalten. Manche sind besser dazu geeignet, vor eine Kutsche gespannt zu werden, während andere ..."

„Nein." Sie löste ihre Hand von der seinen und strich seinen Bauch hinab.

„Nein?"

„Definitiv nein." Sie berührte seine Männlichkeit, fuhr mit den Fingerspitzen der Länge nach hinauf und strich über den runden Kopf. Sie liebte es, ihn so zu berühren.

Einen Moment rang er nach Atem, ehe er zu Worten fand. „Möchtest du ..."

Sie drückte ihn sanft.

„*Ah*, hast du etwas anderes im Kopf?"

„Ja, ich glaube schon." Ihre Hand fest um ihn geschlossen, drehte sie sich nach ihm um und biss in seine Schulter. Er schmeckte nach Salz und nach Mann.

Anscheinend war damit die Grenze seiner Selbstbeherrschung überschritten. Jäh wälzte er sich herum. „Dreh dich um." Seine Stimme war heiser.

Sie tat wie geheißen und rieb ihren Hintern an seinem Schoß.

„Kleines Biest", murmelte er und legte seinen Arm so um sie, dass sie ihren Kopf behaglich darauf betten konnte.

„Ich finde, du solltst mir etwas über Rosenzucht erzählen", flüsterte sie.

„Findest du?" Er streichelte ihre Brüste.

„Ja." Sie würde ihm das niemals sagen, aber manchmal fand sie seine bloße Stimme geradezu unerträglich erregend. In seinen Armen zu liegen, ihn zu spüren und seine Stimme zu hören, nicht aber sein Gesicht zu sehen ließ sie vor Lust erbeben.

„Na schön. Am wichtigsten ist zunächst einmal gutes Erdreich." Er kniff in eine der beiden Knospen.

Sie betrachtete seine schlanken, eleganten Finger auf ihrer Brust und biss sich auf die Lippe. „Du meinst schnöde Erde? Dreck?"

Er drückte fester, und sie seufzte vor Wonne. „Wir Rosenliebhaber bevorzugen es, von Erdreich zu sprechen. Das klingt bedeutsamer."

„Was unterscheidet Erdreich denn von schnöder Erde?" Sie gab ihm einen kleinen Schubs. Sein Glied glitt über ihren Hintern, schmiegte sich in den Spalt. Sein warmer Körper umfing sie, und sie fühlte sich unbeschreiblich weiblich und verführerisch.

„Ahhh." Er räusperte sich. „Einiges. Dung beispielsweise."

Sie musste sich ein Kichern verkneifen. „Das ist aber überhaupt nicht romantisch."

Zärtlich zog er an ihrer Brustspitze. Sie bäumte sich auf. „Das Thema hast du ausgesucht." Seine Finger tasteten sich vor zur anderen Brust und zwickten die Spitze dort.

Sie schluckte. „Schon, aber ..."

„Schsch." Er schob seinen Schenkel zwischen ihre Beine und rieb ihren Schoß.

Er liebkoste sie genau dort, und sie schloss die Augen. „Mmmh."

„Guter Dünger ist das Geheimnis guten Erdreichs. Manche raten zu gemahlenen Rinderknochen, aber das sind Banausen, die sich auf die Rübenzucht beschränken sollten." Er streichelte ihren Bauch hinab. „Der Dung muss im Herbst aufgebracht und über Winter belassen werden. Bringt man ihn indes zu spät auf, verursacht er Brand an der Pflanze."

„W...wirklich?" Ihre Aufmerksamkeit war mittlerweile einzig auf seine Hand gerichtet.

Sachte fuhr er mit dem Finger in den Spalt zwischen Schenkel und Schoß, kitzelte sie. Er strich über das weiche Haar, zögerte. Sie regte sich ungeduldig, spürte, wie sie schon beim Gedanken daran, was er als Nächstes tun würde, warm und feucht wurde.

„Ich merke schon, dass du die Bedeutung guten Düngers begriffen hast. Und stell dir nur vor, wie verzückt du sein wirst …", seine Hand schnellte hinab und umfing ihren Schoß, „… wenn ich dir erst von Kompost erzähle."

„Oh." Sie spürte einen seiner Finger in sich gleiten.

„Oh ja. Du hast das Zeug zu einer großen Rosenzüchterin."

Sie versuchte, ihre Schenkel fester um seine Hand zu schließen, aber sein Bein hielt sie davon ab. „Simon …"

Er zog den Finger zurück, nur um abermals in sie zu fahren. In hilflosem Verlangen schloss ihr Leib sich um ihn.

„Laut Lazarus Lillipin sollte Kompost zu einem Teil aus Pferdemist bestehen, zu drei Teilen aus Stroh und zu zwei Teilen aus Gemüseresten."

Ein weiterer Finger suchte und fand ihre kleine Knospe. Lucy stöhnte. War es nicht verwerflich, dass ein bloßer Mann aus Fleisch und Blut ihr solches Glück bereiten konnte? Ein Verzücken, wie sie es sonst nirgends zu finden hoffte?

„Dies alles", fuhr er in seinen Ausführungen fort, „soll in Lagen zu einem Haufen geschichtet werden, bis besagter Haufen mannshoch ist. Darüber, wie breit der Haufen zu sein hat, schweigt Lillipin sich aus – eine sträfliche Unterlassung, wie ich finde."

„Simon."

„Ja, mein Engel?" Er bewegte seinen Finger leicht, doch es war nicht genug.

Sie versuchte, sich an seine Hand zu drängen, aber er hielt sie zwischen seinen Beinen gefangen. Sie räusperte sich, ihre Stimme klang dennoch heiser. „Ich möchte nicht mehr über Rosen reden."

Hinter sich vernahm sie einen tadelnden Laut, wenngleich auch sein Atem schwerer ging. „Es kann ein etwas langweiliges Thema sein, das gebe ich zu, aber du warst bislang eine sehr gelehrige Schülerin. Dafür verdienst du eine Belohnung."

„Eine Belohnung?" Hätte sie gekonnt, würde sie gelächelt haben. So sah er das also. Eitler Mann! Auf einmal wurde sie von einem Gefühl zärtlicher Zuneigung überkommen. Sie wollte sich umdrehen und ihn küssen.

Doch er hob bereits ihr Bein über seines. „Eine Belohnung, wie sie nur die besten Mädchen verdient haben. Jene, die ihren botanischen Meistern aufmerksam lauschen und sich um die Rosenzucht verdient gemacht haben."

Sie spürte ihn an ihrem Schoß. Er schob ihre Lippen mit den Fingern auseinander und glitt ein kleines Stück hinein. Keuchend rang sie nach Atem. Sie hatte vergessen, wie groß ... Er drängte weiter. So, wie er sie hielt, meinte sie jeden Zoll zu spüren, als er sie quälend langsam in Besitz nahm.

„Nur die besten?" Kaum erkannte sie ihre eigene Stimme, so tief und sinnlich klang sie. Fast wie ein leises Schnurren.

„Mmmh, ja." Mittlerweile keuchte auch ihr Gatte.

„Und ich bin die Beste?"

„Oh Gott, ja."

„Wenn das so ist ... Simon?" Ein primitives Gefühl der Macht erfüllte sie.

„Hmmm?"

„Dann habe ich mehr verdient. Ich will mehr. Ich will dich ganz." Und es stimmte. Sie wollte seinen Leib und seine Seele, sein Herz und seinen Verstand. Sie wollte ihn mit Haut und Haaren, und ihre maßlose Begierde schockierte sie ein wenig.

„Oh Gott", keuchte er und stieß ganz in sie.

Sie stöhnte und versuchte ihre Beine zu schließen. Er erfüllte sie so sehr. Doch er hielt ihre Beine mit den seinen auseinander, und wieder fanden seine geschickten Finger die kleine Knospe, während er sich tief in ihr bewegte. *So wunderbar.* So wollte sie ihn immerzu – sein Leib mit dem ihren vereint, seine ganze Aufmerksamkeit einzig auf sie gerichtet. Nichts konnte zwischen sie kommen, wenn sie so innig vereint waren, keine Zwietracht, keine Unstimmigkeit. Sie neigte den Kopf zurück, suchte und fand seinen Mund, verlangte nach ihm. Er küsste sie innig und drang gleichzeitig weiter in sie, vereinnahmte sie. Ein Schluchzen stieg in ihr auf, doch er schluckte es. Sanft kniff er ihre Knospe. Und da war es um sie geschehen. Sie keuchte und rang nach Atem, und er hörte nicht auf, sie zu lieben.

Doch plötzlich zog er sich zurück, drehte sie auf den Bauch, hob ihre Hüften ein wenig und stieß abermals in sie. *Oh Gott.* Fast bäuchlings lag sie da und spürte ihn, wie sie ihn noch nie gespürt hatte. Ihre Lage kam ihr sehr primitiv vor, und dank ihrer noch immer nachwallenden Erfüllung überwältigte sein Eindringen schier ihre Sinne.

„Lucy“, stöhnte er über ihr. Langsam zog er sich zurück, bis nur noch seine Spitze in ihr war. Und drang wieder ungestüm ein. „Lucy, meine Liebste“, keuchte er an ihrem Ohr, und sie spürte seine Zähne auf ihrer Haut. „Ich liebe dich“, flüsterte er. „Verlass mich nicht. Niemals.“

Ihr Herz bebte. Sie fühlte sich ganz von ihm umfangen. Schwer lag er auf ihr, sein Geruch drang in all ihre Poren, erfüllte ihren Körper. Er beherrschte sie, schlicht und ergreifend, und sie fand es unerträglich sinnlich, sich von ihm beherrschen zu lassen. Eine neue Welle der Lust brandete in ihr auf. *Oh, lass diesen Augenblick nie vergehen. Lass uns für immer zusammen sein.* Sie begann zu weinen, als ihre Ekstase sich mit einer schrecklichen Vorahnung des Verlusts mischte, gegen die sie nicht ankam.

„Lucy, ich …“ Er stieß immer heftiger. Schneller. Bäumte sich über ihr auf und nahm sie, bis sie seinen Schweiß auf ihren Rücken tropfen spürte. „Lucy!“

Er schrie heiser und erschauerte, und sie hätte nicht zu sagen gewusst, ob die Wärme, die sie erfüllte, ihre eigene Erfüllung war oder sein Samen, der sich in ihr verströmte.

Das Erste, was Simon in Sir Ruperts Arbeitszimmer auffiel, waren die Stiche an den Wänden. Botanische Stiche.

Hinter sich hörte er Fletchers Butler sagen: „Sir Rupert

wird gleich bei Ihnen sein, Mylord."

Er nickte und trat vor einen Stich, der einen knorrigen Ast mit zarten Blüten zeigte und darunter, in separater Darstellung, die Frucht. Ganz unten stand in altertümlicher Schrift: *Prunus cerasus*. Die Sauerkirsche. Er wandte sich dem nächsten zu, einem in Gold gerahmten Stich: *Brassica oleracea*. Gemüsekohl. Die Blätter krausten sich so dekorativ, dass sie wie das Gefieder eines exotischen Vogels aussahen.

„Ich hatte bereits gehört, dass Sie ein besonderes Interesse an der Pflanzenzucht haben", ließ sich Sir Rupert von der Tür her vernehmen.

Simon rührte sich nicht. „Ich wusste nicht, dass Sie es mit mir teilen." Dann wandte er sich seinem Feind zu.

Sir Rupert stützte sich auf einen Gehstock.

Damit hatte Simon nicht gerechnet. Erst fünf Minuten war er hier und schon um zwei Überraschungen reicher. Das lief keineswegs wie geplant. Aber er hatte ehrlich gesagt auch nicht gewusst, wie er diese letzte Konfrontation hätte planen sollen. Eigentlich hatte er angenommen, die Sache wäre mit Walker erledigt. Niemals hätte er gedacht, dass es noch einen zu richten galt, bis der sterbende Walker ihm dies gebeichtet hatte. Mit Lucy wagte er sich nicht zu besprechen. Nachdem sie sich heute Morgen so herrlich geliebt hatten, wollte er den brüchigen Frieden nicht gleich wieder gefährden. Doch musste er dafür Sorge tragen, dass sie sicher war, was bedeutete, auch noch den letzten Mann aus dem Weg zu räumen. Und das möglichst bald. Wenn ihm dies gelänge, ohne dass Lucy je davon erfuhr, hätten sie vielleicht noch eine Chance.

„Möchten Sie sich meinen Wintergarten ansehen?" Sir Rupert neigte fragend den Kopf und beäugte ihn wie ein belustigter Papagei.

Er hatte sich natürlich gedacht, dass er älter war als die anderen Verschwörer, schon älter sein musste, wenn er Christians Vater war. Und doch war Simon nicht vorbereitet gewesen auf das von Falten zerfurchte Gesicht, auf die hängenden Schultern und die erschlaffte Haut unter dem Kinn. Alles deutete auf einen Mann jenseits der fünfzig hin. Ansonsten würde er einen formidablen Gegner abgegeben haben. Obwohl Sir Rupert kleiner war als Simon, waren seine Arme und Schultern kräftig und muskulös. Wären sein Alter und der Stock nicht gewesen …

Simon überlegte kurz. „Ja, warum nicht?"

Sir Rupert ging ihm voraus. Simon sah, wie er sich den langen Flur hinabmühte, hörte, wie er den Stock bei jedem Schritt schwer auf den Marmorboden aufsetzte. Das Humpeln war nicht nur gespielt. Sie bogen in einen schmalen Korridor, der zu einer schlichten Holztür führte.

„Das wird Ihnen gewiss gefallen", meinte Sir Rupert, zückte einen Schlüssel und steckte ihn ins Schloss. „Bitte." Mit weiter Geste bedeutete er Simon vorzugehen.

Simon hob die Brauen und trat über die Schwelle. Warme, feuchte Luft umfing ihn, brachte die vertrauten Gerüche von Erde und Fäulnis. Über diesen schweren, erdigen Düften schwebte ein leichteres, frischeres Aroma. Der Wintergarten war ein achteckiger Raum, der an allen Seiten von bodentiefen Glaswänden begrenzt wurde. In den Ecken und in der Mitte standen in großen Töpfen alle nur erdenklichen Arten von Zitrusbäumen.

„Vor allem natürlich Orangen", erklärte Sir Rupert und trat humpelnd neben ihn. „Aber auch Zitronen und Limetten und verschiedene Pomeranzen- und Mandarinensorten. Jede hat ihren ganz eigenen Geschmack, ihren eigenen Duft. Wenn Sie mir die Augen verbinden würden, könnte ich Ihnen allein durch das Reiben der Schale sagen, welche Frucht ich vor mir hätte."

„Bemerkenswert." Simon berührte eines der glänzenden Blätter.

„Ich fürchte, zu viel Zeit und Geld auf mein kleines Hobby zu verwenden." Fast liebevoll strich er über eine noch grüne Frucht. „Es kann zur Besessenheit werden. So wie Rache." Lächelnd sah Sir Rupert ihn an, ein freundlicher, geradezu väterlicher Mann in seinem mit Leidenschaft gehegten Garten.

Simon spürte Hass in sich aufsteigen und versuchte, ihn sorgsam zu unterdrücken. „Sie packen den Stier bei den Hörnern, Sir."

Sir Rupert seufzte. „Wozu so tun, als wüsste ich nicht, weswegen Sie hier sind? Für solche Spielchen sind wir wohl beide zu intelligent."

„Sie geben also zu, an der Verschwörung beteiligt gewesen zu sein, die zum Tod meines Bruders führte." Kurzerhand brach Simon das Blatt ab, das er eben noch sachte berührt hatte.

„Tja", meinte Sir Rupert gereizt. „Sie lassen es so klingen, als hätten wir es aus einer Laune heraus getan – so wie ein kleines Kind, das im Zorn seine Bauklötzchen umwirft. Aber so war es nicht."

„Nein?"

„Nein, natürlich nicht. Wir waren kurz davor, unser gesamtes Vermögen zu verlieren – alle Investoren, nicht nur ich."

„Geld." Simons Lippen zuckten verächtlich.

„Ja, Geld!" Sir Rupert pochte mit seinem Stock auf den Boden. „Sie klingen wie mein Sohn, reden so verächtlich von Geld, als würde es unsere Hände beschmutzen. Was glauben Sie wohl, weshalb wir – Ihr Bruder eingeschlossen – uns überhaupt auf dieses Unterfangen eingelassen haben? Wir brauchten Geld."

„Ihre Gier war es, weswegen mein Bruder sterben musste", zischte Simon, als er mit seiner Wut nicht länger an sich halten konnte.

„Unserer Familien wegen haben wir Ihren Bruder getötet." Als wäre er von seiner Offenheit überrascht, blinzelte Sir Rupert kurz und holte einmal tief Luft, ehe er fortfahren konnte. „Ich habe es für meine Familie getan. Ich bin kein Unmensch, Lord Iddesleigh. Bitte denken Sie das nicht. Meine Familie liegt mir sehr am Herzen. Ich würde alles für sie tun, und dazu gehört auch, einen Adeligen aus dem Weg zu schaffen, der es hinnehmen wollte, dass meine Familie im Armenhaus landen würde, nur damit er nicht von seinen edlen Prinzipien abweichen muss."

„Sie tun gerade so, als würde Ihre Investition auf jeden Fall Gewinn abgeworfen haben. Doch es war von Anfang an ein Spiel, bei dem Verluste drohten. Es dürfte kaum Ethans Schuld gewesen sein, dass der Teepreis ins Bodenlose fiel."

„Nein", pflichtete Sir Rupert ihm bei. „Das nicht. Aber es wäre seine Schuld gewesen, hätte er uns davon abgehalten, das Geld aus der Versicherung zu beanspruchen."

„Sie haben ihn getötet, um einen Betrug begehen zu können."

„Ich habe ihn getötet, um meine Familie zu retten."

„Was kümmert es mich?" Simon lächelte kalt. „Es kümmert mich nicht, welche Rechtfertigungen Sie gefunden haben, um Ihr Gewissen zu beruhigen, mit welchen vermeintlichen Gründen Sie mein Mitleid erregen wollen. Sie brachten Ethan um. Eben haben Sie es selbst zugegeben."

„Es kümmert Sie nicht?" Des älteren Mannes Stimme klang ruhig und leise in der reglosen, drückenden Luft. „Sie, der die letzten Jahre einzig darauf verwandt hat, seine eigene Familie zu rächen?"

Simon musterte sein Gegenüber prüfend und spürte, wie ein Schweißtropfen ihm den Rücken hinabrann.

„Ich glaube, Sie verstehen meine Gründe sehr gut", fuhr Sir Rupert fort. „Können sie nachvollziehen und würden an meiner Stelle vielleicht genauso gehandelt haben."

„Das tut nichts zur Sache." Simon ließ die Finger über ein weiteres Blatt gleiten. „Sie wollten meine Frau umbringen lassen. Schon allein dafür wünsche ich mir Ihren Tod."

Sir Rupert lächelte. „Da täuschen Sie sich. Der Anschlag auf das Leben Ihrer Gattin geht nicht auf mich zurück. Das war Lord Walkers Idee – und den haben Sie ja bereits getötet, nicht wahr?"

Schweigend schaute Simon ihn an. Wie leicht es doch wäre, dem anderen nachzugeben und es einfach dabei zu belassen. Vier Männer hatte er bereits getötet. Sir Rupert hatte ihm soeben versichert, dass von ihm keine Gefahr für Lucy ausgehe. Er bräuchte sich nur umzudrehen, zu Lucy zurückzukehren und in seinem ganzen Leben kein einziges Duell mehr zu fechten. So einfach könnte es sein. „Ich kann den Tod meines Bruders nicht ungerächt lassen."

„Ungerächt? Vier Seelen sind Ihrer Rache zum Opfer gefallen. Genügt das nicht?"

„Nicht solange Sie noch leben", erwiderte Simon und riss das Blatt ab.

Sir Rupert zuckte zusammen, als schmerze es ihn am eigenen Leib. „Und was haben Sie vor? Einen Krüppel herauszufordern?" Wie ein Schild hielt er seinen Gehstock hoch.

„Wenn es sein muss. Ein Leben für ein Leben, Fletcher – wie es Ihnen geht, interessiert mich nicht." Simon drehte sich um und ging zur Tür.

„Das werden Sie nicht tun, Iddesleigh", rief der alte Herr ihm nach. „Dazu sind Sie viel zu ehrenwert."

„Darauf würde ich mich an Ihrer Stelle nicht verlassen. Sie waren es doch, der mich darauf hinwies, wie ähnlich wir einander sind." Mit einem Lächeln schloss er die Tür hinter sich und verließ das Haus. Der frische Duft von Zitrusfrüchten folgte ihm noch eine ganze Weile.

„Theodora, Liebes, du musst stillsitzen, wenn Tante Lucy dein Porträt malen soll", tadelte Rosalind am Nachmittag ihre zappelige Tochter.

Pocket, die munter ein Bein hatte baumeln lassen, erstarrte und schaute bang zu Lucy hinüber.

Lucy lächelte. „Gleich fertig."

Sie saßen im vorderen Salon von Simons Stadthaus – welches nun, da sie verheiratet waren, natürlich auch ihr Haus war. Es wurde Zeit, dass sie sich an den Gedanken gewöhnte. Aber wenn sie ganz ehrlich war, so waren es für Lucy noch immer Simons Haus, seine Dienstboten. Vielleicht wenn sie bliebe …

Sie seufzte. Welch ein Unsinn. Natürlich würde sie bleiben. Sie war mit Simon verheiratet – die Zeit der Zweifel war längst vorbei. Ganz gleich, was er tat, sie war seine Frau. Und wenn er sich fortan nicht mehr duellierte, dürfte ihrer künftigen Annäherung gewiss nichts mehr im Wege stehen. Heute Morgen erst hatte Simon sie leidenschaftlich geliebt, hatte ihr gar gesagt, dass er sie liebte. Was konnte eine Frau sich von ihrem Mann mehr wünschen? Sicher und geborgen hätte sie sich fühlen sollen. Warum nur empfand sie immer noch dieses furchtbare Gefühl drohenden Verlusts? Warum hatte sie ihm nicht gesagt, dass auch sie ihn liebte? Drei einfache Worte, die er gewiss erwartet hatte, und sie waren ihr nicht über die Lippen gekommen.

Lucy schüttelte unwillig den Kopf und versuchte, sich auf ihre Zeichnung zu konzentrieren. Trotz ihrer Einwände hatte Simon darauf beharrt, dass der vordere Salon ganz nach ihren Wünschen umgestaltet werde. Und schön war er geworden, das musste sie zugeben. Auf Rosalinds Rat hin hatte sie Farben gewählt, die an einen reifen Pfirsich erinnerten – zartes Gelb, sonniges Rosé, warmes Rot. Das Ergebnis war lebendig und beruhigend zugleich. Hinzu kam, dass der Raum das beste Licht im ganzen Haus hatte. Schon allein deshalb hielt Lucy sich hier am liebsten auf.

Sie betrachtete ihr Modell. Pocket trug ein Kleid aus türkisfarbener Seide, das einen schönen Kontrast zu ihren blonden Locken abgab, doch saß sie nun so steif und unbehaglich da, als wäre sie mitten im Beinebaumeln erstarrt.

Rasch setzte Lucy noch ein paar letzte Striche aufs Papier. „So, fertig."

„Heißa!" Mit einem Satz sprang Pocket von ihrem Stuhl. „Darf ich mal schauen?"

Lucy drehte ihr Skizzenbuch um.

Das kleine Mädchen neigte den Kopf erst zur einen Seite,

dann zur anderen, dann runzelte es die Stirn und krauste die Nase. „Sieht mein Kinn wirklich so aus?“

Lucy warf einen prüfenden Blick auf ihre Zeichnung. „Ja.“

„Theodora.“

Als sie den warnenden Ton ihrer Mutter hörte, machte Pocket eilig einen Knicks. „Vielen Dank, Tante Lucy.“

„Aber gerne“, erwiderte Lucy. „Möchtest du mal schauen, ob die Köchin schon die kleinen Weihnachtskuchen fertig hat? Eigentlich soll es sie erst zum Festessen geben, aber sie lässt dich bestimmt mal probieren.“

„Oh ja, bitte.“ Pocket wartete nur kurz das zustimmende Nicken ihrer Mutter ab, ehe sie davonstürmte.

Lucy begann ihre Stifte wegzupacken.

„Es ist sehr nett von Ihnen, sie so zu verwöhnen“, sagte Rosalind.

„Mir macht es Freude.“ Lucy schaute auf. „Sie werden doch mit Pocket zum Weihnachtsessen zu uns kommen, oder? Es tut mir leid, dass die Einladung so spät kommt, aber ich hatte völlig vergessen, dass es nur noch wenige Tage hin ist, und habe es erst gemerkt, als die Köchin plötzlich mit dem Backen anfing.“

Rosalind lächelte. „Das macht nichts. Immerhin sind Sie frisch verheiratet. Wir würden uns freuen, an Weihnachten zu kommen.“

„Gut.“ Lucy hielt den Blick auf die Stifte gerichtet, die sie einen nach dem anderen in ein Glas stellte. „Ich würde Sie gern etwas Persönliches fragen. Etwas sehr Persönliches.“

Kurz herrschte Schweigen.

Dann seufzte Rosalind. „Ethans Tod?“

Überrascht sah Lucy auf. „Ja. Woher wussten Sie das?“

„Es verzehrt Simon“, meinte Rosalind. „Ich dachte mir schon, dass Sie mich über kurz oder lang danach fragen würden.“

„Wussten Sie auch, dass er sich Ethans Tod wegen duelliert?“ Ihre Hände begannen zu zittern. „Soweit ich weiß, hat er bereits zwei Menschen getötet.“

Rosalind schaute zum Fenster hinaus. „Ich hörte Gerüchte. Die Gentlemen ziehen es vor, ihre Angelegenheiten für sich zu behalten – selbst wenn sie uns betreffen. Aber nein, es überrascht mich nicht, muss ich sagen."

„Kam Ihnen nie der Gedanke, ihn daraufhin anzusprechen? Oder ihn davon abzuhalten?" Peinlich berührt verzog Lucy das Gesicht, als sie sich ihrer Taktlosigkeit bewusst wurde. „Verzeihen Sie."

„Nein, die Frage liegt ja auf der Hand. Sie wissen wahrscheinlich, dass es bei den Duellen zum Teil auch um meine Ehre ging?"

Lucy nickte.

„Als ich nach Ethans Tod zum ersten Mal Gerüchte über vermeintliche Duelle hörte, versuchte ich, mit Simon darüber zu reden. Doch er lachte nur und wechselte das Thema. Aber eigentlich ...", Rosalind lehnte sich vertraulich vor, „... geht es gar nicht um mich. Es geht auch nicht um Ethan, Gott sei seiner Seele gnädig."

Verständnislos sah Lucy sie an. „Wie meinen Sie das?"

„Ach, wie soll ich das erklären?" Rosalind stand auf und begann im Zimmer umherzugehen. „Als Ethan getötet wurde, gab es für Simon keine Möglichkeit mehr, sich mit seinem Bruder auszusöhnen, Ethan zu verstehen und ihm zu verzeihen."

„Ihm zu verzeihen? Wofür?"

„Nun, wahrscheinlich drücke ich mich sehr schlecht aus." Etwas ratlos blieb Rosalind stehen und runzelte die Stirn.

Draußen rumpelte eine Karre vorbei, und jemand schrie. Lucy wartete geduldig. Sie ahnte, dass Rosalind der Schlüssel zu Simons unbeirrbarem Rachefeldzug sein könnte.

„Sie müssen wissen", begann ihre Schwägerin zögerlich, „dass Ethan immer der gute Bruder war. Der, den jedermann mochte, der perfekte englische Gentleman. Simon blieb fast nichts anderes übrig, als die andere Rolle einzunehmen – die des nichtsnutzigen, verschwenderischen Tunichtguts."

„So habe ich ihn niemals gesehen", unterbrach sie Lucy.

„So ist er auch nicht. Nicht mehr.“ Rosalind sah sie lächelnd an. „Sein früheres Verhalten dürfte teils seiner Jugend zuzuschreiben gewesen sein und teils eine Reaktion auf seinen Bruder und darauf, wie ihre Eltern die beiden gesehen haben.“

„Wie haben ihre Eltern sie denn gesehen?“

„Schon als die beiden noch ganz klein waren, schienen ihre Eltern entschieden zu haben, dass einer von ihnen der Gute und der andere der Böse war. Vor allem die Viscountess neigte sehr dazu, in solch starren Mustern zu denken.“

Wie schrecklich, so jung schon als böse abgetan zu werden! „Aber ...“, Lucy schüttelte den Kopf, „... ich verstehe noch immer nicht, welchen Einfluss das bis heute auf Simon haben soll.“

Rosalind schloss die Augen. „Als Ethan beim Duell gestorben war, sah Simon sich gezwungen, beide Rollen zu übernehmen – die des guten und des bösen Bruders.“

Fragend hob Lucy die Brauen. War denn möglich, was Rosalind da sagte?

„Nein, hören Sie mir einfach zu“, bat Rosalind und hob die Hände. „Ich glaube, Simon fühlte sich schuldig, weil Ethan dafür starb, dass er in gewisser Weise seinen – also Simons – Namen verteidigt hatte. Bedenken Sie bitte die Gerüchte, dass Simon mein Liebhaber gewesen sein sollte.“

„Ja“, sagte Lucy langsam und nickte.

„Simon musste ihn rächen. Und zugleich muss er schrecklich wütend auf seinen Bruder gewesen sein, weil Ethan auf diese Weise gestorben ist, weil er mich und Theodora seiner Fürsorge überlassen hat, weil er sogar noch im Tod der gute, der *bessere*, Bruder war und sich zum Märtyrer gemacht hat.“ Sie betrachtete ihre Hände. „Zumindest habe ich so empfunden.“

Lucy wandte den Blick ab. Das war wirklich eine Offenbarung. Bislang hatte sie stets nur Gutes über Ethan gehört. Nie wäre ihr der Gedanke gekommen, dass Rosalind wütend auf ihren verschiedenen Gatten sein könnte. Und wenn dem so war ...

„Ich brauchte viele Monate, um Ethan gehen zu lassen", fuhr Rosalind so leise fort, als rede sie mit sich selbst. „Ihm zu verzeihen, dass er sich mit einem Mann duelliert hat, von dem er wissen musste, dass der ihm überlegen war. Erst seit Kurzem …"

Lucy horchte auf. „Was?"

Ihre Schwägerin errötete. „Ich … ich bin einige Male mit einem Gentleman ausgefahren."

„Verzeihen Sie mir, aber Simon meinte, Ihr Ruf wäre …"

„Ruiniert." Mittlerweile glühten Rosalinds Wangen. „Ja, im *ton* ist mein Ruf ruiniert. Der Gentleman, von dem ich spreche, ist Anwalt in der Kanzlei, die Ethans Hinterlassenschaft geregelt hat. Ich hoffe, Sie denken nun nicht gering von mir."

„Nein. Nein, natürlich nicht!" Lucy griff nach Rosalinds Hand. „Ich freue mich für Sie."

Rosalind lächelte. „Danke."

„Ich wünschte nur", flüsterte Lucy, „dass Simon denselben Frieden finden könnte."

„Er hat Sie gefunden. Es gab Zeiten, da habe ich daran gezweifelt, ob er sich jemals erlauben würde zu heiraten."

„Schon, aber ich kann nicht mit ihm reden. Nicht darüber. Er hört mir nicht zu, will sich nicht eingestehen, dass es Mord ist, was er da tut. Ich …" Mit vor Tränen blindem Blick wandte Lucy sich ab. „Ich weiß nicht, was ich tun soll."

Sie spürte Rosalinds Hand auf ihrer Schulter. „Vielleicht können Sie gar nichts tun. Vielleicht ist es etwas, das nur er allein besiegen kann."

„Und wenn er es nicht kann?", wandte Lucy ein, doch da platzte Pocket wieder herein, und sie musste sich abermals abwenden, um ihre Tränen vor dem kleinen Mädchen zu verbergen.

Unbeantwortet hing die Frage im Raum.

Wenn Simon seine Dämonen nicht besiegen könnte, wenn er nicht aufhören konnte, andere zu töten, würde er sich zerstören. Vielleicht hatte Rosalind recht. Vielleicht konnte sie ihn wirklich nicht aufhalten. Aber versuchen wollte sie es zumindest.

Gewiss musste es doch noch einen Menschen geben, der das genauso sah, der nicht wollte, dass er sich mit Sir Rupert duellierte. Gerne wäre sie deswegen zu Christian gegangen, doch seine Reaktion auf das Duell mit Walker ließ sie vermuten, dass der junge Mann wenig Sympathien für ihr Anliegen zeigen würde. Wer konnte schon die Gefühle einer liebenden Ehefrau verstehen? Plötzlich kam Lucy ein Gedanke. Sie setzte sich auf. Natürlich! Eine liebende Ehefrau. Sir Rupert war verheiratet. Wenn sie seine Frau auf ihre Seite bringen konnte, könnten sie vielleicht beide gemeinsam ...

„Tante Lucy", rief Pocket, „wollen Sie auch von den Weihnachtskuchen probieren? Die sind so lecker!"

Lucy blinzelte und lächelte das kleine Mädchen an, das an ihrer Hand zog. „Jetzt nicht, meine Liebe. Ich muss fort und mit einer Dame reden."

17. KAPITEL

Simon schnippte ein totes Blatt von einer *Rosa mundi*. Die warme Luft des Wintergartens umfing ihn mit ihren Gerüchen nach vermodernden Blättern, feuchter Erde und einem Hauch von Fäulnis. Doch der Duft der *Rosa mundi* überdeckte alles. Vier Blüten hatte sie, und jede zeigte ein anderes Farbenspiel rot-weiß gestreifter Blätter. Es war eine alte Sorte, eine seiner liebsten.

Das tote Blatt fiel auf den weiß gestrichenen Tisch. Er hob es auf und warf es in einen Eimer. Manchmal war ein totes Blatt von Parasiten befallen, die – so der Gärtner nachlässig oder unachtsam war – auch die gesunden Pflanzen befallen konnten. Simon hatte es sich zur Gewohnheit gemacht, bei der Arbeit im Wintergarten Sorgsamkeit walten zu lassen. Selbst die kleinsten Überreste von Schädlingen befallener Stauden konnten einer ganzen Pflanzung zum Verhängnis werden.

Er wandte sich der nächsten Rose zu, einer *Centifolia muscosa* – das gemeine Moosröschen –, dessen Blätter gesund und grün glänzten und deren Duft fast schon aufdringlich süß war. Die Blüten bauschten und blähten sich üppig und gaben schamlos den Blick frei auf die hellgrünen Staubgefäße. Wenn Rosen Frauen wären, wäre das Moosröschen eine Dirne.

Sir Rupert war auch so ein schädlicher Überrest. Oder eine von vielen notwendigen Arbeiten. Wie auch immer man die Sache sah, sie musste erledigt werden. Das war Simon Ethan schuldig. Und Lucy, um sie vor seiner Vergangenheit und seinen Feinden zu schützen. Aber andererseits war Sir Rupert ein Krüppel – eine Tatsache, an der nicht zu rütteln war. Simon hielt in seiner Arbeit inne und betrachtete die nächste Rose, eine *York and Lancaster*, die am selben Stock rosa und weiße Blüten austrieb. Sogar er schreckte davor zurück, sich mit einem Mann zu duellieren, der ihm so eindeutig unterlegen war. Das wäre wirklich Mord, schlicht und ergreifend. Der alte Mann hätte keine Chance, und Lucy wollte ohnehin nicht, dass er sich duellierte. Wahrscheinlich würde sie ihn verlassen, sein gestrenger Engel, wenn sie wüsste, dass er auch nur erwog, ein weiteres Duell zu bestreiten. Er wollte sie nicht verlieren, wollte sich nicht einmal vorstellen, wie es wäre, ohne sie an seiner Seite aufzuwachen. Bei dem bloßen Gedanken begannen ihm die Hände zu zittern.

Vier Tote, genügte das denn nicht? *Genügt das denn nicht, Ethan?*

Er drehte ein auf den ersten Blick gesund aussehendes Blatt der *York and Lancaster* um und entdeckte eine ganze Traube Läuse, die das Leben aus der Pflanze saugten.

Krachend flog die Tür zum Wintergarten auf.

„Sir, Sie dürfen nicht …“ Newtons Stimme, verärgert und voller Angst, rief den Eindringling zur Räson.

Simon drehte sich um. Wer wagte es, ihn hier zu stören?

Christian hastete den schmalen Pfad entlang, das Gesicht blass und entschlossen.

Unschlüssig stand Newton an der Tür. „Mr. Fletcher, bitte …“

„Schon gut …“, meinte Simon, weiter kam er indes nicht.

Christian verpasste ihm einen saftigen Kinnhaken.

Simon taumelte zurück, stürzte gegen den Tisch, konnte kaum noch klar sehen. *Was sollte das denn?*

Töpfe krachten klirrend zu Boden, Scherben schlidderten über den Steinboden. Sowie er wieder geradeaus schauen konnte, richtete Simon sich auf und hob die Fäuste, doch sein junger Freund stand starr und reglos da, einzig seine Brust hob und senkte sich schwer.

„Was, zum *Teufel* …“, fuhr Simon ihn an.

„Fordere mich heraus“, stieß Christian hervor.

„Was?“ Simon blinzelte verdutzt. Nun erst merkte er den Schmerz des Hiebs. Sein Kiefer begann zu pochen. Zudem sah er, dass das Moosröschen zu Boden gegangen war, seine beiden Stängel gebrochen, der Topf in Scherben. Christians Stiefel zertrat eine der üppigen Blüten. Süßer, schwerer Duft stieg auf, hing in der Luft wie ein Grabgesang.

Newton machte sich eilig davon.

„Los, fordere mich heraus!“ Drohend hob Christian die Faust. „Los! Oder soll ich noch mal zuschlagen?“ Seine Miene ließ nicht vermuten, dass dies ein Spaß war, seine Augen waren trocken und weit aufgerissen.

„Ich wünschte, du würdest das nicht tun.“ Besorgt betastete Simon seinen Kiefer. Wie sollte er seinem Freund diesen Unsinn ausreden, wenn er einen gebrochenen Kiefer hätte? Doch alles schien in Ordnung. „Warum sollte ich dich herausfordern? Ich will mich nicht mit dir duellieren.“

„Nein, du willst dich mit meinem Vater duellieren. Aber er ist alt, und sein Bein ist krank. Er kann kaum noch laufen. Selbst von dir würde man erwarten, dass du einen Anflug von Schuld verspürst, wenn du einen Krüppel hinmetzelst.“

„Dein Vater hat meinen Bruder getötet“, stellte Simon nüchtern fest und ließ seine Hand sinken.

„Und deshalb musst du dich mit ihm duellieren.“ Christian nickte wissend. „Natürlich. Ich habe dich schließlich schon zwei Männer töten sehen. In den letzten Wochen konnte ich mich mit eigenen Augen davon überzeugen, was Familiensinn für dich bedeutet – oder Ehre, obwohl du dich weigerst, das Wort zu benutzen. Willst du es mir absprechen, genauso zu handeln? Fordere mich an meines Vaters statt heraus.“

Simon seufzte. „Ich werde nicht …“

Wieder schlug ihm Christian ins Gesicht.

Diesmal landete Simon auf dem Hinterteil. „Zur Hölle! Hör auf damit!“ Wie ein Idiot musste er aussehen, hier in seinem Wintergarten im Dreck zu sitzen. Sein Kiefer pochte vor Schmerz, seine linke Wange brannte wie Feuer.

„Ich höre nicht eher auf …“, sagte der junge Mann über ihm, „… bis du dich einverstanden erklärst. Ich habe zugesehen, wie du zwei Männer zu Duellen genötigt hast. Mir muss niemand mehr zeigen, wie das geht."

„Herrgott ..."

„Deine Mutter war eine Hafenhure, dein Vater ein Bastard!", schrie Christian, ganz rot im Gesicht.

Himmel, hatte der Junge den Verstand verloren? „Dies ist eine Sache, die nur mich und deinen Vater betrifft, nicht aber ..."

„Deine Frau werde ich verführen ..."

Lucy!, schrie sein Herz instinktiv auf. Simon versuchte dennoch, sich zu beherrschen. Der Junge war doch nur darauf aus, ihn zu provozieren. „Ich werde dich nicht herausfordern."

„Und wenn sie nicht willig ist, dann *entführe* ich sie. Ich werde sie *schänden*. Ich werde ..."

Nein. Mit einem Satz war Simon wieder auf den Beinen, packte sich Christian und drängte ihn gegen einen der Tische. „Halte dich bloß von ihr fern!"

Der junge Mann blinzelte kurz, hörte aber nicht auf sich zu echauffieren. „*Nackt* werde ich sie durch London treiben."

Wie aus weiter Ferne nahm Simon wahr, dass Newton den Pfad entlangkam, hinter sich Lucy mit schreckensbleichem Gesicht.

„Jeder soll wissen, was für eine Schlampe sie ist. Ich werde ..."

Simon holte mit geballter Faust aus, schlug zu und ließ Christian gegen einen der anderen Tische krachen. „Den Teufel wirst du!"

Weitere Töpfe flogen scheppernd zu Boden. Simon streckte seine Hand aus, die Knöchel schmerzten.

Der junge Mann schüttelte heftig den Kopf und höhnte: „Für einen Penny werde ich sie an jeden verkaufen, der sie haben will!"

„Halt den Mund, verdammt noch mal!"

„Simon." Lucys Stimme zitterte.

„Erst wenn ich tot bin", flüsterte Christian. Seine Zähne waren rot von Blut. „Duelliere dich mit mir."

Simon holte tief Luft, versuchte, seine Dämonen zu bändigen. „Nein."

„Du liebst sie, nicht wahr? Würdest alles für sie tun?" Christian war ihm so nah gekommen, dass blutiger Speichel Simon im Gesicht traf. „Ich liebe meinen Vater. Duelliere dich mit mir an seiner statt. Einen anderen Weg wird es für uns nicht geben."

Herrje. „Christian ..."

„Fordere mich heraus, oder ich werde dir einen Grund geben, mich herauszufordern." Unverwandt schaute der Junge ihm in die Augen.

Simon erwiderte seinen Blick, schweifte dann über ihn hinweg zu Lucy. Zu ihrem blassen Gesicht, den geraden, gestrengen Brauen, dem dunklen Haar, das in einem einfachen Knoten zurückgebunden war, den Lippen, die sie fest zusammengepresst hatte. Ihre goldbraunen Augen waren weit aufgerissen, sahen ihn flehentlich an. Er sah, dass sie noch ihren Umhang trug. Wahrscheinlich war sie eben erst zurückgekehrt. Newton musste sie an der Tür abgefangen haben.

Niemals würde er ihr Leben, ihre Gesundheit oder ihr Wohlergehen aufs Spiel setzen.

„Schön, wie du willst. Dann übermorgen. So bleibt uns beiden genügend Zeit, Sekundanten zu finden." Er richtete seinen Blick wieder auf Fletcher. „Und jetzt raus."

Christian drehte sich um und ging.

Zu spät. Starr vor Schreck stand Lucy im Wintergarten und sah ihre Welt um sich her zerfallen – und das trotz aller Anstrengungen, die sie heute Nachmittag unternommen hatte. Sie war zu spät gekommen.

Das Gesicht ihres Gatten war wie versteinert. Seine Augen hatten alle Farbe verloren, die sie einmal gehabt hatten. Nun waren sie so blass und kalt wie nächtlicher Frost, der Spatzen im Schlaf erfrieren lässt. Mr. Fletcher stürmte an ihr vorbei, doch Lucy konnte den Blick nicht von Simon wenden. Von dem Streit hatte sie kein Wort mitbekommen, sie hatte lediglich gesehen, wie er den jungen Mann geschlagen hatte, und auch auf Simons Wange war Blut.

„Was ist geschehen? Was hast du Mr. Fletcher angetan?" Es war nicht ihre Absicht gewesen, so vorwurfsvoll zu klingen.

Hinter sich hörte sie, wie die Tür geschlossen wurde. Sie waren nun ganz allein. Auch Newton hatte sich diskret zurückgezogen.

„Ich habe jetzt keine Zeit zu reden." Simon rieb sich die Hände, als wolle er sie reinwaschen. Sie zitterten. „Ich muss mir Sekundanten suchen."

„Das ist mir egal. Ich muss mit dir reden." Der Duft der zertretenen Rosen machte sie ganz benommen. „Ich war eben bei Lady Fletcher. Sie und ich …"

Mit unbewegter Miene sah er auf und schnitt ihr das Wort ab. „Ich werde mich übermorgen mit Christian Fletcher duellieren."

„Nein." Nicht schon wieder. Noch ein Duell konnte sie nicht ertragen. Noch einen Toten, ein weiterer Teil von Simons Seele in einem sinnlosen Gemetzel zerstört. Oh Gott, es war genug.

„Es tut mir leid." Er wollte an ihr vorbeigehen.

Sie packte ihn beim Arm, spürte, wie er sich unter ihrem Griff spannte. Aber sie musste ihn aufhalten, durfte das nicht zulassen. „Simon, tu das nicht. Lady Fletcher hat sich bereit erklärt, mit ihrem Mann zu reden. Sie ist sich sicher, dass er zur Besinnung kommen wird, dass es einen anderen Weg geben …"

Wieder fiel er ihr ins Wort, hielt den Kopf gesenkt, mied ihren Blick. „Es ist Christian, mit dem ich mich duelliere, Lucy. Nicht sein Vater."

„Aber die Hoffnung bleibt dieselbe", beharrte sie. Sie hatte sich bemüht, eine Idee gehabt, Lady Fletchers Vertrauen gewonnen. So nah war sie einer Lösung gewesen, noch vor einer halben Stunde schien alles möglich zu sein. Warum nur begriff er das nicht? „Das kannst du nicht tun."

„Werde ich aber." Noch immer sah er sie nicht an.

„Nein." Sie beide – ihre Ehe – würden das nicht überleben. Verstand er das nicht? „Ich werde noch einmal mit Lady Fletcher reden. Gewiss werden wir eine Möglichkeit finden …"

„Es gibt keine." Als er schließlich doch den Kopf hob, sah sie Wut und Verzweiflung in seinen Augen. „Das ist nicht deine Angelegenheit. Mit Lady Fletcher zu reden wird die Sache nicht aus der Welt schaffen."

„Zumindest versuchen müssen wir es."

„Es reicht, Lucy!"

„Du kannst nicht einfach Menschen umbringen!" Mit schmerzerfüllter Miene stieß sie ihn von sich. „Es ist falsch. Verstehst du das denn nicht? Es ist unmoralisch, Simon, es ist böse. Lass das Böse nicht dein Herz, lass es nicht deine Seele zerstören. Ich bitte dich, tu es nicht!"

Sein Kiefer spannte sich. „Du begreifst nicht …"

„Nein, wie sollte ich auch?" Ihr war ganz beklommen zumute. Sie rang nach Atem, denn die schwere Luft drohte sie zu ersticken. „Ich bin als kleines Mädchen zur Kirche gegangen. Für einen weltgewandten Mann wie dich mag das ungeheuer provinziell sein, ich weiß, aber so bin ich erzogen worden. Und die Kirche sagt – die *Bibel* sagt –, dass es eine Sünde ist, einen anderen Menschen zu töten." Sie hielt inne und schnappte nach Luft, meinte den süßen Rosenduft auf ihrer Zunge zu schmecken. „Und ich glaube daran. Es ist eine Todsünde, einem anderen Menschen das Leben zu nehmen. Es ist Mord, Simon, auch wenn du es mit einem Duell zu kaschieren versuchst. Am Ende bleibt es immer Mord, und es wird dich zerstören."

„Dann bin ich eben ein Sünder und ein Mörder", erwiderte er ruhig und ging an ihr vorbei.

„Er ist dein Freund!", rief sie ihm verzweifelt nach.

„Ja." Ihr den Rücken zugewandt, blieb er stehen. „Christian ist mein Freund, aber er ist auch Fletchers Sohn. Der Sohn von Ethans Mörder. Er hat mich herausgefordert, Lucy, nicht ich ihn."

„Hör dich nur an." Sie musste gegen ihre Tränen ankämpfen. „Du beabsichtigst, einen Freund zu töten. Einen Mann, mit dem du gemeinsam geredet, gegessen, gelacht hast. Er bewundert dich, Simon. Wusstest du das?“

„Ja, ich weiß, dass er mich bewundert.“ Schließlich drehte er sich doch um, und sie sah Schweiß auf seiner Oberlippe stehen. „Die letzten fünf Monate ist er mir praktisch nicht von der Seite gewichen. Er ahmt nach, wie ich mich kleide, meine Gesten. Wie hätte mir da entgehen sollen, dass er mich bewundert?“

„Aber dann …“

Er schüttelte den Kopf. „Es ändert nichts daran.“

„Simon …“

„Was soll ich deiner Ansicht nach denn tun?“, stieß er hervor. „Mich weigern, mich mit ihm zu duellieren?“

„Ja!“ Flehentlich hob sie die Hände. „Ja. Lass ihn einfach stehen. Du hast bereits vier Männer im Duell getötet. Niemand wird dich für einen Feigling halten.“

„Ich mich schon.“

„Warum?“ Ihre Stimme bebte vor Verzweiflung. „Du hast Ethan längst gerächt. Bitte. Lass uns eine Weile nach Maiden Hill gehen oder auf deinen Landsitz im Norden oder wohin auch immer. Hauptsache, wir kommen von hier weg.“

„Ich kann jetzt nicht weg.“

Zornige, ohnmächtige Tränen ließen ihr alles vor Augen verschwimmen. „Um Himmels willen, Simon …“

„Er hat dich bedroht.“ Er sah sie an, und sie sah Tränen und eine entsetzliche, eiserne Entschlossenheit in seinen Augen. „Christian droht, dir etwas anzutun.“

Sie wischte sich die Tränen von den Wangen. „Das schreckt mich nicht.“

„Aber mich.“ Er trat zu ihr und packte sie bei den Schultern. „Und wenn du meinst, ich gehörte zu jenen Männern, die tatenlos mit ansehen, wie jemand ihre Frau …“

„Er wird es nur gesagt haben, um dich zu provozieren.“

„Selbst dann.“

„Ich werde dir folgen.“ Sie schluckte schwer, und ihre

Stimme brach sich. „Ich werde dir zum Ort des Duells folgen und dazwischengehen, wenn es sein muss. Ich werde dich aufhalten. Ich kann nicht zulassen, dass du das tust, Simon, ich …"

„Nein, das wirst du nicht", sagte er plötzlich ganz sanft. „Wir treffen uns nicht am Ort des letzten Duells. Du kannst mich nicht aufhalten, Lucy."

Als sie in Schluchzen ausbrach, zog er sie an sich, und sie spürte seinen Herzschlag. So kräftig schlug er an ihrer Wange. „*Bitte*, Simon."

„Ich muss dies zu Ende bringen." Seine Lippen berührten ihre Stirn, flüsterten leise an ihrer Haut.

„Bitte, Simon", wiederholte sie wie ein Gebet. Sie schloss die Augen, spürte die Tränen auf ihren Wangen brennen. „Bitte." Sie klammerte sich an seinem Rock fest, roch Wolle und seinen Geruch – den unverkennbaren Geruch ihres Mannes. Sie wollte etwas sagen, das ihn umstimmen, ihn überzeugen würde, doch ihr fehlten die Worte. „Ich werde dich verlieren. Wir werden einander verlieren."

„Ich kann nicht ändern, wer ich bin, Lucy", hörte sie ihn flüstern. „Auch nicht dir zuliebe."

Damit ließ er sie los und ging.

„Ich brauche deine Hilfe", sagte Simon eine Stunde später im Kaffeehaus der Agrarwissenschaftlichen Gesellschaft zu Edward de Raaf. Er war selbst überrascht, wie brüchig seine Stimme klang. Als hätte er sich mit Essig betrunken. Oder zu viel Leid erfahren. *Denk nicht an Lucy*. Er sollte sich jetzt ganz auf das konzentrieren, was getan werden musste.

Auch de Raaf schien überrascht. Vielleicht auch wegen der Worte. Er zögerte, dann deutete er auf den leeren Stuhl neben sich. „Setz dich. Trink einen Kaffee."

Simon schnürte es den Hals zu. „Ich möchte keinen Kaffee."

Das überhörte sein Freund geflissentlich. Er winkte dem

Servierjungen zu, der ihn tatsächlich bemerkte und nickte. Zufrieden wandte de Raaf sich wieder um, dann runzelte er die Stirn. „Du sollst dich setzen."

Simon setzte sich.

Das Kaffeehaus war beinah leer. Zu spät für den morgendlichen Ansturm, zu früh für den Nachmittagskaffee. Der einzige andere Gast war ein alter Mann, der bei der Tür saß und eine altmodische, schon ziemlich ramponierte Langperücke trug. Er hatte beide Hände um seine Tasse geschlossen und brummelte leise vor sich hin. Der Junge knallte zwei Becher vor ihnen auf den Tisch, schnappte sich de Raafs leeren und war schon wieder verschwunden, ehe sie ihm danken konnten.

Simon starrte in den Dampf, der von seiner Tasse aufstieg. Ihm war seltsam kalt, obwohl im Kaffeehaus gut geheizt war. „Ich will keinen Kaffee."

„Trink", knurrte de Raaf. „Wird dir guttun. Du siehst aus, als hätte man dir in die Eier getreten und dich dann wissen lassen, dass deine Lieblingsrose eingegangen ist, während du dich noch vor Schmerzen am Boden windest."

Bei den Worten verzog Simon das Gesicht. „Christian Fletcher hat mich herausgefordert."

„Tja, jetzt rutscht dir das Herz wahrscheinlich bis zu den roten Absätzen hinab." Argwöhnisch musterte de Raaf ihn. „Was hast du dem Jungen getan?"

„Nichts. Sein Vater war einer der Verschwörer, die Ethan auf dem Gewissen haben."

De Raaf hob die schwarzen Brauen. „Und hatte der Junge auch seine Finger mit im Spiel?"

„Nein."

Fragend sah de Raaf ihn an.

Simon schloss die Hände um den heißen Kaffeebecher. „Er kämpft an seines Vaters statt."

„Du würdest einen unschuldigen Mann töten?", fragte de Raaf milde.

Christian war tatsächlich unschuldig am Verbrechen seines Vaters. Simon nahm einen Schluck Kaffee und fluchte, als er sich die Zunge verbrannte. „Er hat Lucy bedroht."

„Ah ja."

„Wirst du mir sekundieren?"

„Hmm." Langsam stellte de Raaf seine Tasse ab und lehnte sich zurück, bis sein Stuhl erbärmlich unter seinem Gewicht knarrte. „Ich habe immer gewusst, dass dieser Tag mal kommen würde."

Simon hob die Brauen. „Du meinst, an dem man dir hier tatsächlich einen Kaffee bringen würde?"

De Raaf tat, als hätte er nichts gehört. „An dem du zu mir gekrochen kämst, um mich um Hilfe ..."

Simon schnaubte. „Sehe ich aus, als würde ich kriechen?"

„Verzweifelt siehst du aus. Deine Perücke ungepudert und verlaust ..."

„Meine Perücke ist nicht ..."

De Raaf hob die Stimme. „Niemand, der ihm hilft, außer mir."

„Ach, Herrgott noch mal ..."

„Bettelt er, fleht er: *Oh Edward, hilf mir, bitte!*"

Simon brummelte finster.

„Ein wundervoller Tag." De Raaf hob seine Tasse.

Wider Willen musste Simon lächeln. Vorsichtig nahm er noch einen Schluck von seinem Kaffee. Bitter und heiß.

De Raaf grinste ihn an und wartete.

Simon seufzte. „Wirst du mir sekundieren?"

„Aber gewiss doch. Mit Freuden."

„Das merke ich. Das Duell ist erst übermorgen. Dir bleibt also noch ein ganzer Tag, aber du solltest schon mal anfangen. Zuerst müsstest du bei Fletcher vorbeigehen, herausfinden, wer seine Sekundanten sind, und dann ..."

„Ich weiß."

„Einen gescheiten Arzt auftreiben – einen, der nicht gleich beim ersten Tropfen Blut ..."

„Ich weiß, was man als Sekundant zu tun hat", unterbrach de Raaf ungnädig.

„Gut." Simon leerte seinen Becher in einem Zug. Das schwarze Gebräu brannte ihm in der Kehle. „Und vergiss deinen Degen nicht, ja?"

De Raaf schaute beleidigt drein.

Er stand auf.

„Simon."

Mit fragender Miene drehte er sich um.

Auf einmal war de Raaf ganz ernst. „Kann ich sonst noch etwas für dich tun?"

Simon betrachtete den großen, stattlichen, von Narben gezeichneten Mann gerührt. Er musste schlucken, ehe er etwas erwidern konnte. „Danke."

Rasch eilte er aus dem Kaffeehaus, um nicht noch zu heulen. Der alte Mann schnarchte mittlerweile, seine Perücke war ihm halb vom Kopf gerutscht. Die strahlende Nachmittagssonne blendete Simon, als er hinaustrat. Dennoch war die Luft so kalt, dass seine Wangen brannten. Er schwang sich auf seinen Wallach und führte ihn auf die belebte Straße. Ich muss Lucy sagen …

Simon verbot sich den Gedanken. Er wollte nicht an Lucy denken, wollte sich nicht mehr daran erinnern, wie ängstlich, verletzt und wütend ihre Miene gewesen war, als er sie im Wintergarten hatte stehen lassen. Doch es war schier unmöglich. An Lucy zu denken war ihm wie die Luft zum Atmen. Er bog in eine Straße mit vielen kleinen Läden ein. Es gefiel ihr nicht, dass er sich duellierte. Wenn er ihr heute Abend etwas mitbrachte … Er hatte ihr noch überhaupt kein Hochzeitsgeschenk gemacht, da wurde es Zeit.

Eine halbe Stunde später verließ er einen der Läden mit einem rechteckigen, in Papier gewickelten Paket in der Hand und einem größeren, etwas unförmigen Paket unter dem Arm. Das größere der beiden war für seine Nichte. Als er an einem Spielwarenladen vorbeigekommen war, war ihm eingefallen, dass er auch noch ein Weihnachtsgeschenk für Pocket brauchte. Ein Lächeln huschte um seine Mundwinkel, wenn er sich ausmalte, was seine Schwägerin wohl zu dem Geschenk ihrer Tochter sagen würde. Beide Pakete im Arm, stieg er vorsichtig auf sein Pferd. Wahrscheinlich wäre Lucy noch immer verärgert, aber zumindest wüsste sie, dass es ihm aufrichtig leidtat, ihr Kummer bereitet zu haben. Die Aussicht hellte seine Stimmung ein wenig auf, und er gestattete sich, an die kommenden Tage zu denken. Wenn er das Duell überlebte, wäre es endlich vorbei. Dann würde er endlich wieder in Frieden schlafen können.

Würde Lucy in Frieden lieben können.

Vielleicht war es doch keine schlechte Idee, eine Weile zu verreisen. Sie könnten ihr erstes gemeinsames Weihnachtsfest in Maiden Hill verbringen und den Captain besuchen. Er verspürte zwar wenig Lust, das alte Raubein so bald schon wiederzusehen, aber Lucy vermisste ihren Vater gewiss. Nach Neujahr könnten sie ein wenig durch Kent reisen und dann gen Norden fahren, zu seinem Familiensitz in Northumberland – vorausgesetzt, dass Wetter war nicht allzu schlecht. Er war seit Ewigkeiten nicht mehr dort gewesen. Wahrscheinlich musste das Haus renoviert werden, aber bei der Umgestaltung würde ihm Lucy bestimmt gern helfen.

Ehe er sich's versah, war er bei seinem Stadthaus angelangt. Irritiert sah er sich um. War er schon so weit geritten, ohne es gemerkt zu haben? Und dann sah er die Kutsche. Seine Kutsche. Diener trugen große Koffer die Treppe hinab. Lakaien hievten sie hinten auf den Wagen und fluchten unter ihrem Gewicht. Der Kutscher saß schon auf dem Bock. Oben an der Tür erschien Lucy, gehüllt in Umhang und Kapuze wie in ein Büßergewand.

Wenig anmutig sprang er vom Pferd, plötzliche Panik stieg in ihm auf. Das eckige Paket fiel zu Boden. Er ließ es auf den Pflastersteinen liegen.

Sie kam die Treppe herab.

„Lucy." Er packte sie bei den Schultern. „Lucy."

Kühl und bleich sah ihr Gesicht unter der Kapuze hervor. „Lass mich los, Simon."

„Was soll das? Was hast du vor?", zischte er und wusste, dass er sich zum Narren machte, dass die Dienstboten und Newton, Nachbarn und Passanten ihn beobachteten. Es war ihm egal.

„Ich fahre zu Papa."

Ein lächerlicher Hoffnungsschimmer. „Warte, und ich ..."

„Ich verlasse dich." Ihre Lippen bewegten sich kaum, als sie die Worte sprach.

Kaltes Entsetzen erfasste ihn. „Nein."

Endlich sah sie ihm in die Augen. Die ihren waren rotgerändert, doch trocken. „Ich kann nicht anders, Simon."

„Nein", beharrte er und kam sich vor wie ein kleiner Junge, dem ein Wunsch abgeschlagen wird. Am liebsten hätte er sich auf den Boden geworfen und geschrien.

„Lass mich gehen."

„Ich werde dich nicht gehen lassen." Hier stand er, in der auf einmal viel zu grellen Wintersonne vor seinem Londoner Stadthaus und wusste nicht, ob er lachen oder weinen sollte. „Das überlebe ich nicht."

Sie schloss die Augen. „Doch, das wirst du. Ich kann nicht länger bleiben und mit ansehen, wie du dich zerstörst."

„Lucy."

„Lass mich los, Simon. Bitte." Als sie die Augen wieder öffnete, sah er unbeschreiblichen Schmerz darin.

Was hatte er seinem Engel nur angetan? Oh Gott. Er nahm seine Hände von ihr.

Sie ging an ihm vorbei die restlichen Stufen hinab. Der Wind spielte mit dem Saum ihres Umhangs. Ungläubig sah Simon zu, wie sie in die Kutsche stieg. Der Lakai schloss den Schlag hinter ihr. Dann schlug der Kutscher mit den Zügeln, die Pferde setzten sich in Bewegung, und die Kutsche fuhr los. Lucy warf keinen Blick zurück. Simon sah ihr nach, bis der Wagen im dichten Gedränge der Straße verschwunden war.

Und noch immer konnte er den Blick nicht losreißen.

„Mylord?“, ließ sich Newton neben ihm vernehmen – gewiss nicht das erste Mal.

„Was?“

„Es ist kalt, Mylord.“

In der Tat.

„Vielleicht wünschen Sie nun hineinzugehen“, sagte sein Butler.

Simon öffnete und schloss seine Hand. Überrascht stellte er fest, dass die Fingerspitzen taub waren vor Kälte. Er schaute sich um. Jemand hatte sich seines Pferdes angenommen, aber das rechteckige Paket lag noch immer auf den Pflastersteinen.

„Kommen Sie jetzt lieber herein, Mylord.“

„Ja“, sagte Simon und lief die Treppe hinunter.

„Hier entlang, Mylord“, rief Newton ihm hinterher, als wäre Simon ein schwachsinniger Greis, der nicht mehr wusste, wohin er lief.

Simon schenkte ihm keine Beachtung und hob das Paket auf. Das braune Papier war an zwei Ecken eingerissen. Vielleicht konnte er es neu verpacken lassen – diesmal in richtig schönes Papier. Lucy würde das mögen, schönes Papier. Nur dass Lucy es niemals mehr sehen würde. Sie hatte ihn verlassen.

„Mylord“, rief Newton noch immer.

„Ja, ja, schon gut.“ Das Paket in der Hand, lief Simon die Treppe hinauf und ins Haus.

Was sollte er auch sonst tun?

18. KAPITEL

Wer ist da?", rief Papa von der Tür her, die Nachtmütze fast bis zu den Ohren gezogen. Über seinem Nachthemd trug er einen alten Rock, an den Füßen Schnallenschuhe, aus denen seine nackten Knöchel ragten. „Es ist nach neun. Anständige Leute sind zu dieser Zeit im Bett, nur dass Sie es wissen!"

Er hielt seine Laterne hoch, um mehr Licht auf die kiesbestreute Auffahrt vor dem Craddock-Hayes'schen Haus zu werfen. Hinter ihm stand Mrs. Brodie in Rüschenhaube, Nachthemd und Schaltuch und spähte ihm über die Schulter.

Lucy öffnete den Kutschenschlag. „Ich bin es, Papa."

Angestrengt kniff er die Augen zusammen und versuchte, sie im Dunkel auszumachen. „Lucy? Was fällt Iddesleigh ein, zu so später Stunde noch zu reisen? Na? Den Verstand muss er verloren haben. Da draußen wimmelt es von Wegelagerern, oder weiß er das etwa nicht?"

Mit Hilfe eines Lakaien stieg Lucy den Kutschentritt hinab. „Er ist nicht mit mitgekommen."

„Völlig den Verstand verloren, der Mann", brummelte ihr Vater. „Verrückt muss er sein, dich allein reisen zu lassen! Und noch dazu bei Nacht, dieser Schuft!"

Trotz allem verspürte sie den Impuls, ihn zu verteidigen. „Es war nicht seine Entscheidung. Ich habe ihn verlassen."

Mrs. Brodies Augen weiteten sich. „Ich mache am besten erst mal einen Tee", meinte sie und eilte ins Haus.

Papa schnaubte verdrießlich. „Streit gehabt, was? Kluges Mädchen. Immer gut, einen Mann zappeln zu lassen, damit er nicht weiß, woran er ist. Schadet ihm bestimmt nicht. Kannst ein paar Tage hierbleiben und nach Weihnachten zurückfahren."

Lucy seufzte. Sie war müde bis auf die Knochen und fühlte sich in tiefster Seele erschöpft. „Ich werde nicht zurückfahren.

Ich habe Simon verlassen – für immer."

„Was? *Was?!*" Nun sah ihr Vater doch besorgt drein. „Jetzt hör mir mal ..."

„Herrgott zapperlott, wird hier denn gar nicht mehr geschlafen?" Hedge kam herbeigeschlurft. Sein Nachthemd hing ihm aus den Breeches, sein graues Haar stand zerzaust unter dem speckigen Dreispitz hervor. Als er Lucy sah, blieb er wie angewurzelt stehen. „Was – ist sie schon wieder zurück? Ich dachte, wir wären sie eben erst losgeworden."

„Die Freude, Sie zu sehen, ist ganz meinerseits, Hedge", seufzte Lucy. „Vielleicht könnten wir drinnen weiterreden, Papa."

„Schon verstanden", murmelte Hedge. „Fast dreißig Jahre bin ich nun hier – die besten Jahre meines Lebens zudem –, aber kümmert es wen? Nein, natürlich nicht. Mir kann man immer noch nicht trauen, so scheint es."

„Kümmern Sie sich um die Pferde, Hedge", wies Papa ihn an, bevor sie ins Haus gingen.

Lucy hörte Hegde stöhnen. „Vier riesengroße Viecher. Mein armer Rücken ..." Dann schloss die Tür sich hinter ihnen.

Papa ging ihnen voran ins Arbeitszimmer – ein Raum, den Lucy bislang eher selten betreten hatte. Papas Arbeitszimmer war sein privates Reich. Nicht einmal Mrs. Brodie durfte dort hinein, um zu putzen. Oder zumindest nicht oft, und dann auch erst nach langen, zähen Verhandlungen. Papas großer Schreibtisch aus Eichenholz stand nah am Kamin – etwas zu nah, wie ein rußgeschwärztes Tischbein vermuten ließ. Auf dem Schreibtisch lagen stapelweise kolorierte Seekarten. Einige waren ausgebreitet und wurden mit einem Sextanten aus Messing, einem kaputten Kompass und einem Stück Schiffstau davon abgehalten, sich wieder zusammenzurollen. Neben dem Schreibtisch stand ein großer Globus.

„Ich höre", meinte ihr Vater.

Mrs. Brodie kam mit einem Tablett mit Tee und süßen Brötchen hereingehuscht.

Papa räusperte sich. „Seien Sie so gut, Mrs. Brodie, und schauen Sie mal, ob noch was von der köstlichen Rinderpastete übrig ist, die es zum Abendessen gab."

„Ich habe keinen Hunger", wehrte Lucy ab.

„Du siehst blass aus, Kleines. Ein ordentliches Stück Rinderpastete wird dir guttun." Er nickte der Haushälterin zu.

„Gewiss, Sir." Mrs. Brodie eilte davon.

„Ich höre", meinte Papa abermals. „Was ist passiert, dass du heim zu deinem Vater laufen musstest?"

Lucy spürte, wie ihre Wangen sich erhitzten. Wenn man es so sagte, klang ihr Verhalten wirklich kindisch. „Simon und ich hatten eine Meinungsverschiedenheit." Sie senkte den Blick und zog ihre Handschuhe aus, ganz langsam und bedächtig, einen Finger nach dem anderen. Ihre Hände zitterten. „Er tut etwas, das ich nicht gutheißen kann."

Papa hieb so heftig mit der flachen Hand auf den Schreibtisch, dass nicht nur Lucy, sondern auch die Landkarten einen Satz in die Höhe machten. „Dieser Schuft! Gerade mal ein paar Wochen verheiratet, und schon treibt er sich mit Damen von zweifelhaftem Ruf herum. Ha! Wenn ich den in die Finger bekomme, diesen Schlawiner, diesen Halunken, diesen ... diesen *Wüstling*, diesen, dann werde ich ihn auspeitschen lassen, bis ..."

„Nein, oh nein." Fast hätte Lucy lauthals gelacht. „Das ist es nicht."

Die Tür ging auf, und Mrs. Brodie kam wieder herein. Mit scharfem Blick musterte sie Vater und Tochter. Wahrscheinlich hatte sie alles bis nach draußen gehört, aber sie sagte nichts. Sie stellte das Tablett neben Lucy ab und nickte aufmunternd. „Essen Sie einen Happen, Miss Lucy, dann werden Sie sich gleich besser fühlen. Ich lasse in Ihrem Zimmer das Feuer schüren, damit Sie es nachher schön warm haben." Und damit eilte sie wieder davon.

Lucy betrachtete das Essen: eine Scheibe kalte Rinderpastete, ein Schälchen Kompott, ein Stück Käse und etwas von

Mrs. Brodies frisch gebackenem Brot. Ihr Magen knurrte. Auf der Heimfahrt hatten sie bei einem Gasthof Station gemacht, doch sie hatte nichts essen mögen und bis jetzt auch gar nicht gemerkt, wie hungrig sie war. Sie griff nach der Gabel.

„Was ist es dann?"

„Hmmm?" Den Mund voll köstlicher Pastete, wollte Lucy nicht an Simon denken. Und erst recht nicht an die Gefahr, die ihm drohte, oder an ihre gescheiterte Ehe. Wenn sie einfach nur zu Bett gehen könnte ...

Aber Papa konnte sehr stur sein. „Wenn er sich nicht mit befleckten Täubchen rumgetrieben hat, warum hast du den Mann dann verlassen?"

„Wegen Duellen", nuschelte Lucy und schluckte hinunter. „Simon hat schon vier Männer getötet. In Duellen. Er fordert sie heraus, und dann tötet er sie. Ich ertrage das nicht mehr, Papa. Er zerstört sich langsam, aber sicher – auch wenn er die Zweikämpfe überlebt. Doch er will nicht auf mich hören, will dem kein Ende setzen, und so habe ich ihn verlassen." Sie betrachtete das Stück Pastete, aus dem kalte braune Soße lief, und auf einmal wurde ihr übel.

„Weswegen?"

„Was?"

Papa schaute finster. „Warum tut er das? Warum bringt er diese Burschen um? Ich mag ihn ja nicht, deinen Mann, habe ihn nie gemocht und werde ihn auch niemals mögen, aber wie ein Verrückter kam er mir eigentlich nicht vor. Ein eitler Geck, das wohl, aber verrückt? Nein."

Fast musste Lucy lächeln. „Er tötet der Reihe nach alle Männer, die für den Tod seines Bruders Ethan verantwortlich sind. Ich weiß, was du jetzt sagen willst, Papa, aber so ehrenwert seine Gründe sein mögen, so ist es doch Mord und wird in der Bibel eine Sünde genannt. Ich kann es nicht mit meinem Gewissen vereinbaren – und ich fürchte, dass Simon es am Ende ähnlich ergehen wird."

„Na", grummelte ihr Vater. „Gut zu wissen, dass meine

Tochter mich so leicht durchschaut und weiß, was ich sagen will, ehe ich es gesagt habe."

Lucy biss sich auf die Lippe. So hatte sie sich ihre Heimkehr nicht vorgestellt. Ihr Kopf fing an zu pochen, und ihr Vater schien auf einen Streit aus zu sein. „Ich wollte nicht …"

„Ich weiß, ich weiß", winkte er ihre Entschuldigung beiseite. „Du wolltest deinen alten Vater nicht beleidigen. Hast du aber. Du glaubst wohl, alle Männer sind gleich und denken dasselbe, was?"

„Nein, ich …"

„Dem ist nämlich nicht so." Papa beugte sich vor und stach mit dem Finger in die Luft, um seinen Worten Nachdruck zu verleihen. „Ich fand es noch nie eine gute Sache, aus Rache zu töten. Habe in meinem Leben zu viele Männer unnütz sterben sehen, um solchen Unsinn gutzuheißen."

Lucy nagte an ihrer Lippe. Papa hatte recht – sie war zu rasch in ihrem Urteil gewesen. „Es tut mir leid …"

„Was nicht heißen soll, dass ich deinen Mann nicht verstehen würde", sprach er über sie hinweg, lehnte sich zurück und starrte an die Decke.

Lucy stocherte in der Pastete herum. Weißes Fett hatte sich auf der braunen Soße abgesetzt. Der Appetit war ihr längst vergangen. Sie rümpfte die Nase und schob den Teller beiseite. Mittlerweile hatte sie wirklich scheußliche Kopfschmerzen.

„Ich verstehe ihn nicht nur, ich kann ihm sogar nachfühlen, warum er das tut", sagte Papa so unvermittelt, dass sie erschrocken zusammenfuhr. Er sprang auf und begann ihm Zimmer auf und ab zu gehen. „Ja, ich verstehe ihn, und ich kann es ihm nachfühlen, verdammt noch mal. Und das ist mehr, als man von dir behaupten kann."

Getroffen setzte Lucy sich auf. „Ich glaube, ich verstehe durchaus Simons Gründe, weswegen er diese Männer tötet. Und den Schmerz über den Verlust eines geliebten Menschen kann ich auch nachempfinden."

„Aber kannst du es *ihm* nachfühlen? Na?"

„Ich wüsste nicht, wo da der Unterschied ist."

„Ha." Einen Moment schaute Papa sie unter zürnenden Brauen hervor an.

Sie konnte sich des unguten Gefühls nicht erwehren, dass sie ihren Vater enttäuschte. Plötzlich stiegen Tränen in ihr auf. Sie war müde, so entsetzlich müde von der langen Reise und dem Streit mit Simon und allem, was davor geschehen war. Außerdem war sie davon ausgegangen, dass Papa sich auf ihre Seite stellen würde.

Papa trat ans Fenster und schaute hinaus, obwohl er kaum mehr sehen konnte als sein eigenes Bild, das sich im Dunkel spiegelte. „Deine Mutter war die wunderbarste Frau, die mir je begegnet ist."

Lucy runzelte die Stirn. Was sollte das denn jetzt?

„Zweiundzwanzig war ich, als ich sie kennenlernte – ein blutjunger Kapitän. Sie war ein hübsches Mädchen, mit dunklen Locken und hellen braunen Augen." Er drehte sich nach ihr um. „Genau dieselbe Farbe wie deine, Kleines."

„Ich weiß", flüsterte sie. Sie vermisste Mama noch immer – ihre sanfte Stimme, ihr Lachen, das stete Licht, das sie ihrer Familie gewesen war. Lucy senkte den Blick, Tränen standen ihr in den Augen. Was war nur mit ihr los? Es musste an der Müdigkeit liegen.

Papa räusperte sich. „Sie hatte die freie Wahl, konnte sich aussuchen, wen sie wollte. Fast wäre es anders gekommen. Da war dieser Dragonerhauptmann ... Schöne rote Uniform. Damit kann man Frauen immer den Kopf verdrehen – und größer war er auch."

„Aber Mama hat sich für dich entschieden."

„Ja, das hat sie." Fast ungläubig schüttelte Papa den Kopf. „Ich war so überrascht, dass man mich mit einer Feder hätte umwerfen können. Aber dann haben wir tatsächlich geheiratet und uns hier niedergelassen."

„Und glücklich gelebt bis an euer Ende." Lucy seufzte. Als kleines Mädchen hatte sie die Geschichte, wie ihre Eltern sich kennengelernt und geheiratet hatten, unzählige Male gehört. Es war eine ihrer liebsten Gutenachtgeschichten gewesen. Warum nur konnte ihre eigene Ehe …

„Nein, da täuschst du dich."

„Wie bitte?" Fragend hob Lucy die Brauen, gewiss hatte sie sich verhört. „Was willst du damit sagen?"

„Das Leben ist kein Märchen, mein Mädchen." Papa drehte sich um und verschränkte die Arme vor der breiten Brust. „Im fünften Jahr unserer Ehe kam ich heim von der See und musste erfahren, dass deine Mutter sich einen Liebhaber genommen hatte."

„Einen Liebhaber?", fragte Lucy verwundert und setzte sich kerzengerade auf. Ihre Mutter war immer anständig, gut und wunderbar gewesen. Gewiss … „Da musst du dich täuschen, Papa."

„Nein." Er schürzte die Lippen und betrachtete stirnrunzelnd seine Schuhe. „Sie hat es mir ja selbst gesagt."

„Aber … aber …", stammelte Lucy. Sie versuchte zu verstehen, was ihr Vater ihr da gerade sagte, scheiterte aber kläglich. Das war einfach unglaublich! „Mama war eine gute Frau."

„Ja, das war sie. Sie war die beste Frau, die ich je kannte. Das sagte ich ja bereits." Papa starrte auf den Globus, als sehe er dort etwas, was nur er sehen konnte. „Aber ich war monatelang auf See, und sie hatte zwei kleine Kinder, um die sie sich kümmern musste. Ansonsten war sie ganz allein in diesem winzigen Dorf. Und wurde furchtbar wütend auf mich."

„Was hast du dann getan?", flüsterte Lucy.

„Ich wurde auch wütend. Geflucht und geschrien habe ich, bin durch das Haus gestürmt. Du kennst mich ja." Papa drehte den Globus. „Aber letztlich habe ich ihr verziehen." Er sah auf. „Und habe es nie bereut."

„Aber …" Lucy suchte nach Worten. „Wie konntest du ihr das vergeben?"

„Weil ich sie geliebt habe. Deshalb." Papa trommelte mit den Fingern auf Afrika. „Und weil mir klar wurde, dass auch die beste Frau nur ein Mensch und fehlbar ist."

„Wie ..."

„Sie war eine Frau aus Fleisch und Blut, kein Idealbild." Papa seufzte tief. Alt sah er jetzt aus, wie er da stand, in seinem Nachthemd und seiner Schlafmütze, doch zugleich wirkte er streng und ehrfurchtgebietend. „Menschen machen nun mal Fehler. Ich glaube, das ist die erste Lektion, die man in jeder Ehe lernen muss."

„Simon hat gemordet." Zitternd holte Lucy Luft. Sollte Papa denken, was er wollte, aber das war ja wohl überhaupt nicht zu vergleichen! „Und er wird es wieder tun. Er will sich jetzt sogar mit einem guten Freund duellieren, einem jungen Mann, der ihn bewundert, und Simon wird auch ihn töten. Ich weiß, dass er keine Idealgestalt ist, Papa, aber wie kannst du von mir erwarten, dass ich ihm das verzeihe?" Wie konnte er von ihr erwarten, mit einem Mann zu leben, der nur auf Zerstörung sann?

„Das erwarte ich auch gar nicht." Papa drehte den Globus ein letztes Mal und trottete dann zur Tür. „Höchste Zeit, schlafen zu gehen, mein Mädchen. Ruh dich erst mal ordentlich aus."

Lucy schaute ihm nach – müde, unsicher und verwirrt.

„Nur vergiss eines nicht." An der Tür drehte er sich noch einmal um und sah sie eindringlich an. „Dass du ihm verzeihst, kann ich nicht von dir erwarten – aber Gott erwartet es von dir. Steht auch in der Bibel. Denk mal drüber nach."

Es war wohl unvermeidlich gewesen, sinnierte Simon, dass Lucy ihn verlassen würde. Erstaunlich war nur, wie lange sie es mit ihm ausgehalten hatte. Er sollte froh über die wenigen Wochen sein, die er nach der Hochzeit mit ihr gehabt hatte, über die einvernehmlich verbrachten Tage und die leidenschaftlichen Nächte. Vorsichtig goss er sich noch einen Brandy ein – es war sein zweites oder vielleicht auch schon drittes Glas, und seine Hände zitterten wie die eines alten Tattergreises.

Nein, es lag nicht nur am Brandy.

Seine Hände zitterten, seit Lucy ihn gestern Nachmittag verlassen hatte. Am ganzen Leib zitterte er, als wollten die Dämonen in ihm sich deutlich bemerkbar machen. Dämonen der Wut, Dämonen des Schmerzes, Dämonen des Selbstmitleids, Dämonen der Liebe. Sie erschütterten seinen Körper, ließen ihn erbeben, verlangten danach, zur Kenntnis genommen zu werden. Er konnte ihnen nicht länger Einhalt gebieten, sie hatten die Herrschaft über seine Seele übernommen.

Er verzog das Gesicht und nahm noch einen Schluck goldbraunen Brandys, der ihm scharf durch die Kehle rann und warm im Magen brannte. Wenn er so weitermachte, würde er am Tag des Duells kaum den Degen halten können. Wäre das nicht eine nette Überraschung für Fletcher? Ihn da stehen zu sehen, zitternd und bebend, der Degen ihm zu Füßen gefallen, nutzlos. Christian müsste ihm nur seine Klinge in den Leib rammen und könnte zum Frühstück nach Hause gehen. Leichtes Spiel, kaum der Mühe wert. Und nicht unwahrscheinlich, denn Simon hatte bis zum Morgengrauen nichts mehr zu tun – gar nichts – außer sich zu betrinken.

Er nahm sein Glas und schlenderte aus dem Arbeitszimmer. In der großen Eingangshalle war es dunkel und kalt, obwohl es erst Nachmittag war. War es zu viel verlangt, es warm haben zu wollen? Da hatte man so viele Dienstboten – schließlich war er ein Viscount, und er würde sich schämen, weniger als fünfzig gute Geister zu beschäftigen, die jedem seiner Wünsche nachkamen, Tag und Nacht. Aber die Eingangshalle beheizen konnten sie offenbar nicht. Kurz erwog er, nach Newton zu rufen, aber der Butler schien sich heute den ganzen Tag irgendwo versteckt zu haben. Feigling. Simon durchschritt die Halle, bog in einen weiten Korridor ein, hörte seine Schritte in dem großen, leeren Haus widerhallen. Was hatte ihn nur glauben lassen, er und ein Engel könnten jemals zusammenleben? Was, dass er vor ihr den Zorn verbergen konnte, der sein Herz erfüllte, oder den Makel, der seine Seele befleckte?

Wahnsinn, schierer Wahnsinn.

An der Tür zum Wintergarten angelangt, blieb Simon stehen. Selbst hier draußen waren sie zu riechen. Rosen. So edel, so vollkommen. Schon als kleinen Jungen hatte ihn fasziniert, wie der Blütenwirbel samtener Blätter zu einer geheimen Mitte führte, wo sich schüchtern das Herz der Blume verbarg. Das Besondere an Rosen war, dass sie auch dann steter Pflege bedurften, wenn sie nicht blühten. Die Blätter mussten nach Mehltau und Schädlingen abgesucht werden, das Erdreich musste gehegt, gejätet und gedüngt werden. Der Rosenstock selbst sollte im Herbst zurückgeschnitten werden, manchmal recht radikal, damit er im Frühjahr wieder Blüten trug. Die Rose war eine sehr anspruchsvolle Pflanze, die einen indes mit atemberaubender Schönheit belohnte, so man sie gut pflegte.

Auf einmal erinnerte er sich daran, wie er sich als Junge in den Rosengarten geschlichen hatte, um sich vor seinem Lehrer zu verstecken. Burns, der Gärtner, hatte seelenruhig die Rosen geschnitten und schien den Jungen gar nicht zu bemerken, der hinter ihm entlanghuschte. Aber natürlich hatte er Bescheid gewusst. Simon grinste. Der alte Mann hatte einfach nur so getan, als sehe er den kleinen Schulschwänzer nicht. Auf diese Weise konnten sie gemeinsam an dem Ort sein, den sie beide liebten, und keiner würde sich einen Vorwurf machen lassen müssen, sollte man den Ausreißer finden.

Er legte die Hand an die Tür, spürte das Zedernholz, das er extra hatte einschiffen lassen, als er sich als Erwachsener sein Refugium geschaffen hatte. Noch immer ging er in den Rosengarten, wenn er sich vor der Welt verstecken wollte.

Sowie Simon die Tür aufstieß, streichelte die warme, feuchte Luft sein Gesicht. Er trank einen Schluck Brandy und spürte, wie Schweiß ihm auf die Stirn trat. Newton hatte veranlasst, dass der Wintergarten wiederhergerichtet wurde, kaum dass Christian das Haus verlassen hatte. Nichts deutete mehr darauf hin, wie handgreiflich man hier beim Streit geworden war. Simon lief weiter und wartete darauf, dass der Geruch nach feuchter Erde und der süße Duft der Rosen ihn beruhigten, seine Seele wieder mit seinem Körper vereinten, damit er sich wieder ganz fühlte, sich wieder wie ein Mensch fühlte und nicht wie ein Dämon. Vergebens.

Mit leerem Blick starrte er auf die langen Reihen von Blumentöpfen, auf die Pflanzen, von denen manche nur dornige Stöcke waren, andere prächtig in Blüte standen. Die Farben bestürmten sein Auge, all das Weiß und Rosa und Rot in allen nur erdenklichen Schattierungen: zartrosa, schneeweiß, purpurrot – und eine Rose, deren Blütenblätter genau dieselbe Farbe hatten wie Lucys Lippen. Herrlich war es anzusehen. Es hatte viele Jahre gedauert, bis er all diese Pflanzen erworben und gezogen hatte. Ein Meisterwerk der Gartenkunst.

Er hob den Blick hinauf, wo die gläsernen Wände sich in einer perfekten Kuppel wölbten, die das Licht einließ, die empfindlichen Pflanzen jedoch vor dem kalten Londoner Wind schützte. Dann sah er wieder hinab, wo sich unter seinen Füßen der gepflasterte Pfad erstreckte. Die Steine waren in einem Fischgrätmuster gesetzt. Der Wintergarten entsprach genau den Vorstellungen, mit denen er vor zehn Jahren den Bau begonnen hatte – ein Ort des Rückzugs und des Friedens. Er war ein Wirklichkeit gewordener Traum. Er war vollkommen.

Nur dass Lucy nicht da war.

Simon wusste, dass er nie wieder Frieden finden würde. Er stürzte den Rest seines Brandys hinunter, hob das Glas und warf es in hohem Bogen auf den Boden. Die Scherben sprangen über den Pfad.

Die tiefhängenden dunklen Wolken verhießen Regen oder vielleicht gar Schnee. Lucy fröstelte und rieb sich die Hände. Sie hätte Handschuhe anziehen sollen. Der Garten war heute Morgen von einer feinen Schicht Raureif überzogen, der jedes Blatt, jeden erfrorenen Stängel in weißen Pelz hüllte. Sie hob einen verschrumpelten Apfel auf und sah, wie der Frost unter ihren Fingerspitzen in einem perfekten Kreis schmolz. Leben war dennoch keines mehr in der Frucht.

Eigentlich war es viel zu kalt, um sich draußen aufzuhalten, aber sie fühlte sich unruhig und hielt es nicht länger im Haus aus, das ihr eng und stickig schien. Sie hatte versucht, an einem ländlichen Küchenstillleben zu arbeiten: eine irdene Schüssel, ein paar braune Eier und ein Laib von Mrs. Brodies frisch gebackenem Brot. Vergebens. Die Eier waren unförmig geraten, und dann war ihr auch noch ihre Kohle unter den Fingern zerbrochen und hatte einen großen schwarzen Fleck mitten auf dem Papier hinterlassen.

Seltsam. Sie hatte Simon verlassen, weil sie sein Tun nicht gutheißen konnte. Mit einem Mann zu leben, der tötete oder selbst den Tod suchte, hatte sie in einen tiefen Aufruhr versetzt. Lucy runzelte die Stirn. Vielleicht hatte sie es sich bislang nicht eingestanden, aber einer der Gründe für ihre Flucht war schlicht Angst – die stete, quälende Angst, dass er bei einem seiner Duelle sterben könnte. Doch hier, im Haus ihrer Kindheit, empfand sie ihren inneren Aufruhr noch viel stärker. Die Stille, die alles einhüllende Friedlichkeit, war beklemmend. Wäre sie in London, könnte sie wenigstens versuchen, Simon von seinem Vorhaben abzubringen. Sie könnte mit ihm reden, mit ihm streiten – und sie könnte ihn lieben.

Hier war sie allein. Schlicht und ergreifend allein.

Sie vermisste Simon. Natürlich hatte sie erwartet, dass sie eine gewisse Sehnsucht verspüren würde, dass sie Schmerz empfinden würde, nachdem sie ihn verlassen hatte. Immerhin liebte sie ihn ja. Sehr sogar. Was sie indes nicht erwartet hatte, war, dass der Schmerz ein riesiges Loch in ihr Leben reißen, sie völlig aushöhlen würde. Mittlerweile war sie sich nicht mehr sicher, ob sie ohne ihn würde leben können. Das klang ziemlich melodramatisch, fand sie, war aber leider die Wahrheit. Und so fürchtete sie, dass sie keineswegs aus dem moralisch legitimen Grund zu ihrem Mann zurückkehren würde, den ihr Vater vorgebracht hatte – dass man nämlich einem Sünder vergeben sollte –, sondern aus einem Grund, der viel banaler war.

Sie konnte einfach nicht ohne ihn leben.

Ganz gleich, was er getan hatte, ganz gleich, was er künftig noch tun würde, ganz gleich, was und wer er war, sie vermisste ihn. Wollte noch immer mit ihm zusammen sein. Wie schändlich von ihr.

„Herrje, ist das kalt hier draußen! Was machst du hier? Schleichst durch den Garten wie der Geist einer geschmähten Frau und frierst dir die Finger ab?"

Lucy drehte sich nach der gereizten Stimme um.

Hinter ihr trat Patricia von einem Fuß auf den anderen. Die Kapuze ihres Umhangs hatte sie sich tief ins Gesicht gezogen, die Hände in einem Pelzmuff verborgen, den sie sich vor die Nase hielt, sodass nur noch ihre porzellanblauen Augen hervorschauten. „Komm sofort wieder rein, bevor du noch zu Eis wirst."

Lucy lächelte. „Na schön."

Patricia stieß einen Seufzer der Erleichterung aus und eilte zurück, ohne auf ihre Freundin zu warten. Lucy folgte ihr.

Als sie ins Haus kam, hatte Patricia bereits Umhang und Muff abgelegt und rieb sich die Hände. „Zieh das aus." Sie zeigte auf Lucys warmen Umhang. „Und dann gehen wir in den Salon. Ich habe Mrs. Brodie eben Bescheid gesagt, dass sie uns Tee bringen soll."

Bald darauf saßen sie in dem kleinen Wohnzimmer hinten im Haus und wärmten sich an einer großen Kanne heißen Tees.

„Ahh, tut das gut." Patricia hielt sich ihre Tasse vors Gesicht, als wolle sie im warmen Dampf baden. „Ein Glück, dass Mrs. Brodie weiß, wie man Wasser gründlich zum Kochen bringt." Sie nahm einen Schluck, dann stellte sie die Tasse sehr entschieden ab und meinte: „So, und jetzt musst du mir alles über London und dein neues Leben erzählen."

„Es ist ganz anders als hier, sehr hektisch und betriebsam", fing Lucy zögerlich an. „In London gibt es so unglaublich viel zu sehen und zu tun. Kürzlich waren wir im Theater, und es war einfach wunderbar."

„Hach, du Glückliche", seufzte Patricia. „Wie gerne ich all die Leute in ihren feinen Kleidern gesehen hätte!"

„Mmmh." Lucy lächelte. „Meine Schwägerin Rosalind ist sehr nett. Sie war mit mir einkaufen und hat mir all ihre liebsten Läden gezeigt. Eine Nichte habe ich auch. Sie spielt mit Zinnsoldaten."

„Wie ungewöhnlich. Und dein holder Gatte?", fragte Patricia eine Spur zu beiläufig. „Wie geht es ihm so?"

„Gut."

„Mir war nämlich aufgefallen, dass du ohne ihn gekommen bist."

„Er hat sehr viel zu tun …"

„An Weihnachten." Patricia hob vielsagend eine Braue. „Eurem ersten gemeinsamen Weihnachten. Ich weiß zwar, dass du eine erschreckend unsentimentale Frau bist, aber etwas komisch kommt mir das schon vor."

Lucy ließ sich Zeit, sich eine zweite Tasse Tee einzugießen. „Ich glaube, dass dich das nichts angeht, Patricia."

Ihre Freundin wirkte schockiert. „Natürlich geht es mich nichts an. Würde ich meine Neugier auf Dinge beschränken, die mich etwas angingen, würde ich ja gar nichts mehr erfahren. Außerdem", fügte Patricia etwas sachlicher hinzu, „mache ich mir Sorgen um dich."

„Ah ja." Lucy spürte Tränen aufsteigen und sah beiseite. „Wir hatten eine Meinungsverschiedenheit."

„Eine Meinungsverschiedenheit", wiederholte Patricia.

Ein Schweigen folgte.

Dann hieb Patricia in das Kissen neben sich und rief empört: „Hat dieser Mistkerl sich etwa schon eine Mätresse genommen?"

„Nein." Entsetzt schaute Lucy sie an. „Warum denken alle sofort nur daran?"

„Tun sie das?", fragte Patricia erwartungsvoll. „Nun, wahrscheinlich weil er so etwas an sich hat."

„Was an sich hat?"

„Na, du weißt schon …“, Patricia machte eine vage Geste, „… als würde er weitaus mehr über Frauen wissen, als er sollte.“

Lucy errötete. „Das tut er auch.“

„Mmh. Was ihn noch unwiderstehlicher machen dürfte.“ Patricia nippte an ihrem Tee. „Umso verwunderlicher, dass du dich überhaupt von ihm trennen konntest – noch dazu an Weihnachten.“

Plötzlich kam Lucy ein Gedanke. Sie stellte ihre Tasse ab. „Ich muss sein Geschenk noch fertigmachen.“

„Wie bitte?“

Lucy schaute ihre Freundin an. „Ich hatte versprochen, ein Buch für ihn zu illustrieren, aber es ist noch nicht fertig.“

Patricia schien zufrieden. „Dann wirst du ihn also morgen sehen …“

Ihre Freundin redete weiter, doch Lucy hörte nicht mehr zu. Patricia hatte recht. Irgendwann in den letzten paar Minuten hatte sie ihren Entschluss gefasst: Sie würde zu Simon zurückkehren. Irgendwie würden sie das Problem schon lösen, das zwischen ihnen stand.

„Dabei fällt mir etwas ein“, meinte Patricia schließlich. Sie holte eine kleine Schachtel hervor und reichte sie Lucy.

„Aber ich habe gar nichts für dich“, sagte Lucy, als sie den Deckel abnahm. Darin war ein Damentaschentuch, das mit ihren neuen Initialen bestickt war. Die Buchstaben waren schief und ungelenk, aber recht reizend sah es dennoch aus. „Wie aufmerksam von dir. Danke, Patricia.“

„Ich hoffe, es gefällt dir. Wahrscheinlich habe ich mit der Nadel öfter in meine Finger gestochen als in den Stoff.“ Wie zum Beweis hielt ihre Freundin ihr die rechte Hand hin. „Und du hast sehr wohl etwas für mich.“

„Was soll ich für dich haben?“

„Ein Geschenk.“ Patricia zog ihre Hand zurück und betrachtete ihre Fingernägel.

Verwundert sah Lucy sie an.

„Kürzlich habe ich einen Heiratsantrag erhalten, und da du den fraglichen Gentleman zuvor zurückgewiesen hattest, um kurzerhand jemand anderen zu heiraten …“

„Patricia!“ Als Lucy aufsprang, um ihre Freundin zu umarmen, hätte sie fast das Teetablett umgeworfen. „Soll das heißen, du bist verlobt?“

„So ist es.“

„Mit Eustace Penweeble?“

„Nun ja …“

„Und was ist aus Mr. Benning und seinen neunzig Morgen Land geworden?“

„Ja, schade eigentlich, nicht wahr?“ Patricia strich sich eine blonde Locke zurück. „Und das große Gutshaus nicht zu vergessen. Wirklich schade drum. Aber Mr. Penweeble hat mich aller Vernunft beraubt. Wahrscheinlich liegt es an seiner Größe. Oder vielleicht an seinen breiten Schultern.“ Nachdenklich nippte sie an ihrem Tee.

Lucy war kurz davor zu kichern und konnte sich nur im letzten Moment beherrschen. „Aber wie hast du es geschafft, dass er dir so bald einen Antrag macht? Bei mir hat er drei Jahre dafür gebraucht.“

Patricia lächelte arglos. „Das könnte an meinem Fichu gelegen haben.“

„An deinem Fichu?“ Fragend schaute Lucy auf den unschuldig aussehenden Spitzenschal, der Patricias Ausschnitt verhüllte.

„Ja. Mr. Penweeble hat eine kleine Ausfahrt mit mir gemacht, und dabei muss es sich irgendwie …“, Patricia schlug die Augen weit auf, „… gelöst haben. Nun ja, nachdem ich mich eine Weile vergebens bemüht hatte, bat ich ihn, mir zu helfen.“

„Dir wobei zu helfen?“

„Na, wobei schon? Natürlich dabei, mir mein Fichu wieder ordentlich festzustecken.“

„Patricia“, hauchte Lucy.

„Und aus irgendeinem Grund sah er sich danach genötigt, mir einen Antrag zu machen." Patricia grinste zufrieden. „Am zweiten Weihnachtsfeiertag geben wir eine Verlobungsfeier. Bis dahin bleibst du doch gewiss, oder?"

Vorsichtig stellte Lucy ihre Tasse ab. „Ich wünschte, ich könnte so lange bleiben, meine Liebe. Aber ich muss zurück zu Simon. Du hast recht. Ich sollte Weihnachten mit ihm verbringen."

Nun, da sie ihren Entschluss gefasst hatte, konnte sie es kaum noch erwarten abzureisen. Auf einmal erschien es ihr ungeheuer wichtig, so bald wie möglich bei Simon zu sein. Lucy versuchte ihre Unruhe zu beherrschen und faltete die Hände im Schoß. Patricia erzählte ihr von ihrer anstehenden Hochzeit, und sie wollte ihr zuhören, wie es sich für eine gute Freundin gehörte. Die Fahrt nach London dauerte Stunden.

Auf ein paar Minuten kam es da gewiss nicht an.

19. KAPITEL

Was geht hier eigentlich vor sich?", verlangte seine Gemahlin von Sir Rupert zu wissen, kaum dass er zur Tür hereinkam.

Überrascht runzelte er die Stirn, als er einem recht müde aussehenden Lakaien seinen Hut und seinen Mantel reichte. „Was meinst du?" Es war kurz nach fünf Uhr morgens.

Seit Walker und James nicht mehr waren, stand es schlecht um seine Investitionen. Die ganze Nacht hatte er – wie auch schon die Nächte zuvor – damit zugebracht, den Ruin abzuwenden. Aber weshalb war Matilda zu so unsäglicher Stunde auf?

Seine Frau warf einen kurzen Blick auf den Lakaien, der sich alle Mühe gab, nicht allzu offensichtlich zu lauschen. „Könnten wir vielleicht in deinem Arbeitszimmer sprechen?"

„Natürlich." Er ging ihr voran in sein Allerheiligstes und ließ sich in den Sessel hinter seinem Schreibtisch sinken. Sein Bein schmerzte ihn ganz fürchterlich.

Leise schloss seine Frau die Tür hinter sich. „Wo warst du? Du hast in den letzten Tagen kaum ein Wort geredet, dich stets hierher zurückgezogen. Nicht einmal bei den Mahlzeiten bekommen wir dich noch zu Gesicht. Darüber wollte ich mit dir sprechen." Den Rücken kerzengerade, kam sie auf ihn zu. Der grüne Batist ihres Kleides glitt raschelnd über den Boden. Ihm fiel auf, wie weich die Haut unter ihrem Kinn geworden war, fast schon schlaff.

„Ich bin nur gerade sehr beschäftigt, meine Liebe. Mach dir keine Sorgen, das ist alles." Gedankenverloren rieb er sich sein Bein.

Doch so leicht ließ sie sich nicht zum Narren halten. „Versuche nicht, mich für dumm zu verkaufen. Ich bin nicht einer deiner Geschäftspartner, sondern deine Frau. Lady Iddesleigh hat mir vor zwei Tagen einen Besuch abgestattet." Als er sie mit einem Fluch unterbrach, runzelte sie kurz die Stirn, sprach aber unbeirrt weiter. „Sie hat mir eine höchst absonderliche Geschichte erzählt – über dich und den Viscount. Sie meinte, er wäre fest entschlossen, dich herauszufordern. Ich wäre dir sehr verbunden, wenn du mir sagen könntest, was es damit auf sich hat."

Sir Rupert lehnte sich in seinem Sessel zurück, bis das Leder leise murrte. Gut, dass Matilda eine Frau war – als Mann wäre sie wahrlich furchteinflößend gewesen. Er zögerte, wog ab, was er ihr sagen sollte. Seit Iddesleigh ihn herausgefordert hatte, hatte er viel nachgedacht – vor allem darüber, wie ein Viscount sich diskret aus der Welt schaffen ließe, ohne dass man die Tat ihm anhängen konnte. Das Problem war nur, dass die in dieser Hinsicht beste Strategie bereits auf Ethan Iddesleigh verwendet worden war. Der Plan war so einfach gewesen und von berückender Eleganz. Gerüchte streuen, bis man den Mann so weit hatte, einen weitaus besseren Gegner herauszufordern … Sein Tod war unvermeidlich gewesen, und niemand hatte Sir Rupert mit alledem in Verbindung gebracht. Andere Methoden – wie beispielsweise einen Mörder zu verdingen – könnten rasch auf einen zurückfallen. Aber wenn Iddesleigh beharrte, müsste man auch dieses Risiko ins Auge fassen.

Matilda ließ sich in einen der Sessel vor dem Schreibtisch sinken. „Lass dir ruhig Zeit mit der Antwort, aber du solltest dir derweil zumindest die Mühe machen herauszufinden, wo Christian steckt."

„Christian?" Er sah auf. „Warum?"

„Du hast ihn die letzten beiden Tage nicht gesehen, oder?" Sie seufzte. „Er war fast ebenso verdrießlicher Stimmung wie du, schlich mit finsterer Miene durchs Haus, hat seine Schwestern angefahren, wann immer sie wagten, ihm über den Weg zu laufen. Und kürzlich kam er mit blutig geschlagener Lippe nach Hause …"

„Was?" Sir Rupert sprang auf und griff nach seinem Stock.

„Ja." Enerviert sah seine Frau ihn an. „Ist dir das nicht aufgefallen? Er meinte, er wäre gestolpert und gestürzt, aber es war offensichtlich, dass er in irgendeine Schlägerei verwickelt war. Derlei kenne ich von meinem Sohn überhaupt nicht."

„Warum habe ich nichts davon erfahren?"

„Wenn du mit mir reden würdest ..." Scharf sah Matilda ihn an. „Was ist los? Was verschweigst du mir?"

„Iddesleigh." Sir Rupert machte zwei Schritte in Richtung Tür, blieb dann wieder stehen. „Wo ist Christian jetzt?"

„Ich weiß es nicht. Er kam gestern Abend überhaupt nicht nach Hause. Deshalb hatte ich auf dich gewartet." Matilda stand auf und verschränkte die Hände vor dem Bauch. „Rupert, was ...?"

Langsam drehte er sich um. „Iddesleigh wollte mich tatsächlich herausfordern."

„Dich heraus..."

„Christian wusste davon. Mein Gott, Matilda." Er fuhr sich mit der Hand durchs Haar. „Gut möglich, dass er Iddesleigh gefordert hat, um ihn davon abzuhalten, sich mit mir zu duellieren."

Entsetzt starrte seine Frau ihn an. Alles Blut wich ihr aus den Wangen. Blass und verhärmt sah sie aus, und ein jedes ihrer Jahre stand ihr im Gesicht geschrieben. „Du musst ihn finden", stieß sie hervor. Ihre bleichen Lippen bewegten sich kaum, als sie sprach. „Du musst ihn finden und davon abbringen. Sonst wird Lord Iddesleigh ihn töten."

Einen Augenblick stand Sir Rupert wie erstarrt, als er sich der schrecklichen Wahrheit bewusst wurde.

„Mein werter Gemahl." Flehentlich hob Matilda die Hände. „Ich weiß, dass du dir Dinge hast zuschulden kommen lassen, dass deine Vergangenheit nicht frei von dunklen Taten ist. Ich habe mir nie ein Urteil angemaßt, habe dir nie Fragen gestellt und wollte nie von dir wissen, was genau du getan hast. Aber, Rupert, ich bitte dich, unseren Sohn nicht für deine Sünden sterben zu lassen."

Ihre Worte rissen ihn aus seiner Starre. Er humpelte zur Tür, laut hallte sein Stock auf dem Marmorboden der großen Eingangshalle wider. Seine Frau hatte zu schluchzen begonnen, trotzdem verstand er noch jedes Wort. „Lass Christian nicht deinetwegen sterben."

Eine Katze – vielleicht auch eine Ratte – flitzte seinem Pferd vor die Hufe, als Simon die Straße hinabritt. Noch war es eine Weile bis zum Morgengrauen, die dunkelste Stunde der Nacht, das Reich von Hekate, Göttin der Scheidewege und streunenden Köter. Es war jene Stunde zwischen Nacht und Tag, zu der man sich seines Lebens nicht sicher war. Zumal in diesem Teil von London. Außer dem dumpfen Hufschlag seines Wallachs war weit und breit kein Laut zu hören, die Straße lag menschenleer da. Die billigen Huren hatten sich in ihre armseligen Betten zurückgezogen, die fahrenden Händler waren noch nicht auf. Es war, als würde er durch eine Totenstadt reiten. Eine in Eis erstarrte Totenstadt, von stillen Schneeflocken beweint.

Fast die ganze Nacht war er geritten, kreuz und quer durch die Stadt, von den eleganten weißen Stadthäusern am Grosvenor Square bis zu den Slums in Whitechapel. Und obwohl er offensichtlich ein guter Fang war, hatte man ihn nicht ein einziges Mal aufgehalten oder angegriffen. Leichte Beute wäre er gewesen – ein Adeliger, der meilenweit nach Brandy stank und kaum mehr wahrnahm, was um ihn her geschah. Schade. Ein bisschen Ablenkung durch Straßenräuber hätte er ganz gut gebrauchen können. Vielleicht hätte es auch all seine Probleme auf einen Schlag gelöst. Doch nun war es kurz vor Morgengrauen, er lebte noch immer, und ein Duell stand an.

Vor ihm lag de Raafs Stadthaus. Irgendwo vor ihm. Glaubte er zumindest. Er war so müde, bis auf die Knochen erschöpft. Schlaf, so er ihn denn fand, brachte ihm keinen Trost und Frieden mehr. Seit Lucy vor zwei Tagen gegangen war, hatte er kein Auge mehr zugetan. Vielleicht würde er ja nie wieder schlafen – oder bald schon für immer. Simon freute sich über seinen Galgenhumor und grinste. Er lenkte das Pferd in eine schmale Gasse und hielt nach der Rückseite von de Raafs Stadthaus Ausschau. Als er heranritt, trat eine dunkle Gestalt aus dem Schatten.

„Iddesleigh", brummelte de Raaf und schreckte mit seiner tiefen Stimme den Wallach auf.

„De Raaf. Wo ist dein Pferd?"

„Gleich um die Ecke." De Raaf öffnete das Tor und ging hinein.

Simon wartete und bemerkte zum ersten Mal in dieser Nacht, wie scharf der frostige Winterwind blies. Er sah zum Himmel hinauf. Der Mond war bereits untergegangen, aber hätte er noch am Himmel gestanden, würde er wohl von den schweren, dunklen Wolken verdeckt gewesen sein. Der heraufziehende Tag würde trüb und trostlos werden. Auch gut.

Als de Raaf zurückkam, führte er seine räudig aussehende braune Stute am Zügel. Hinten am Sattel war eine ausgebeulte Tasche festgemacht. „Du trägst keine Perücke", stellte de Raaf fest. „Ohne siehst du ganz schön nackt aus."

„Ach ja?" Verdutzt fuhr Simon sich über das kurze Haar, ehe ihm wieder einfiel, dass er seine Perücke irgendwann in der Nacht verloren hatte. In irgendeiner dunklen Gasse war sie hinabgefallen und er hatte sich nicht die Mühe gemacht, sie aufzuheben. Wahrscheinlich schmückte sich jetzt irgendein Betteljunge damit. Er zuckte die Achseln. „Und wenn schon."

De Raaf musterte ihn prüfend, ehe er sich in den Sattel schwang. „Ich kann mir nicht vorstellen, dass deine frisch Angetraute begeistert davon wäre, dass du dir ausgerechnet an Weihnachten den Leib durchlöchern lassen willst. Weiß sie überhaupt, was du vorhast?"

Simon hob die Brauen. „Wie findet es denn deine Gemahlin, dass du an Weihnachten einem Duell beiwohnst?"

De Raaf schnaubte. „Anna wäre wenig angetan. Ich hoffe, dass ich wieder zu Hause bin, ehe sie aufwacht."

„Ah ja", sagte Simon und wendete sein Pferd.

De Raaf trabte neben ihm her. Seite an Seite ritten sie zurück zur Straße.

„Du hast meine Frage nicht beantwortet", brach de Raaf das Schweigen. Sein Atem dampfte im Lichtschein eines Fensters, an dem sie vorbeiritten.

„Was Lucy davon hält, tut nichts zur Sache." Der Gedanke an seinen Engel ließ etwas in Simon zerbrechen. Seine Miene spannte sich an. „Sie hat mich verlassen", gab er schließlich zu.

„Weshalb? Was hast du getan?"

Simon warf seinem Freund einen finsteren Blick zu. „Woher willst du wissen, dass es meine Schuld war?"

De Raaf hob nur vielsagend eine Braue.

„Sie missbilligt die Duelle", sagte Simon. „Oder nein, das stimmt nicht. Sie missbilligt das Töten. Sie nennt es Mord."

De Raaf schnaubte. „Na dann."

Jetzt war es an Simon, die Braue zu heben, wenngleich eher fragend.

„Na, warum duellierst du dich dann?", fragte de Raaf ungehalten. „Herrgott, das lohnt doch nicht, deswegen seine Frau zu verlieren!"

„Er hat ihr gedroht." Bei der bloßen Erinnerung an Christians Worte ballte Simon die Hände um die Zügel. Der Junge hatte gedroht, Lucy Gewalt anzutun. Damit durfte er nicht davonkommen – Freund oder nicht.

„Lass mich das machen", meinte de Raaf. „Ich kläre das mit Fletcher, und du hältst dich da raus."

Simon hob das Kinn. „Danke, aber Lucy ist *meine* Frau."

De Raaf seufzte. „Sicher?"

„Ja." Simon trat seinem Wallach in die Flanken, um jede weitere Unterhaltung zu unterbinden.

Die Straßen, durch die sie ritten, wurden immer armseliger, die Häuser immer verwahrloster. Der Wind heulte kläglich um die Ecken. Ein Karren kam ihnen entgegen, rumpelte laut über das Pflaster. Langsam erwachte die Stadt zum Leben.

Hier und da huschten schweigende Gestalten über die Gehsteige, sahen sich verstohlen um, da die Gefahren der Nacht noch nicht gebannt waren, als sie ihr Tagwerk begannen. Wieder sah Simon zum Himmel hinauf, der eine grässlich graubraune Färbung angenommen hatte. Der Schnee, der in einer dünnen weißen Schicht auf der Straße lag, verdeckte Unrat und Gestank und ließ die Stadt fast rein und unberührt erscheinen. Doch bald schon würden Pferdehufe und Füße alles in schmutzigen Matsch verwandeln, und der trügerische Zauber wäre dahin.

„Verdammt, ist das kalt", schnaufte de Raaf hinter ihm.

Simon hielt es nicht für nötig, darauf etwas zu erwidern. Sie bogen auf den Pfad ein, der in den Park führte. Still und unberührt lag die winterliche Landschaft da. Noch keine Menschenseele hatte im jungfräulichen Schnee Spuren hinterlassen.

„Sind seine Sekundanten da?", fragte de Raaf in die Stille hinein.

„Sollten sie sein."

„Du musst das nicht tun. Was immer ..."

„Genug." Ärgerlich sah Simon sich um. „Lass es gut sein, Edward. Dazu ist es jetzt zu spät."

De Raaf runzelte finster die Stirn.

Simon zögerte kurz. „Sollte ich getötet werden, kümmerst du dich doch um Lucy, oder?"

„Verdammt ..." De Raaf verkniff sich, was er hatte sagen wollen, und sah seinen Freund wütend an. „Natürlich."

„Danke. Sie ist bei ihrem Vater in Kent. Auf meinem Schreibtisch findest du ihre Anschrift und einen Brief. Ich wüsste es zu schätzen, wenn du ihr den Brief zukommen lassen könntest."

„Was, zum Teufel, will sie in Kent?"

„Ihr Leben in Ordnung bringen – hoffe ich." Simon verzog wehmütig den Mund. Lucy. Würde sie um ihn trauern? Würde sie sich in tristes Schwarz hüllen und bittere Tränen weinen? Oder würde sie ihn schon bald vergessen und Trost in den Armen des Pfarrers finden? Überrascht stellte er fest, dass er noch immer Eifersucht empfand.

Lucy, meine Lucy.

Zwei Laternen schienen vor ihnen auf. Bloße Figuren in einem Trauerspiel waren sie, das unvermeidlich seinen Lauf nahm. Der junge Mann, den er vor ein paar Tagen noch für seinen Freund gehalten hatte, die Männer, die zusehen würden, wie er tötete oder getötet wurde, der Arzt, der einen von ihnen bald für tot erklären würde.

Simon vergewisserte sich kurz seines Degens, dann ließ er sein Pferd antraben. „Da wären wir."

„Mylady." In Newtons Miene deutete sich ein erleichtertes Lächeln an, ehe er sich fing und so hastig verbeugte, dass ihm die befranste Quaste seiner Schlafmütze in die Augen baumelte. „Sie sind zurückgekehrt."

„Natürlich." Lucy streifte ihre Kapuze zurück und trat ins Haus. Gütiger Himmel, wusste etwa das gesamte Personal über ihre Angelegenheiten Bescheid? Dumme Frage. Natürlich wussten sie Bescheid. Und aus Newtons kurz durchscheinender Überraschung zu schließen, hatten sie wohl nicht damit gerechnet, dass sie zu Simon zurückkehren werde. Lucy straffte die Schultern. Nun, diesen Gedanken sollten sie sich mal schnell aus dem Kopf schlagen. „Ist er da?"

„Nein, Mylady. Seine Lordschaft hat vor einer halben Stunde das Haus verlassen."

Lucy nickte und versuchte, sich ihre Enttäuschung nicht anmerken zu lassen. So knapp hatte sie ihn also verfehlt. Beinah hätte sie ihn noch angetroffen, ehe er diese unsinnige Sache in Angriff nahm. Zumindest Glück hätte sie ihm wünschen wollen. „Ich werde im Arbeitszimmer auf ihn warten."

Sie legte das in blaues Leder gebundene Buch, das sie bei sich trug, auf einen der Tische in der Eingangshalle – neben ein etwas ramponiert aussehendes, in braunes Papier eingewickeltes Paket.

„Mylady.“ Newton verneigte sich. „Dürfte ich Ihnen frohe Weihnachten wünschen?“

„Oh, danke.“ Spät war sie von Kent aufgebrochen und Papas Einwänden zum Trotz auch die Nacht durchgefahren. Inmitten all der Aufregung hatte sie ganz vergessen, was heute für ein Tag war. „Ihnen auch frohe Weihnachten, Newton.“

Wieder verneigte sich Newton, dann entfernte er sich lautlos in seinen orientalischen Pantoffeln. Lucy nahm sich einen Kerzenleuchter vom Tisch und ging zu Simons Arbeitszimmer. Als sie einen der Sessel am Kamin ansteuerte, fiel der Kerzenschein auf zwei kleine Stiche in der Ecke, die ihr zuvor nie aufgefallen waren. Neugierig trat sie näher.

Der erste war eine botanische Darstellung – eine Rose, die in voller Blüte stand, die kolorierten Blütenblätter schamlos weit geöffnet. Darunter sämtliche Bestandteile der Blüte einzeln aufgeführt und feinsäuberlich beschriftet, als könne dem üppigen Blühen darüber auf diese Weise etwas Anstand verliehen werden.

Der zweite Druck war älteren Datums, gewiss schon hundert Jahre alt – vielleicht hatte er mal zu einer Serie von Bibelillustrationen gehört. Er zeigte die Geschichte von Kain und Abel. Lucy hielt die Kerze hoch, um sich das kleine Bild genauer anzusehen. Kains Augen waren weit aufgerissen, und seine Muskeln traten kräftig hervor, als er mit seinem Bruder kämpfte. Abels Miene hingegen war ruhig, fast sorglos, als sein Bruder ihn umbrachte.

Schaudernd wandte sie sich ab. Schrecklich, hier so auf ihn warten zu müssen. Sie hatte nicht gewusst, was er tat, aber nun … Doch sie hatte sich geschworen, nicht mit ihm zu streiten, auch wenn ihr zuwider war, was er tat, auch wenn er einen Freund töten würde, auch wenn sie um sein Leben bangte. Wenn er zurückkam, wollte sie ihn willkommen heißen, wie es sich für eine liebende Gattin gehörte. Sie würde ihm ein Glas Wein bringen, ihm die Schultern massieren und ihm versprechen, dass sie für immer bei ihm bliebe – ob er sich nun duellierte oder nicht.

Lucy schüttelte sich. An das Duell sollte sie besser gar keinen Gedanken verschwenden. Sie stellte den Kerzenleuchter auf dem Schreibtisch ab und trat an eines der Bücherregale. Vielleicht fand sie ja etwas, das sie ein wenig ablenkte. Sie neigte den Kopf und überflog die Buchrücken. Gartenbau, Ackerbau, Rosen, noch mehr Rosen, dazwischen eine kurze Abhandlung über die Fechtkunst. Schließlich entschied sie sich für einen großen Band über Rosenzucht, zog ihn aus dem Regal und legte ihn auf den Schreibtisch. Gerade als sie das Buch aufschlagen wollte, fiel ihr Blick auf einen Brief, der auf dem Schreibtisch lag. Lucy beugte sich vor und neigte neugierig den Kopf zur Seite.

Ihr Name stand darauf geschrieben.

Reglos starrte sie auf das Papier, den Hals noch immer ganz verrenkt, dann richtete sie sich auf und ging um den Schreibtisch herum. Kurz zögerte sie, dann nahm sie den Brief zur Hand, riss ihn auf und las:

Mein liebster Engel,
hätte ich geahnt, in welche Verzweiflung ich dich stürzen würde, hätte ich mein Bestes gegeben, dir an jenem nun schon so lang vergangenen Nachmittag nicht halbtot vor die Füße zu fallen. Aber dann hätte ich dich auch nicht kennengelernt – und schon ist er dahin, mein guter Vorsatz. Denn trotz des Kummers, den ich dir bereitet habe, bedauere ich es nicht, dich zu lieben, mein Engel. Wahrscheinlich bin ich ein herzloser Schuft, der immer nur an sich denkt, aber so ist es nun mal. Ich kann nicht ändern, was ich bin. Dir zu begegnen war das Wunderbarste, das mir je passiert ist. Näher als durch dich werde ich dem Himmel nie kommen, sei es hier auf Erden oder im Leben danach, und das kann ich nicht bedauern, selbst wenn es dich einiges an Tränen gekostet hat.

Und so gehe ich ins Grab, ohne meine Sünden zu bereuen. Jemanden wie mich muss man nicht betrauern,

Liebste. Ich hoffe, dass du dein Leben in Maiden Hill wieder aufnehmen, vielleicht diesen netten, gut aussehenden Pfarrer heiraten kannst. De Raaf wird sich um meinen Nachlass kümmern und auch um dich, solange du seiner Hilfe bedarfst.

Dein dich liebender Mann Simon

Lucys Hände bebten so sehr, dass das Blatt Papier wilde Schatten an die Wand warf. Fast hätte sie übersehen, dass dem Brief noch ein Postskriptum angefügt war:

PS: Doch, eines gibt es, das ich sehr bedauere. Ich würde dich gerne noch einmal in meinen Armen gehalten und dich geliebt haben. Oder auch drei Mal.

Sie lachte, schrill und schrecklich, und starrte blind vor Tränen auf den Brief. Das sah Simon ähnlich, sogar dann noch anzügliche Scherze zu machen, wenn er einen Abschiedsbrief schrieb. Denn nichts anderes war dieser Brief: ein letztes Lebewohl, sollte er das Duell nicht überleben. Hatte er vor seinen anderen Duellen auch solche Briefe geschrieben? Sie würde es wohl nie erfahren, dürfte er sie doch jedes Mal gleich nach seiner Rückkehr vernichtet haben.

Oh, wie sehr sie wünschte, sein Arbeitszimmer niemals betreten zu haben!

Lucy legte den Brief wieder auf den Schreibtisch, schnappte sich den Kerzenleuchter und eilte zur Tür. Simons Worte gelesen zu haben machte das Warten nur noch unerträglicher. Fast war es ihr, als wäre er schon tot. Dabei war es doch einfach nur ein Duell, versuchte sie sich zu beruhigen. Und wie viele hatte er schon gefochten? Drei? Fünf? Sie wusste es ehrlich gesagt nicht. Bislang hatte er zumindest jedes Duell gewonnen. Blutbesudelt war er zurückgekehrt, aber am Leben. *Am Leben.* Jeder Streit könnte geschlichtet, jedes Problem gelöst werden, wenn er nur am Leben blieb und zu ihr zurückkehrte. Als

Lucy aufsah, merkte sie, dass sie den Weg zum Wintergarten eingeschlagen hatte. Sie legte die Hand auf die Tür, spürte das Holz, so fest und tröstend. Vielleicht würde sie sich beruhigen, wenn sie ein wenig inmitten der Pflanzen umherschlenderte …

Als sie die Tür aufstieß, erstarrte sie. Überall glitzerten Glasscherben.

Simons Wintergarten lag in Trümmern.

„Wenn Sie gestatten, Mylord", sagte einer von Christians Sekundanten. Der Mann war jung und schmalbrüstig. Aus seinem Rock ragten Handgelenke so zart wie die eines Mädchens, seine Hände waren fein und schmal. Er blinzelte nervös im Licht der Laterne und wäre fast zurückgezuckt, als Simon sich zu ihm umdrehte.

Fantastisch. Ein Junge, der kaum alt genug war, sich zu rasieren, würde über seinen Tod wachen. „Ja, ja", murmelte Simon ungeduldig. Er riss sein Hemd auf, ein Knopf sprang ab und versank im Schnee. Er machte sich nicht die Mühe, ihn aufzuheben.

Eingehend musterte der Sekundant seine Brust. Wahrscheinlich wollte er sich vergewissern, dass Simon kein Kettenhemd trug.

„Gut, fangen wir an", meinte Simon und ruderte mit den Armen, um sich warm zu halten. Aber es hatte wenig Sinn, Rock und Weste wieder anzuziehen. Bald würde ihm so warm sein, dass ihm sogar in Hemdsärmeln der Schweiß ausbräche.

Ein paar Schritte weiter sah er de Raaf Christians Degen begutachten und ihn dem jungen Mann schließlich mit einem kurzen Nicken zurückgeben. Christian kam auf Simon zu. Simon betrachtete ihn prüfend. Christians Gesicht war blass, doch gefasst, sein rotes Haar wie eine dunkle Flamme. Groß war er, groß und gut aussehend. Seine Wangen waren glatt, seine Stirn frei von Falten. Vor Monaten erst war Christian bei Angelo genau so auf ihn zugekommen. Nachdem Simons Trainingspartner nicht aufgetaucht war, hatte Angelo ihm stattdessen den Jungen zugeteilt. Damals hatte seine Miene noch Neugier und Nervosität erkennen lassen, nun war sie völlig reglos. Er hatte in den wenigen Monaten viel dazugelernt.

„Bereit?“ Auch Christians Stimme war ausdruckslos.

Der schmächtige Sekundant huschte herbei und gab Simon seinen Degen zurück. „Sollen wir warten, bis es heller ist? Die Sonne ist noch nicht mal aufgegangen.“

„Nein.“ Simon nahm seinen Degen und deutete mit der Spitze auf die Laternen. „Stellt die zu beiden Seiten von uns auf. Das sollte reichen.“

Schweigend sah er zu, wie de Raaf und die anderen Sekundanten seinen Anweisungen folgten.

Simon beugte die Knie und hob die linke Hand hinter den Kopf. Er fing de Raafs Blick auf. „Denk an Lucy.“

De Raaf nickte düster.

Dann wandte Simon sich seinem Gegner zu. „Bereit.“

„*Allez!*“

Christian bewegte sich so hurtig wie ein junger beutehungriger Fuchs. Gerade noch rechtzeitig brachte Simon den Degen in Stellung. Er fluchte leise, parierte den Hieb und wich zurück. Sein hinterer Fuß glitt im Schnee aus. Er unterlief die Deckung seines Gegners, erwischte ihn fast an der Seite, doch Christian war zu flink. Die Klingen klirrten, als der junge Mann seinen Angriff abwehrte. Laut hörte Simon seinen eigenen Atem in den Ohren rauschen. Bei jedem Atemzug schnitt ihm die kalte Luft in die Lungen. Keuchend parierte er eine weitere Attacke. Christian bewegte sich kraftvoll und wendig wie ein erfahrener Fechtmeister. Simon grinste.

„Dich amüsiert das?“, stieß der junge Mann keuchend hervor.

„Nein“, sagte Simon und hustete, als ihm die kalte Luft zu tief in die Lungen fuhr. Und schon wurde er von einer wahren Kaskade von Hieben zurückgetrieben. „Ich bewundere nur, wie gut du in Form bist.“ Sein Handgelenk schmerzte, und der Muskel am Oberarm begann höllisch zu brennen, aber dennoch galt es, eine gute Figur zu machen und den Gegner ein wenig zu irritieren.

Christian schaute ihn argwöhnisch an.

„Nein, wirklich. Du hast dich geradezu sensationell verbessert“, meinte Simon lächelnd und attackierte.

Christian wich geschickt aus, dennoch streifte Simons Degenspitze seine Wange und hinterließ eine feine blutrote Linie. Nun lächelte Simon erst recht. Er hätte nicht gedacht, einen Treffer zu landen.

„Blut!“, rief Christians Sekundant.

De Raaf schwieg grimmig. Die beiden Duellanten schenkten ihnen ohnehin keine Beachtung.

„Mistkerl“, zischte der junge Mann.

„Kleine Erinnerung an mich“, meinte Simon achselzuckend.

Christian zielte auf seine Flanke.

Als Simon sich beiseitedrehte, rutschte er wieder aus auf dem vereisten Schnee. „Würdest du Lucy etwas getan haben?“

Leichtfüßig sprang Christian zur Seite. Blut rann ihm die Wange hinab, besudelte seinen weißen Kragen, doch seine Bewegungen waren unvermindert sicher und anmutig. „Würdest du meinen Vater getötet haben?“

„Vielleicht.“

Der junge Mann ging nicht weiter auf die Antwort ein und fingierte einen tiefen Hieb. Simon senkte den Degen, doch zu spät – er spürte ein höllisches Brennen an der Stirn.

„Verdammt!“ Simon riss den Kopf zurück. Blut rann ihm ins rechte Auge, nahm ihm die Sicht. Er blinzelte, sein Auge brannte. Er hörte de Raaf leise, doch herzhaft fluchen.

„Kleine Erinnerung meinerseits“, parierte Christian ohne auch nur die Andeutung eines Lächelns.

„Viel Zeit wird mir nicht bleiben, mich deiner zu erinnern.“

Ungläubig sah Christian drein, dann griff er an. Simon fing den Hieb ab. Einen kurzen Augenblick lang waren sie ineinander verkeilt, kamen weder vor noch zurück. Christian stemmte sich gegen ihn, Simon hielt mit der Schulter dagegen. Dann – *unglaublich, aber wahr* – ließ Simons Kraft langsam nach. Mit einem metallischen Kreischen bewegte sich die Spitze des Degens auf ihn zu. De Raaf stieß einen heiseren Schrei aus. Dann drang die Degenspitze hoch über der rechten Brust in Simons Schulter. Er keuchte, als er den Stahl sein Schlüsselbein streifen spürte, spürte den Ruck, als die Klinge gegen das Schulterblatt stieß. Er hob seinen eigenen Degen und sah, wie Christians Augen sich vor Schreck weiteten, als ihm die Gefahr bewusst wurde. Der junge Mann sprang zurück, und das Heft seines Degens glitt ihm aus der Hand. Simon fluchte, als die in seiner Schulter stakende Klinge sich nach unten bog, jedoch fest in seinem Fleisch verharrte.

Seine Zeit war noch nicht gekommen.

Simon versuchte, den rasenden Schmerz zu vergessen, und hieb auf Christian ein, um ihm den Zugriff auf seine Waffe zu verwehren. Gütiger Gott, wahrscheinlich sah er wie eine kaputte Marionette aus, der ein Stab aus der Schulter ragte. Eine unwürdige Art zu sterben. Entsetzt schaute sein Gegner ihn an, außer Reichweite, doch unbewaffnet. Der Degen bog sich nach unten, zerrte an seinen Muskeln. Simon versuchte, das Heft zu fassen. Es gelang ihm auch, doch schaffte er es nicht, sich die Klinge aus dem Körper zu ziehen. Sein Hemd war blutgetränkt und wurde mit jedem Augenblick, der verstrich, klammer und kälter. Christians Sekundant stand starr vor Entsetzen im blutbesudelten, zertretenen Schnee. Christian selbst schien ratlos. Simon konnte das Dilemma nachvollziehen, in dem der junge Mann sich befand. Wollte er das Duell gewinnen, müsste Christian seinen Degen aus Simons Schulter ziehen. Um an seinen Degen zu gelangen, müsste er sich indes erst unbewaffnet Simons Waffe stellen. Doch was konnte Simon schon groß ausrichten, während ihm dieses verdammte Ding in der Schulter steckte? Herausziehen konnte er es nicht, und kämpfen konnte er auch nicht, solange es ihm hinderlich vor der Brust baumelte.

Impasse.

De Raaf hatte bislang geschwiegen, doch nun sprach er, laut und deutlich. „Vorbei."

„Nein", zischte Simon, ohne den Blick von seinem Gegner zu nehmen. „Los, hol ihn dir."

Christian musterte ihn argwöhnisch – und daran tat er wahrlich gut.

Doch de Raaf versuchte es unverdrossen weiter. „Er war Ihr Freund", appellierte er nun an Christian. „Sie könnten jetzt aufhören, Fletcher."

Aber Christian schüttelte den Kopf. Simon wischte sich das Blut aus dem Auge und lächelte. Er würde heute sterben, das wusste er. Welchen Sinn hatte es auch, ohne Lucy zu leben? Aber er würde einen ehrenvollen Tod sterben. Und der Junge sollte sich seinen Sieg ordentlich verdienen. Trotz des Bluts, das sein Hemd tränkte, trotz des brennenden Schmerzes in seiner Schulter, trotz der unsäglichen Erschöpfung, die seine Seele befallen hatte, wollte er richtig kämpfen. Und richtig sterben.

„Los, hol ihn dir", wiederholte er leise.

20. KAPITEL

Das Kerzenlicht schien auf den Boden des Wintergartens. Glasscherben funkelten wie ein Teppich aus Diamanten. Einen Moment lang starrte Lucy verblüfft darauf, dann bemerkte sie die Kälte. Sie schaute auf. Wo einst das gläserne Dach gewesen war, pfiff nun der eisige Winterwind herein, ließ die Kerzenflammen flackern und beinah verlöschen. Jede Scheibe war geborsten, darüber der tief hängende Nachthimmel mit dem ersten grauen Schimmer des dräuenden Tages.

Wer …?

Nach dem ersten Schreck wagte sie sich weiter vor. Wie benommen setzte sie einen Fuß vor den anderen. Glas knirschte unter ihren Stiefeln, zerbrach auf dem gepflasterten Pfad, der in den Wintergarten führte. Auf den Arbeitstischen lagen umgeworfene Tontöpfe, aus denen sich dunkle Erde ergoss. Alles lag in Scherben, als wäre eine große, wütende Welle darüber hinweggefegt. Stolpernd lief Lucy weiter, schlitterte auf den Scherben unter ihren Füßen. Entwurzelte Rosen und abgefallene Blüten lagen auf dem Boden verstreut. In einer zerbrochenen Glasscheibe war ein Wurzelballen hängen geblieben. Rote und rosa Blütenblätter flatterten im Wind. Ihr vertrauter Duft hatte sich längst verflüchtigt. Als Lucy eine der Blüten berührte, schmolz und welkte sie unter der Wärme ihrer Hand. Sie war erfroren. Der bittere Frost war eingelassen worden, um das Werk der Vernichtung zu vollenden. Tot. Alle Rosen waren tot.

Oh Gott.

In der Mitte des Wintergartens blieb Lucy stehen. Nur ein eisernes Gerippe, an dem noch hie und da einzelne Glassplitter in die Luft ragten, war von der gläsernen Kuppel geblieben. Die marmorne Umfassung des Springbrunnens war ebenfalls gebrochen und sah aus, als hätte jemand mit einem riesigen Hammer darauf eingeschlagen. Das Wasserspiel inmitten des Brunnens war zu Eis erstarrt. Durch einen Riss im Becken war Wasser geflossen und auf dem Boden des Wintergartens zu einem spiegelglatten See gefroren. Glassplitter funkelten unter dem Eis. Es war ein schaurig schöner Anblick.

Lucy taumelte vor Entsetzen. Der Wind heulte durch den Wintergarten und blies alle Kerzen aus – bis auf eine, die ein klägliches Licht auf den Ort der Zerstörung warf. Simon musste das getan haben. Er hatte seinen Wintergarten zerstört. *Aber warum?* Sie sank auf die Knie, kauerte auf dem kalten Boden und barg die Kerzenflamme in den tauben Händen. Sie hatte doch gesehen, wie liebevoll Simon seine Pflanzen gehegt und gepflegt hatte. Noch genau erinnerte sie sich daran, wie stolz er gewesen war, als sie die Glaskuppel und den Brunnen bewundert hatte. Und nun hatte er all das …

Er musste alle Hoffnung verloren haben. *Alle Hoffnung.*

Sie hatte ihn verlassen, obwohl sie ihm beim Gedenken an ihre Mutter versprochen hatte, immer bei ihm zu bleiben. Er liebte sie, und sie hatte ihn verlassen. Ein verzweifeltes Schluchzen stieg in ihr auf. Wie wollte er das Duell gewinnen, wenn er keinerlei Hoffnung mehr hatte? Würde er überhaupt gewinnen wollen? Wenn sie wüsste, wo das Duell stattfand, könnte sie versuchen, ihn davon abzuhalten. Aber sie wusste es nicht. Es gab nichts, was sie tun konnte, erkannte sie voller Verzweiflung. Er würde kämpfen. Vielleicht war er bereits dort, duellierte sich in bitterkalter Finsternis. Und sie würde ihn nicht davon abhalten können. Sie konnte ihn nicht retten.

Es gab nichts, das sie tun konnte.

Suchend sah Lucy sich in dem verwüsteten Wintergarten um, fand indes keine Antworten auf ihre Fragen. Oh Gott, er würde sterben. Sie würde ihn verlieren, ohne noch einmal Gelegenheit gehabt zu haben, ihm zu sagen, wie viel er ihr bedeutete. Wie sehr sie ihn liebte. Simon. Allein im dunklen, zerstörten Wintergarten, fing sie an zu weinen. Die Kälte und ihr

Schluchzen ließen sie am ganzen Leib erbeben, und schließlich musste sie sich eingestehen, was sie stets vor ihrem Herzen zu verheimlichen versucht hatte. Sie liebte ihn.

Sie liebte Simon.

Ihre letzte Kerze flackerte und erlosch. Lucy rang nach Atem, schlang die Arme um sich und kauerte sich in ihrem untröstlichen Kummer zusammen. Sie hob den Blick gen Himmel, von dem stille, geisterhafte Schneeflocken fielen und ihr auf Lippen und Lidern schmolzen.

Ein neuer Tag war angebrochen.

Ein neuer Tag brach an. Die Gesichter der Männer waren nicht länger im Dunkel verborgen. Das erste Licht des Tages strich über den Rasen. Simon sah die Verzweiflung in Christians Augen, als er wie rasend vorstieß, die Zähne zusammengebissen und gebleckt. Das rote Haar klebte ihm schweißnass an den Schläfen. Christian packte den Degen, der in Simons Schulter stak, und riss daran. Simon keuchte vor Schmerz, als die Klinge weiter in sein Fleisch schnitt. Blutrote Tropfen sickerten in den Schnee zu seinen Füßen. Er hob seinen Degen und hieb blind auf seinen Gegner ein, rasend vor Zorn und Verzweiflung. Christian duckte sich zur Seite weg. Fast wäre ihm der Griff seines Degens wieder entglitten. Abermals hieb Simon los, spürte, wie die Klinge traf. Blut spritzte zu Boden, eine feine rote Spur, die indes rasch von hektischen Füßen zertrampelt wurde, sich mit Simons Blut mischte, bis alles ein grauenvoller Matsch war.

„Herrgott“, stöhnte Christian.

Sein Atem streifte Simons Gesicht. Er stank nach Angst. Sein Gesicht war blass und blutrot, das verschmierte Blut auf der linken Wange nur wenig dunkler als die Sommersprossen darunter. *Und so jung*. Plötzlich wurde Simon von dem aberwitzigen Wunsch überkommen, sich zu entschuldigen. Ihn fröstelte. Sein blutgetränktes Hemd gefror in der Kälte. Es hatte wieder zu schneien begonnen. Über Christians Kopf hinweg sah er zum Himmel auf und dachte, wie ärgerlich – an einem strahlenden Tag wollte ich sterben, nicht an einem so trüb verhangenen wie diesem.

Christian schluchzte heiser.

„Aufhören!"

Der Schrei war hinter ihm erklungen. Simon beachtete ihn nicht und hob seinen Degen ein letztes Mal.

Doch dann war de Raaf bei ihm, seinerseits den Degen gezückt. „Hör auf, Simon." Entschieden hieb er seine Klinge zwischen die beiden Kontrahenten.

„Was soll das?", keuchte Simon. Ihm schwindelte, und er konnte sich nur noch mit Mühe auf den Beinen halten.

„Aufhören, um Gottes willen!"

„Tu, was er sagt", knurrte de Raaf finster.

Christian stand vor Schreck erstarrt. „*Vater.*"

Mühsam humpelte Sir Rupert durch den Schnee, sein Gesicht fast ebenso bleich wie das seines Sohnes. „Töten Sie ihn nicht, Iddesleigh. Ich tue, was immer Sie wollen, aber verschonen Sie meinen Jungen."

Was sollte das? Ein fauler Trick? Simon schaute in Christians überraschtes Gesicht. Nun, zumindest der Sohn schien von nichts zu wissen.

Schweigend mühte Sir Rupert sich weiter, sparte sich seinen Atem für jeden Schritt auf.

„Verdammt. Wie kannst du nur so herumlaufen?" De Raaf stützte sich mit einer Hand an Simons Schulter ab und zog mit der anderen den Degen heraus.

Simon konnte nicht anders – er stöhnte vor Schmerz. Kurz wurde ihm schwarz vor Augen. Er blinzelte heftig. Jetzt bloß nicht ohnmächtig werden. Undeutlich nahm er wahr, dass ihm reichlich Blut aus der Wunde an der Schulter strömte.

„Verdammt", brummelte de Raaf. „Du blutest wie ein abgestochenes Schwein." Dann öffnete er die Tasche, die er bei sich trug, holte Leintücher und Verbandszeug heraus und stopfte alles recht wahllos in die Wunde.

Gott verdammt! Der Schmerz war kaum auszuhalten. „Hast du keinen Arzt auftreiben können?“, stieß Simon zwischen den Zähnen hervor.

„Konnte keinen finden, dem ich vertrauen würde“, meinte de Raaf achselzuckend. Im nächsten Moment drückte er die Tücher fest auf die Wunde.

„Autsch“, zischte Simon. „*Gott verdammt.* Muss ich mich also von dir verarzten lassen.“

„Ja. Willst du mir nicht danken?“

„Danke“, schnaubte Simon und sah zu Sir Rupert hinüber. Er versuchte, keine Miene zu verziehen, während de Raaf sich seiner durchbohrten Schulter widmete. „Was wollen Sie tun?“

„Vater“, kam es von Christian.

Sir Rupert schnitt ihm mit knapper Geste das Wort ab. „Ich gebe zu, dass ich den Tod Ihres Bruders zu verantworten habe.“

„Den *Mord* an meinem Bruder“, knurrte Simon. Sogleich fasste er seinen Degen fester, obgleich de Raaf noch immer zwischen ihm und seinem Gegner stand und jeden Angriff unmöglich machte. De Raaf wählte genau diesen Moment, um ihm die andere Hand auf den Rücken zu legen und kräftig gegen seine Schulter zu drücken. Simon verbiss sich einen herzhaften Fluch.

De Raaf schien zufrieden. „Keine Ursache.“

Sir Rupert nickte. „Den Mord an Ihrem Bruder. Es war meine Schuld. Bestrafen Sie mich, nicht meinen Sohn.“

„Nein!“, schrie Christian. Als er vorsprang, sah Simon, dass er ebenso humpelte wie sein Vater.

Unterhalb des Knies war das Bein des jungen Mannes blutverschmiert. Treffer, dachte Simon. „Ihren Sohn zu töten wäre vielleicht die beste Strafe für Sie“, sagte er.

De Raaf hob die Brauen, was indes nur Simon sehen konnte.

„Christian zu töten hieße einem Unschuldigen das Leben zu nehmen“, erwiderte Sir Rupert. Beide Hände auf seinen Stock gestützt, lehnte er sich vor und ließ seinen Blick eindringlich auf Simon ruhen. „Sie haben noch nie einen Unschuldigen getötet."

„Im Gegensatz zu Ihnen."

„Im Gegensatz zu mir."

Einen Moment lang herrschte Schweigen. Lautlos fiel der Schnee auf sie herab. Simon betrachtete den Mörder seines Bruders. Der Mann gab alles zu – schien fast stolz darauf zu sein, Ethans Tod so geschickt eingefädelt zu haben. Simon spürte Hass in sich aufsteigen, der seinen Verstand zu überwältigen drohte. Doch sosehr er Sir Rupert auch verabscheuen mochte, der Mann hatte recht. Simon hatte noch nie einen unschuldigen Menschen getötet.

„Woran dachten Sie?", fragte Simon schließlich.

Sir Rupert holte tief Luft. Wahrscheinlich glaubte er, einen kleinen Sieg errungen zu haben. Und das hatte er auch. „Ich werde Sie für den Tod Ihres Bruders angemessen entschädigen. Ich werde mein Haus in London verkaufen."

„Was?", platzte Christian heraus. Geschmolzene Schneeflocken hingen ihm wie Tränen an den Wimpern.

Doch Simon schüttelte bereits den Kopf. „Das genügt mir nicht."

Sein Vater schenkte Christian keine Beachtung, sondern war ganz darauf konzentriert, Simon zu überzeugen. „Meinetwegen auch unsere Landsitze ..."

„Und was ist mit Mutter und meinen Schwestern?" Als sein schmalbrüstiger Freund zu ihm trat und die Wunde an seinem Bein begutachten wollte, winkte Christian ihn ungeduldig beiseite.

Sir Rupert zuckte die Schultern. „Was soll mit ihnen sein?"

„Sie können doch gar nichts dafür", ereiferte sich sein Sohn. „Mutter liebt London. Und was soll aus Julia, Sarah und Becca werden? Wollen Sie sie zu Bettlern machen? Ihnen alle Möglichkeit nehmen, jemals eine gute Partie zu machen?"

„Herrgott!", brüllte Sir Rupert. „Sie sind *Frauen* – so ist das nun mal. Was soll ich deiner Ansicht nach denn sonst tun?"

„Sie würden ihre Zukunft opfern – ihr Glück –, nur damit ich mich nicht mit Simon duelliere?“, fragte Christian ungläubig.

„Du bist mein einziger Erbe.“ Sir Rupert streckte seine zittrige Hand nach ihm aus. „Das allein zählt. Ich kann dein Leben nicht aufs Spiel setzen.“

„Ich verstehe Sie nicht.“ Christian wich vor seinem Vater zurück, dann keuchte er vor Schmerz und taumelte. Sein Sekundant eilte herbei, um ihn zu stützen.

„Einerlei“, unterbrach Simon den Streit. „Sie können mich ohnehin nicht für den Tod meines Bruders entschädigen. Sein Leben ist unbezahlbar.“

„Zum Teufel mit Ihnen!“, fluchte Sir Rupert und zog einen Degen aus seinem Gehstock. „Wollen Sie sich also mit einem Krüppel duellieren?“

„Nein!“, schrie Christian und riss sich von seinem Sekundanten los.

Beschwichtigend hob Simon die Hand und hielt den jungen Mann zurück. „Nein, ich will mich nicht mit Ihnen duellieren. Mir ist die Lust auf Blut vergangen.“

Schon seit geraumer Zeit, wenn er ehrlich war. Gefallen hatte ihm nie, was er hatte tun müssen, doch nun war ihm auf einmal klar: Er konnte Christian nicht töten. Er dachte an Lucys schöne bernsteinbraune Augen, die so ernst und ehrlich blickten. Fast musste er lächeln. Nein, er konnte Christian nicht töten, weil er Lucy damit enttäuschen würde. Ein geringfügig scheinender Grund, der doch alles entscheidend war.

Sir Rupert ließ seinen Degen sinken. Ein Schmunzeln huschte über seine Lippen. Wahrscheinlich glaubte er, gewonnen zu haben.

„Stattdessen“, fuhr Simon fort, „werden Sie England verlassen.“

„Was?“ Schlagartig verging dem alten Mann das Grinsen.

Fragend hob Simon eine Braue. „Oder wäre Ihnen etwa ein Duell lieber?“

Sir Rupert wollte etwas erwidern, doch sein Sohn kam ihm zuvor. „Nein, wäre es nicht."

Simon schaute seinen einstigen Freund an. Christians Gesicht war so weiß wie der Schnee, der um sie her fiel, doch er stand aufrecht und erhobenen Hauptes da. Simon nickte. „Du nimmst die Verbannung deiner Familie aus England an?"

„Ja."

„Was?", empörte sich Sir Rupert.

Brüsk wandte Christian sich nach seinem Vater um. „Er hat Ihnen – *uns* – einen ehrbaren Ausweg angeboten, ohne Blutvergießen und ohne Vermögensverlust."

„Aber wohin sollen wir denn gehen?"

„Nach Amerika." Der junge Mann wandte sich wieder Simon zu. „Wärst du damit einverstanden?"

„Ja."

„Christian!"

Christian überging den Zwischenruf seines Vaters und hielt den Blick auf Simon gerichtet. „Ich kümmere mich darum. Darauf hast du mein Wort."

„Schön", sagte Simon.

Einen Moment lang sahen die beiden Männer einander schweigend an. Simon meinte eine kurze Gefühlsregung – Bedauern? – in den Augen des anderen aufscheinen zu sehen. Zum ersten Mal fiel ihm auf, dass Christians Augen dieselbe Farbe hatten wie Lucys. *Lucy*. Sie war aus seinem Leben verschwunden. Das machte schon zwei Menschen, die er in ebenso vielen Tagen verloren hatte.

Dann straffte Christian die Schultern. „Hier", sagte er und streckte die Hand aus. Darauf lag Iddesleighs Siegelring.

Simon nahm ihn und steckte den Ring auf seinen rechten Zeigefinger. „Danke."

Christian nickte. Er zögerte noch einen Moment, schaute Simon an, als wolle er noch etwas sagen, bevor er ohne ein weiteres Wort davonhumpelte.

Sir Rupert runzelte die Stirn. Tiefe weiße Falten standen

ihm zwischen den Brauen. „Meine Verbannung gegen Christians Leben?", vergewisserte er sich.

„Ja." Simon nickte knapp und presste die Lippen fest zusammen. Er konnte sich kaum noch auf den Beinen halten. Aber ein paar Sekunden musste er noch durchhalten, mehr brauchte er nicht. „Ihnen bleiben dreißig Tage."

„Dreißig Tage! Aber …"

„Das ist mein letztes Angebot. Sollte sich nach dreißig Tagen noch jemand von Ihrer Familie in England aufhalten, werde ich Ihren Sohn abermals herausfordern." Simon wartete die Antwort nicht ab, stand die Niederlage seinem Gegner doch deutlich im Gesicht geschrieben. Er wandte sich ab und ging zu seinem Pferd.

„Wir müssen dich schleunigst zu einem Arzt bekommen", brummelte de Raaf hinter ihm.

„Damit er mich zur Ader lassen kann?" Fast hätte Simon gelacht. „Nein, danke. Ein Verband dürfte genügen. Und das kann mein Kammerdiener machen."

De Raaf schnaubte. „Kannst du wenigstens reiten?"

„Natürlich." Das sagte sich so leicht dahin, aber Simon war doch ziemlich erleichtert, als er sich endlich in den Sattel gehievt hatte. De Raaf warf ihm einen ziemlich wütenden Blick zu, aber Simon übersah ihn einfach und machte sich auf den Heimweg. Wenngleich sein Haus längst kein Heim mehr war, denn ohne Lucy war es einfach nur … ein Haus. Ein Ort, an dem er seine Schuhe, Westen und Krawattentücher aufbewahrte, mehr aber auch nicht.

„Soll ich dich begleiten?", fragte de Raaf.

Simon verzog das Gesicht. Obwohl er sein Pferd langsam im Schritt laufen ließ, peinigte das Reiten seine Schulter doch sehr. „Nun ja, es wäre gewiss schön, wenn jemand mich auffinge, sollte ich unterwegs anmutig aus dem Sattel gleiten."

„Und anmutig auf dem Arsch landen", spottete de Raaf. „Keine Ursache. Ich begleite dich bis nach Hause. Aber ich meinte eigentlich eher, ob ich mitkommen soll, wenn du deiner Frau nachstellst."

Unter Höllenschmerzen drehte Simon sich im Sattel um und schaute seinen Freund verständnislos an.

De Raaf hob fragend die Brauen. „Du wirst sie doch zurückholen, oder? Immerhin ist sie deine Frau."

Simon räusperte sich, um etwas Zeit zu gewinnen. Was sollte er sagen? Lucy war sehr, sehr wütend auf ihn. Gut möglich, dass sie ihm niemals verzeihen würde.

„Himmel Herrgott noch mal!", polterte de Raaf. „Jetzt sag bloß nicht, dass du sie einfach so gehen lassen willst."

„Das habe ich nicht gesagt", entgegnete Simon.

„Trübsinnig in deinem großen Haus herumschleichen ..."

„Ich bin nicht trübsinnig."

„Mit deinen Blümchen spielen und dabei einfach deine Frau weglaufen lassen."

„Ich ..."

„Zugegeben, du hast sie nicht verdient", sinnierte de Raaf. „Sie ist zu gut für dich. Aber dennoch – du solltest wenigstens versuchen, sie zurückzugewinnen. Das gehört sich so. Schon aus Prinzip."

„Schon gut, schon gut!", erwiderte Simon so aufgebracht, dass eine des Weges kommende Fischfrau ihn argwöhnisch musterte und die Straßenseite wechselte.

„Sehr gut", sagte de Raaf. „Und reiß dich zusammen. Ich wüsste nicht, wann ich dich jemals in einem so derangierten Zustand gesehen hätte. Ein Bad könnte dir auch nicht schaden."

Simon wollte etwas erwidern, aber es stimmte – er konnte wirklich ein Bad vertragen. Während er noch über eine treffliche Erwiderung nachsann, waren sie auch schon bei seinem Stadthaus angelangt. De Raaf sprang aus dem Sattel und half Simon vom Pferd herunter. Simon musste sich ein gequältes Stöhnen verkneifen. Seine rechte Hand fühlte sich bleiern an.

„Mylord!" Newton kam energisch die Treppe hinabgeeilt. Die Perücke hing ihm schief auf dem Kopf, sein kleines Bäuchlein wippte.

„Alles bestens“, murmelte Simon. „Nur ein kleiner Kratzer. Hat kaum geblutet …“

Zum ersten Mal erlaubte Newton es sich, seinen Herrn zu unterbrechen. „Die Viscountess ist zurückgekehrt.“

Sie hatte die Hände vor das Gesicht geschlagen. *Lieber Gott.* Ein heftiger Schauder durchfuhr sie. *Beschütze ihn.* Ihre Knie waren taub vor Kälte. *Ich brauche ihn.* Der Wind wehte kalt über ihre tränenfeuchten Wangen.

Ich liebe ihn.

Vom Ende des Ganges kam ein Geräusch. *Bitte, lieber Gott.* Schritte, langsame, stetige Schritte knirschten auf dem zerbrochenen Glas. Kam man, um es ihr zu sagen? *Nein, bitte nicht.* Sie kauerte sich zusammen, kauerte auf dem eisigen Boden, die Hände noch immer vor dem Gesicht. Sie wollte nichts sehen – weder den heraufziehenden Tag noch das Ende ihrer Welt.

„Lucy.“ Es war nur ein Flüstern, so leise, dass sie es eigentlich kaum hätte hören dürfen.

Aber sie hörte es. Sie ließ ihre Hände sinken und hob das Gesicht. Zögernd begann sie zu hoffen, wagte aber noch nicht, daran zu glauben. Noch nicht. Sein Haupt war bloß, sein Gesicht gespenstisch weiß, sein Hemd von Blut besudelt. Blut bedeckte auch die eine Hälfte seines Gesichts. Er hatte eine Wunde an der Stirn und hielt sich den Arm. Aber er lebte.

Er lebte.

„Simon.“

Hastig wischte sie sich die Tränen von den Wangen, damit er nicht sah, dass sie weinte, doch sie konnte gar nicht mehr aufhören zu weinen. „Simon.“

Schwankenden Schrittes eilte er zu ihr und fiel vor ihr auf die Knie.

„Ich … es tut mir leid …“, fing sie an, und da wurde ihr bewusst, dass sie über seine Worte hinwegsprach. „Was?“

„Bleib bei mir.“ Er packte sie bei den Schultern und hielt sie so fest, als könne er kaum glauben, dass sie es tatsächlich war.

„Bleib bei mir. Ich liebe dich. Ich liebe dich so sehr, Lucy. Ich kann nicht …“

Das Herz wollte ihr übergehen bei seinen Worten. „Es tut mir leid. Ich …“

„Ich kann nicht ohne dich leben“, sagte er, und seine Lippen streiften ihr Gesicht. „Ich habe es versucht, aber ohne dich gibt es kein Licht, nur Finsternis.“

„Ich werde dich nicht mehr verlassen.“

„Ich werde zu einem Geschöpf mit finsterer Seele …“

„Ich liebe dich, Simon …“

„Ohne jede Hoffnung auf Erlösung …“

„Ich liebe dich.“

„Du bist meine Rettung.“

„Ich liebe dich.“

Endlich schien er durch seine Bekenntnisse hindurch ihre Worte zu vernehmen. Er verstummte jäh und sah sie an. Dann umfasste er ihr Gesicht und küsste sie. Zärtlich bewegten seine Lippen sich auf den ihren, tröstend und verlangend. Sie schmeckte Tränen und Blut, doch es kümmerte sie nicht. Er lebte. Ihr Schluchzen verklang in seinem Mund, als er ihn über dem ihren öffnete. Doch sie konnte ihr Glück kaum fassen und schluchzte erneut, strich mit den Händen über seinen Kopf, spürte sein kurzes Haar ihre Handflächen kitzeln. Fast hätte sie ihn verloren.

Doch da fiel ihr etwas ein, und sie wich zurück. „Deine Schulter, deine Stirn …“

„Nicht weiter schlimm“, murmelte er an ihren Lippen. „Christian hat mich an der Schulter erwischt. Ein kleiner Kratzer, nichts weiter. Es ist schon verbunden.“

„Aber …“

Plötzlich hob er den Kopf, und als er sie ansah, schien ihr, als würden seine eisgrauen Augen schmelzen. „Ich habe ihn nicht getötet, Lucy. Wir haben uns duelliert, das wohl, aber wir haben aufgehört, ehe einer von uns den anderen töten konnte. Fletcher und seine Familie werden nach Amerika gehen und niemals zurückkommen."

Ungläubig sah sie ihn an. Er hatte seinen Gegner nicht getötet, immerhin. „Wird es weitere Duelle geben?"

„Nein, es ist vorbei." Fast verwundert horchte er seinen Worten hinterher. „Es ist vorbei."

Lucy legte ihre Hand auf seine kalte Wange. „Liebster."

„Es ist vorbei." Seine Stimme brach sich, und er senkte den Kopf, bis seine Stirn auf ihrer Schulter ruhte. „Es ist vorbei, und Ethan ist tot. Oh Gott, mein Bruder ist tot."

„Ich weiß." Sanft streichelte sie sein Haar und spürte, wie die Tränen, die er sie nicht sehen lassen wollte, ihn am ganzen Leib erbeben ließen.

„Er war so ein eingebildeter Esel, und ich habe ihn so sehr geliebt."

„Natürlich hast du das. Er war dein Bruder."

Simon stieß ein ersticktes Lachen aus und hob sein Gesicht von ihrer Schulter. „Mein Engel." Tränen standen ihm in den Augen.

Lucy fröstelte. „Es ist schrecklich kalt hier. Lass uns hineingehen und dich zu Bett bringen."

„Wie praktisch du doch bist." Mühsam versuchte er aufzustehen.

Lucy erhob sich mit steifen Gliedern, legte ihren Arm um ihn und half ihm auf. „Und diesmal bestehe ich auf einem Arzt. Selbst wenn ich ihn von seinem Weihnachtsfrühstück wegrufen lassen muss."

„Weihnachten." Simon hielt jäh inne und hätte sie fast mit sich zu Boden gerissen. „Ist schon Weihnachten?"

„Ja." Lucy lächelte. Wie verwirrt er aussah! „Wusstest du das etwa nicht? Schon gut. Ich erwarte kein Geschenk."

„Aber ich habe eins für dich. Und für Pocket auch", sagte Simon. „Ein Kriegsschiff mit Matrosen, Offizieren und schönen kleinen Kanonen. Ziemlich gut gemacht."

„Das kann ich mir vorstellen. Pocket wird begeistert sein, Rosalind entsetzt den Kopf schütteln, und wahrscheinlich ist genau das deine Absicht.“ Plötzlich riss Lucy die Augen weit auf. „Oh Gott, Simon!“

Besorgt runzelte er die Stirn. „Was?“

„Ich habe Pocket und Rosalind zum Weihnachtsessen eingeladen. Das hatte ich ganz vergessen.“ Entsetzt schaute Lucy ihn an. „Was sollen wir nun tun?“

„Wir sagen Newton und der Köchin Bescheid und überlassen ihnen alles Weitere.“ Er küsste sie auf die Stirn. „Rosalind gehört zur Familie. Sie wird das schon verstehen.“

„Schon möglich“, meinte Lucy. „Aber so dürfen sie dich auf keinen Fall sehen. Wir müssen dich erst vorzeigbar machen.“

„Ich komme jedem deiner Wünsche nach, mein Engel. Aber erst tu mir den Gefallen, mein Geschenk aufzumachen. Bitte.“ Er schloss die Tür des Wintergartens hinter ihnen und lief voraus in die Eingangshalle, wo sie vorhin das blaue Buch abgelegt hatte. „Ah, da ist es ja noch.“ Als er zurückkam, hatte er das etwas ramponiert aussehende Paket in der Hand und reichte es ihr mit einer Miene, die auf einmal ganz verunsichert wirkte.

Lucy runzelte die Stirn. „Willst du dich nicht wenigstens hinlegen?“

Schweigend hielt er ihr das Paket hin.

Sie musste lächeln. Wie sollte sie streng mit ihm sein, wenn er mit der sturen Ernsthaftigkeit eines Kindes vor ihr stand? „Was ist das?“ Sie nahm das Paket entgegen. Es war ziemlich schwer, weshalb sie an den Tisch trat, von dem er es genommen hatte, und es darauflegte, ehe sie es auspackte.

„Mach es auf“, meinte er.

Sie machte sich an der Schnur zu schaffen.

„Ich hätte dir schon eher ein Geschenk zu unserer Hochzeit machen sollen“, sagte er. Er stand so dicht neben ihr, dass sie seinen Atem warm an ihrem Hals spürte.

Ein Lächeln huschte um Lucys Mundwinkel. Wo war er nur hin, der raffinierte Londoner Aristokrat? Komisch, dass

Simon wegen eines Weihnachtsgeschenks so nervös war. Endlich löste sich die Schnur.

„Du bist jetzt schließlich eine Viscountess", murmelte Simon. „Schmuck hätte ich dir schenken sollen. Smaragde und Rubine. Saphire. Auf jeden Fall Saphire. Und vielleicht auch Diamanten."

Unter dem Papier kam eine flache Schatulle aus Kirschbaumholz zum Vorschein. Fragend schaute Lucy Simon an. Er hob nur seinerseits die Brauen. Also machte sie den Kasten auf und hielt staunend inne. Reihenweise Stifte, Bleistifte und Farbstifte, lagen darin, ebenso Kohle und Pastellkreiden, eine kleines Tintenfass und Federn. In einem separaten Kästchen waren Aquarellfarben, Pinsel und eine kleine Flasche für Wasser.

„Wenn es dir nicht gefällt oder wenn dir etwas fehlt, kann ich den Händler bitten, dir etwas anderes anzufertigen", beeilte Simon sich zu sagen. „Vielleicht auch etwas Größeres. Ich habe noch ein paar handgebundene Skizzenbücher bestellt, aber die sind noch nicht fertig. Natürlich werde ich dir auch noch Schmuck schenken – ganz viel Schmuck. Eine richtige Schatztruhe voller Schmuck, aber das hier ist erst mal ein kleines ..."

Lucy blinzelte, um die Tränen zurückzuhalten. „Das ist das wunderbarste Geschenk, das ich jemals bekommen habe." Sie schlang ihre Arme um ihn und zog ihn fest an sich, genoss es, seinen vertrauten Geruch in sich aufzusaugen.

Als sie spürte, wie Simon auch sie in seine Arme schließen wollte, fiel ihr etwas ein. „Warte. Ich habe auch etwas für dich." Sie griff nach dem blauen Buch und reichte es ihm.

Als er es aufschlug, lächelte er. „Der Schlangenprinz. Wie hast du das so schnell fertigbekommen?" Er blätterte das Buch durch, betrachtete ihre Aquarelle. „Wahrscheinlich sollte ich es Pocket geben. Immerhin habe ich es für sie in Auftrag gegeben, aber ..." Als er auf der letzten Seite angelangt war, hielt er verwundert inne.

Lucy warf einen Blick auf die Zeichnung, bewunderte den

schönen Prinzen mit dem silbernen Haar, den sie neben der hübschen Ziegenmagd gemalt hatte. Es war wirklich gut gelungen, das kleine Büchlein, das musste sie schon sagen.

„Du hast ja einfach das Ende geändert!“ Simon klang empört.

Nun, das sollte sie nicht schrecken. „Ja, es ist doch viel besser, wenn Angelica den Schlangenprinzen heiratet. Diesen Prinz Rutherford konnte ich noch nie leiden.“

„Aber mein Engel“, wandte er ein. „Sie hat ihm den Kopf abgeschlagen. Ich wüsste nicht, wie er sich davon hätte erholen sollen.“

„Du Dummerchen.“ Sie zog ihn an sich. „Weißt du denn nicht, dass wahre Liebe alles zu heilen vermag?“

Kurz bevor ihre Lippen sich trafen, hielt er inne. Tränen schimmerten in seinen silbergrauen Augen. „Das stimmt. Zumindest hat deine Liebe mich geheilt.“

„*Unsere* Liebe.“

„Wenn du bei mir bist, fühle ich mich ganz. Das hätte ich nicht mehr für möglich gehalten, nachdem Ethan und Christian und … nach allem eben. Aber dann bist du in meinem Leben aufgetaucht und hast mich gerettet, hast dem Teufel meine Seele entrissen.“

„Wie lästerlich du wieder redest“, flüsterte sie und reckte sich auf die Zehenspitzen, um ihn zu küssen.

„Nein, ich meine wirklich …“

„Sei still, und küss mich.“

Und das tat er.

– ENDE –

MIRA - Home
http://www.mira-taschenbuch.de/
MIRA TASCHENBUCH
BESTSELLERLISTE
WIR ÜBER UNS
AUTOREN
HANDEL
PRESSE
NEWSLETTER
NEU IM AUGUST
PROGRAMM FRÜHJAHR / SOMMER 2010
PROGRAMM HERBST / WINTER 2010 / 2011
GESAMTPROGRAMM
SONDEREDITIONEN
Unser Sommer-Buchhighlight
Susan Wiggs: Am Anfang wartet das Glück
Genau das Richtige für romantische Sommerabende.
TRAILER DES MONATS
UNSERE MIRA BESTSELLER-LISTE
News & Aktuelles
Neuigkeiten bei MIRA Taschenbuch
AUF EINEN BLICK - DAS MIRA GESAMTPR
NORA ROBERTS
Liebesmärchen in New York
TESS GERRITSEN
SAG NIEMALS STIRB
JENNIFER SKULLY
Eine magische Begegnung
CHRIS JORDAN
Sektenkind
Immer aktuell:
News und Neuerscheinungen
direkt auf der Startseite!
Das gesamte
Taschenbuchprogramm
übersichtlich nach Kategorien!
MIRA
TASCHENBUCH

Elizabeth Hoyt
Mylady spielt gefährlich
Band-Nr. 25456
6,95 € (D)
ISBN: 978-3-89941-744-9
400 Seiten

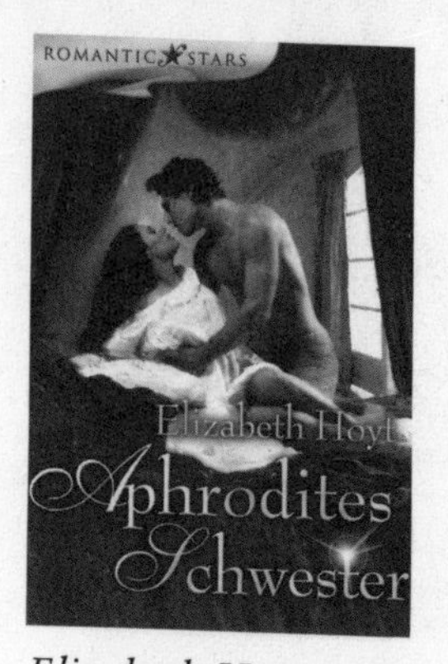

Elizabeth Hoyt
Aphrodites Schwester
Band-Nr. 25390
5,95 € (D)
ISBN: 978-3-89941-633-6
400 Seiten

Loretta Chase
Ein unverschämt
charmanter Gentleman
Band-Nr. 25424
6,95 € (D)
ISBN: 978-3-89941-692-3
464 Seiten

Loretta Chase
Eine hinreißend
widerspenstige Dame
Band-Nr. 25506
6,95 € (D)
ISBN: 978-3-89941-781-4
368 Seiten

Gaelen Foley
Der Lord und die unschuldige Verlockung
Band-Nr. 25490
6,95 € (D)
ISBN: 978-3-89941-797-5
496 Seiten

Zoe Archer
Das geheime Leben der Lady X
Band-Nr. 25419
6,95 € (D)
ISBN: 978-3-89941-686-2
336 Seiten

Candice Hern
Verwegene Leidenschaft
Band-Nr. 25444
6,95 € (D)
ISBN: 978-3-89941-727-2
320 Seiten

Candice Hern
Spiel und Verführung
Band-Nr. 25497
6,95 € (D)
ISBN: 978-3-89941-810-1
304 Seiten